*la petite vermillon*

# Hérésies glorieuses

Lisa McInerney

# HÉRÉSIES GLORIEUSES

Roman

*Traduit de l'anglais (Irlande) par Catherine Richard-Mas*

Éditions Joëlle Losfeld

Titre original : *The Glorious Heresies.*



editionslatableronde.fr

*Comme tout le reste, ceci est pour John*

*LE MORT*

# 1

Il laissa le gamin dehors, sur le seuil de sa propre maison. Adieu, et bonne chance. Il ne le nourrirait plus ; à partir de maintenant ce serait épaules et mâchoire carrées, bras musclés et pied d'appel en avant. Il laissa le gamin, ramassis de maigres bras et jambes mâchurés, et franchit la porte en homme tout juste né, émoustillé à la vue de la fée à l'origine de sa métamorphose. Elle s'appelait Karine d'Arcy. Elle avait quinze ans passés de quelques mois et elle était dans sa classe depuis trois ans. En dehors de l'école, elle le surpassait dans tous les domaines et pourtant elle était là, chez lui, dans l'entrée, un lundi pendant la pause déjeuner. Le gamin devait donc disparaître, ce qu'il en restait, les lambeaux que n'avaient pas encore arrachés les mains et les baisers de Karine.

« Tu es sûr que ton père ne va pas revenir ? demanda-t-elle.

— Sûr », dit-il, bien que son père n'obéisse qu'à sa propre loi et qu'on ne puisse pas compter sur lui pour se plier à la raison. Le matin, il avait prévenu qu'il avait à faire en ville ; les gosses allaient donc devoir préparer eux-mêmes leur dîner, mais il rentrerait plus tard, cherchant la cogne et, sachant quel serait l'accueil de la fosse aux lions, d'une humeur infecte.

« Et s'il rentre quand même ? »

Dénouant sa main de la sienne, il la lui glissa autour de la taille.

« Là je ne sais pas », dit-il. Ah, la vérité était rude, on ne peut plus rude, les mots encore jamais énoncés par une voix neuve.

Il avait quinze ans tout juste. Si elle lui avait posé la même question avant qu'ils aient franchi le seuil, il aurait répondu avec l'aplomb de quinze années de fanfaronnades enfantines, mais maintenant que tout avait changé il ne se rappelait pas comment frimer.

« De toute façon ça sera ma faute, dit-il. Pas la tienne. »

Ils étaient censés être en cours, même son père saurait ça. S'il rentrait maintenant, *s'il* rentrait, même tout déglingué de défaite, amoché par la picole, le poker ou dieu sait quelle connerie, il ne mettrait qu'un instant à comprendre que son fils était en vadrouille et ce, pour une et une seule raison.

« Ici, ça serait ta faute, dit-elle. Mais s'il allait le dire à mon père et ma mère ?

— Ça, il ne ferait pas. » C'était aussi sûr que le sol sous leurs pieds. Son père était tout ce qu'on voulait, mais sûrement pas quelqu'un de responsable. Ou culotté. Ou moraliste.

« Tu es sûr ?

— Les seules personnes à qui mon père adresse la parole vivent ici, dit-il. Personne d'autre ne peut l'encadrer.

— Bon, alors qu'est-ce qu'on fait maintenant ? »

Cet homme neuf plein de bravoure, émoustillé par les possibilités qui lui fouaillaient la chair et pesaient sur ses épaules, s'appelait Ryan. En réalité, sa forme adulte n'était pas très différente de la dépouille dégingandée qu'il avait laissée à la porte ; il avait toujours les cheveux noirs, le teint clair, les yeux couleur d'encre. « Tu as l'air d'un *possédé* », avait dit en frissonnant une des filles qui l'avaient suffisamment approché pour en juger, sur quoi elle annonça qu'elle allait s'employer à lui sucer le démon hors du corps par la langue. Il s'allongeait, ces derniers mois. *Trop lent, trop laborieux*, avait soupiré sa *nonna* la dernière fois qu'elle avait passé en revue les photos qu'il postait sur Facebook. Elle était persuadée que son petit-fils n'atteindrait jamais un mètre quatre-vingts. La mère de Ryan était morte depuis quatre ans et son père était une épave qui dormait aussi souvent sur le canapé que dans son lit. Ryan était l'aîné des enfants de l'épave. Il se tenait à carreau vis-à-vis de son père mais donnait le change face au reste du monde.

Quelque chose clochait là-dedans. Bien sûr qu'un homme, quel que soit son âge, avait le droit de se la couler douce chez lui, à attendre que ça passe, en y hébergeant des gens qui avaient une tête à se payer la sienne, c'était d'ailleurs indéniablement ce que faisait l'épave : une chiffe molle, en dehors d'accès d'une minable rage bouillante, qui alternait entre splendeur et stages de désintox dans des centres miteux à des milliers de kilomètres de tout. Même quand Ryan allait puiser au fin fond de lui-même la hargne que commandaient le mépris des professeurs ou les défis lancés par des gamins plus âgés, il savait que la façon dont tous l'encourageaient à se battre était complètement inepte. Il était depuis longtemps à l'affût de quelque chose qui l'inciterait à se lever le matin mais jamais il n'aurait pensé que ça puisse être elle.

Elle faisait partie du groupe de filles qui portaient les jupes d'uniforme scolaire les plus courtes, qui réquisitionnaient les radiateurs pour s'y jucher avant les cours, qui savaient naviguer entre insolence et mielleuse familiarité avec les profs. Il n'avait jamais imaginé qu'elle puisse le voir autrement que comme un petit casseur bien qu'il l'en supplie, en silence, les lèvres closes et les yeux baissés, depuis *des siècles, bordel* !

Trois semaines plus tôt, le soir du quinzième anniversaire de Ryan, elle s'était laissé embrasser.

Il était dans la voiture d'un de ses potes – des mecs plus vieux que lui, de la même année que son cousin Joseph âgé de seize ans, mais qui connaissaient assez Ryan pour fermer les yeux sur son âge – quand il l'avait repérée devant les portes de la boîte de nuit du centre communautaire, en train de rire et grelotter dans une longue tunique noire et un short blanc. Il s'était redressé sur la banquette arrière et l'avait appelée par la vitre de la portière passager, et il n'eut même pas besoin de l'amadouer pour qu'elle vienne s'installer à côté de lui. Coup de bol, elle était d'humeur à aller faire un tour. Le cœur de Ryan s'emballait pourtant en essayant de croire que c'était un peu plus encore : un coup de bol et de la confiance. Elle lui faisait confiance. Elle… *l'appréciait*, bon sang !

Ils étaient partis zoner. Il y eut deux ou trois cannettes, un ou deux joints, un petit vent froid qui la rapprocha de lui. Quand il comprit que les substances ne lui calmeraient pas les nerfs, Ryan dévoila les sentiments qu'elle lui inspirait en se risquant à lui poser une main au creux des reins, puis en comptant jusqu'à vingt ou trente ou quatre-vingts avant d'admettre qu'elle ne s'écarterait pas et de lui prendre la main pour raffermir la sienne, et là enfin, enfin, après avoir franchi l'immensité des trente centimètres qui les séparaient, il approcha les lèvres des siennes et l'embrassa.

Au cours des jours qui suivirent, ils avaient exploré un tas de territoires inconnus et décidé de tenter leur chance durablement. Ils étaient allés au cinéma, ils avaient mangé des glaces, ils avaient déambulé tous les deux jusqu'à la rue où elle habitait, main dans la main, à la fin de chacun de leurs rendez-vous. Et pour éviter de poser des bases trop innocentes, ils s'étaient trouvé des endroits tranquilles et des recoins sombres où mettre à mal cette amitié, les paumes de Ryan enregistrant la différence entre la peau qu'il caressait au creux de la taille de Karine et celle de ses seins, l'écrasant de tout son poids afin de graver dans sa mémoire la façon dont les moindres courbes de son corps l'accueillaient.

À présent, chez lui dans l'entrée, un lundi pendant la pause déjeuner, il répondit par une autre question :

« Qu'est-ce que tu as envie de faire ? »

Elle s'avança dans le salon et pivota sur un pied, embrassant toute la pièce du regard. Il n'eut pas besoin de passer la tête au détour de la porte pour savoir que le panorama fut jugé décevant. L'inertie de son père avait maintenu l'endroit comme un musée à la gloire des talents de femme d'intérieur de sa mère, laquelle était en son temps aussi efficace vis-à-vis du désordre que le vent avec les brins d'herbe.

« Je n'étais encore jamais venue chez toi, dit-elle. C'est bizarre. » Elle parlait du fait d'être là, pas de la maison elle-même. Elle n'aurait pourtant pas eu franchement tort : la maison était bel et bien bizarre. Une maison à trois chambres dans une enfilade de constructions toutes semblables, si caverneuse en l'absence de sa mère que c'était à peine s'il pouvait le supporter. Il y résonnait l'écho de tout un merdier auquel Ryan n'avait pas envie de penser, surgi de gouffres qui n'auraient pas dû se trouver là. C'était un toit au-dessus de sa tête. C'était aussi un brasier en puissance, car il envisageait parfois d'y répandre du gasoil et d'y jeter une allumette puis de regarder les flammes embraser jusqu'au ciel nocturne.

Elle savait de quoi il retournait. Il avait avoué sa situation dans un élan de courage à peine deux jours plus tôt, terrifié à l'idée qu'elle risquait de craquer et de le larguer, mais décidé à lui expliquer coûte que coûte que les rumeurs au sujet de son père n'étaient pas toutes vraies. Sur les marches, derrière l'école, alors qu'ils étaient blottis l'un contre l'autre sur le béton froid, il avait reconnu que, ouais, il s'engueulait avec son père, mais non, pas comme l'insinuaient certains des plus médisants. *C'est un abruti, s'il tient debout quand il a picolé c'est juste par habitude, mais il est pas... Il... J'ai entendu les conneries que les gens disent mais c'est pas un tordu, Karine. Juste... un connard de... je sais pas trop.*

Elle ne s'était pas sauvée en courant et n'en avait parlé à personne. C'était à la fois un poids en moins et le pire tour qu'il pouvait se jouer car sa posture de rampant à plat ventre devant elle s'en trouva scellée. D'un côté il n'y attachait pas d'importance, sachant qu'elle était mieux que lui – elle était d'une intelligence foudroyante et belle comme un matin clair, et chaque fois qu'il la voyait, il sentait avec une vertigineuse intensité le sang courir dans ses veines, l'air emplir ses poumons, son cœur tambouriner dans sa poitrine –, mais ça l'énervait tout de même de ne pas pouvoir l'approcher debout sur ses deux pieds. De ne pas se tenir plus droit, désormais, que son père. Que l'inanité soit héréditaire.

Il n'y avait pourtant plus de colère à présent. Il l'avait laissée sur le seuil de la maison, avec ses restes déliquescents.

Elle avança la main vers la sienne.

« Tu me joues quelque chose ? »

Le piano de sa mère était contre le mur, derrière la porte. Ç'aurait aussi bien pu être le sien. Il avait passé des heures dessus, pendant qu'elle se disputait avec son père, brandissait la menace de grands changements professionnels, se crêpait le chignon avec les voisins, menaçait de prendre sous le bras Ryan et ses frères et sœurs et de retourner chez ses parents. Elle l'installait sur le tabouret du piano chaque fois qu'elle avait besoin de place pour mener à bien ses activités farfelues et, ce faisant, lui avait permis de devenir ambidextre et de savoir lire la musique. Peu de gens étaient au courant de ça, et jamais ils ne s'en seraient doutés.

Il pouvait jouer pour Karine d'Arcy, à condition de le vouloir. Un morceau classique qu'il pourrait faire passer pour un peu plus qu'un exercice, ou peut-être une des chansons de variété que sa mère lui avait apprises quand elle trouvait à se faire embaucher dans des orchestres de mariages et chantait dans des halls d'hôtels pendant des petits festivals merdiques. Ça pourrait même marcher. Karine en serait tellement émue qu'elle se déshabillerait entièrement et le laisserait la baiser, là, par terre dans le salon.

Fantasme assez inepte aussi. La réalité, c'est qu'elle était chez lui un lundi pendant la pause déjeuner, à des millions de milliards d'années-lumière de se métamorphoser en stripteaseuse assoiffée de sexe. C'est de ça qu'il devait se soucier : du fait que Karine d'Arcy était vraiment, vraiment là.

Il n'avait pas envie de jouer pour elle. L'appréhension lui ferait les doigts raides comme des bouts de bois.

« Peut-être plus tard, dit-il.

— Plus tard ? »

Il aurait pu plonger son regard dans le sien et roucouler, *Ouais, plus tard*, s'il avait eu le temps de s'habituer à sa nouvelle stature. Au lieu de quoi il détourna les yeux en souriant, amalgamant *plus tard* et *après* dans sa tête. *Peut-être après. On a toute la maison rien que pour nous, on peut faire mieux.* Il allait y avoir un après. Il le savait.

Elle passa devant lui et gagna la cuisine, se posta à la fenêtre et regarda le jardin, derrière la maison, la pelouse jonchée de feuilles entre deux murets de parpaings. Prenant appui des deux mains sur l'évier, elle poussa les épaules en arrière en se haussant sur la pointe des pieds.

« C'est bizarre, répéta-t-elle, de n'être encore jamais venue ici. Ça fait pourtant longtemps qu'on est amis, toi et moi, hein. »

Ç'avait été une amitié du genre inquiet. Jalonnée d'exposés en classe, de fêtes, de bagarres pour rire et, une fois, d'une vraie dispute au cours de laquelle il l'avait accusée de ne traîner avec lui que pour pouvoir entrer dans les fameuses fêtes. Ce fut à l'occasion de cette explosion de colère impuissante, entre les murs blanc sale d'un vaste couloir d'école, qu'il se rendit compte que leur proximité se résumait à des années pendant lesquelles Karine l'avait remorqué derrière elle comme un morceau de caillou dans la queue d'une comète.

Comme une gifle de sage-femme, l'idée le frappa que si sa maison n'était pas une telle caverne, si son père ne traînait pas en ville dans le but de trouver de quoi picoler pour pas cher en compagnie d'inconnus indifférents, si les petits casseurs ne se fichaient pas complètement de sécher les cours, elle ne serait pas là avec lui à cette heure, à lui donner la possibilité de se défaire du fardeau de l'amitié et d'au moins une partie de ses vêtements. Karine d'Arcy lui rendit son regard, une main sur la paillasse de l'évier, transformant la cuisine par réaction chimique, les images lugubres crépitant contre ses cheveux blond paille et crevant telles des bulles de savon au contact de l'ourlet de sa jupe d'uniforme grise. La maison avait un autre air avec elle ici, à ses côtés. Karine ne connaissait pas l'histoire de chacune des pièces, de la moindre arête acérée. La marche du bas de l'escalier, par exemple. La table basse toujours placée là-bas, pile pour le faire trébucher chaque fois qu'une bourrade le projetait dans le salon. Le mur de la cuisine, juste à côté de la porte de derrière, où il avait observé l'interrupteur à deux centimètres de distance, la joue plaquée contre la peinture bleu pâle, tout le poids de son père concentré dans la main qui lui écrasait la tempe gauche en essayant de lui enfoncer la tête dans le plâtre.

« Tu es belle », lui dit-il, et elle se mit à rire, puis répondit en battant des paupières : « Bon sang, ça sort d'où, ça ?

— C'est vrai que tu es belle, dit-il. Qu'est-ce que tu fais ici ? » Elle nicha la tête dans le cou de Ryan. *Je sèche le cours de géo*, aurait-elle pu dire. Mais elle ne dit rien et plus son silence se prolongeait, plus ils se rapprochaient de l'escalier, du lit de Ryan, de ce qui allait arriver ensuite.

Il détestait un tout petit peu moins sa chambre que le reste de la maison. Il la partageait avec ses frères Cian et Cathal, plus désordonnés que lui. L'espace était découpé comme un diagramme de Venn ; Ryan pouvait toujours hurler à pleins poumons ou soigneusement délimiter leurs frontières respectives, ils s'arrangeaient toujours pour mordre sur son territoire. Elle s'assit sur le lit de Ryan – l'identifiant comme tel au soulagement de son propriétaire – pendant qu'il déblayait à coups de pied, expédiant sous les lits et dans les coins petites voitures, briques de Lego et pantalons de pyjama retournés.

Elle était assise les mains sous les cuisses, si bien que quand ils s'embrassèrent, ce fut comme si c'était la première fois et qu'ils ne savaient pas encore si ça allait leur plaire. Le deuxième baiser fut meilleur. Elle lui prit le visage entre les mains. Son doigt effleura l'arrière de l'oreille de Ryan. Il retroussa le pull d'uniforme au-dessus des seins de Karine et, quand elle s'écarta pour le retirer complètement, il l'imita.

« Peut-être, dit-elle après avoir défait trois boutons, qu'on devrait, je sais pas, bloquer la porte. Juste au cas où.

— Je pourrais pousser un des lits devant ?

— Ouais. »

Il tira aussi les rideaux. Allongés sur son lit, dans les bras l'un de l'autre, ils s'embrassèrent, d'autres vêtements tombèrent, et tout du long il ne cessa de penser qu'elle allait revenir sur sa décision, ou qu'il allait voir ses mains le trahir ici comme il craignait que ça se produise au piano.

Elle n'en fit rien. Lui rendit ses baisers, se serra contre lui, l'aida. Alors il se demanda : s'il pouvait faire ça avec elle dans toutes les pièces, est-ce que ça sanctifierait la maison, est-ce que ça l'exorciserait des échos d'insultes et des coups assenés sur toutes les surfaces solides ?

Il se demanda s'il ne devrait pas cesser de se demander, et à quel moment laisser divaguer son esprit était une hérésie.

« Fais tout doucement, Ryan, murmura-t-elle. Je t'en prie, fais doucement. »

Elle noua les mains autour du cou de Ryan et il s'aperçut que, de la main droite, il lui tenait le genou gauche, alors il poussa doucement et oh putain, là ça y était, il était cuit.

Ce n'est pas la ville de Cork qui va remarquer les premiers pas pleins de bravoure d'un petit homme décidé. Elle fonctionne au niveau macro : embouteillages, finales nationales de foot gaélique, saisies de drogue, élections législatives. Les habituels merdiers à déplorer : l'économie, l'Assemblée d'Irlande – le fameux

Dáil –, les rogatons d'intégrité de l'Irlande vendus à l'encan cette semaine sur le marché de l'Europe continentale.

Mais cette pause déjeuner de lundi, ce fut le bout du monde pour un homme, un homme neuf, et sans doute pour un millier d'autres aussi, des gens qui, pendant ces deux heures-là, obtinrent des promotions, les résultats de tests de grossesse, les clés de leurs voitures d'occasion flambant neuves. Des gens moururent, aussi. C'est comme ça que fonctionnait la ville : un homme neuf pour en remplacer un autre, celui qui se vide de son sang sur le sol bien briqué d'une cuisine.

Maureen venait de tuer un homme.

Elle n'en avait pas eu l'intention. Ça, elle n'aurait sûrement pas besoin de le prouver, pensait-elle ; qui, regardant un frêle petit bout de bonne femme de cinquante-neuf ans comme elle, penserait voir un assassin ? Ceux qu'on voyait à la télé, les fracassés qui massacraient tout autour d'eux, ils avaient toujours l'air un peu atteints. Trop d'attentions de la part d'oncles aux mains baladeuses, pas assez de légumes verts. Des visages comme des sacs de triangles et des yeux en boules de manettes. Qu'on en croise un dans la rue et on fonçait droit chez la Garda pour suggérer aux flics de filer ce taré zigzagant s'ils voulaient avoir une promotion à rapporter à maman en rentrant à Ballyghroballo. Eh bien pas Maureen. Son visage reprenait toujours un air renfrogné entre deux expressions intentionnelles, mais qu'on ait l'air d'un squelette ambulant ne suffisait pas pour que la Garda vienne mettre son nez dans nos perversions. Du reste, pensait-elle, si la Garda s'était dit la même chose, il n'y aurait pas l'ombre d'un scandale au sein de l'Eglise.

Elle regarda l'homme à plat ventre sur le carrelage. Du sang se répandait sous son corps. Caillait dans les joints. Il allait falloir la paille de fer. Du bicarbonate de soude. De l'eau de Javel. Peut-être même plus costaud ; elle n'était pas spécialiste. Elle n'avait pas pour habitude de s'amener à pas de loup pour étendre les cambrioleurs avec un objet contondant. C'était une première pour elle.

Le ménage, c'était pas son rayon, en plus. Les talents de femme d'intérieur, ça valait pour les filles bien, et il y avait une quarantaine d'années que personne ne lui avait dit qu'elle en faisait partie.

Il était bel et bien mort, qui qu'il soit. Vêtu d'un pull jadis noir et d'un pantalon de jogging lustré. Il avait l'arrière de la tête enfoncé et les cheveux empoissés, mais avant ils étaient rouquins. Un grand mec, tout maigre, un squelette ambulant de plus, désormais défunt. Elle n'avait pas vu son visage avant de l'estourbir d'un coup de sainte Caillasse, et elle n'arrivait pas à se décider à le retourner. Ç'aurait été comme de retourner une côtelette sur un gril, et cette pensée lui révulsait l'estomac. Elle ne pourrait plus manger, maintenant. Et s'il avait les yeux ouverts ?

Pas question de téléphoner aux flics. L'idée lui vint – alors qu'elle était penchée, la tête au niveau des genoux – que ça pourrait être marrant d'appeler un curé, juste pour voir si Dieu et ses bandits goûtaient la plaisanterie. Peut-être qu'ils essaieraient de ravoir le carrelage de la cuisine avec des bénédictions, *par le pouvoir qui m'est concédé*. Mais elle ne pensait pas être capable d'inviter un de ces gars-là à franchir son seuil. Deux invasions dans la même journée ? Elle n'avait pas la moelle.

Elle se détourna du mort pour décrocher le téléphone.

Jimmy avait attiré les curés autour d'elle comme des mouettes autour d'un pont par gros temps. C'était un enfant du péché, le pauvre petit, conçu dans le péché puis marque du péché, qui avait poussé comme tous les vilains secrets jusqu'au jour où plus personne ne put fermer les yeux sur la bosse qui déformait la robe de sa mère.

Si elle était née dix ans plus tôt, mettre un enfant au monde hors mariage lui aurait valu, elle n'en doutait pas, d'être condamnée à vie à frotter du linge dans un brouillard chimique, double peine de travaux forcés destinée à calmer l'ire des religieuses et à garnir leur escarcelle. Mais il y avait assez de place dans les années 1970 pour qu'elle puisse tourner les talons et s'en aller en Angleterre où elle vécut, par intermittence, jusqu'au jour où l'ignoble forfait qu'elle avait appelé James la retrouva pour venir lui exposer son propre fardeau.

Certaines femmes donnaient naissance à des enfants illégitimes qui, en grandissant, devenaient comptables, ou professeurs, ou héritaient d'un tas d'hectares de bonne terre dans les Midlands. Pas Maureen.

Elle grimaça en regardant le sang sur le carrelage et composa le numéro. Jimmy saurait quoi faire. C'était exactement le genre de choses pour lesquelles il était doué.

# 2

Le passant dans la rue, le gusse épavé au fond du pub, et la fille ravagée qui arpente les quais étaient tous d'accord : il valait mieux marcher dans le même sens que Jimmy Phelan que croiser son chemin. En culottes courtes, il était le roi de sa rue ; en T-shirt Iron Maiden il était revendeur en chef de tout le bassin versant. Il avait vendu des clopes, de la dope et des cannettes de blonde, puis de l'héroïne, des femmes et des munitions. Il avait su se mettre dans les petits papiers des flics aussi bien que des truands et avait tué quelques-uns de chaque. Il avait été marié. Avait assisté à des réunions parents-professeurs. Passé des marchés, fait de la prison et roulé la moitié de l'univers plutôt deux fois qu'une. Il ne restait pas grand-chose à quoi Jimmy Phelan n'ait pas déjà goûté tout son soûl, et pourtant il ne s'était avoué que tout récemment qu'il ressentait au fond de lui un vide béant, criant, celui de l'arbre généalogique absent. Il s'avéra cependant que Jimmy Phelan avait les yeux plus gros que le ventre, constatation qui s'appliquait à tout ce qu'il désirait : les êtres humains d'importation, le cognac, sa mère perdue de longue date.

Et voilà que cette greluche venait d'aller tuer quelqu'un. Il se doutait bien que, venant de sa génitrice, c'était le genre de chose à prévoir mais ça n'en faisait pas moins chier pour autant. Jimmy aimait se laisser une marge de manœuvre dans son agenda, mais « Nettoyer après que maman a dessoudé quelqu'un » était une besogne bien plus importante que toutes celles qu'il aurait jamais envisagé d'y inscrire un jour.

Il avait attribué un appartement en bordure de rivière à Maureen. Vu le capitaine d'industrie qu'il était, le projet n'avait jamais consisté à l'installer chez lui, même si elle ne s'était pas révélée folle comme une tripotée de lapins. Au départ, le projet n'était pas non plus vraiment de la ramener au pays – tout ce qu'il voulait, c'était la retrouver pour la rancarder sur ses petits-enfants –, mais il avait dû revoir sa stratégie en découvrant qu'elle vivait parmi des junkies ramollos et des célibataires bizarres dans un immeuble londonien délabré. Il avait entendu assez de délires nationalistes pour savoir que laisser un Irlandais dans la débine en Angleterre, c'était l'abandonner derrière les lignes ennemies, or il était tout à fait dans ses cordes de ramener Maureen au pays. Elle avait regimbé, mais nul ne pouvait se soustraire à l'insistance de Jimmy Phelan, quel que soit le degré de fierté ou le nombre de bras et jambes qu'on semble disposé à perdre.

Il avait acheté l'immeuble pour une bouchée de pain parce qu'une bande de Vietnamiens y avait installé une plantation de cannabis et que les flics y avaient laissé plus de trous dans les murs qu'il y avait de cons à Crosshaven. S'il y était resté le moindre Vietnamien, Jimmy aurait pu leur revendre la bâtisse, partant du principe que la foudre ne tombe jamais deux fois au même endroit, mais ils avaient ramassé leurs billes et filé à Waterford, du moins c'est ce qu'on lui avait dit, si bien que pendant un temps il avait implanté un bordel dans l'immeuble, et il remettrait peut-être ça quand il aurait trouvé un endroit moins farci de courants d'air où stocker sa mère. Il l'avait laissée dans l'appartement du rez-de-chaussée, où elle se remettait de sa migration, pendant qu'il envoyait quelques simili-artisans à temps partiel faire des travaux de rénovation dans les étages, et il s'était dit que ça ne craignait rien. Sauf peut-être de la part d'anciens michetons en goguette, mais elle avait pour consigne stricte de n'ouvrir la porte à personne, d'ailleurs il y avait déjà un moment que les clients étaient redirigés vers la nouvelle adresse.

Alors, que Maureen ait trouvé le moyen de tuer un intrus, ça dépassait Jimmy. Comment est-ce qu'il s'était introduit dans l'immeuble, ce blaireau ? Les Vietnamiens l'avaient oublié ? Les flics ne l'avaient pas vu, bien planqué dans le grenier ? Est-ce que c'était un micheton dont la fixette de toujours consistait à s'introduire dans les maisons par les lucarnes des toits ?

Qui que soit ce type, il était mort à cette heure, et visiblement il n'aurait pas eu droit à un cercueil ouvert même s'il avait eu le temps d'atteindre sa date de péremption naturelle. En fait, à bien le regarder, il s'était manifestement employé à la devancer.

« Putain, mais qu'est-ce que tu lui as fait ? » demanda Jimmy à Maureen qui, assise à la table de la cuisine, faisait des grimaces à sa cigarette. C'était une petite bonne femme revêche. Manquant lui aussi de hauteur, Jimmy s'était résolu à compenser en largeur pour acquérir la stature qu'exigeait sa profession. Même à maintenant quarante ans, il était pratiquement tout en muscles qu'adoucissait depuis très peu de temps seulement l'habitude indolente de manger au restaurant et de bien boire. Maureen, elle, était sèche comme un coup de trique, avec un regard tout aussi pointu. Ils ne se ressemblaient pas.

« Je lui ai mis une beigne avec la sainte Caillasse, dit-elle. Je voulais pas lui laisser l'avantage, des fois que ça soit le père Noël.

— Quelle sainte Caillasse ? »

D'un geste, elle désigna l'évier.

Pour un seul chef-d'œuvre de la Renaissance se fabriquent des millions de bibelots ringards bricolés au pied des tas d'ordures, or même dans cette catégorie celui-là était hideux. Un caillou plat grand comme la main, peint en doré et monté sur bois vernis avec, imprimée sur une face, une représentation aux vives couleurs celtiques de la Vierge Marie tenant un petit Jésus joufflu, l'autre étant barbouillée et engluée des matières sanguinolentes du mort étendu sur le carrelage de la cuisine.

« Où tu as déniché ce putain de truc ? » Si la chose n'avait pas été montée sur ce socle, il aurait pensé que quelque taré opportuniste l'avait fabriquée en vue d'un vide-grenier. Il retourna l'objet. La Vierge Marie lui darda un regard bigleux.

« Ça fait longtemps que je l'ai.

— Je t'imaginais pas grenouille de bénitier.

— Te fatigue pas, j'en suis pas une.

— Tu collectionnes juste les bondieuseries maousses pour tuer des gens avec, c'est ça ? Personne ne soupçonne jamais le Seigneur, même s'il a la main lourde. *Repens-toi, repens-toi, sans quoi Jésus pourrait bien te couper la tête !* Comment tu as fait pour le buter avec ça, Maureen ? Tu as pris ton élan depuis la porte d'entrée ?

— Les voies du Seigneur sont impénétrables, dit-elle.

— Je connais quelques seigneurs dans ce genre-là, c'est vrai. (Il passa la sainte Caillasse sous l'eau du robinet et regarda à nouveau le mort.) Tu n'as aucune idée de ce qu'il voulait ?

— J'ai pas pensé à lui demander, marrant non ? »

La charpente était malingre, les vêtements miteux, même avant que le sang du type les lui ait collés au corps. Il n'avait rien d'autre dans les poches qu'un mouchoir roulé en boule et deux livres cinquante en pièces.

« Sans doute un junkie, qui cherchait des liquidités. Je connais pas ce visage. Il a l'air irlandais. Peut-être un de ces Saxons d'Anglais incrustés dans le West Cork avec les autres vieux croulants. »

Elle renifla. « Sales clodos. Ils détroussent tout ce qui passe. Je suis pile leur genre de cible.

— Personne de ma connaissance, ce gars-là. D'ailleurs s'il était un tant soit peu du coin, il aurait jamais osé s'approcher d'ici. »

Jimmy fit sauter la sainte Caillasse d'une main à l'autre. « Dame Maureen en sa cuisine, avec le roc de Knock. On va te débarrasser de ce type.

— Il va falloir récurer le carrelage.

— Donc quelqu'un pour nettoyer.

— Il va falloir refaire les joints.

— Bon, alors on te changera le carrelage.

— Tu vas me sortir d'ici, oui. Qui voudrait rester dans un endroit où un homme est mort ?

— Ah, c'est qu'il va falloir te méfier des esprits vengeurs, Maureen. Ce gars-là va être dans tous les miroirs, maintenant. Il va se relever d'un bond et te sauter au nez quand tu voudras préparer ton dîner.

— Rigole tant que tu veux, mon gars, dit-elle, mais c'est pas correct de laisser une femme seule dans une maison pareille.

— C'est toi qui en as fait une maison pareille, dit-il. Mais bon, j'ai compris. Je te trouverai un chat. »

Elle le fusilla du regard.

« Faisons les choses dans l'ordre, dit-il, ma priorité c'est d'embaucher des bras. Ensuite, on s'occupera du lieu d'habitation. J'ai pas d'autre endroit où te mettre pour le moment. Je trouverai quelque chose, mais pas ce soir.

— Il va pourtant falloir. Moi, je reste pas ici.

— Tu vas y rester jusqu'à ce que je te trouve un autre endroit.

— Sûrement pas. Je passerai la nuit dehors.

— Et tu vas geler et ça fera deux cadavres sauf que tu sais quoi, ma grande, j'aurai pas la patience de creuser une deuxième tombe.

— Tu aurais dû me laisser à Londres, dit-elle. Vu le peu d'intérêt que tu m'accordes, au bout du compte.

— C'est ça, Maureen. Le peu d'intérêt. C'est d'ailleurs pour ça que c'est moi qui suis là comme un con, à généreusement coller mes empreintes digitales partout, à la place du médecin légiste national et de la maréchaussée d'Anglesea Street.

— Moi, je reste pas ici, dit-elle.

— Faisons les choses dans l'ordre, dit-il. Tu veux bien rester quand même jusqu'à ce que je revienne ? Tu veux bien faire au moins ça pour moi ? »

Elle laissa tomber la cendre de sa cigarette sur la table. « Je reste pas ici avec un cadavre.

— À qui la faute si c'est un cadavre ?

— Je sais pas encore », dit-elle.

Il prit la mesure du problème et l'évacua aussi sec. « Bon, bon, dit-il. Allez viens. Je suis sûr que Deirdre sera ravie de te voir. »

Maureen n'habitait pas officiellement dans l'immeuble de Jimmy Phelan. L'immeuble n'appartenait pas officiellement à Jimmy Phelan. Malgré tout, Jimmy n'avait pas envie de faire appel aux plus proches de ses gars pour se charger du boulot. Quelque chose ne sentait pas bon dans toute cette histoire. Il n'était pas persuadé que l'intrus rouquin ne soit qu'un connard cherchant désespérément un peu de monnaie. Jimmy Phelan se fiait à ce que lui dictaient ses tripes, or pour le moment il les sentait hurler.

Il fallait que le boulot soit fait. Il y avait un corps sur le carrelage de la cuisine de sa mère, or il n'allait pas se lever et s'en aller tout seul. En temps ordinaire, Jimmy aurait sélectionné vite fait quelques types corrects – à tout le moins son bras droit, Dougan, dont l'habileté et le sens de l'humour féroces conviendraient tout à fait à la situation – mais ça sous-entendrait qu'il disposait d'une équipe de nettoyage prête à l'emploi, et il ne pouvait pas savoir comment Maureen prendrait ça.

Ni comment Dougan et les gars la prendraient, elle. Ils connaissaient des bribes de l'histoire : savaient que Jimmy avait retrouvé sa mère biologique et l'avait ramenée au pays. Mais pas que Maureen était un drôle d'oiseau capable d'exécutions impromptues. Le respect qu'ils avaient pour Jimmy, et pour son lignage, risquait d'être écorné par la nouvelle du petit carnage maternel. Cette pensée le hérissait. Le point de greffe de ce passé tout neuf était sensible.

Deirdre Allen était aussi têtue que coriace, ce qui aurait pu passer pour un mélange admirable, mais pour autant que Jimmy l'ait constaté, ça signifiait simplement qu'elle était trop bête pour comprendre quand elle avait tort, et trop lente pour s'aviser des conséquences. Elle continuait de se teindre les cheveux en noir corbeau, de fumer un paquet par jour, d'affirmer que s'il finançait l'incursion dans l'immobilier qu'elle voulait tenter il rentrerait dans son argent et doublerait sa mise. Continuait de penser que l'euro avait du bon et offrait des occasions à saisir. De croire que la récession, c'était juste que la trame toute détendue de l'Irlande n'allait pas tarder à retrouver son élasticité et rebondir.

C'était cet entêtement qui expliquait qu'elle ait mis si longtemps à le quitter. Elle avait maintenu le cap presque une décennie au gré des coups de canif dont il lardait leur contrat de mariage, puis elle s'était échouée. Jimmy ne s'était pas spécialisé dans les liaisons ; il pouvait baiser tout un tas de filles sans avoir à casquer pour ses incartades. Malgré tout, il découcha si souvent, une nuit ou des semaines entières, que n'importe quelle autre femme aurait déchiffré les signes. Le temps que Deirdre comprenne, elle, il était bien trop tard pour fixer des limites. Jimmy lui laissa la maison en se demandant si, un jour, elle consignerait au registre de l'expérience le merdier qu'ils avaient concocté ensemble. Pour le moment, elle continuait de se prévaloir du titre d'épouse de Jimmy Phelan. Elle ne voulait plus de lui dans son lit, mais elle était trop têtue et coriace pour renoncer à ce qu'elle considérait comme les avantages de l'infamie de son mari.

« Je veux que les gosses aient un piano », dit-elle en déposant une tasse de thé dans le voisinage de Maureen, le nez froncé. Deirdre n'avait pas demandé à Maureen si elle prenait sucre ou lait dans son thé car elle estimait depuis longtemps, à tort, avoir le chic pour recevoir. « J'ai toujours regretté de ne pas avoir appris à jouer d'un instrument. Je ne veux pas qu'ils disent la même chose dans dix ans.

— Tu me fais marcher, là ? Ils se fichent d'apprendre le piano comme de tout ce que tu as exigé que je leur impose. C'est toi qui veux ce piano. Pour le mettre au milieu de ton salon. Histoire de poser un vase dessus.

— Tu es vraiment un gros lourd par moments, Jimmy.

— Sans doute parce que je n'ai jamais appris à taquiner les touches d'ivoire. Je n'ai aucun sens de l'art.

— Donc tu refuserais à tes enfants une occasion de s'initier à une pratique artistique ? Simplement parce qu'ils risquent de ne pas s'y tenir ? C'est quoi que tu es, déprimé ou carrément mesquin ? »

Maureen prit sa tasse et sortit sur la terrasse, derrière la maison.

« Ah çà, elle est ravie que tu l'aies retrouvée, railla Deirdre.

— Je suis content que tu la comprennes si bien, Deirdre, parce qu'elle reste ici ce soir, avec toi.

— Quoi ?

— L'appartement doit être nettoyé. Gros merdier industriel. Impossible de la laisser là-bas ce soir et moi j'ai trop à faire pour lui proposer ma chambre. Bref, pour résumer : tu l'as sur les bras jusqu'à demain.

— Tu me mets dans la merde, Jimmy, siffla Deirdre. Tu laisseras pas cette cinglée ici.

— Tu as une chambre d'amis. Et elle a envie de passer plus de temps avec ses petits-enfants. Du moins, tant qu'elle ne les a pas encore repérés parmi tous les autres sales gamins gâtés.

— Quel culot tu as ! Où que tu aies trouvé cette femme, elle a peut-être un lien avec toi mais pas avec *mes* enfants.

— Là, tu te goures sur une des plus élémentaires notions de biologie humaine, Deirdre.

— Tu sais parfaitement ce que je veux dire, Jimmy. Les liens familiaux, ça dépend de bien plus de choses que… (Elle agita la main en grimaçant.) Les fluides. La génétique. Appelle ça comme tu veux. »

Maureen ne bougeait que pour porter sa cigarette à ses lèvres. Elle contemplait la pelouse avec une sérénité de vache en pleine rumination. Posture idéale de la part de la toute dernière faucheuse de Cork, qui endossait son rôle dans la foulée. Jimmy n'avait pas croisé beaucoup d'assassins novices qui ne finissaient pas pliés en deux, à vomir sur leurs chaussures, une fois le geste commis.

« Bon alors, voilà ce que je vais faire, annonça-t-il à Deirdre. Je vais te trouver un piano pour que tu puisses oublier tes regrets en tapant dessus tout ton soûl. Je ne demanderai même pas l'an prochain pourquoi Ellie et Conor ont encore les doigts gourds comme des pieds de cochon. Et toi, tout ce que tu as à faire, c'est t'occuper de ma mère ce soir.

— Non mais vraiment, Jimmy…

— Tu devrais essayer de discuter avec elle. Elle porte le passé de tes enfants à l'intérieur de sa vieille caboche ratatinée. Et le passé de l'Irlande avec. C'est une femme vraiment intéressante.

— Un peu trop intéressante. Tu ne crois pas que j'en ai soupé que tu sois si intéressant que ça, Jimmy ?

— Un piano contre un refuge, dit-il. Tu refuserais à tes enfants une occasion de s'initier à une pratique artistique simplement parce que ma chère mère risque de laisser des traces de doigts sur tes meubles ? Ne sois pas bêtement mesquine, Deirdre. Tu vaux mieux que mes ancêtres et moi, non ? »

Il sortit sur la terrasse et ferma la porte derrière lui.

« Tu vas rester avec Deirdre ce soir, Maureen. Pas un mot sur ton lascar. On va l'évacuer en deux temps trois mouvements. Et qui sait, il se pourrait même que tu tombes sous le charme du nouveau carrelage.

— Je retourne pas là-bas, dit-elle. On y est pas en sécurité.

— Ouais, bon, on en reparlera après. »

Jimmy expédia quelques corvées après avoir laissé Maureen aux mains peu enthousiastes de son ex-bru, mais la journée touchait à sa fin et il y avait encore, sur le carrelage de la cuisine de sa mère, un sacrifice humain à l'arrière du crâne défoncé par le mépris de l'Irlande envers les beaux-arts et son penchant pour l'iconographie religieuse au rabais.

Il se demanda où Maureen avait dégoté la sainte Caillasse. Quelqu'un lui avait-il imposé ce cadeau au lendemain de son accouchement ? Le donateur avait-il supposé que même cette grossière image de la mère célibataire suprême pourrait lui apporter du réconfort dans les moments difficiles ? Était-il tout bonnement aveugle, sourd et réfractaire au style ?

Jimmy Phelan avait été élevé par ses grands-parents, sans mauvaise grâce mais sans talent non plus. Ils l'emmenèrent un jour en pèlerinage à Knock et le présentèrent en offrande devant le mur sur lequel avaient jadis eu lieu les apparitions, en tant que vivante illustration de leur piété. Il s'était copieusement barbé mais, ensuite, ils avaient fait un tour dans la ville et il se rappelait les boutiques de souvenirs, alignées les unes à côté des autres aussi loin que pouvait porter le regard d'un gamin de huit ans, pleines à craquer de bibelots. Rangées de Vierges-Maries-baromètres dont la robe changeait de couleur en fonction du temps qu'il faisait, phénomène tout ce qu'il y a de miraculeux. Appareils photo jouets préchargés d'images du sanctuaire qu'on faisait défiler à l'aide du déclencheur, en orientant le bidule vers la lumière. Et une forêt de sucres d'orge. On aurait pu bâtir un deuxième sanctuaire au grand complet rien qu'avec ces sucres d'orge.

La sainte Caillasse de Maureen n'aurait pas détonné. C'étaient peut-être ses grands-parents qui l'avaient achetée. Ce fut peut-être la frénésie que leur petit-fils mit à explorer ce pays des merveilles de bondieuseries kitsch, shooté au sucre d'orge rose bonbon et gavé de chips, qui leur fit prendre conscience de la pertinence d'un tel cadeau.

Donc, à supposer que la sainte Caillasse symbolise quelque chose aux yeux de Maureen. Repentir. Humilité. Nouveau départ. Et que défoncer le crâne d'un intrus avec l'ait ramenée quarante ans en arrière. Combien de temps fallait-il pour qu'une femme déchue se relève alors que la psyché niquée de l'Irlande au grand complet pesait de tout son poids sur elle pour l'expédier au purgatoire ?

Le soir venait ; il y avait un cadavre qui attirait les mouches là-bas, à l'appartement, et personne n'avait encore été désigné pour le virer.

Jimmy s'arrêta dans un supermarché Centra et s'acheta un sandwich à la saucisse et un café, puis regagna sa voiture pour réfléchir en mangeant.

C'était moche de dissimuler à Dougan l'origine d'un problème qu'il devrait régler. Jimmy n'était pas coutumier de ce genre d'exclusion. Sa mère – la femme qu'il considérait tant bien que mal comme sa mère, manière de tremplin branlant vers la compréhension du sang qu'il avait dans les veines – avait merdé et, pour la première fois de sa vie, Jimmy se sentait affligé d'un point faible.

Il ruminait ces considérations quand il avisa quelqu'un à trois mètres de sa voiture. Une silhouette vaguement familière. Une tignasse noire penchée sur une paume tendue où les doigts de l'autre main piochaient des pièces comme on le ferait pour alimenter un parcmètre. Une carrure robuste virant au maigre, vêtue d'un blouson à capuche bleu marine et d'un jean qui avaient l'un et l'autre connu dix fois trop de lessives. Jimmy froissa l'emballage de son sandwich, le fourra dans son gobelet de café vide et descendit de voiture. Entre la poubelle et sa cible, il tenta : « Cusack ? »

L'autre leva la tête. C'était bien lui. Avec pas mal d'années de plus, alors que Jimmy aurait juré que la dernière fois qu'ils s'étaient parlé remontait à quelques mois à peine.

« J.P., ça alors, dit l'autre, la paume toujours ouverte.

— Cusack. Tu as l'air en forme. »

L'entrée en matière n'avait rien d'honnête mais l'unique autre option était la franchise la plus brutale. *La tronche que tu te paies, Cusack ! Si tu fréquentes une femelle, il faudrait peut-être penser à l'asperger d'eau bénite et la réexpédier aux enfers, parce que tu as l'air d'un gars à qui on a pompé tout son sang.*

Le desséché accepta la salutation avec un hochement de tête funèbre.

« Ça fait un bail, reprit Jimmy.

— Je pense bien. » Il avait la voix pâteuse. Bourré ? Ça paraissait plus probable que tout ce à quoi Jimmy avait dû réfléchir dans la journée.

À l'époque où Jimmy vivait en T-shirt Iron Maiden, Tony Cusack était la petite frappe du genre utile, tout disposé à prouver qu'il avait sa place parmi les durs eu égard à son œil perçant et sa moralité malléable. Il avait été le messager de Jimmy à l'époque où sa petite taille lui assurait la vélocité, mais, à mesure qu'il grandissait, les deux garçons en vinrent à boire ou se défoncer ensemble, et discuter le bout de gras à propos de femmes faciles et d'anarchie. Jimmy avait vingt-quatre ans quand une accumulation de poisse l'incita à s'en aller quelque temps à Londres où il put continuer comme avant mais avec un flambant manteau d'anonymat et, n'ayant rien d'autre à foutre, Cusack était parti avec lui.

Londres avait été bénéfique à Jimmy. La ville lui avait donné des raisons de viser haut. Elle avait été bénéfique aussi à Tony, d'une certaine manière. Il avait rencontré une poule, l'avait mise enceinte et ramenée au pays, au lieu de rester tranquille là où la chance lui souriait.

Depuis, son chemin n'avait que rarement croisé celui de Jimmy. À Noël, ici ou là, ils s'étaient aperçus dans des pubs. Il était arrivé à Jimmy de lui faire servir une consommation de sa part, tout en prenant soin de ne pas se montrer trop engageant. La charmante indolence qui avait jadis caractérisé Tony Cusack s'était muée en terne apathie ; à trente et quelques années il était emprunté et morose, carcasse empaillée ramenée à la vie. Ce n'était un secret pour personne que Cusack avait englouti tout ce que Londres lui avait apporté. Même du temps de sa femme – est-ce qu'il l'avait seulement épousée ? –, il s'était assidûment usé le foie tout en abusant de la bienveillance du moindre marchand de bibine de la ville.

Jimmy n'ignorait pas grand-chose des marchands de bibine de la ville. Ni de ses usuriers, de ses dealers, de ses bookmakers. Cusack n'avait pas de réputation à proprement parler, ce serait supposer que les gens prenaient la peine de penser à lui, mais si son allure ne décourageait pas les investisseurs, un tas de gens finissaient ensuite par guérir de leur myopie.

Jimmy Phelan avait une réputation. Tony Cusack, plutôt un relent de grillé. Abandonné et oublié, rejeté…

Curieusement, cela faisait de lui un type à qui confier des secrets, car qui le croirait s'il parlait ? Qui l'écouterait seulement ?

« Tu as à faire ? » demanda Jimmy, bien qu'il connaisse la réponse d'avance et qu'il ait déjà évalué le montant du bakchich. Cusack n'avait rien de prévu. N'étant pas le genre d'homme à avoir souvent à faire, il prit la diversion qui s'offrait comme une brève parenthèse dans la monotonie amorphe que devait être son quotidien. Jimmy lui exposa les grandes lignes de l'affaire – femme effrayée, cambrioleur décédé, pas de types susceptibles de finir le boulot – et Cusack tiqua, gonfla les joues comme s'il envisageait de détaler, mais Jimmy s'accommodait bien de ça. La peur était une qualité qu'il recherchait chez ses intérimaires, bien qu'il soit bizarre d'encourager ce trait chez un homme qu'il aurait un jour pu appeler son ami, voilà longtemps, très longtemps, quand Jimmy n'avait pas de mère ni besoin d'en avoir une.

Quand ils arrivèrent à l'appartement, Cusack s'octroya une minute, accroupi, le dos tourné, mais une fois le soulèvement interne réprimé, il dénicha diligemment dans une des pièces des étages une vieille moquette pouilleuse arrachée pour les besoins du projet de rénovation et aida Jimmy à rouler le mort à l'intérieur comme un cigare. Les artisans avaient laissé quelques ustensiles de nettoyage ; Jimmy et Tony firent de leur mieux pour décaper compte tenu du temps dont l'inconnu avait disposé pour tatouer le sol. Maureen avait raison : il allait falloir changer le dallage. Un simple coup de serpillière ne ferait pas l'affaire.

« Tu t'y connais en carrelage ? demanda Jimmy.

— J'ai fait la salle de bains de ma baraque », dit Tony. Il avait dessoûlé, bien sûr. « Carrelage mural sur toute la hauteur. Et aussi la faïence de la cuisine, mais ça date d'un moment.

— Tu me refais le sol ici et je te file quelques biftons. Je ne veux pas faire venir qui que ce soit d'autre pour le moment. Tu fais quoi demain matin ?

— Rien.

— J'étais sûr que tu allais dire ça. »

Faute d'un autre véhicule, Jimmy amena sa Volvo jusqu'au portillon de derrière, au bout d'une ruelle de briques patinée par les intempéries et délibérément encombrée de plantes grimpantes et d'herbes folles. Ils rabattirent la banquette arrière et installèrent le cigare de moquette en diagonale : ce qui avait un jour été une tête pensante et respirante, derrière le siège passager, et des pieds intrusifs, dans l'angle opposé. Ils casèrent des pots de peinture vides et une échelle d'un côté et, de l'autre, les sacs doublés contenant les chiffons et brosses dont ils s'étaient servis pour nettoyer le sang.

Jimmy tendit à Tony un trousseau de clés et des billets en quantité suffisante pour acheter du carrelage et de l'eau de Javel.

« Tu as une voiture ?

— Oui, dit Tony.

— Prends des carreaux de terre cuite. » Puis, parce que ça se faisait, il demanda : « Qu'est-ce que tu deviens au fait, Cusack ? Tu bosses ?

— Par-ci, par-là. Le mieux qu'on puisse faire par les temps qui courent, à mon avis.

— Tu as sûrement raison, mec. Même ce boulot-là, c'est du ponctuel ; j'ai plus que mon compte de bouches à nourrir.

— Je connais ça – Tony changea de jambe d'appui –, je connais ça, mec.

— À propos de bouches à nourrir, combien il y a de petits Cusack à l'heure qu'il est ? »

L'ombre d'un sourire apparut ; elle se posa une fraction de seconde sur les lèvres de Tony et s'enfuit aussitôt. C'était la première fois depuis longtemps que Jimmy remarquait un semblant de signe de vie chez ce gazier.

« Six.

— Six ? Fais-y un nœud, mec ! »

Six gosses, ça offrait un beau potentiel de pressions à exercer.

Debout à côté du coffre de la voiture, ils discutaient sans bouger, si bien que les oiseaux continuaient autour d'eux leurs rituels du soir dans la verdure, s'engouffrant dans les arbustes ou en sortant à tire-d'aile, pareils à des ombres jaillissant sur les murs qui culminaient à une fois et demie la hauteur de Jimmy.

« Je vais avoir un boulot qui s'amène, dit Jimmy. Rien de fracassant, et ça vaudra sûrement pas ce que je te paierai, mais tu m'as dépanné aujourd'hui. Je vais dégoter un piano un de ces jours. Mon ex en cherche un pour les gosses. Si tu es dans le coin, tu pourras aider à le déménager.

— Quel genre de piano ?

— Tu t'inquiètes pour ton dos, hein ? Pas un de ces longs machins, si c'est à ça que tu penses.

— Non, ce que je veux dire c'est quel genre de piano tu cherches ? J'en ai un. J'essaie de m'en débarrasser.

— Toi ? Où est-ce que tu es allé chourer un piano, mec ? » Tony lâcha un claquement de langue en secouant la tête.

« C'est pas ça, dit-il. J'en ai un à moi. Il a quelques années mais il a été acheté neuf. Un chouette truc. Tout ce qu'il fait chez moi, c'est ramasser la poussière.

— Et c'est le genre de choses dont un mec doit se séparer quand il a six gosses, hein Cusack ? »

Tony haussa les épaules. « Je sais pas en jouer », dit-il, mais d'un ton rageur, incongru dans une discussion d'affaires, même un jour où la raison avait cédé la place au sang, aux liens et à la marée.

Avant de refermer l'appartement, Jimmy récupéra la sainte Caillasse et la posa soigneusement sur la forme roulée en tube de la deuxième grave erreur de sa mère.

## GRANDS MOTS, PETIT HOMME

*« Je dis juste que c'est dingue, bon sang, elle dit, que tu arrives à être aussi distant vis-à-vis de quelqu'un avec qui tu sors pour du sérieux. »*

*Putain mais qu'est-ce qu'elle est belle quand elle est en rogne, même si c'est contre moi. Elle en a les joues toutes roses et ses yeux virent du noisette au noir, elle est même debout, bras croisés, le menton pointé en avant. Et tout autour d'elle, les autres vont et viennent dans la cour de l'école comme les danseurs d'une troupe, comme des flocons de neige dans le ciel, comme des petits pétards merdiques autour d'une étoile filante.*

*Elle arrête pas de sortir des trucs du genre : « Mes copines trouvent ça nul » et « Mes copines disent que c'est super mauvais signe » et c'est pas que ça me vexe ni rien mais ce que pensent ses copines ça a une chiée importance pour moi, bien plus qu'elle l'imagine, parce qu'une bonne amie on sait comment ça marche, en mode collaboratif à la con. Alors je fais comme ça : « Écoute, ce que pensent tes copines ça devrait pas avoir d'importance, le seul truc qui doit compter c'est ce que toi tu penses », et elle me sort : « Sauf que c'est exactement ce que je pense, Ryan, et je trouve ça terrible parce que j'ai tout fait pour toi, tu sais ? » Quand elle dit « tout » elle parle du fait qu'elle m'a laissé la baiser et elle exagère même pas ; c'était vraiment tout, c'était le bout du monde. Mais ça, elle le sait pas. Elle dit simplement « tout » parce qu'elle a pas envie que Pierre, Paul ou Jacques l'entendent prononcer le mot « baiser » vu qu'on dit pas n'importe quoi en plein milieu de la cour en pleine pause déjeuner alors que tous les gamins de l'école traînent des esgourdes de la taille du comté de Leitrim. Et c'est plutôt marrant parce que ce qu'elle veut me pousser à dire est sacrément plus énorme encore.*

*« Mais tu sais bien quels sentiments j'ai pour toi, je dis.*

*— Comment veux-tu que je le sache ? elle répond.*

*— C'est que je te les montre pas, peut-être ? » je dis.*

*Et là elle dit : « Moi, le seul truc que je vois, c'est tout ce que je te passe, et à quoi bon si c'est pour rien, tu peux me dire ? »*

*Là, je souris et elle fait comme ça : « C'est pas drôle, Ryan ! » et elle a l'air prête à pleurer, et le truc c'est que je sais exactement quoi faire et j'ai super envie de le faire, tu parles, j'en crève d'envie, mais par moments on a les bons mots sur le bout des lèvres et dans le bon ordre, mais ce qu'on a à dire est tellement énorme, tellement trouillant, qu'on est pas sûr d'arriver à ouvrir la bouche assez grand pour que ça sorte.*

*Elle dit : « Parce que ça compte* tellement *pour moi, Ryan », et elle détourne les yeux en secouant la tête. « Et si c'est pas pareil pour toi, alors, ça veut juste dire que j'ai été idiote de te laisser faire au bout d'à peine deux ou trois semaines. Et je referai plus jamais cette bêtise-là.*

*— C'est pas ça qu'il faut se dire, je lui sors.*

*— Alors c'est quoi ? »*

*Là, je me sens carrément mal et je regarde le goudron entre mes pieds alors elle dit : « Oh, non. Bon d'accord », et elle tourne les talons et je comprends qu'elle se rend pas compte à quel point pour moi c'est un truc de fou, parce que c'est pas une chose que j'ai eu l'habitude d'entendre ou de dire depuis que je suis tout petit, alors je grimace et elle s'éloigne encore un peu de moi, du coup je l'appelle :*

*« Hé, d'Arcy », et elle se retourne, furieuse, et je lance en haussant les épaules : « J't'aime » et là, la cour entière titube avec elle et s'écrie* Oooooh ! *et moi je pique un fard. Putain. Rouge vif.*

*Mais elle, elle sourit, et elle porte la main à sa bouche en me faisant les yeux de l'amour parce qu'elle sait que jamais de la vie je me serais comporté comme un parfait couillon devant tout le monde si j'avais pas été parfaitement sincère.*

# 3

Georgie avait quinze ans quand elle rencontra Robbie qui en avait vingt-deux. Il avoua ses vingt-deux ans ; elle n'avoua rien du tout, ni âge, ni provenance, ni le fait qu'elle n'avait pas la plus petite connerie d'idée de ce qu'elle était en train de faire. Elle était fugueuse et lui sans domicile, et le hasard voulut qu'ils se trouvent l'un l'autre.

Elle le perdit brusquement un jour d'avril, six ans plus tard. Elle ne savait pas quel jour au juste parce qu'il y avait souvent des éclipses. Elle qui travaillait ou lui qui escaladait un mur ici ou là, en tâchant d'en redescendre avant de tomber. Elle ne s'affola donc pas en constatant un jour qu'il n'était pas à la maison à son retour, pas plus qu'elle ne commença à se ronger les ongles parce qu'il ne décrochait pas son portable ; il perdait constamment ses téléphones, certaines fois exprès. Elle appela les rares amis qu'ils avaient, mais personne ne l'avait vu. Le troisième jour, elle commença à s'inquiéter.

Georgie, petite provinciale paumée et claustrophobe par intermittence, selon elle, se droguait déjà depuis longtemps quand elle rencontra Robbie. Et ne l'aurait jamais rencontré s'ils n'avaient pas partagé cette pratique : ils se retrouvaient sans arrêt sur les mêmes canapés en train de prendre les mêmes drogues dans le même but. Lui avait les yeux gris mer et les cheveux de la couleur d'un coucher de soleil éteint. Surfant sur la sagesse des substances, ils discutaient de toutes sortes de sujets fumeux.

Lors d'une fête, il lui dit qu'il avait une chambre dans un appartement et que, si elle voulait, elle pouvait y dormir.

« C'est juste un matelas par terre, dit-il. Mais c'est mieux que de passer d'un canapé à l'autre… ou d'une fête à l'autre, si tu vois ce que je veux dire », ajouta-t-il avec un clin d'œil.

Elle partit avec lui et vingt minutes plus tard, couchée sur le dos, contemplait fixement le bois écaillé d'une fenêtre à guillotine blanche en grimaçant pendant que Robbie tisonnait et fourgonnait en elle, invasion consentie étant donné qu'elle était en chute libre et couverte de dettes. Ainsi Georgie perdit-elle sa virginité : en négociant une place sur un matelas.

Là-dessus, il suggéra de reprendre un peu de coke.

« Tu peux rester aussi longtemps que tu veux, dit-il. Sérieux… c'était super sympa de ta part.

— Pas de problème », répondit-elle.

Sa bite semblait bien plus riquiqui qu'elle aurait dû d'après ce que Georgie en avait senti. Il lui tendit son T-shirt. Elle le roula en boule et se le fourra entre les jambes.

Elle sniffa une nouvelle ligne et, en se redressant, remarqua qu'il lorgnait fixement ses seins, bouche bée, comme s'il y avait des années qu'il n'avait pas vu de fille nue.

« Sans déconner, c'était super, super sympa de ta part », dit-il. Un silence, puis : « Je te plais ?

— Ouais. Bien sûr que tu me plais. »

Il ne la crut pas. « Toi en tout cas, tu me plais, dit-il. Et depuis un moment. Un sacré bout de temps. Tu peux rester aussi longtemps que tu veux. Sérieux. »

Il aurait pu dire : *tu peux rester six ans*, sans que Georgie doute de son offre alors qu'elle aurait douté de sa propre capacité à supporter ce gars-là aussi longtemps. Mais bon, c'était comme ça et puis voilà, hein ! On ne connaît sa propre force que quand on s'en sert.

En dehors de leur goût pour la défonce, Georgie et Robbie n'avaient pas grand-chose en commun, et il existait des couples plus photogéniques. Robbie semblait assez articulé pour qu'on le plie quand on n'avait pas besoin de lui, or personne n'avait besoin de lui bien souvent. Georgie était courte sur pattes et farcie de taches de rousseur, avec une tendance à faire du gras là où il n'aurait pas fallu. Quelques années plus tôt déjà, son tour de poitrine lui donnait l'air mastoc dans son pull de l'uniforme scolaire, et les vieux lui soufflaient des propositions salaces en la croisant dans la rue.

Elle raconta d'abord à Robbie qu'elle était venue en ville pour faire la fête après son *Leaving Certificate*. Mais plus elle partageait son matelas, plus ce mensonge lui pesait, jusqu'au jour où le fardeau ne fut plus tenable. Elle avoua quand elle fut certaine qu'il ne regimberait pas : elle avait quinze ans et s'était enfuie de chez elle mais personne ne la recherchait parce qu'elle avait dit à ses parents qu'elle s'en sortait très bien. Elle les appelait tous les quinze jours, en fait, et bien sûr ça n'intéressait pas les flics de rechercher une fille qui s'en sortait très bien. D'ailleurs elle était bel et bien là pour faire la fête, précisa-t-elle.

Robbie prit la chose exactement comme elle l'avait prévu. Il se gratta la nuque en gonflant les joues. « Ouh là », fit-il, et ce fut tout. Il était désormais trop tard pour qu'il fasse machine arrière, même s'il en avait eu le cran. Il avait déjà entraîné Georgie dans un arrangement avec le proprio à qui il louait la chambre : le type baisait aussi Georgie de temps en temps, en contrepartie d'une remise sur le mois suivant de soûleries et discussions fumeuses sous son toit.

Ensuite ce fut leur dealer, puis toute une nuit de clients derrière l'université pendant que Robbie patrouillait et parlementait, une fois par semaine, ou peut-être un peu plus. Et Robbie, bien sûr, mais là c'était gratuit.

Les anniversaires passaient, la coke passait, les crises passaient. Robbie requinquait Georgie quand elle en avait besoin, Georgie payait en nature les dettes de Robbie quand il en avait besoin. Elle tomba enceinte, mais ça n'aboutit pas. Plus tard, peut-être. Entre-temps, ils cessèrent d'aller dans des fêtes. Ils restaient chez eux, où il endurait une mort après l'autre sur sa Xbox pendant qu'elle se plongeait dans des romans noirs pleins de détectives opiniâtres et d'assassins se cachant au grand jour.

Elle se mit à travailler en maison, à la demande de Robbie. Peut-être n'insista-t-il que pour se décharger de sa responsabilité vis-à-vis d'elle, mais il jura que c'était parce qu'il y avait moins de risques avec les types qui la sautaient dans un bordel qu'avec les clients qu'elle levait dans les rues.

Il se trompait.

Jusque-là, elle avait défini son quotidien avec Robbie en termes pleins de vie : *se disputer, baiser, respirer, être*. À partir de là, son principal souci devint la mort. Les hommes qui réservaient ses services faisaient en sorte qu'elle ait conscience, à chaque instant, du temps qu'il lui restait peut-être à vivre. En règle générale, c'étaient des salopards, bien plus que les michetons de dernière minute. Peut-être parce que ces clients-là avaient le temps de mariner dans leur mépris qui, souvent, bouillonnait déjà quand ils se retrouvaient face à la fille qu'ils avaient retenue. Quand elle ne travaillait pas, Georgie se consolait avec ses tueurs en série et regardait Robbie se vider de son sang des centaines de fois par jour sur l'écran de la télé, jusqu'à ce qu'enfin l'ironie de la situation commence à poindre.

Un dimanche, elle poussa Robbie à emprunter une voiture et se fit conduire chez ses parents, puis attendit, garée au sommet de la colline, qu'ils soient partis à la messe.

Entre les murs bruns, derrière les fenêtres trop proches des branches tombantes, au pied des pendules au tic-tac synchrone, Georgie huma l'odeur de pois cassés et de terre humide. Elle savait maintenant à quel point il existait pire mais elle retrouva pourtant la sensation d'autrefois : les heures perdues et les occasions rancies à l'air de la campagne, l'impression qu'à moins de se remuer et de sortir de là elle allait prendre racine au travers de la moquette élimée et jusqu'aux fondations, les transpercer, s'enfouir dans le sol, la glèbe, la roche, et rester piégée là jusqu'à ce que son cerveau se fige en gelée et que des poils drus lui poussent au menton. Ses parents étaient nés de la terre et bloqués par la terre, et Georgie était une extraterrestre. Elle avait pris son envol parce qu'il ne semblait pas y avoir d'autre échappatoire. Pas plus qu'il n'était possible de revenir, à présent.

Elle vola une des chemises de son père au fond de l'armoire et le scapulaire de sa mère sur l'appui de la fenêtre, dans la chambre. Le foyer familial lui étant désormais inaccessible, elle ne prit que ce qui ne ferait défaut à personne. Des objets qui seraient pour elle des rappels aigres-doux de la merde dans laquelle elle s'était mise.

Par la suite, chaque fois qu'elle se mettait au travail, elle enroulait le scapulaire autour de la poignée du tiroir de la table de chevet. Le reluquait comme pour le mettre au défi de dispenser le salut. De faire jaillir un Jésus en colère. D'invoquer la colère de Son Père.

Ces extases l'occupaient, mais il était bien rare qu'un client s'en aperçoive. Les clients n'étaient pas équipés pour remarquer ce genre de choses, alors qu'ils avaient l'œil affûté en ce qui concernait son être de chair. Le manque d'enthousiasme à l'égard de leur libido provoquait généralement un châtiment sous forme de coups de hanches ou poignées de cheveux tirés sans ménagement, mais il arrivait qu'ils soient ambivalents et ne se vengent qu'après, assis bien droit devant leur ordinateur portable pour taper de quoi la mettre plus bas que terre.

*Elle a la tronche comme un cul après une bonne fessée, et le cul comme un sachet de chips…*

Le bordel emménagea dans de nouveaux locaux à peu près un mois avant que Robbie disparaisse, et quand les déménageurs arrivèrent avec le mobilier, il manquait la table de chevet du scapulaire. Georgie avait trop honte de l'objet de sa sentimentalité pour rien dire, sauf au creux de l'épaule de Robbie une fois rentrée à leur appartement.

Ce n'était donc pas qu'elle craigne que Robbie soit mort, puisque sa mort était la première conclusion logique. Il ne se serait pas tiré étant donné qu'il n'avait personne à rejoindre ; elle et lui étaient, à bien des égards, les deux dernières personnes sur terre.

Elle chercha son cadavre avec un détachement décidé. Si elle devait le retrouver vidé de son sang ou tout gonflé, il faudrait accepter, mais pour le moment, la seule chose qu'elle avait à faire c'était son devoir. Elle le chercha partout. Ruelles, portes cochères, et dans les rues, en long et en large. Rien. On aurait dit qu'il avait été balayé de la surface de la terre comme on vire une miette qui traîne sur sa chemise.

Elle signala sa disparition. Le flic qui prenait sa déposition se renversa contre le dossier de sa chaise, tapotant son stylo-bille sur la partie charnue entre son pouce et son index tout en regardant Georgie comme si elle avait inventé Robbie à partir de bribes de clients et de bouffées délirantes dans lesquelles elle prendrait ses désirs pour des réalités. Il la renvoya chez elle avec un dégoût non dissimulé en promettant vaguement de la tenir au courant.

S'il y avait eu un corps, le chagrin qu'elle éprouvait n'aurait pas été aussi informe. Mais le fait que Robbie ait été là un jour et parti le lendemain en ne lui laissant que des pulls d'occasion et des trucs à bouffer qu'elle n'aimait pas la laissait partagée entre le deuil et un agacement survolté. Il était là, puis il n'y était plus, et où qu'il soit parti il avait emporté avec lui six ans de Georgie.

Les conséquences concrètes de sa soudaine indépendance furent nombreuses et déplorables pour Georgie. Elle était capable d'assurer seule sa subsistance – il y avait de l'argent dans la prostitution, pas énormément mais assez pour régler le loyer et se payer sa dope – mais… Eh bien, il y avait des choses dont elle n'avait pas eu à se soucier quand Robbie était là. Par exemple, il veillait à ce que le chauffage fonctionne, ou bien il se chargeait des courses pour qu'ils ne manquent pas de coke ni de fumette et autres nécessités. Et maintenant toutes ces *autres nécessités* restaient nécessaires mais Georgie n'avait plus les moyens.

*Peut-être que je déprime ?* se demandait-elle mollement, plantée sous la douche pendant une demi-heure avant de s'apercevoir, parfois, qu'elle avait oublié de quitter sa culotte ou de dénouer ses cheveux. Le peu de sérénité acquise vis-à-vis de sa condition lorsque Robbie était là pour l'y inciter disparut. Elle pensa que, sans doute, ce laps de six années brusquement passé à la trappe l'écœurait. Elle en avait marre du bordel, marre du maque, et ni la promesse d'un toit ni le fait d'avoir quelqu'un qui gère ses gains ne compensaient.

Elle aurait pu tout planter là et puis voilà, mais ç'aurait créé plus de problèmes que ça n'en aurait réglé ; le maque la choperait sans doute pour manque à gagner et insisterait pour qu'elle continue de bosser jusqu'à ce qu'elle ait remboursé l'avalanche de dettes imaginaires qu'il lui dégoiserait. Elle préféra s'évader en picolant. Quand les clients arrivaient aux rendez-vous elle leur rotait au nez sa désapprobation, qu'ils tentaient de lui faire passer à coups de poing. Puis ce fut le maque qui tenta de l'en guérir par des raclées. Il cogna pour la faire filer droit, alors que le problème de Georgie c'était qu'on la cogne. Le type n'était pas très malin, il faut bien le dire. Il dirigeait le bordel pour le compte de quelqu'un d'autre, ce qui était somme toute un plan de carrière plutôt con.

Au bout de quelques jours de rots et de raclées, Georgie se retrouva à la porte. Elle rentra chez elle, se lava et retourna arpenter les rues dès le lendemain. Évidemment, elle devait se soucier des flics à présent, mais ça paraissait le moindre des maux, d'autant qu'elle pouvait toujours leur faire remarquer qu'ils devraient être en train de rechercher Robbie au lieu de l'empêcher, elle, de gagner sa vie en l'embarquant pour racolage ou en se faisant offrir une petite pipe gratos dans une ruelle derrière les quais. Eh ouais, un homme reste un homme, toujours à pied d'œuvre.

Et ce fut ce qui l'amena, au cours de la semaine qui suivit son renvoi pour abus de gin, à rechercher un nouveau genre d'homme.

Georgie avait senti dès le jour où elle fit sa connaissance que Tara Duane était un produit fabriqué, mais d'un genre positif, à ce moment-là, une étincelle de chance ayant pris forme à la faveur d'une conjonction astrale propice. Tara l'avait trouvée derrière l'université, la peau grêlée par le crépi et le mauvais temps. Elle lui avait apporté un sandwich et un café et, plus tard, payé une vodka dans un des pubs des environs d'Oliver Plunkett Street, Georgie ne se souvenait plus lequel. À seize ans, elle avait beau se faire embarquer en voiture par des hommes mariés, Cork restait pour elle un mystère, l'étendue de la ville étant interdite aux gens comme elle, telle une soirée pour laquelle elle n'avait pas d'invitation.

Tara clama qu'elle avait assez fait le tapin en son temps, qu'après s'être sortie de tout ça par ses propres moyens elle estimait de son devoir d'offrir un peu d'aide aux filles encore dans le métier. Elle insinuait ainsi en douceur qu'elle comprenait mieux que quiconque les raisons qui plombaient Georgie. Il apparut bien vite qu'aux yeux de Tara il n'y avait aucune honte à être plombé en ces temps de récession. L'Irlande en chute libre ? Qui pouvait reprocher aux tapineuses d'avoir choisi le trottoir ! Georgie ne se rappelait pas avoir choisi et cela la mettait mal à l'aise d'entendre la chose si vite résumée par cette alliée spontanée dont rien ne prouvait qu'elle le soit.

En règle générale, dans le métier, les autres filles apportaient autant de soutien qu'on leur en laissait la possibilité. Les plus anciennes – que l'alcool ou la poudre avait trop attaquées pour qu'elles puissent marcher à autre chose que l'instinct –, il valait mieux les éviter. Elles avaient le coup de poing plus vif qu'on pouvait le supposer au premier coup d'œil. Mais dans l'ensemble,

Georgie découvrit qu'elle n'avait pas grand-chose à craindre de ses consœurs et que par moments il était sage de se fier à elles, aussi quand plusieurs d'entre elles lui expliquèrent qu'elle avait tout intérêt à ignorer les amitiés fluctuantes de Tara Duane, elle écouta.

Plus elle écoutait, plus la gueule d'albâtre se lézardait. Tara savait toujours où étaient les maques et les dealers, quels boxons recherchaient du personnel, qui favorisait la pratique du cyber-sexe. Certaines filles murmuraient que Tara était la maquerelle la plus tordue de la ville, qui tirait rétribution de toutes les tierces personnes imaginables tout en écumant les rues. Georgie doutait que Tara soit assez pragmatique pour être maquerelle. Elle se demandait plutôt si cette femme n'était pas juste un faux jeton, qui feignait d'apporter de l'aide comme elle feignait de dispenser des sourires.

L'activisme auquel Tara Duane prétendait consacrer son temps se bornait habituellement à apporter des sandwiches maison aux nécessiteux. C'était le cas ce soir. Georgie la repéra à l'autre bout du quai, en train de servir à boire à deux ou trois vieux junkies dans des gobelets en plastique qu'elle remplissait avec une flasque derrière le coffre de sa voiture.

Il était à peine plus de vingt-deux heures et entre les lampadaires publics et la rivière, des ombres humides montaient le long des membres de Georgie et lui plaquaient des frissons printaniers sur la poitrine ; chaque inspiration lui coupait le souffle.

Tara l'aperçut à cinquante mètres de distance et se fendit d'un de ses sourires de miroir fêlé dès qu'elle fut certaine que Georgie était assez près pour en encaisser de plein fouet le bénéfice.

« Georgie ! Alors ma belle, comment tu vas ? Ça fait super longtemps que je ne t'ai pas vue, qu'est-ce que tu fabriquais, cocotte ?

— Il me faut un dealer », répondit Georgie.

Tara fit la moue et esquissa deux ou trois grimaces différentes avant d'opter finalement pour une mimique avoisinant l'inquiétude, mais les tressaillements aux commissures de ses paupières et le mâchonnement convulsif de ses lèvres trahissaient les connexions qui grésillaient tous azimuts dans son cerveau. Elle resserra sa queue-de-cheval. « Ah, tu sais que je ne cautionne pas, Georgie. Enfin bon, il me semble que tu as déjà tout ce qu'il te faut.

— J'ai plus rien du tout, oui ! s'écria Georgie. C'est bien le problème, Tara. »

*Hmm*. « Robbie ne connaîtrait pas quelqu'un ?

— Robbie n'est pas rentré pour le moment. » Cette affirmation lui fit mal. Inattendu, un coup au creux du ventre, pareil à une lame de couteau, ou aux signes avant-coureurs d'une vie sur le point de s'achever sur le sol de toilettes publiques.

Tara fit une nouvelle grimace.

« Pas pour le moment ? » Elle soupira. « Pauvre Robbie. J'espère qu'il va bien, ma belle, vraiment. Je veux dire que, même s'il t'a quittée, savoir c'est déjà guérir, louloute. »

Georgie resserra sa veste sur son ventre. « Ouais, dit-elle. Mais en attendant…

— Un dealer, reprit pensivement Tara. Ça me déplaît de jouer les aidants, évidemment.

— Pardi, c'est sûr. Toi tu pratiques pas du tout, hein, Tara ? »

Tara se rembrunit et répondit : « C'est qu'entre la fumette et les drogues dures il y a une différence, Georgie.

— Qui a dit que je cherchais des drogues dures ?

— Je n'insinue rien. C'est connu, Georgie, tu le sais bien. Si tu essayais… – elle baissa la voix bien que les vieux junkies se soient éloignés et qu'il n'y ait plus personne à proximité – à ton boulot ? Ils ne te fourniraient pas ?

— Je ne travaille plus là-bas, Tara. Je pensais que tu l'avais su. »

Bien sûr qu'elle l'avait su. Tara Duane savait tout. Elle connaissait la ville comme un spectre plusieurs fois centenaire, bien qu'elle n'ait sans doute pas plus de trente-cinq ans ; elle s'insinuait dans les vies, fouinait, fouillait, et écoutait, écoutait surtout. Peut-être que le prix d'un café était une rumeur et le coût d'un sandwich une histoire à demi vérifiée. Peut-être qu'elle faisait du bénévolat humanitaire dans les bordels – pas dans les chambres mais en répondant au téléphone, en veillant à fermer la porte à clé, en lavant les serviettes, en espionnant par les trous de serrure…

Peut-être qu'elle avait des amants dans le milieu criminel, bien que Georgie se demande qui voudrait d'elle. Elle avait un physique de fantôme, avec de longs cheveux pâles et des yeux pareils à des tombes béantes. Et la fausse sincérité par là-dessus. On ne la voyait donc pas ? La langue de Tara Duane pourléchant la bite gonflée de quelque gangster, ingérant la rage de l'homme et les ombres que projetaient sur la ville son dos, son ventre énorme qui se soulevait et retombait contre le front de Tara à mesure qu'il lui déblatérait tous ses secrets à l'oreille. Peut-être qu'ils se la passaient comme un virus, et que c'était ainsi qu'elle glanait aussi bien détails que supputations.

« Tu as trouvé autre chose ? » Tara fronça les sourcils, puis arbora un grand sourire et parut soudain prendre le visage d'une autre femme. « Tu veux un café ?

— Je veux bien. Et ouais. J'ai trouvé autre chose. Retour à la rue.

— C'est très risqué, dit Tara qui avait commencé à servir un café de toute façon. Tu sais que tu crains moins en maison. Propre, pas de flics, clients en bonne santé… »

Georgie prit le gobelet. « Ça tourne pas toujours comme il faudrait, dit-elle prudemment.

— Tu buvais ? » demanda Tara. Sa mine était devenue solennelle.

« Comment tu sais ça, toi ? répondit Georgie.

— Je ne le savais pas. Du moins, pas jusqu'à maintenant.

— Ah non ? fit Georgie. Pur hasard.

— Je l'ai peut-être entendu dire, concéda Tara.

— Et tu aurais pas entendu dire, des fois, où je peux trouver un dealer qui trempe pas jusqu'aux oreilles dans le merdier dont on vient de me virer à coups de pompe dans le cul ?

— C'est bon, dit Tara. Je connais peut-être quelqu'un qui ferait l'affaire. Un jeune. On est proches, alors il te soignera si je lui demande. »

Cette réponse énoncée avec une mièvrerie écœurante visait à susciter la connivence, intention aussi malvenue qu'incontrôlée ; Tara était trop contente d'elle-même. Elle prenait peut-être des amants dans le milieu criminel mais le bruit courait qu'elle préférait les jeunes gens, et des témoins visuels affirmaient que cette tendance s'accentuait d'une baise à l'autre. Elle ne faisait certes aucune différence entre les sexes pour ce qui était d'extorquer les bénéfices de la prostitution. Georgie tapinait depuis six ans et avait appris quantité de choses sur les préférences les plus étranges qu'adoptaient les hommes. Elle avait ses théories : comme quoi le sexe étant partout, ce qui titillait autrefois était maintenant banal, si bien que les hommes avaient besoin d'excitants qui leur soient personnels. Ou bien que le droit d'acheter un service les précipitait dans une débauche effrénée. Ou encore qu'ils avaient tous été tripotés par des curés. En tout cas, elle avait vu des tas de trucs dépassant les attributions de la petite amie la plus dessalée et, malgré tout, n'arrivait pas à comprendre qu'un jeune, même dévoré par le fantasme de baiser une vieille en âge d'être sa mère, puisse avoir envie d'approcher Tara Duane. Cette femme portait l'avidité comme une seconde peau.

« Tu connais les jeunes, poursuivit Tara. Ils sont capables d'un tel enthousiasme.

— Ouais, fit faiblement Georgie. Prends ce qui passe.

— Qu'est-ce que tu veux dire par là ? »

Elle fronçait les sourcils. Georgie secoua la tête.

« C'est sorti de travers, dit-elle. Je voulais pas dire que tu devais te contenter de ce qui passait, juste que, ben, il fallait saisir les occasions, quoi. »

Tara se détendit. D'un geste, elle demanda son portable à Georgie et composa un numéro.

« Sois gentille avec lui », dit-elle. Et bien que la plaisanterie lui tire un petit sourire, Georgie tressaillit, sentit le malaise enfler en elle et monter de son ventre jusqu'aux replis chauds derrière ses oreilles et à l'extrémité des poils de ses bras.

Les gens, voyez-vous, ont peur des dealers. Les prostituées, c'est déplaisant, on n'a pas envie de les voir déambuler en cuissardes pour lever des clients dans la rue où on vit. Mais les dealers ? Ah non. Là, terreur abjecte. Les dealers, ça s'accompagne de flingues, de vendettas. Ils risquent de viser nos enfants, de défoncer nos portes.

Georgie ne pouvait nier qu'il y ait du vrai là-dedans, mais elle n'avait pas peur des revendeurs, pas en tant qu'espèce au sens large. Certains d'entre eux, trop avides d'accéder à d'autres formes de capitalisme, reluquaient les tapineuses de haut en bas comme un maquignon regarderait un cheval. On les voyait venir gros comme une maison, alors les filles avisées gardaient leurs distances. Mais pour la plupart, ils n'étaient qu'à deux doigts du pitoyable. Beaucoup ne s'approvisionnaient que pour subvenir à leurs propres besoins et égaraient un peu de leur marchandise à chaque transaction, dans leurs narines et leurs veines, achetant ainsi leur propre asservissement.

Les plus malins se situaient quelque part entre ces deux catégories ; leurs efforts de croissance se limitaient au domaine des cachets et de la poudre, et leurs narines restaient intactes. Du temps où elle travaillait en maison, Georgie n'avait jamais connu de rupture dans les arrivages de stupéfiants, denrées essentielles quand on gagnait sa vie en se faisant baiser. Sinon, c'était la responsabilité de Robbie, et il s'était affilié au même réseau les derniers mois. Claquer la porte du bordel ne signifiait pas que Georgie n'ait plus le droit de s'approvisionner en coke auprès de ses fournisseurs, mais il y avait dans ce réseau des gens qu'elle ne voulait plus jamais revoir jusqu'à la fin de ses jours.

Le dealer personnel de Tara Duane n'était pas l'idéal. Georgie alla au bout de la rue pour demander des adresses à deux ou trois autres filles, mais le marché qu'elles fréquentaient était pratiquement un monopole, si bien que chacune des voies qu'explorait Georgie la ramenait en terrain connu.

Finalement, n'ayant pas d'autre issue, elle enterra le souvenir du petit sourire de Tara et composa le numéro.

« Ouais.

— Salut. J'ai eu ton numéro par une amie à toi. Je cherche quelque chose, tu peux m'aider ?

— Quelle amie ?

— Une fille qui s'appelle Tara.

— Tara comment ? »

Visiblement, ce gars-là se fichait pas mal des oreilles de la police. Georgie hésita. « Tara Duane.

— Ah », dit-il. Il y eut un silence, puis : « Je sais pas trop. Tu es où ?

— En ville.

— Parce que moi, non.

— Je peux venir si besoin mais là, tout de suite, "si besoin" ça veut dire besoin de savoir, dit Georgie.

— Putain, ça c'est de la littérature, dit-il. Tu as de la chance que je sois stone. Bon, alors. Qu'est-ce qu'il te faut ? »

Elle profita du temps mort entre sa commande et la livraison pour enquiller deux clients, l'un mort de trouille et manquant d'entraînement que ces deux raisons faisaient suer comme un porc, l'autre en quête d'une pipe qui ne l'arracha pas à son ennui. Elle récolta assez pour payer ce qu'elle voulait prendre au revendeur, mais pas de quoi faire durer chez elle. À condition que ce soit un type réglo qui ne cherche pas à l'arnaquer avec de l'aspirine pilée emballée dans du papier alu – mais à quoi fallait-il s'attendre quand on se branchait avec quelqu'un sur recommandation de Tara Duane? –, elle aurait au moins de quoi se faire un sniff avant de retourner au taf. Peut-être se représenter le scapulaire en fermant les yeux, en espérant ne pas saigner du nez dans le cou du client. *C'est les stigmates, chéri. Je viens de tailler une pipe à mon Seigneur.*

Elle ne le vit pas tout de suite. Elle retourna jusqu'au bout du quai et il était là, un peu en retrait derrière une voiture garée, assis sur un boulard. Il la fit sursauter, ce qu'elle n'apprécia pas du tout.

« C'est toi Georgie ? lança-t-il.

— Doux Jésus !

— Nan, fit-il. Même pas en rêve. Ryan. »

Il était assis, les jambes insolemment dépliées devant lui, mais il se tenait les épaules voûtées et les mains enfoncées dans les poches. Il avait froid. Et pour cause : il portait un uniforme scolaire, pas de veste, juste un mince pull en V bordeaux sur une chemise grise que pour rien au monde il n'aurait boutonnée jusqu'en haut.

# 4

Tony Cusack se dit d'abord qu'il fallait qu'il trouve la famille de Robbie O'Donovan pour lui faire savoir que ce pauvre diable était mort. Puis il se dit que la moindre initiative un tant soit peu louable risquait seulement de l'expédier dans un enfer de sa propre fabrication. Il y aurait les flics. Les lamentations des sœurs et des mères. Et par-dessus tout, il y aurait Jimmy Phelan. Par-dessus tout, compact et menaçant comme Godzilla, la mine aussi riante qu'une carrière désaffectée.

Tony n'avait pas tenu Robbie en grande estime de son vivant, mais il n'attirait pas souvent le genre de compagnie qui en attendait ou en méritait beaucoup. Robbie picolait dans le même pub que lui. Soiffard de journée lui aussi, il arrivait avec ses bulletins de paris, un exemplaire du *Southern Star* sous le bras et son téléphone portable, s'asseyait au bar, levant la tête vers la télé puis la baissant vers ses bulletins, jetant un coup d'œil au journal puis sur son téléphone. Pas un grand bavard, même bourré, mais ça n'avait jamais dérangé Tony. Il en savait plus sur Robbie qu'il ne le connaissait vraiment, même après toutes les heures passées sur des tabourets voisins à boire à l'unisson dans le brouhaha de l'après-midi.

Mais retrouver le bonhomme affalé par terre dans l'appartement de Jimmy Phelan, ça avait retourné l'estomac de Tony. D'une part, bien sûr, c'était moche, littéralement. L'aspect de bouillie d'œufs écrasés, de quoi retourner tous les estomacs d'une vache. Puis il y avait que Tony connaissait ce type, et qu'il ne s'était pas attendu à ça, et qu'il avait dû réprimer ses impulsions aussi sec devant J.P. avant que cette reconnaissance jaillisse hors de lui et éclabousse tout. Effort physique éprouvant ; Tony n'était pas taillé pour faire l'acteur.

Mais encore pire. Une forme de camaraderie morbide entre Tony Cusack et les visages qu'il voyait quotidiennement, troubles et déformés, tout autour de lui. Robbie O'Donovan s'était fait défoncer le crâne, et Robbie O'Donovan n'était pas si différent de lui que ça. D'ailleurs où était la différence, en fait, quand un mec devait finir en bouillie ? L'univers se fichait pas mal qu'il s'agisse d'un rouquin maigrichon ou d'un mastard grisonnant, dès lors qu'il était d'humeur à dégommer du branquignol. Merde, quoi. Ç'aurait pu être lui. Ç'aurait pu être n'importe lequel d'entre eux.

Et si ç'avait été lui, est-ce qu'il ne voudrait pas que sa mère le sache ?

Il était rentré chez lui après le nettoyage avec une liasse des billets de J.P. roulée dans sa poche et une migraine qui commença quelque part sous ses épaules et lui enfonça un capuchon de couleurs tourbillonnantes sur les yeux. S'assit dans la cuisine avec une bouteille de Jameson et un verre vide. Il avait besoin de ce remontant mais il lui fallut du temps et un gros effort pour verser le whisky de la bouteille dans le verre puis du verre dans son gosier. Quelques heures en compagnie d'un cadavre auraient eu le même effet sur n'importe quel bonhomme encore en vie. Un état loin d'être garanti, vu que Tony avait fait croire à J.P. qu'il ne connaissait pas le mort.

Il aurait peut-être dû lui dire. Ça serait peut-être passé. *Hé, Jimmy, mec, je le connais ce gusse.*

Mais peut-être que J.P. aurait pris ça comme une invitation à lui enfoncer la tête entre les deux épaules. On ne va pas raconter à des types en acier trempé qu'on sait qui ils ont refroidi. À moins d'être disposé à leur servir de cravate en peau de mariole.

C'était vraiment un détail sans importance, tout bien réfléchi. Il connaissait un mec et il avait omis de le faire savoir. Voilà tout. Un petit détail à la con, pas de quoi trembler pour sa vie. On oubliait d'ouvrir sa gueule et on se retrouvait soudain à picoler dans sa cuisine pendant qu'un filet de pisse nous ruisselait dans la jambe du froc.

Il se traîna d'une conclusion à l'autre pendant des jours qui se muèrent en semaines : aller lire l'avis de décès sur la porte de chez O'Donovan, ou s'abriter sous l'ombre de Jimmy et attendre que la culpabilité s'émousse. Ça le rendit plus dur avec les gosses. Tout ce qu'ils faisaient lui mettait la tête en vrac. Il se terrait dans la cuisine quand ils regardaient la télé, dans sa chambre pendant qu'ils mangeaient, au pub quand il pouvait se le permettre. Il envisagea son aveu potentiel sous divers angles, mais quel que soit le point de vue ça finissait mal : la famille O'Donovan le mitraillait de questions et lui, bouche bée, était incapable de répondre.

*Madame O'Donovan ? Je suis désolé de vous annoncer ça de but en blanc...* La pauvre vieille... *mais votre fils est mort et archi-mort.*

*Et comment donc ça se fait que tu le saches, toi, vieil empaffé de bon à rien ?*

Là-dessus J.P. débarquait dans un crissement de pneus juste au moment où les flics finissaient leur interrogatoire, et d'un coup de flingue l'expédiait d'un monde à l'autre comme si la vie de Tony Cusack n'était pas plus solide qu'une bâche en plastique tendue sur un vieil encadrement de porte.

Tony et Maria s'étaient mariés pour régulariser ; après tout ils étaient déjà bien assez liés par leur progéniture et la désapprobation des parents Cusack, non ? Maria en avait parlé comme d'un truc qu'il faudrait faire à un moment ou un autre une fois qu'ils eurent les clés de la maison. Poser le carrelage de la salle de bains. Adopter un chiot. Se passer la bague au doigt, un truc du genre, bon sang.

Il la ramena chez elle à Naples pour qu'ils puissent se dire oui. Le repas se déroula sur la terrasse d'un restaurant choisi, décoré, et surtout payé par les parents de la mariée. Tony n'avait pas la moindre idée de ce qu'aucun d'entre eux racontait mais ils avaient tous l'air relativement joyeux. Bien décidés à contrebalancer cette joyeuse exubérance, ses parents avaient passé la journée à tordre le nez comme si, mus par une tradition locale, les membres de la nouvelle belle-famille italienne s'étaient tous mis en rang pour cordialement chier sur le gâteau.

Ça énerva Tony ; d'abord que la délégation irlandaise soit aussi clairsemée, et ensuite qu'elle soit mal grattée à ce point. Le barrage de la langue n'aidait pas. Maria non plus, qui semblait flotter sur un nuage telle la princesse mère, un mioche sous chaque bras, le décolleté crépi de traces de doigts poisseux et de chocolat blanc. Elle laissa aux Italiens le monopole des bredouillis de bébé, tourna résolument un dos bronzé à sa vieille ennemie, sa belle-mère toute neuve qui sirotait son gin tonic d'un air fielleux et renfrogné sur le bord de la piste de danse histoire de faire honte à son fils.

Quand Maria posa leur petit garçon pour remonter le corsage de sa robe, Tony le prit sur son bras et gagna avec lui le bar où il commanda une Nastro Azzurro et un Coca.

« Tu t'amuses bien, Rocky ? »

Son fils leva vers lui le regard brun ensommeillé de nain de Disney dont la famille italienne avait revendiqué l'origine, et Tony enfouit les lèvres dans les boucles du petit front en ajoutant : « Parce que, putain, moi non. »

Il hésita entre les deux options jusqu'à ce que la décision s'impose d'elle-même.

Un jeudi à midi, quelques jeudis après le jour fatidique. Tony s'activait depuis sept heures du matin pour des raisons qui ne devaient pas grand-chose à la bonne santé ; le sale service qu'il avait rendu à Phelan lui valait des insomnies de temps à autre et une fâcheuse tendance à se lever tôt. Ce matin, il y avait eu des cahiers à retrouver, des lacets à attacher, des toasts à beurrer, des ados à tirer du lit à grand renfort de beuglantes. Une fois la nichée partie à l'école, il avait rangé la couche superficielle du bazar, mis en route la première des deux lessives, et gagné le supermarché pour y acheter du lait, du pain et du whisky. Il était sur le chemin du retour quand son mobile sonna.

Ce qu'il y avait de bien dans le fait que Cork soit construite à flanc de colline, c'était que plus on s'éloignait du centre, plus la vue s'élargissait. Tony posa le sac de courses sur le trottoir et plongea la main dans la poche de son jean pour en sortir le téléphone. À ses pieds, la ville se déployait en doux creux et reliefs, comme un édredon tombé dans un puits.

Le vent et l'altitude donnaient à la ville un air plus vide qu'elle aurait dû. À moins d'un kilomètre à vol d'oiseau, les lotissements cédaient la place à la verdure des prés et des haies ; c'était calme ici, comme si les habitants avaient dégouliné jusqu'en bas et empli les rues aux abords de la Lee. À moins qu'ils soient chez eux en train de boire du thé ou de mourir sans bruit. Tony prit appui contre une poubelle sur laquelle étaient placardés trois autocollants identiques : une inscription en majuscules agressives incitant à rejeter l'autorité des tribunaux irlandais et des banques qu'ils servaient en sous-main. Une fois de plus, Tony se réjouit de n'avoir jamais acheté de maison. Le pays était devenu un vaste merdier et la colère grondait chez les laissés-pour-compte.

En retournant son téléphone, il vit le numéro de J.P., entré de fraîche date dans son répertoire depuis leur collaboration, qui s'affichait tout flambant sur l'écran.

Tony Cusack sentit une décharge de peur le traverser de la glotte au trou de balle.

Il appuya sur la touche Répondre.

« Tu as à faire, Cusack ?

— Non, dit Tony. Non, non, mec. J'ai rien à faire. »

Il y eut un blanc pendant que J.P. prenait en compte cette triple dénégation, et Tony se mordit la langue.

« Tu te rappelles le carrelage que tu as posé pour moi ? demanda J.P.

— Oui.

— Il va falloir que tu recommences. »

Au bout du quai, à l'endroit où la rivière formait un coude, où la circulation se raréfiait, où se dressaient les imposantes façades géorgiennes noircies, écaillées, contusionnées de tags rédigés en grosses lettres moches et malhabiles, se trouvait la maison dans laquelle Tony était attendu pour recommencer sa propre rude besogne.

Il frappa et la porte s'ouvrit sur une vieille d'à peu près l'âge de sa mère, nippée comme un épouvantail congelé, avec une mine à faire rebrousser chemin aux chevaux du Grand National.

« C'est vous Tony ? demanda-t-elle.

— Ouais. J'ai cru comprendre qu'il y avait un problème avec le carrelage ?

— Tu m'étonnes, dit-elle. Vous comprenez mieux que vous en avez l'air. »

Elle s'éloigna dans le couloir d'un pas raide et Tony s'engagea à sa suite comme s'il s'avançait dans un champ de mines, ce qui aurait aussi bien pu être le cas sachant que, putain de merde, la vieille était capable de lui gicler les boyaux de la tête d'un coup d'un seul.

Il scruta le dos étriqué pour y guetter l'indice d'un changement de polarité. Le moindre indice d'une quelconque brutalité, parce que merde comment ça se faisait qu'une trasse de petite vieille pas plus costaude qu'un feu follet ait pu tuer quelqu'un ? Et par là-dessus, comment ça se faisait qu'un mec solide de trente-sept ans, père de six enfants, qui avait eu le courage de rouler un cadavre dans un tapis, ait peur d'elle ?

Il la suivit dans la cuisine où elle lui indiqua le carrelage d'un geste mou du poignet, avec une lippe enfantine.

Elle en avait fait une mosaïque. Les carreaux qu'il avait posés en rangées plus soignées qu'il aurait jamais estimé nécessaire de le faire chez lui avaient été défoncés, de gros éclats arrachés, réduits en miettes, sans doute au marteau, sans doute avec la même vigueur que pour pulvériser le crâne de Robbie O'Donovan comme un pot de confiture.

« Putain de dieu ! » s'exclama-t-il.

Elle renifla.

Il ne voulait pas poser de question. De peur d'entendre la réponse, peut-être, mais aussi pour une raison plus profonde, aussi primaire que les haut-le-cœur qu'il sentait monter ; il n'avait pas envie d'admettre la présence de cette goule engoncée dans son gilet de laine. Dans l'espace qui les englobait rien qu'elle et lui, il sentit son corps se paralyser : d'abord sa nuque, puis l'arrière de ses bras, puis sa taille. Telle la victime d'un film d'horreur qui vient juste de percevoir l'ombre à côté d'elle.

« Qu'est-ce que vous avez fait ? » La fin de sa question se planta dans sa gorge ; il déglutit sans parvenir à la déloger, et elle forcit.

« Hein ? » demanda-t-elle.

Il toussa.

« Qu'est-ce que vous avez fait ?

— Moi je lui ai dit que je restais pas ici. Et lui, sa réponse, c'est de changer le carrelage et me dire que ça fait une nouvelle maison ? »

Ne sachant que dire, il laissa peser la remarque, compta quelques inspirations solennelles et lança : « Vous avez des sacs noirs costauds, ou… »

Elle sortit un rouleau de sacs-poubelle tout fins.

« Ça ira pas, dit-il. Je vais voir dans les étages. »

Il la laissa à côté de son œuvre protestataire et monta précipitamment au premier, passa d'une pièce à l'autre – des boîtes vides à cette heure, planchers nus et murs à blanc. Le sol résonnait sous chacun de ses pas. Ici, il était seul. En bas, tout clochait. Le crime et son camouflage. La petite vieille aux tendances violentes.

L'air frais de Cork qui se déployait devant lui semblait bien loin derrière à présent. Tony s'immobilisa pour reprendre son souffle et s'essuya les mains sur les cuisses.

Une des pièces avait été réservée pour servir de dépôt aux artisans. Tony avisa une pelle et une balayette posées à côté d'un rouleau de sacs-poubelle sur une vieille table de nuit.

Il s'approcha de la fenêtre et contempla la rue. J.P. lui avait communiqué ses ordres par téléphone il y avait à peu près une heure. Il était sûrement en route pour venir voir.

Dehors, la Lee scintillait, lisse et verdâtre.

Tony tourna le dos à la rivière et regarda les meubles entassés.

Quelque chose était entortillé autour de la poignée de la table de nuit sur laquelle il avait ramassé les ustensiles de nettoyage. Il toucha. Du tissu. Comme un lacet, mais ponctué de petits carrés d'étoffe fixés à intervalles réguliers.

Faute d'avoir mieux à faire, il dénoua le truc de la poignée.

Tony fonda un foyer avec Maria dès qu'on leur attribua quatre murs pour s'installer, puis prit du large et de l'âge dans le fouillis d'une vie cahotant de bagarres à coups de rames en voies d'eau. Un soir, après une dispute de trop, Maria décida de tout planter là et partit en voiture en jurant assez fort pour que toute la rue l'entende, laissant Tony sur le palier de l'étage, la joue gauche en feu.

La persistance avec laquelle elle cultivait une vie sociale indépendante et le dédain qu'il manifestait vis-à-vis des emplois à plein temps que leurs mères respectives jugeaient bons pour lui étaient des sujets de dispute vraiment idiots mais, une fois bourrés, Tony et Maria étaient capables de tirer querelle de rien. Elle avait descendu une bouteille de vin qui lui avait chauffé le sang jusqu'à la furie, si bien qu'il ne put rien faire d'autre qu'attendre que les flics de la Garda se pointent sur le pas de la porte, le képi à la main. Ça ne l'empêcha pas d'espérer, d'ailleurs. Qu'elle surgisse pour se garer dans le jardin d'un coup de volant approximatif – en arrachant le portail au besoin, il s'en fichait – et martèle une aria à grands coups de talons dans l'escalier. Ou qu'elle lui téléphone du fond d'un fossé, couverte d'ecchymoses mais en vie. Elle n'en fit rien. Elle se précipita hors de la maison et droit dans la tombe, avec l'ombre des mains de Tony sur le volant.

Les flics restèrent assis avec lui à la table de la cuisine. L'aîné des enfants, alors âgé de onze ans, dont le front ne s'ornait plus depuis longtemps de ses boucles de tout-petit, apparut sur le seuil, les yeux agrandis de perspicacité, et Tony aboya : « File ! » puis, voyant que le gamin ne bougeait pas, répéta : « File ! » en se levant de sa chaise, et bon sang, ce qu'il put le regretter par la suite. On ne peut pas s'en vouloir des réactions qu'on a quand on vient d'encaisser un choc, il le savait. Mais s'il avait pu revenir à ce moment-là et rejouer la scène, il aurait ouvert les bras pour serrer le petit sur son cœur et peut-être que ça aurait empêché tout ce cirque de virer au merdier.

« Qu'est-ce que c'est ? »

Tony recula, s'entrava dans ses pieds et attrapa l'extrémité du lacet marron qui suivit le mouvement. La femme s'avança vers lui, la main tendue.

« Quoi donc ?

— Le truc que vous essayez d'arracher de cette petite table. Faites-moi voir.

— C'est rien, dit-il en le lui déposant dans la main. Juste un truc. Je sais pas quoi.

— C'est un scapulaire, dit-elle. Un truc de culs-bénits. Vous voyez la Vierge Marie, là, qui vous surveille…

— Et pourquoi est-ce qu'elle me surveille ? » rétorqua-t-il en enfonçant les mains dans ses poches. Alors la vieille le dévisagea et dit :

« C'était un accident, vous savez.

— Quoi donc ?

— Ce qui s'est passé ici.

— Ah. »

En tout cas, elle ne lisait pas dans les pensées.

«Je vois bien que vous me regardez comme si j'allais vous défoncer le crâne aussi, mais je vous le dis, c'était pas comme ça que j'avais prévu de passer ma matinée.

— Bien sûr que non, marmonna-t-il.

— Je m'appelle Maureen, dit-elle.

— Ah. Ouais. Tony.

— Tony comment?

— Cusack.

— Et lequel des Cusack vous êtes?»

Les Cusack n'étaient pas vraiment légion à Cork. «Ceux de Mayfield.

— John et Noreen, dit-elle. Et vous êtes leur seul fils. Ah, mais je te reconnais maintenant.»

Un talent pour la géolocalisation était, à tout le moins, un trait classique chez une petite vieille.

«C'était pas intentionnel, reprit-elle. Je vis seule, tu comprends. Qu'est-ce que tu ferais si tu mesurais moitié moins que ton frigo et que tu tombais sur un type aussi grand que large?

— Il était plutôt maigrichon, non?» objecta faiblement Tony.

Elle renifla à nouveau. «Bon sang, la perspective c'est bien le premier truc qu'on perd quand on se retrouve dos au mur.»

Elle glissa le scapulaire dans une de ses poches.

«C'était le vôtre? demanda Tony.

— Ah, ça non.

— C'est drôle de trouver ça ici, dit-il. Comment vous avez appelé ça? Un sclapulaire?

— Un scapulaire. Pourquoi donc c'est drôle de trouver ça ici?»

L'idée vint à Tony que ce n'était sans doute pas à l'ancienne taulière qu'il était en train de parler.

« Pour rien », dit-il.

Elle fronça les sourcils.

« Arrête ça, Tony Cusack, dit-elle. Pourquoi est-ce que c'est drôle de trouver ce truc-là ici ? Parce que c'est un objet religieux et que ce bâtiment a quelque chose de pas clair, c'est ça ? Parce qu'un homme y est mort, alors que les joujoux du Seigneur n'y sont plus les bienvenus ? C'est ce que tu te dis, hein ?

— Non. Pas du tout », dit-il, mais la phrase qui franchit ses lèvres fut : *Non, pas de du tout*. « C'est juste que… enfin bon, les artisans, c'est pas leur fort de faire des pauses prière.

— C'est pas ce que tu avais en tête, dit-elle. Tu penses que j'ai sali cette maison.

— Mais non.

— C'est ça.

— Mais non.

— Tu penses que j'ai du sang sur les mains. »

Il s'empara de la pelle et de la balayette et fit mine de quitter la pièce, mais elle lui empoigna le bras gauche et se cramponna de tout son poids, lourde comme un sac de charbon, et soudain il eut la tête bourdonnante de soif.

Elle avait bel et bien du sang sur les mains. Et lui pareil. Pendant le bref instant où le souffle et le bras lui manquèrent, il envisagea de le lui dire.

Au lieu de quoi il lança : « Ça me regarde pas ce que vous avez sur les mains. Ce bâtiment, avant c'était un bordel. C'est ça que je me disais. Alors c'est marrant de trouver une bondieuserie de Vierge Marie ici, voyez ?

— Ici, c'était un bordel ?

— Et ça fait pas très longtemps, d'ailleurs », concéda-t-il.

Elle marqua un temps d'arrêt.

« Petit empaffé de merde, dit-elle, mais comme elle regardait par terre, au travers du plancher, Tony comprit que ça ne lui était pas destiné.

— J'aurais sans doute pas dû dire ça comme ça ? risqua-t-il.

— Sans doute pas, répliqua-t-elle. Mais ça change rien pour toi, mon gars, parce que même si c'était pas à mon péché à moi que tu faisais allusion… – elle s'avança, il recula –, tu te goures quand même si tu t'imagines qu'une pute a pas le droit d'être croyante. Tu as jamais entendu parler de Marie Madeleine ?

— J'ai pas dit ça.

— Que si, mon bonhomme, tu l'as dit haut et fort. C'est marrant de trouver un scapulaire dans un endroit comme ici, parce que les seuls à mériter la grâce divine sont ceux qui en ont le moins besoin, hmm ? »

Le soleil perça derrière la vitre et un rai de lumière zébra le sol, agrandissant la pièce. Ricochant sur les murs vert sauge, il illumina la tête de Maureen et lui fit, l'espace d'une seconde, la même tronche que la Méchante Sorcière de l'Ouest.

« Je vois aucun problème à ce que quelqu'un soit croyant, dit-il.

— Mais si, et c'est enfoui tellement profond en toi… – elle lui piqua le ventre du bout de l'index –, que tu es incapable de voir à quel point tu es intolérant.

— Jésus Marie, mais je…

— Ah, et maintenant tu prononces en vain le nom du Seigneur.

— Écoutez, dit-il. Visiblement, la religion c'est votre truc, et je suis désolé si je vous ai choquée…

— C'est pas mon truc du tout. Je te reprends juste sur le fait que tu t'imagines avoir le droit d'être croyant alors que tu refuses ça aux putes.

— Quoi ? Je ne… Je dis seulement… Seigneur Jésus.

— Et ton *Désolé si je vous ai choquée*, tu le dis juste parce que tu te figures que la puissance du Christ risque de me pousser à t'expédier dans l'autre monde, hein que c'est vrai ?

— Dites voir, ma grande, quoi que le pauvre Robbie O'Donovan vous ait fait, moi je veux surtout pas suivre son exemple.

— Robbie O'Donovan », dit-elle.

En bas, la porte s'ouvrit et J.P. brailla le nom de Tony à plein gosier.

« Cusack ? Viens me chercher ces carreaux ! Maureen ? Maureen ! C'est que le gars serait pas encore arrivé ? »

Tony regarda la mémé jubilante, fit demi-tour et descendit rejoindre J.P. au rez-de-chaussée tel un gamin se dirigeant vers un proviseur qui n'aspirait qu'à sévir, clamant des protestations en son for intérieur tout en encaissant comme un direct à l'estomac le choc de son manque de volonté tandis que ses pieds continuaient d'avancer malgré lui.

« Bien vu », lança J.P. en avisant la pelle et les sacs-poubelle, sur quoi Tony s'agenouilla et commença à balayer les débris de carrelage.

« Je sais pas comment elle s'y est prise, dit J.P. C'est pas dieu possible, cette femme massacre tout autour d'elle.

— C'est parce qu'elle a pas envie de rester ici, dit Tony.

— C'est pourtant ici qu'elle restera, elle a pas les moyens de rechigner », rétorqua J.P.

Tony Cusack enfourna les débris dans le sac noir, se releva face à Jimmy Phelan, et ses lèvres minces et gercées lancèrent : « Sinon, mec, tu vas te décider à venir le chercher un jour ce piano ? »

L'herbe ployait sous la rosée à l'heure où il rentra chez lui. Le temps qu'il traverse l'esplanade en direction du portillon, l'humidité détrempa son jean et lui remonta le long des tibias.

Elle se tenait sur le seuil de sa porte d'entrée, calée contre le chambranle, un pied nu posé sur son autre cheville.

« B'soir Tony ! »

Le lotissement où vivait Tony était hideux – une trentaine de maisons bordant une esplanade pelée, deux autres rues derrière la première rangée. *À maison donnée on ne regarde pas les dents*, lui dit un jour sa sœur en fronçant le nez ; il trouva ça drôle. C'était son foyer, désormais. L'endroit n'était pas parfait, ne l'avait jamais été même avant que sa famille le rende trop petit, mais le loyer n'était pas cher et personne ne les mettrait dehors à moins qu'il se mette à dealer de la drogue à domicile ou qu'il établisse un boxon dans le débarras.

L'inconvénient, c'était qu'il n'y avait pas moyen de savoir quel genre de dégénéré on allait avoir comme voisin, vu que les lubies du conseil municipal étaient aussi fluctuantes qu'un château de cartes et que l'unique critère exigé pour devenir locataire était un porte-monnaie plein de courants d'air. Pendant deux ans, Tony avait habité entre les McDaid, modérément sympathiques, et les Healy qui n'attendaient que de pouvoir s'en aller. Les Healy prirent leur envol et à leur place, le conseil municipal installa Tara Duane, que Tony se rappelait vaguement avoir croisée au temps où il allait à l'école. Elle s'était fait sauter par un Écossais et son unique rejetonne lui valait d'être placée dans une maison aussi grande que celle des Cusack.

Tara Duane était frêle, avec de gros yeux de mouche, mais Tony savait que sa mère espérait qu'ils en viennent un jour à abattre le mur mitoyen : une mère célibataire et un veuf éploré, pourquoi pas, personne n'a envie de mourir seul dans un lit pour deux, bien sûr. Pendant un temps, Tara eut l'air d'avoir adopté ce point de vue, si bien que sa conversation alternait entre plaisanteries éculées et connivence forcée.

Supporter ses fadaises ineptes était déjà pénible, mais voilà qu'en plus Tara se prit d'intérêt pour les gamins Cusack.

Kelly d'abord, parce que sa gamine était du même âge, ce qui en fit naturellement des copines. Ça ne fut pas trop un problème avec Kelly. Elle était comme sa mère : joli minois, vraie furie. Ryan ensuite, ce qui tracassa beaucoup plus Tony, parce qu'un mec reste un mec et que celui-là était facilement influençable et, par moments, incroyablement sentimental. Il y eut des signes indiquant qu'elle jouait les mamans avec lui. Familiarité ostentatoire à l'égard des travers du garçon, compétitivité insidieuse, écœurante, elle faisait dans le détail qui tue.

«Les jours rallongent», lança-t-elle, rayonnante.

Il grogna. Les gosses n'avaient pas fermé les rideaux. Toutes les lumières de la maison allumées une fois de plus, les curieux pouvaient reluquer tout leur soûl. L'idée que toutes les vieilles biques du quartier devaient être en train de mater le consterna, mais impossible de faire entrer ça dans le crâne de ses six gosses; la nuit qui noircissait les vitres de leurs quatre murs ne faisait naître aucun individualisme en eux, du moins pas encore.

Par la fenêtre du salon, il regarda défiler une succession bigarrée de dessins animés télévisés, pulls d'uniformes scolaires et projectiles variés.

«Ryan n'aura sûrement pas le temps de s'en rendre compte avant le diplôme de fin de collège», poursuivit Tara.

Les épaules de Tony s'affaissèrent. Il ferma les yeux.

«Sûr qu'il l'aura haut la main, son Junior Cert», dit Tara.

Même avec la meilleure volonté du monde, Tony n'arrivait pas à feindre une bonne entente avec Tara Duane, mais ses bavardages faisaient partie du paysage, de son paysage à lui, si morne et autre qu'il soit, si imbibé et autre qu'il l'ait rendu.

*Allez, mec. Qu'est-ce qu'il irait faire de ça, Jimmy Phelan?*

## LUMIÈRE LASER

*Elle est bien pendant une demi-heure et d'un seul coup complètement décalquée. Je m'y attends, donc ce n'est pas une surprise.*

*On fête les résultats du Junior Cert dans une soirée en ville que moi franchement j'aurais fuie comme la peste mais où elle voulait absolument aller ; il y a deux pistes de danse, deux DJ, des jeunes de tous les coins de la ville. Je passe la soirée assis au bar et quelques acheteurs viennent tranquillement me trouver après avoir entendu dire que j'avais des ecstas. Ils s'assoient à côté de moi, la main bizarrement retournée en coupe contre l'assise du tabouret à côté de mon cul, et j'échange cachetons contre billets de dix.*

*Karine porte un short moulant et un haut ajusté avec un soutien-gorge rose pétant et des talons tellement hauts qu'elle est presque aussi grande que moi, elle est tout en jambes, peau, épaules. Assise sur mes genoux, elle crie par-dessus la musique pour discuter avec sa copine Louise. J'ai les bras autour d'elle et la bouche collée à sa nuque, pas moyen de refréner ma trique. Ça lui est bien égal. Elle pense qu'en restant sur mes genoux elle fait barrage aux regards curieux des clients. Et c'est de l'avoir là dans son puțain de short moulant qui me met dans cet état mais pas question de le lui dire.*

*J'ai gobé un ecsta et je lui en ai donné la moitié d'un. Elle n'en a encore jamais pris.*

*Et donc deux minutes plus tôt elle était en train de parler avec Louise et voilà que tout à coup elle se tourne vers moi en disant : « Je crois que là c'est parti », alors je la serre fort pendant qu'elle décolle. Je passe la main sous son haut, à plat contre son ventre, et chacune de ses inspirations est plus profonde que la précédente.*

*Je la tourne pour qu'elle prenne appui contre mon épaule, je glisse la main entre ses cuisses et je lui demande à l'oreille : « Ça va ? »*

*Elle hoche la tête en souriant, les yeux comme des soucoupes volantes.*

*Il y a un festival laser sur la piste de danse. Des rayons verts courent au plafond et plongent dans les mains brandies, tout le monde braille. J'agrippe ma chérie et j'appuie ma joue contre son épaule ; elle noue son bras autour de mon cou et me caresse l'oreille en disant : « Oh, bon sang, Ryan. Bon sang.*

*— C'est bien ?*

*— Oh, bon sang, c'est diiiiingue. »*

*Elle ne touche plus terre. Elle renverse la tête en arrière et j'ai beau monter en flèche aussi vite que je débande, je la rattrape et la recale contre mon épaule et là, elle fait :* Mmm, *alors je rigole et je lui dis de faire attention parce qu'il y a des serveurs partout qui guettent les jeunes défoncés.*

*Elle m'embrasse alors, longuement, lentement, et sans ouvrir les yeux après, elle se contente de soupirer en souriant comme si elle jouissait. Et moi je la tiens dans mes bras et je la garde comme ça et les lasers tissent une toile dans les airs au-dessus de nos têtes, la dénouent et la renouent, font pleuvoir des étoiles sur elle et moi.*

*Elle est pendue après moi.*

*En fait, comme toutes les filles de la soirée sont pendues après un mec, on n'a pas l'air à part, pourtant on l'est. On est en prise avec les lumières, en prise l'un avec l'autre, putain j'imaginais pas qu'on pouvait aimer quelqu'un autant que je l'aime là tout de suite.*

# 5

Ce fut donc pendant un cours sur les lois du mouvement de Newton que Ryan eut une révélation. La troisième loi, pour être précis, et sans doute sa troisième révélation du mois. Peut-être même du jour, s'il devait ramener les révélations à leurs plus modestes proportions. Petites vérités. Bribes de souffle volées pendant que le playback sautait juste assez pour qu'il s'agrippe à quelque chose de nouveau. C'était peut-être simplement ça, grandir, même si personne autour de Ryan n'avait l'air de connaître les mêmes soudaines extensions de la conscience. C'était un gosse intelligent. Un peu trop intelligent, comme putain de gosse, ça s'était dit.

Il n'existait pas de force dans l'univers, dit le prof (Mr O'Reilly, dont les lunettes design juraient avec une physionomie embourbée dans les années 1980), qui ne soit contrebalancée par une force adverse. Action et réaction, poussée et traction. C'est ça la loi, les enfants. Sir Isaac Newton a découvert celle-là. C'est un savoir qui a vu le jour avant vous et qui, donc, définit vos vies sans même prendre la peine d'en demander la permission. La merde commence, puis la merde continue.

Sauf que la merde continue jusqu'au moment où elle finit par éclabousser quelqu'un qui n'avait pas envie de la voir. C'était comme ça la vérité, et la vérité n'en avait rien à foutre de sir Isaac Newton et ses axiomes. Donc là, comprit Ryan, on était face à un cas de figure dans lequel l'entêtement des individus s'opposait aux lois de la physique, et si la chair et les os sont forcés d'obéir à la poussée et la traction de l'univers, le gros de la plèbe – ses pensées, ses actions, sa totale arrogance – ignore les processus qui régissent l'univers depuis des milliards d'années.

On est tous des dieux quand ça nous chante, merde.

Le dessus de sa table était ponctué de minuscules trous faits des mois ou des années plus tôt par des élèves dotés de pointes de compas et de peu de concentration. Ryan fourra la mine de son Bic dans l'un de ces trous, l'enfonça, cerna le cratère à l'encre de stylo-bille puis traça un chemin noirâtre hésitant jusqu'au suivant.

Mr O'Reilly aimait s'adresser au fond de la classe, or Ryan était au premier rang, juste sous son nez, là où, paraît-il, il risquait moins de causer des dégâts. Ryan posa le doigt sur le bout de son stylo qu'il équilibra grâce à sa pression et au trou préperforé de la table, et scruta le groin de Mr O'Reilly. Un filament de mucus gris était pris dans les poils de la narine gauche.

Des dégâts, Ryan était en mesure d'en causer plein aux narines des gens, que ce soit directement ou en encourageant l'absence de maîtrise de soi. Mr O'Reilly avait-il déjà sniffé de la coke ? Dans sa vie ? À la fac, quand il faisait des études pour devenir prof de physique ? Entre deux plats dans des soirées, sa moustache frôlant le réservoir de la chasse d'eau alors qu'il se penchait sur les toilettes, sous l'escalier d'un quelconque connard qu'il faisait seulement semblant d'apprécier? Avant de venir au travail les jours de semaine?

Ryan avait dans la poche un sachet qui n'avait pas encore trouvé preneur. En temps ordinaire, il ne l'aurait pas apporté dans un lieu comme l'école, mais son père était à mi-course d'un de ses épisodes et cherchait la merde, si bien que Ryan jugea qu'il valait mieux garder le truc caché sur lui que le laisser là où Mangetout pouvait mettre la main dessus. Et qui sait, les profs étaient peut-être une super clientèle à envisager. Dieu sait qu'ils avaient grand besoin de se secouer!

Il laissa le Bic dégringoler et la moustache de Mr O'Reilly tressauta.

Il redressa le stylo et l'amena au petit trou suivant.

Le planta sur sa pointe, le laissa tomber…

Mr O'Reilly se pencha par-dessus son bureau, le cou tendu, comme s'il était en train de faire des pompes.

«Qu'est-ce qui ne *va pas*, Ryan?»

Ryan contempla le stylo. «La gravité, je dirais, m'sieur.»

Son plus proche voisin ricana. O'Reilly lui adressa un bref regard et le ricanement fut ravalé derrière des lèvres pincées.

«Regardez un peu cette table! Le mobilier de l'établissement, couvert de traces noires…»

Ryan avait lui aussi des traces sur le visage, cette semaine. Pas noires. Une, plus ou moins en train de virer au vert, sur la pommette, qui lui soulignait l'œil gauche tel un masque de super héros bio en train de pousser.

L'autre, violette et marbrée de rouge, àu sommet du front, là où il avait cogné l'arête de la quatrième marche de l'escalier en partant du bas. Il savait qu'il avait des traces sur le visage parce qu'il avait bien senti qu'on les lui infligeait et les avait longuement examinées au cours des trois jours passés chez lui à se remettre sous le regard éberlué d'un père à la fois honteux et à cran. Les ecchymoses étaient bien colorées, nettement visibles.

Encore des lois, là aussi, conclut-il. Loi de la contusion impossible à éviter, qui voulait qu'un coup assené avec violence attire le sang des capillaires dans les tissus voisins. Loi du tiens, prends ça, selon laquelle chacune de ses engueulades avec son père était vouée à finir tatouée sur son visage. Ouais, la loi du va te faire foutre Ryan, qui frappait de cécité tout son entourage. Comme s'il voulait à la fois que les gens voient, putain mais rien qu'une fois quoi, et qu'ils ne remarquent rien, et c'était cette dernière option que les gens choisissaient, au point que même un dépositaire moustachu de la paix pouvait se tenir à dix centimètres de lui sans voir que sa tronche entière gueulait de toutes ses forces en espérant que quelqu'un finisse par dire «Bon sang, mec, tu es peut-être un parfait petit connard mais je suis sûr que tu n'as pas mérité ça».

«Maintenant que vous avez bien salopé cette table, qu'allez-vous faire pour la remettre en état ?» aboya Mr O'Reilly.

Ryan tourna sa langue dans sa bouche, regarda les trous et l'encre, cracha dessus.

Il leva les yeux vers O'Reilly et O'Reilly avait la mine d'un saumon pris dans une presse à repasser.

« Essuyez-moi ça », dit-il.

Il n'y avait pas grande humidité à essuyer. Ryan avait la bouche sèche. Depuis plusieurs jours.

Il passa la manche sur le dessus de la table.

« Chez le proviseur », lança O'Reilly.

La chaise de Ryan se renversa avec fracas. Il la dégagea d'un coup de pied et quitta la salle à grands pas, les regards de la classe et l'impassibilité stoïque d'O'Reilly rivés entre les épaules jusqu'à ce que la porte se referme en claquant derrière lui.

Karine lui demandait sans arrêt pourquoi il éprouvait le besoin de jouer les teignes. Ça ne l'épuisait donc pas de devoir s'expliquer avec les profs ? On ne pouvait pas vivre en paix en s'ingéniant à se faire mettre à la porte. Même s'il était dans le trente-sixième dessous, ça ne serait pas plus facile de faire semblant d'écouter plutôt que de manifester son aversion à grand bruit ?

Ryan était incapable de lui répondre. Ce n'était pas qu'il s'ennuyait, bien qu'il ait entendu des profs émettre l'hypothèse que son niveau d'intelligence le rendait impatient. Ce n'était pas politique, puisqu'il n'avait aucun problème en théorie avec les figures de l'autorité. Juste que… par moments il en avait ras le bol. De tout ce fardeau. De lui-même. Les différentes bribes dont Ryan était fait n'étaient que des morceaux inventés par son père et agglomérés en un tout inconfortable par les efforts de sa mère à l'accouchement. Pas moyen de s'en évader, pas moyen de s'évader de lui-même. Par moments, ça le rendait fou.

Une porte se ferma plus loin dans le couloir, et un bref rire d'adulte s'échappa de la salle d'assemblée, sans quoi il n'y avait pas d'autre bruit que le martèlement débile de ses baskets sur la moquette. Il était tout petit, ici, pas plus gros qu'une bille en train de rouler dans une baignoire vide.

Il s'attarda devant la salle 18. Annie Connelly, au premier rang, le repéra par la vitre de la porte, et il articula « Karine » à son intention.

Inutile de savoir lire sur les lèvres. Elle comprit ce qu'il voulait dire. N'importe quel élève aurait compris.

Il recula dans l'un des renfoncements abritant les casiers.

Karine sortit deux minutes plus tard, les cheveux ramassés au sommet du crâne avec une perfection désinvolte, les manches de son pull d'uniforme tirées sur les poignets.

« Hé », murmura-t-elle. Elle était encore choquée. Les aveux de la semaine lui avaient fait verser assez de larmes pour fendre le cœur de son chéri, et encore elle ne savait que la moitié de ce qu'il avait subi.

« Viens là, répondit-il tout bas.

— Je suis là.

— Encore plus. »

Il la prit dans ses bras, posa les lèvres dans son cou, et elle noua les mains derrière sa nuque.

« Si on s'en allait ? lui dit-il dans le cou. Sérieux à mort ; si on se tirait ?

— Ah, je crois pas que ça va être faisable alors que je viens de dire à miss Fallon que j'allais aux toilettes.

— Elle a qu'à aller se faire foutre. »

Karine dut sentir la rage monter en lui car elle s'écarta et dit :

« Qu'est-ce qui t'arrive, Ryan ? Ça ne va pas. »

Telle une patte de grillon, un cil lui était tombé sur la joue. Il posa le doigt dessus et le cil, gagné par la chaleur de sa peau, se laissa emporter.

« Tu n'aurais pas dû revenir si vite en cours, dit-elle.

— Il n'y avait pas le choix ce matin.

— Même. Tu aurais pu aller chez quelqu'un. Je serais venue te rejoindre. » Elle s'interrompit. « Qu'est-ce que tu as fait ?

— Là, tout de suite ? Insolence. C'est sorti tout seul. Je suis en route pour le bureau du proviseur. Parti pour une belle engueulade. »

Il posa le front contre celui de Karine.

« Ça déconne dans tous les sens, Karine. Si moi je le sens, pourquoi est-ce qu'ils ne s'en rendent pas compte ?

— Tu veux qu'ils s'en rendent compte ?

— J'en sais rien, putain. Honnêtement j'en sais rien. »

Elle posa la main sur le torse du garçon et le repoussa juste assez pour le regarder au fond des yeux. Les siens étaient soulignés d'un trait de crayon noir qui avait coulé au coin de la paupière lors d'un bâillement intempestif. « Je peux provoquer le truc, tu sais. Je peux parler.

— Et tu imagines les ennuis qui te tomberaient dessus. C'est ça le problème, Karine. Moi je ne veux pas déclencher tout ça. Et ça sera pareil si je te demande de le faire. Qu'ils aillent se faire foutre. Je ne veux pas qu'ils soient au courant de mes… Et puis merde. »

Elle grimaça en le voyant frotter ses phalanges sur le mur. « Ne fais pas ça », dit-elle, et elle lui attrapa le poignet.

« Je crois que je suis en train de craquer, en fait. Eux ils voient rien et regarde-toi, tu vois rien non plus. Je suis complètement niqué et tu t'en es pas encore rendu compte.

— Parce que tu l'es pas, c'est tout ce merdier autour de toi qui est niqué. Je le sais parce que je te connais. Et toi tu me connais, et on est là l'un pour l'autre, d'accord ? »

Il en aurait chialé. « D'accord, dit-il.

— Et moi je suis avec toi, dit-elle. Pour toi, en fait. Et je continuerai. Tu n'as pas à t'inquiéter pour ça.

— Tu m'aimes ?

— Plus que tout au monde.

— Ça représente tout pour moi. Plus que tout. Le monde entier. »

Elle l'embrassa. Un vrai baiser, avec ça, qui lui aurait valu des tas d'ennuis si un prof avait dû s'amener et l'interrompre. « Peut-être qu'on *devrait* se tirer, lui dit-elle. Quelle petite amie je serais si je te laissais broyer du noir sans rien faire ?

— Une petite amie raisonnable. » Il lui étreignit plus étroitement la taille et la fit pivoter sur elle-même. « Nan, c'est bon. Je vais encaisser, je connais la musique. C'est moi qui vais diriger l'orchestre, bon dieu. Ils peuvent me balancer ce qu'ils veulent, j'absorberai comme j'absorbe tout le reste.

— Je veux que tu te sentes bien.

— Ça viendra. C'est juste… Sale semaine.

— Ne te… – elle s'interrompit et fronça les sourcils – ne donne pas de fausses excuses. Chez le proviseur. Dis seulement que tu es désolé. Pour une fois, Ryan. S'il te plaît.

— Mais je ne suis pas désolé.

— Fais semblant.

— Comme eux ils font semblant que ma tronche est de la bonne couleur, hein ? »

Il attendit qu'elle ait regagné sa classe avant de repartir.

Il s'imagina en train de dire qu'il était désolé. Imagina le cheminement jusqu'à ce moment-là : les soupirs du proviseur et ses sermons solennels (l'homme avait renoncé depuis longtemps à lui hurler après), les éclaircissements exigés quant à ses motivations et sa psychose et, pire que tout, le laïus à propos d'un avenir perdu et, ah mon dieu, la nuée de capacités derrière laquelle, clamait-il, Ryan disparaissait presque. C'était peut-être à cause de ça que personne ne voyait les séquelles des coups sur son visage. Une promesse opaque enveloppait son être, asphyxiant le corps enseignant du même coup. Les yeux larmoyants et les gorges nouées par la toxicité concentrée du grand espoir de Cork en ce vingt et unième siècle. Bon sang, c'était ça. Ryan était ligoté dans les nœuds pervers et asphyxiants de son propre potentiel.

*Tu ne veux pas devenir ingénieur ? Ou architecte ? Scientifique, programmeur ou, allez savoir, médecin ? Tu ne veux pas devenir quelqu'un, Ryan ? Allez, quoi. Deviens quelqu'un, nom de dieu !*

Les excuses seraient tout à fait de mise, mais Ryan savait que les mots ne lui viendraient pas, pas même si on tentait de les lui arracher sous les coups.

Avec Karine, ce n'était pas pareil. Il avait toutes les raisons du monde de lui présenter des excuses, mais elle ne le savait pas. Il en penserait la moindre syllabe mais ça ne compterait pas. Là où il aurait besoin de pardon, il ne l'obtiendrait pas.

Il tourna pour prendre la dernière ligne droite avant le bureau du proviseur.

Dépassa la salle de l'aumônier, première action de l'enchaînement.

Ça avait commencé quelques mois plus tôt. Un samedi poisseux, sans air, aussi morne que n'importe quelle plage horaire vide et, de ce fait, chargé de potentiel.

Il s'éveilla en entendant des coups sourds et des consignes marmonnées.

Il resta un moment allongé sur le flanc, clignant des paupières face au mur, prenant conscience de la cacophonie. Quand il eut compris de quoi il retournait, il dévala l'escalier et trouva son père et l'autre type en train de traîner son piano pour l'amener dehors.

« Qu'est-ce que vous foutez ? » demanda-t-il, et sa sœur Kelly, toute gonflée d'importance, surgit de derrière le piano pour lancer : « À ton avis ?

— Papa, fit Ryan, papa tu peux pas faire ça. Tu peux pas embarquer le piano.

— Tu en as plus besoin maintenant que tu as passé tes examens pratiques. Tu en joues plus.

— Je joue quand tu es pas là.

— Ah ouais, tiens donc. » Il y eut un silence pendant qu'ils se regardaient fixement l'un l'autre, puis son père lâcha : « Ça sert à rien ni à personne de garder ce truc ici. Viens pas me dire que tu joues encore ! »

C'était pourtant vrai. Quand il n'y avait personne alentour pour l'entendre, et bien qu'il trouve de plus en plus bizarre de s'asseoir sur le tabouret du piano, de déployer ses doigts et de les regarder courir sur les touches comme s'ils appartenaient à un autre. Une fois ou deux, il avait joué pour Karine et ç'avait été encore plus bizarre, que ça ne soit pas ses mains alors qu'elles avaient fait tellement de trucs à Karine. Elle s'était écriée : *Bon SANG, Ryan, mais tu es carrément bon*, alors qu'il ne l'était pas ; tout ce qu'il avait joué pour elle semblait guindé tellement il avait envie que ça sonne comme quand il savait qu'il n'y avait personne dans la maison et rien à prouver, même vis-à-vis de lui-même, parce qu'il sentait déjà que la musique y était, qu'elle était là, dans sa tête, ses tripes, ses mains. Et il s'était dit : *Bon, un jour je serai capable de faire ça pour elle aussi, je ne chierai plus de trouille à l'idée de ce qu'elle pense de moi*, mais maintenant ce jour ne viendrait plus, hein, maintenant que son connard d'incapable de père lui avait volé son piano.

*Putain mais quel abruti tu fais, gamin, merde quoi, c'est juste une connerie de piano, c'est pas ton zob que tu as perdu.*

Il traversa la salle d'assemblée en prenant soin de poser le pied sur un des minces coussins bleus soigneusement alignés sur le banc le plus proche et, d'une poussée, de les envoyer valdinguer les uns sur les autres avec une fausse allégresse pleine de grâce.

Il raconta le vol à Karine à peine quelques heures après, bien qu'il sache ce qui allait arriver sitôt la confession passée de ses dents serrées à ses oreilles à elle. Il le lui raconta dans sa chambre, alors qu'elle reposait sur lui, heureuse et nue ; il était toujours volubile Après, dans le genre *Tiens, voilà mon âme, des fois que tu veuilles chier dessus*.

« Mon père a vendu le piano. »

Cette partie-là était facile, mais elle leva alors la tête de son torse et il se rendit compte qu'aucun des autres trucs qu'il voulait lui dire – à quel point le piano comptait pour lui alors que son père n'en avait rien à foutre, que c'était injuste de n'avoir pas plutôt vendu la télé s'ils avaient besoin de fric, même s'il savait que la télé était loin de valoir ce que son père avait tiré du piano, recette qu'il devait être en train d'engloutir à cette heure puisqu'il était sorti à la suite du piano –, aucun de ces autres trucs n'avait besoin de franchir ses lèvres étant donné qu'elle savait déjà. Il lutta donc pour garder les yeux dans le vague, lutta pour ne pas la regarder et perdre pied et sentir cette horrible faiblesse grelottante naître au creux de son estomac et se frayer un chemin vers son visage. Alors, du bras, il se masqua les yeux et prit une brève inspiration entre ses dents serrées.

« Oh, mon petit chéri », dit-elle.

Les paupières toujours crispées, il passa les bras autour d'elle et la serra contre lui pour qu'elle empêche son cœur de bondir hors de sa bouche, et elle resta ainsi jusqu'à ce qu'il parvienne à respirer de nouveau.

Alors elle leva la tête et dit : « Je suis désolée.

— C'est bon, va. »

Le téléphone de Ryan était par terre à côté du lit. Il l'attrapa et se mit à faire défiler l'écran, clignant des yeux au passage des menus.

Elle lui lissa les commissures des paupières du bout d'un doigt.

« Je veux que tu te sentes mieux, dit-elle. Une pipe, ça te dirait ? »

Il s'étonna d'avoir autant de chance, vraiment, quoi qu'il lui tombe dessus par ailleurs, et répondit : « Oh, oui, s'il te plaît. »

Il ne prit pas la peine d'annoncer sa faute en arrivant chez le proviseur. Il s'assit sur une chaise en plastique gris en face des secrétaires. La plus flasque, Mrs Cronin, leva les yeux et s'écria :

« Oh non, Ryan ! »

Il croisa les bras, étendit les jambes et contempla le sol devant ses baskets.

Karine avait entendu plein de mises en garde quant au fait d'autoriser un mec à garder sur son téléphone des photos compromettantes, car c'est bien connu, les mecs sont méchants et dès que l'un d'entre eux voit nos nichons, on perd toute valeur à leurs petits yeux porcins. Ouais, ouais. Sauf qu'elle avait confiance en Ryan, et qu'il avait confiance en elle, et que la vidéo de deux minutes où elle levait vers lui des yeux de biche tout en le suçant était un truc qu'il ne montrerait jamais à qui que ce soit, il le savait. Jamais. Ça aurait tout gâché.

Il la regarda une fois ou deux tard le soir, lumières éteintes, alors que son père était fin bourré et ses frères en train de ronfler. Bon d'accord, toute une chiée de fois plutôt que deux, mais il ne pensait pas que quiconque puisse lui en vouloir. Même Karine ne voyait pas d'inconvénient à ce que la vidéo soit encore dans son téléphone des semaines et des semaines après. Avant, chaque fois qu'elle lui envoyait un texto sexy, elle spécifiait une date de péremption, et elle passait son téléphone en revue après, pour être bien sûre. La vidéo, c'était différent. Sans doute parce qu'elle lisait la même chose que lui dans ses yeux de biche. Ou parce qu'elle savait que désormais, il avait un manque dans sa vie, une perte qu'il prétendait nécessaire pour évoluer vers un avenir meilleur. Plus de piano, mais qui a besoin d'un piano en fait? C'était un truc qu'il pratiquait gamin. Le soir, il regardait la nymphe sur l'écran, crispait la main plus fort, et son souffle se faisait houleux, et il pensait: *Ouais, ce que je fais avec elle, c'est bien en homme que je le fais, non?*

La culpabilité du voleur était évidente. Il picolait plus que d'habitude; Tony Cusack avait manifestement la perte du piano en travers du gosier. Il était irritable, et quand il était irritable il valait mieux l'éviter: tout était la faute du reste du monde quand il partait en vrille.

Les voisins savaient. Comment auraient-ils fait pour ne pas savoir? Il faut de la constance et de l'abnégation pour rester insensible aux bruits des coups dans une petite rue de maisons mitoyennes, d'ailleurs Ryan était sûr qu'ils se seraient tranché la main plutôt que de lever le petit doigt.

Samedi soir dernier, il avait ramassé un beau coquard à la suite d'un truc qu'avait fait Kelly. Jamais de la vie son père n'aurait mis une claque à Kelly – Tony ne frappait pas les filles, ah c'est sûr, les filles c'était précieux – alors Ryan avait dû encaisser en brave grand frère, un gnon à l'œil gauche administré après l'heure de fermeture des pubs.

Cet œil poché fut une preuve criante à laquelle Tony dut faire face le dimanche matin et qui le mit de plus mauvaise humeur encore. Il sortit l'après-midi pendant que Ryan restait dans sa chambre, à balancer entre rage fulminante, tristesse et fumette. Quand Tony rentra ce soir-là, son fils compta ses pas, guetta le solo de percussions des portes et placards, et une fois son père installé dans le salon, il enfila ses baskets et sortit dans le jardin de derrière pour aller s'asseoir sur le muret. Il faisait souvent ça, les soirs où il savait qu'un simple regard pouvait suffire à relancer son père sur le sentier de la guerre. Tony n'allait pas tarder à s'endormir.

À ce moment-là, déboula Tara Duane.

À peine une mince cloison séparait la maison des Cusack de la sienne, alors Tara connaissait la musique mieux que quiconque, d'ailleurs elle n'en faisait pas mystère. Ryan lui vendait parfois un peu d'herbe et elle l'invitait parfois à entrer pour fumer un joint avec elle, et quand il pleuvait il s'exécutait parfois, vu que parfois n'importe quel endroit valait mieux que chez lui, même s'il arrivait parfois que cette connasse essaie de le payer en médocs inutilisés et tente même parfois de l'allumer, ses doigts osseux remontant délicatement le long de la jambe de Ryan pour voir s'ils arrivaient à déclencher une érection.

« Tu n'as pas à endurer ça tout seul, mon chou », lui dit-elle.

Il ne pleuvait pas, mais il accepta quand même son offre.

Plus tard, il demanda au miroir : *Putain mais qu'est-ce que tu croyais, mec ?* Son reflet suggéra que, eh bien l'histoire du piano lui avait peut-être fait perdre le sens commun. À moins que ce soit la vidéo. Peut-être ceci, peut-être cela, ou peut-être le contraire. En tout cas, il était mortellement désolé.

C'est qu'il y avait eu un thé avec une rasade de whisky dans le fond de la tasse. Puis un ou deux joints et une ou deux cannettes de bière, et le fait d'avoir fumé avant avait dû le rendre particulièrement vulnérable, supposait-il, mais pour voir dans le passé il fallait avoir les deux yeux bien ouverts, non ?

Tout ce qu'il savait, c'est qu'il avait trop bu, trop fumé, perdu le contrôle, ce qui était pile le truc à ne pas faire vu que, putain il le savait, bordel, qu'elle en pinçait pour les jeunes, tout le monde le savait. Il se rappelait qu'elle lui avait raconté les épisodes précédents de l'émission qu'elle regardait à la télé, puis qu'elle rigolait d'une blague à la con qu'il trouvait complètement débile, et ensuite il se rappelait…

Même maintenant, plusieurs jours après, il ne voulait pas se rappeler ça, alors que ce n'était même pas le pire truc qui soit arrivé cette semaine-là.

Le proviseur s'appelait Mr Stephen Barry. Il sortit dans le couloir, en bras de chemise, l'air prêt à en découdre et tout le tremblement.

« Je projetais d'avoir un petit entretien avec toi aujourd'hui, Ryan – il soupira – mais pas dans ces conditions. »

Il se rappelait s'être réveillé dans son lit lundi matin, alors que la maison était miraculeusement calme et ses frères et sœurs embarqués depuis longtemps pour l'école. Il était aussi vaseux qu'une bouche d'égout. Il envoya un texto à Karine en lui disant qu'il avait chopé la grippe ou un truc du genre, se leva et dégueula tripes et boyaux, retourna se coucher, mit la tête sous l'oreiller et regarda les vestiges de la nuit resurgir, pâlir, ruisseler devant ses yeux.

Blagues à la con et rires soigneusement placés, Tara Duane debout, bras croisés, pendant qu'il renfilait son pantalon de survêtement, qui lançait : « Tu as une petite amie. » Qui l'aidait à tenir debout, et sa culotte qui traînait par terre au pied du canapé.

Tony appela du pied de l'escalier aux alentours de midi, cria qu'il sortait mais serait vite de retour, à quoi Ryan ne put répondre autrement qu'à voix basse : *Tu pourrais bien ne jamais rentrer, connard, je m'en fous ; regarde ce qui se passe, après.* Il se recroquevilla sur sa terreur et ses larmes.

*Salope* de Tara Duane.

Si Karine l'apprenait, elle ne lui pardonnerait jamais.

*Je suis désolé*, lui dit-il, mais dans une salle de classe à deux kilomètres de là, elle était inconsciente de tout ça. *Je suis tellement désolé, bordel. J'ai merdé. Je voulais pas.*

Kelly rentra à quatre heures et demie, passa la tête au détour de la porte et brailla : « Toi, tu dois être *mourant*. Tu étais dans un sale état hier soir. J'ai dû descendre t'ouvrir à trois heures du matin, tu es tombé deux fois et putain c'était ca-rré-ment-dingue.

— Ouais », fit Ryan. Il se tourna à plat ventre et ferma les yeux ; le drap puait la sueur et le vomi. « J'ai dû trop taper dans la fumette.

— Où tu étais, d'ailleurs ?

— Nulle part, dit-il. Fiche-moi la paix. »

« On ne t'a pas vu depuis trois jours, Ryan. Est-ce trop te demander à ton retour de te tenir tranquille pendant trois heures ? » demanda Mr Stephen Barry, proviseur.

« Ça reviendrait au même. Je suis invisible, bordel. »

Le châtiment fut aussi bref et mérité que son exécuteur mal choisi. Le lundi soir en rentrant, son père poussa une beuglante qui ricocha sur chacun des quatre murs tour à tour.

« Ryan ! »

Le garçon s'avança à pas comptés dans la cuisine. Tony était appuyé contre l'évier, les yeux exorbités, la bouche gonflée.

« Donne ton téléphone. »

Ryan le lui tendit.

Il supposait que son père le lui demandait pour passer un appel, car il était aussi souvent à court de forfait que de tout le reste. Il attendit donc que l'appareil lui soit restitué et ne se trouvait qu'à une longueur de bras quand le téléphone se mit à diffuser la bande-son de la consolation de Karine. Le sol se déroba sous ses pieds et le sang afflua à ses joues livides. « Putain c'est quoi ça, Ryan ? C'est quoi, *putain* ? » et la première gifle tomba, sur la joue gauche. Il encaissa le choc et le relent de whisky, et se blinda pour éviter de pleurer.

« Je suis désolé.

— Tu es désolé ? Désolé, putain de merde ?

— C'est juste une vidéo, p'pa. Un truc idiot.

— Et tu en es fier, hein ? »

Le fait que son père ait l'intention de lui démolir le portrait n'avait rien de nouveau ; le whisky n'avait jamais réussi à Tony, et ce n'était pas faute d'avoir insisté. Ryan plissa le front.

« Quoi ?

— Qui d'autre a vu ça ?

— Personne.

— Alors pourquoi est-ce que cette garce de Tara Duane vient de me dire d'y jeter un œil ?

— Quoi ? » répéta Ryan.

Il pouvait multiplier les quoi tant qu'il voulait ; les extraits de la nuit précédente auxquels il aurait fallu qu'il accède s'étaient dissipés dans les lampées de whisky, la fumette et le vomi. Disparus. Dégoulinés derrière le canapé de Tara Duane, sur lequel il avait passé une soirée de trop à fumer des joints dans le seul but de tuer le temps. Lui avait-il montré la vidéo dont il était secrètement si fier ? Sa bite traîtresse s'était-elle enflammée à la vue de sa réaction ? Il n'eut pas le loisir de s'en souvenir, de toute façon ; une volée de coups le refoulait dans l'entrée, plaqué contre le chambranle de la porte, baffé entre deux accusations.

« Comment est-ce que cette salope a su que c'était là ?

— J'en sais rien.

— T'en sais rien ? Putain mais elle est médium ou quoi ?

— J'en sais rien.

— Ryan… Tu me prends pour un con ? »

Ryan comprit alors qu'il s'était mis dans la pire merde de sa vie : son père pleurait. Il empoigna Ryan par le cou et remonta deux pouces moites le long de ses pommettes. « Où tu étais la nuit dernière ? » hurla-t-il. *Nulle part* ne ferait pas l'affaire. Ryan bredouilla pourtant la première syllabe par simple habitude, mais Tony le secoua : « Où ?

— À côté, gémit Ryan.

— Qu'est-ce que tu foutais à côté ? »

*Je me planquais parce que t'étais fait, pauvre taré de bon à rien de merde.*

Pas une miette de vérité pour Tony Cusack. Ryan préféra balbutier : « Je suis désolé, p'pa. Je voulais pas. C'est elle qui a commencé. J'étais carrément trop bourré.

— Qu'est-ce que ça veut dire, bordel de merde ? »

Ryan fut expédié en direction de l'escalier. Son front buta contre la quatrième marche. Son père poursuivit l'interrogatoire, un genou calé entre ceux de son fils, pesant à deux mains sur son dos. *Tu voulais pas quoi ?* Ryan ferma les yeux et éructa des remords saumâtres. Mais Tony n'allait pas se satisfaire des rétractations d'une chiffe molle de gamin. D'ailleurs pourquoi est-ce qu'il s'en satisferait ? Pourquoi est-ce qu'il devrait s'en satisfaire ?

« Putain mais qu'est-ce que je vais te faire, Ryan ? Qu'est-ce que je peux faire d'autre, putain de merde ? »

« Il va falloir que tu te calmes, dit Barry. Entre dans mon bureau. On va discuter de tout ça.

— On va discuter de tout ça, hein ? répliqua Ryan. Mais de quoi on va discuter, mec ? »

Mrs Cronin n'essayait même pas de dissimuler sa curiosité. Elle se tenait plantée à côté de la photocopieuse, la bouche figée en une moue scandalisée.

« On va discuter de ton comportement, dit Barry. On va discuter de ce qui te pousse à cracher sur ton potentiel,

Ryan. Et le meilleur endroit pour le faire, c'est derrière une porte close, tu ne crois pas ?

— Il se passe des chiées de merdes derrière une porte close, vous croyez pas m'sieur ?

— Surveille ton langage.

— J'y manquerai pas, répondit Ryan. Quand vous vous mettrez à regarder. Quand vous ouvrirez les yeux, bordel.

— Alors vas-y, mets-moi au courant. Je suis de ton côté, Ryan. Explique-moi ce que je ne vois pas. »

Les doigts de Ryan, doués de la grâce des concertos dès lors que personne n'était là pour les entendre, se refermèrent sur le sachet, dans sa poche, qu'il jeta à la tête de son proviseur et qui atterrit à ses pieds, futile et scintillant.

« Ça, vous le voyez je parie. Vous le voyez très bien. »

Mr Barry baissa les yeux vers l'offrande et demanda : « Qu'est-ce. Que c'est ?

— De la cocaïne, m'sieur. »

Le proviseur releva la tête et, pour une fois, dans son regard, fureur qualifiée ; pas de la déception, non, quelque chose à quoi Ryan pouvait se colleter.

« Tu es un pauvre petit con, Ryan Cusack », lâcha Barry.

# *LES INITIÉS*

# 6

Ce n'est pas la ville qui va remarquer les premiers pas pleins de bravoure d'un petit homme libre, surtout s'il s'est émancipé en massacrant tout ce qui l'entourait, néanmoins Ryan Cusack avançait comme si les regards le suivaient.

Le pas était fier et plein d'aisance. Torse bombé, épaules en arrière, l'allure massive du mec bien burné. Roulage de mécaniques mis en place sitôt les larmes séchées. Une fois l'école finie pour lui, il avait eu une dernière engueulade avec son père, improductive vu qu'entre les haut-le-cœur et la masse brûlante du chagrin puéril il avait la gorge trop serrée pour expulser les mots de son ventre. Il avait ensuite quitté la maison, suivi (grâce à son cousin Joseph) de son baluchon d'effets personnels : chaussettes, calbutes, brosse à dents. Quelque temps à dormir sur des canapés inconnus et par deux fois dans des entrées d'immeubles du centre-ville, après quoi il lâcha du lest et prit contact avec son boss pour lui demander un peu plus de boulot.

« Juste pour dire que si tu as besoin d'un peu plus, mec, moi je suis disponible. »

Suspendu à son offre.

Le boss s'appelait Dan Kane. C'était une brute bien mise d'une petite trentaine d'années : regard doux, cheveux grisonnants, accent gommé, cultivant l'impassibilité jusqu'à ce que ses mains se referment autour de notre gorge et que la bave lui mousse au coin des lèvres derrière un grondement éructé à moins de trois centimètres des suppliques oiseuses qu'on balbutiait. Dans le milieu, c'était un cas à part, un petit monolithe dans une ville tenue par les liens du sang. Ryan dealait déjà indirectement pour lui quand Kane l'apprit et décréta que c'était trop drôle ; les ados capables d'écouler de grandes quantités n'étaient pas légion. Dan avait adopté Ryan un peu comme un animal de compagnie – lui faisait crédit, l'engageait dans des débats tout sourire sur l'éthique et les pratiques optimales –, un animal de compagnie c'était toujours mieux qu'une sangsue vouée à absorber le sang des poings de Tony Cusack.

Dan avait du boulot pour lui. Plus que son compte. Il détenait les clés de deux appartements qui lui servaient de planques de plain-pied pour des stocks d'ampleur variable. Il installa Ryan dans l'un des deux pour surveiller – les quatre murs, principalement. Le premier soir, assis à la table de la cuisine vide, ils évoquèrent les paternels, et Dan lui mit une claque dans le dos en grimaçant d'un air compatissant. Il avait un tempérament glacial ponctué d'éclats de rage vociférante, mais aussi du cœur, quand ça l'arrangeait.

Ryan ne prit pas la peine d'aménager l'endroit. Il savait qu'il ne tarderait pas à être transféré ailleurs. L'appartement de Dan Kane était juste un endroit où dormir : ç'allait devoir être suffisant.

Il n'aimait pas être seul. Cet appartement, climatisé pour les besoins du stock, était aussi froid et aseptisé que le trou qu'il avait dans la poitrine. Il disposait d'une télé, d'une Xbox et d'un ordinateur portable, d'un réfrigérateur pour les bières et d'un lit double pourvu d'une couette assez épaisse pour que sa petite amie n'ait pas froid. Ça ne compensait pas vraiment. La maison lui manquait, et ce manque l'empêchait de dormir la nuit. La rue lui manquait, et aussi l'esplanade, les raccourcis, les lieux de picole qui avaient constitué les frontières de son univers. Les ronflements de ses frères, les coups qui ébranlaient la porte de la salle de bains, les épisodes des *Simpson* beuglant non-stop dans le salon, tout lui manquait. Une fois ou deux, il se dit que peut-être son père allait lui manquer, un peu comme une dent pourrie peut nous manquer, ou un bras rongé de gangrène.

Il comprit qu'il s'agissait juste d'une sorte de gueule de bois due au fait qu'il était issu d'une famille nombreuse. Que, comme toutes les gueules de bois, il ne pourrait s'en débarrasser qu'en attendant que ça passe et en en évitant la cause jusqu'à ce qu'il ait oublié à quel point ça faisait mal.

À côté de la maison de son père se trouvait le lieu du crime, aux mains d'une gardienne sans scrupule, préservé sans qu'il y soit pour rien. Un jour, il le savait, il voudrait revoir son père, et la honte paverait le chemin du retour. Ce qu'il revoyait de Tara Duane l'accompagnerait dans la perdition, ses répugnantes incitations racoleuses dans le jardin derrière chez elle et ses conseils très dévêtus, resurgissant dans les évocations paralysantes qu'il se repassait tard le soir, seul dans cet appartement d'emprunt. Elle l'avait excité pour mieux l'anéantir, et bien qu'il l'ait enfoui et réenfoui, ce souvenir resurgissait au détour des moments sombres, il n'arrivait pas à comprendre.

C'était le mois d'avril. Une nappe de grisaille écumeuse pesait sur les rues tandis que Ryan marchait dans une ville où les déchets s'accumulaient en tas détrempés dans les moindres recoins. Il était seul et explorait encore l'étendue de cette solitude. Il était question que Dan passe plus tard pour évaluer les réserves, ce qui, Ryan l'espérait, ne serait pas très long, parce que Karine avait un cours de danse qu'elle comptait sécher pour venir à l'appartement et se mettre au lit.

Ils avaient fêté leur premier anniversaire en mars, le jour des seize ans de Ryan. Aujourd'hui était un autre anniversaire, mais il n'était pas sûr que ce soit bien de le mentionner. Un an plus tôt, ils avaient fait l'amour pour la première fois. Est-ce qu'elle apprécierait, se demanda-t-il ? Un peu d'alcool, peut-être un soupçon de la coke de Dan Kane, puis baiser pour oublier le quotidien et inventer une nouvelle occasion de fêter quelque chose ?

Il continua d'un bon pas, torse bombé, épaules en arrière, pour le compte d'un auditoire inconscient.

Il se dirigeait vers une station-service, où un malin hasard voudrait sans doute que soient employés des gens qui n'en avaient strictement rien à foutre, mais il y avait un débit d'alcool sur le chemin, et ça valait le coup d'essayer. Il surgit de la bruine et s'engouffra à l'intérieur puis se posta à l'écart du comptoir, derrière une cliente, une demi-portion reniflante décidée à se procurer un alcool dont ni Ryan ni le bouffon à maigre barbiche qui tenait la caisse n'avaient jamais entendu parler.

« Voilà le seul vin de glace qu'on ait en stock, dit le gusse derrière le comptoir. Canadien. Ça doit être ça. »

La femme tourna le poignet comme si elle actionnait une manivelle.

« C'est pas ça non plus », dit-elle d'une voix grave et rauque. Elle s'éclaircit la gorge. « C'est peut-être un truc genre schnaps ? Ou même un cognac ?

— Quel fruit ?

— Je me rappelle pas. Ça me reviendra en le voyant. »

Ryan attrapa deux sachets de chips sur un présentoir de guingois et fixa le plafond d'un œil bovin. C'était une bonne idée de se fondre dans l'inertie d'une boutique terne vu que la réussite qu'il espérait dépendait du fait qu'il n'ait pas l'air embarqué dans une grande aventure. Rien d'aventureux dans les courses, hein ? Acheter une mini-bouteille, rentrer chez soi, faire sa lessive, payer ses impôts ou n'importe quoi d'autre. Ryan Cusack était un adulte, or les adultes se faisaient toujours chier.

Il ne restait donc plus qu'une personne dans la boutique qui ne soit pas adulte, et c'était apparemment la gamine de la bonne femme chicanière. Une mioche de quatre ans au plus qui attendait à côté de l'armoire réfrigérée des bières, son petit pouce dans la bouche. Sa mère décida que l'alcool qu'elle cherchait était à base de cerises. Le vendeur se retourna alors vers les étagères, derrière lui, et la gamine fourra les mains dans l'armoire réfrigérée, s'empara de quatre cannettes et fila de la boutique aussi vite que ses cannes maigrichonnes voulaient bien la porter.

« Vous savez quoi ? lança la femme tout en os. Je vais laisser tomber. Je vérifierai le nom et je reviendrai. »

Elle n'eut pas un regard pour Ryan en sortant. Il la suivit des yeux derrière la vitrine, la vit rejoindre la petite voleuse et un homme aussi maigre qu'elle. L'homme prit les cannettes et la femme prit la petite dans ses bras, puis ils détalèrent dans les rues mouillées comme si on leur retirait la ville de sous les pieds.

« Je peux vous aider ? » demanda le type derrière le comptoir. S'il avait mis un peu plus d'enthousiasme dans sa question, Ryan lui aurait peut-être conseillé d'ouvrir l'œil si la cliente revenait. Mais il se contenta de jeter les chips sur le comptoir en disant : « Une mini-bouteille de Smirnoff et une de Jameson.

— Vous avez une pièce d'identité ? lança sèchement le gusse.

— Non.

— Et vous avez quel âge ?

— Seize ans, mec. »

L'ironie du faux trait d'humour sarcastique faisait un rempart trop compact pour être franchi, du reste c'était un jour d'école et Ryan n'arborait pas d'uniforme. Le vendeur grimaça et se retourna.

« Apportez une pièce d'identité la prochaine fois », dit-il en déblayant bruyamment les bouteilles du comptoir.

Ils avaient eu un chien à la maison. Néron. Un bâtard en partie labrador qui avait pour habitude, sur ses vieux jours, de dormir sous la table de la cuisine et de péter de temps à autre avec un tel entrain que c'était un miracle s'il restait du vernis sur les pieds de la table. Il était arrivé un jour avec Tony ; Ryan avait alors cinq ans – trop jeune pour apprendre des tours à son chiot. Une fois en âge d'essayer, il n'en avait plus envie. Comme si lui apprendre à aller chercher équivalait à corrompre ce petit couillon. À changer sa naturelle indolence canine pour se conformer à un impératif de cinéma.

Alors faire ça à un gosse, c'était plutôt dégueulasse.

Il rassembla ses achats et partit dans la direction prise par le trio maigrichon.

*Voilà comment tu vas faire, cocotte.* Quand maman est en manque et que l'infirmière a le dos tourné, toi tu plonges tes mains dans la glacière et tu embarques le remède. Quand papa a besoin de picoler et qu'il n'arrive pas à se traîner le cul hors du lit, toi tu files au magasin de bibine, tu prends ton air le plus innocent et tu attends que Mrs Horgan ait bien essuyé ses yeux larmoyants et qu'elle puisse attraper le whisky. Alors peut-être que maman sac d'os pourra boire et se réchauffer et redevenir joyeuse, te couvrir de câlins, te redire que tu es un trésor, à moins que papa squelette se retourne contre toi et t'accuse de le juger ou de ne pas avoir la bonne tronche, et peut-être que tout ce que tu retireras de tout ça ce sera une volée de gnons et une migraine. Dans un cas comme dans l'autre, fais ce qu'on te dit et ferme-la.

Il les trouva qui s'apprêtaient à traverser la rue. Le regard de l'homme croisa celui de Ryan quand il s'approcha, mais il n'eut pas un battement de cils jusqu'à ce que Ryan lance : « Dites, vous croyez quoi, à faire des trucs pareils, hein ? » À quoi l'homme répondit : « Quoi ?

— J'ai dit, vous croyez quoi, à faire ça, bordel ? »

L'homme se plaça devant la femme et la petite… par inadvertance plus que par instinct. Il portait un sweat-shirt vert à capuche trop grand dans lequel il semblait avoir rétréci au lavage. À moins qu'il l'ait piqué comme il avait piqué la bibine ; peut-être qu'il balançait sa petite complice par-dessus les murs des jardins par beau temps pour qu'elle pille les fils à linge à sa place. Quoi qu'il en soit, le type était un nul mal gaulé aux yeux visqueux. Ryan connaissait l'espèce.

« Pousser une gamine à piquer de l'alcool à ta place pendant que ta bonne amie raconte des craques au vendeur. Et que toi, tu attends dehors les mains dans les poches. Putain ouais, vous êtes la fine fleur !

— Écoute… coupa l'homme.

— C'est toi qui vas écouter, bordel de merde, rétorqua Ryan, parce que visiblement les gens te l'ont pas assez dit que tu es une raclure.

— Minute, quelqu'un est mort pour qu'on t'ait nommé inspecteur-chef ?

— Je m'en foutrais royalement si c'était toi qui allais dans ce magasin piquer la bibine. Ce que tu trafiques avec tes sales pattes, je m'en tape, mec. Mais charger un gosse de le faire pour toi, c'est dégueulasse, bon sang. C'est minable et dégueulasse.

— Dis donc, occupe-toi de tes affaires, lança la femme en gesticulant derrière son homme.

— Si vous en faisiez autant, on serait pas en train de s'empailler, rétorqua Ryan.

— Tu ferais mieux de te tirer, dit l'homme.

— Sinon quoi ? Sinon quoi, mec ? Tu vas m'en coller une, toi, emmanché comme tu l'es, hein ? Tu parles !

— C'est pourtant pas que tu me le rendrais, t'es bien trop soucieux pour la petite, hein ? railla l'homme. C'est pas vrai ? Alors dégage.

— Gamin, va», renchérit la femme.

Ryan eut un large sourire. Ce serait trop facile de prendre ces deux-là par la peau du cou et de les expédier au beau milieu de la rue. À eux deux ils ne devaient pas atteindre les cent kilos. Ils avaient pourtant raison : il s'était retenu de cogner.

« Mais non je vais pas vous taper dessus, dit-il, sauf si je vous revois un jour. Maintenant j'ai comme l'impression que vous emmenez la petite partout où vous allez, hein ? Histoire de vous planquer derrière elle en cas de grabuge, c'est ça ? Tu es sûr que c'est la tienne, mec ? Parce que, en matière de couilles, tu te poses là. »

La petite avait l'air déconfit, mais pas autant que les deux adultes. Il lui restait bien du chemin à faire pour atteindre seize ans, pouvoir quitter la maison et se trouver un dépôt de substances à garder. Ryan lui adressa un clin d'œil.

« Dis à ton père et ta mère de voler eux-mêmes leurs cannettes. Dis-leur.

— T'avise pas de parler à ma fille, lança la femme.

— J'espère qu'elle suivra pas votre exemple », dit Ryan, sur quoi il traversa la rue avant eux.

Il s'efforça de penser à autre chose en rentrant chez lui – au whisky, aux anniversaires, aux nichons de sa petite amie – mais ce genre d'incident, ça arrive et ça fout à l'envers, ça met les tripes à la place du cerveau. Il donna libre cours à ses fantasmes, réduisit l'homme au sweat-shirt vert à l'état de bouillie rose et blanche entre la rivière et l'appartement de Dan Kane, et quand il eut fermé la porte derrière lui, il posa les mini-bouteilles et les chips sur la table puis s'assit sur le canapé deux places en cuir disposé en face et contempla fixement ses achats. Puis sa montre.

Au bout d'un moment, il se dit : *Jamais je ne serai comme ça.*

Trop grand et trop teigneux pour être un larbin, désormais, et trop malin pour planter ses racines à l'ombre de l'arbre généalogique familial.

Ça faisait un an jour pour jour qu'il était devenu un homme et déjà il avait dépassé le stade pitoyable de l'homme au sweat-shirt vert.

Il roula un joint et consulta à nouveau sa montre.

Maureen cherchait la rédemption.

Pas pour elle. On ne va pas comme ça tuer quelqu'un et obtenir le pardon ; on pend les gens pour bien moins. Non, elle cherchait la rédemption comme un cochon cherche des truffes : à l'odeur, en déterrant, retournant, affolée par le goût, résignée à y renoncer.

*Robbie O'Donovan*, disait sa conscience. *Pauvre diable. Il a eu un nom un jour, et un corps, avant que tu fasses cadeau de tout ça aux asticots.* Qu'il était facile de tuer quelqu'un, en vérité, bien plus facile que ça aurait dû l'être ! La veille encore, un type occupait un espace dans une ville bien vivante, et au matin il est six pieds sous terre – ou va-t'en savoir où Jimmy mettait ses résidus –, on ne le voit plus, on n'y pense plus. Parce qu'il n'y avait eu personne pour demander après Robbie O'Donovan. Ni flics, ni épouses, ni mamans. Pauvre diable.

Il habitait l'ancien bordel avec elle, maintenant, hors de tout danger et de la vue des autres. Il la regardait depuis les étages. Il attendait de l'autre côté de la table de la cuisine pendant qu'elle mangeait, en évitant l'endroit où il s'était fait rétamer. Il se postait au pied du lit, pile au milieu, la regardant quand elle ne pouvait pas dormir.

« Pas étonnant que j'y arrive pas, avec toi planté là ! » lui disait-elle.

Il ne répondait pas. Sa bouche n'était pas prévue pour. Son expression changeait à mesure que Maureen tentait de deviner ses pensées et ne se figeait jamais assez longtemps pour répondre. Parfois, il avait les yeux bleus et un teint blanc phosphorescent. Parfois les lèvres minces et les joues creuses. Parfois il souriait, ou bien articulait un tardif O muet d'horreur. Il n'avait jamais de dents.

La cape écarlate poisseuse lui couvrait l'épaule droite et alourdissait son pull noir délavé, le lui plaquait au corps, exactement comme à sa dernière heure.

Elle chercha d'abord la rédemption chez lui. Allongée la nuit, bien réveillée, elle s'expliqua, commença par lui détailler ses actes, puis son passé, des fois que tout ça puisse constituer pour lui une toile de fond sur laquelle ébaucher son assentiment. Mais sa bouche ne voulait pas se figer pour le confirmer. Elle raconta de nouveau, en étoffant là où elle pensait qu'il en avait besoin. Mais le défunt visage refusait de s'impliquer.

« Tu veux que je te raconte une histoire, Robbie O'Donovan ? »

Les pupilles bleues de Robbie débordèrent de ses orbites et coulèrent sur ses joues. Des noires les remplacèrent.

« Quand j'avais dix-huit ans, j'ai rencontré un homme. Il en avait vingt-quatre et il venait de vers Cobh, il portait la barbe et des perles, toi tu dois pas connaître ce genre-là, Robbie O'Donovan, parce que ça date de longtemps avant ton époque, mais c'était un beau gars, toutes les filles le disaient. Il s'appelait Dominic Looney, et j'ai bien fait de pas l'épouser. Moi j'étais un petit brin de rien – je portais des pantalons remontés jusqu'aux oreilles avec des pattes d'éléphant tellement larges qu'on aurait pu balayer les rues avec, et j'avais une tignasse comme une fleur de pissenlit, du coup entre le pantalon et ma bourre crépue je sais pas ce qu'il a réussi à voir en tout cas il a voulu ce qu'il croyait être sur le marché. Vous les hommes vous êtes bizarres, mais bon c'est comme ça. Il me prenait pour une beauté et je lui ai pas refusé l'occasion de me le seriner. Donc on sortait ensemble. On allait jusqu'à Crosshaven pour danser et il me soûlait au panaché, c'est te dire, Robbie O'Donovan, à quel point j'étais menue à l'époque.

« On a pas duré bien longtemps mais il faut croire que ça avait l'air sacrément sérieux vu que le bruit courait parmi les filles avec qui je travaillais qu'on allait se marier. D'ailleurs on a fait semblant de l'être plus d'une fois ; on partait les week-ends et il racontait aux petites mamies des bed and breakfast qu'on était Mr et Mrs Looney, jeunes mariés d'un an. Tu imagines ce qui se passait ensuite, hein ? C'est pourtant pas que ça puisse te faire grand bien d'y penser aujourd'hui, vu que j'ai plus mon allure d'autrefois.

« C'est plus pareil de nos jours, bien sûr, mais à l'époque être une fille facile c'était un statut plein de risques. Les petites mamies auraient sans doute pas hésité à dire que c'était ma faute et à jubiler en apprenant ma position – c'est comme ça qu'on appelait ça à l'époque, Robbie O'Donovan : une position, ou un problème, quelque chose de vague et inquiétant quoi. *Qu'est-ce qu'on va faire pour le problème de Maureen ?* Ma foi, la première chose que moi j'ai faite ç'a été d'imaginer un mariage en catastrophe. Je devais porter une robe ample blanc cassé, et lui il aurait sa barbe et un costume, et on se trouverait une maison à nous avant que mon ventre échappe à toute contrainte et nous transforme moi en putain, et lui en faux jeton.

« Mais ça devait pas se faire, vu qu'à peine Dom Looney a eu vent de l'affaire, il a pris la tangente en battant des ailes comme un poulet coursé par un renard.

« Et à ton avis, Robbie O'Donovan, qu'est-ce qui s'est passé ensuite ? »

Le visage de l'apparition vacilla.

« Ensuite on m'a expédiée ailleurs. On a raconté aux voisins que j'étais partie travailler, mais en réalité on me surveillait à mesure que je grossissais de plus en plus et encore plus, pendant que les visages qui m'entouraient s'allongeaient de plus en plus et toujours plus. Et ensuite quand le bébé est né, ma mère – paix à son âme, et dis-lui bonjour de ma part si tu la vois – en est tombée raide dingue du coup il a été décidé que je le leur laissais en réparation pour qu'elle et mon père puissent l'élever dans le foyer stable et décent qui avait produit une fille comme moi.

« Alors tu vas me dire un peu, Robbie O'Donovan, quand ta figure aura fini de s'effacer et revenir et que ta bouche se sera décidée à garder la forme que tes parents lui ont donnée : pourquoi est-ce qu'on m'a demandé de me racheter d'une chose qu'en fin de compte ma mère convoitait ? Hmm ? Et si j'ai passé quarante bon sang d'années à me racheter complètement, pourquoi diable il faudrait que je cherche encore la rédemption pour ce que je t'ai fait ? »

Faute de l'équipement nécessaire pour répondre, le fantôme de Robbie O'Donovan garda le silence.

« Je veux bien réparer, grommela Maureen, mais les châtiments je prends plus. Les châtiments j'ai barboté dedans jusqu'aux oreilles, et pour que dalle. Tu m'entends ? »

Sa soif de rédemption nullement apaisée compte tenu de la morne inconsistance du spectre, Maureen se trouva réduite à emprunter des voies plus directes.

L'église semblait le lieu évident où commencer. Le clergé se composait de spécialistes autoproclamés de la grâce dispensée au nom du grand patron absent. Et il y avait aussi le fait que Maureen était préaffranchie du fardeau de la mort de Robbie O'Donovan grâce aux pénibles années de châtiment infligées en contrepartie d'aucun péché. La Sainte Église catholique romaine n'avait-elle pas le chic pour ça ? N'avait-elle pas tendance à inventer ce genre de promesses de matamores chaque fois que des gens suffisamment cousus d'or venaient à elle avec une pleine charrette d'incartades sur les bras ? Si l'Église qui la condamna à l'exil sans enfant quarante ans plus tôt pouvait lui offrir quelque chose en guise de lot de consolation, eh bien mais elle était toute disposée à l'entendre.

L'église la plus proche se trouvait de l'autre côté de la rivière, à dix minutes par les quais. Le matin venu, Maureen partit se promener à pied.

Ç'avait été un sale mois d'avril jusque-là, avec un temps incertain, humide et mordant. Elle aurait voulu être en blanc pour l'occasion, mais la pluie l'en dissuada ; elle troqua donc son pantalon blanc contre un noir, ses sandales contre une paire de solides chaussures foncées, si bien que son cardigan beige et son chemisier blanc lui donnaient l'air de quelqu'un qui n'aurait péché qu'en dessous de la ceinture, ce qui était généralement le cas des jeunes de dix-neuf ans dans les années 1970.

C'était une église ancienne, d'un style imposant qu'on n'encourageait plus maintenant que le pays était au courant des extravagances intimes du clergé. Maureen gravit les marches à grandes enjambées, franchit les portes gigantesques et pénétra dans une splendeur chouette à voir. Ors, marbres, et haut-parleurs muraux pour bien entendre la parole du Très-Haut-Perché. Elle gloussa, assez fort pour déranger deux vieilles bigotes assises sur un des bancs du fond.

Il y avait des confessionnaux sur le côté. Maureen passa la main sur la porte de gauche. Du bois, verni maintes et maintes fois ; il n'y avait plus que du vernis à ce stade, pensa-t-elle. Une grille noire en occupait la partie supérieure alors que l'emplacement du prêtre, au centre, était pourvu d'un rideau de velours.

Maureen se glissa à l'intérieur et se figea dans le noir, se remémorant un lointain passé, quand on attendait que le prêtre fasse coulisser le panneau de bois, qu'on savourait l'atmosphère confinée, l'apparat du rituel, et même l'odeur du truc, riche et poussiéreuse, un effluve du temps jadis…

Le panneau coulissa et une voix annonça: « Nous ne confessons pas à cette heure, mais je vous ai vue entrer.

— Jésus Marie !

— La formule habituelle, c'est "Pardonnez-moi mon Père car j'ai péché". »

Elle rouvrit la porte en coup de vent et se précipita vers la sortie tandis que, derrière elle, le prêtre, pourvu des lunettes et cheveux blancs requis par la fonction, surgissait du confessionnal et restait là, en suspens sur un pied.

« Je n'avais pas l'intention de vous faire peur », lança-t-il. Robbie O'Donovan attendait Maureen quand elle referma bruyamment la porte du bordel. Son visage, tout en longueur cette fois, cireux et dépourvu de bouche, la suivit des yeux depuis le bout du couloir. Il se tenait à la porte de la cuisine, barrant l'accès.

« Je les aurai, dit-elle. Pas aujourd'hui, visiblement. Mais tu verras comment ça va finir: et toi, mon gars, t'as pas le droit d'être ici. »

Elle avait envie d'un thé, et de s'asseoir, alors elle ferma très fort les yeux et quand elle les rouvrit, il avait disparu.

# 7

Maureen couva son secret comme un oiseau de proie tapi sur son œuf. Elle le garda d'abord jalousement puis, sitôt le crime consigné aux archives par un Jimmy soulagé, l'air autour d'elle s'épaissit de sa jubilation et Jimmy le regarda bouillonner des grands soupirs, reniflements et exclamations contenues de Maureen jusqu'au moment où elle décida qu'il était temps de lui révéler ce qu'elle avait appris ; rien de bon.

Cette fiotte de Cusack avait lâché le nom du macchabée.

*Qu'est-ce qu'on craint ?* aurait sans doute demandé Dougan s'il avait été dans la confidence, ce qui n'était pas le cas. La pire des conséquences possibles était déjà arrivée : l'idiot en question était mort. Qu'est-ce que ça changeait que Maureen sache le nom du type qu'elle avait tué ?

Mais sans Dougan, Jimmy Phelan était rongé d'interrogations et d'indignation.

L'identité du macchabée compliquait les choses. Maureen plaçait, l'air de rien, des allusions à un fantôme surgi dès qu'elle avait eu un nom à lui donner, et cette désinvolture inquiétait Jimmy. Rien d'une manifestation de culpabilité, ça. Qui pouvait dire ce que cette sorcière était capable de faire d'un nom ?

Ç'avait été une saison d'extrêmes. Le soleil, quand il se montrait, grillait tout ce qu'il touchait, mais on ne le voyait jamais que dans un amas contusionné de cumulus. Des averses empêchaient les enfants de sortir. L'air grouillait de guêpes surexcitées.

Jimmy se rendit en voiture chez Cusack pour lui faire cracher ce qu'il avait dans le crâne, putain de merde, le jour où il avait dit à Maureen comment s'appelait le mort. Il y allait pour lui mettre un peu de plomb dans la tête. Pour évaluer son niveau d'indiscipline et découvrir si ce merdier cachait plus que de l'insubordination. Jimmy Phelan s'estimait fin juge de la nature humaine, or Cusack n'avait pas eu l'air de reconnaître le cadavre le jour où ils l'avaient dégagé de la cuisine de Maureen. Il était possible que cet enfoiré ait mené sa propre enquête et rapporté les résultats à Maureen pour qu'elle en fasse ce que bon lui semblait. Jimmy n'en savait rien.

Il n'en savait rien !

La rue de Cusack n'était qu'un des axes de la douzaine jetée là en un quadrillage communiste rébarbatif. Il s'y trouvait toujours un sale gamin pour allumer un feu sur l'esplanade, ou un beauf à bedaine en train d'errer en titubant après s'être fait jeter de chez lui (avec une bordée de jurons de sa poissonnière de bonne femme en guise de bons vœux), des voitures de patrouille, des glapissements d'ados, des couinements de chiens. Jimmy se gara et chopa un gamin qui passait pour se faire donner des précisions.

Tony habitait la maison du milieu d'un bref alignement faisant face à l'esplanade. Une Scenic gris métallisé était rangée dans la courte allée mais les rideaux étaient fermés aux deux étages et aucun signe de vie ne filtrait par la vitre en verre sablé de la porte d'entrée. Jimmy frappa quand même, n'obtint pas de réponse, frappa plus fort. Combien d'enfants le mec avait-il dit avoir engendrés ? Six ? Jimmy se retourna. Le gazon n'était pas tondu, le jardin ne comportait ni haies ni plates-bandes ornementales, seuls deux papiers de bonbons coincés entre le bord du gazon et le crépi moucheté de la façade révélaient la présence d'enfants.

Il s'avança dans l'allée et se cala contre le capot de la voiture.

« Où es-tu, petite vermine ? »

Il jeta un regard en direction du bout de la rue, où des silhouettes se recroquevillaient derrière voitures, murs ou rosiers, puis de l'autre côté et vit un visage familier plonger derrière un rideau dans la maison voisine.

Ça ferait l'affaire.

Il se mit à siffloter en passant d'une allée à l'autre. Puis toqua à la porte qu'elle entrouvrit de quelques centimètres à peine, ne révélant que ses yeux et son front.

« Je peux vous être utile ?

— Putain, Tara, tu ne vas quand même pas jouer les amnésiques ? »

Il poussa la porte qui heurta de plein fouet le nez de sa propriétaire.

« Je ne joue pas les amnésiques, dit-elle.

— Brave fille. Parce que moi, je n'ai pas de temps à perdre avec tes bêtises. Tu me laisses entrer ou quoi ?

— Ma fille est au lit.

— Ce n'est pas une réponse. »

Elle grimaça et s'écarta en reniflant pour le laisser entrer.

Les rideaux du salon étaient fermés. La lueur d'un ordinateur portable posé sur la table basse éclairait la pièce, aidée de la clarté tamisée du ciel estival. Jimmy s'installa sur le canapé, déploya les bras sur le dossier et croisa les jambes, pendant que Tara Duane restait plantée sur le seuil de son propre salon comme un cambrioleur attendant la sentence.

C'était une sale engeance, cette Duane. Elle traînait en marge de la plèbe de Cork, picorant les carcasses au gré d'un appétit qu'il n'arrivait pas à comprendre. Les bandits, il savait les mater, mais ce genre d'individu… Jamais il n'avait rencontré un bandit qui soit aussi convaincu de sa propre vertu qu'elle l'était.

Elle avait joué les taulières par le passé, et pris contact avec un de ses subordonnés en vue d'une collaboration. La réalité impitoyable du boulot l'ayant choquée, elle avait passé plus de temps à se lamenter sur les cendres de son Moulin-Rouge du Munster qu'à exercer, si bien qu'elle avait été démise de ses fonctions et que le collaborateur subordonné s'était fait claquer le baigneur. Depuis, elle avait pris des cours de conversation en russe et se posait en guide pour les filles que l'indigence poussait au commerce sexuel. Elle jouait toujours les maquerelles mais croyait désormais que son statut d'indépendante lui accordait une séduisante impartialité et un air de grande bienveillance. Une pute avait raconté un jour à Jimmy que Tara passait un nombre d'heures phénoménal en ligne sous de fausses identités, à tarabuster les militants antiprostitution et à débiner l'Irlande catholique. Ça l'avait amusé. Il la laissa avec plaisir donner libre cours à ses illusions ; les gérants qu'il employait se servaient d'elle à l'occasion comme dénicheuse ou entremetteuse.

Le salon de Tara Duane était minuscule. Il y avait des revues entassées sur les étagères et des reproductions disparates aux murs. À côté de l'ordinateur, sur la table basse, se trouvait un mug au flanc duquel pendait une fragile étiquette en papier. Une fenêtre de *chat* était ouverte à l'écran.

Bien sûr chéri xxx Pas de souci. Ma reum vient juste de rentrer alors à +. Commence pas sans moi stp bisous.

Te laisse pas prendre la tête ma puce. Sois forte.

« Un chat en ligne ? demanda-t-il. Je croyais ta fille au lit ?

— Elle vient d'y aller, en fait. »

Il eut un grand sourire et avança le buste.

« Sa “reum” vient juste de rentrer et de l'envoyer se coucher, c'est ça ? Elle a passé toute la nuit à discuter avec des détraqués sexuels ? Et à boire du thé avec de jolies étiquettes ; oh, mais c'est qu'elle est carrément raffinée.

— Je peux faire quelque chose pour toi, Jimmy ?

— Probablement. »

Elle fit mine de se croiser les bras puis se ravisa, donnant un instant l'impression de battre des ailes comme un poulet.

« Tara, reprit-il.

— Oui ?

— Visiblement, je recherche quelqu'un.

— Oui.

— Est-ce que tu sais où il peut être, bordel de merde ?

— Tony Cusack ?

— Ça serait lui, en effet. J'ai déjà la maison.

— Pourquoi est-ce que tu cherches Tony Cusack ?

— Pourquoi est-ce que tu me demandes ? »

Elle serra les poings. Les fourra sous ses aisselles.

« Sérieusement, Tara ? Que tu cherches à évaluer ce que je sais avant de choisir la meilleure réponse à donner, ça ne fera que me foutre en rogne. »

Elle fit la moue. « Il sèche.

— Quoi ?

— Il sèche. Un genre de cure. Tu vois le truc. Les gosses sont chez ses sœurs et il n'a pas mis les pieds chez lui depuis des semaines.

— Cusack ne me faisait pas l'effet d'un type soucieux de sa santé, dit-il.

— Il ne l'est pas, répondit-elle. C'est une décision du tribunal.

— Du tribunal ? Putain de… qu'est-ce qu'il a fait pour mériter ça ?

— Qu'est-ce qu'il n'a pas fait, plutôt ?

— Il a l'air du gars inoffensif, pourtant. »

Elle fulmina. « Il n'est pas inoffensif. C'est un type infect. Violent. Très violent.

— On parle bien du même Tony Cusack ? Un type déglingué, grands yeux marron, qui a épousé une ritale canon avec du monde au balcon et qui l'a ramenée ici ?

— Il y a des gens vraiment pourris, dit-elle. Même si on tombe sous le charme à tous les coups. »

Cette amertume intrigua Jimmy. « Ça ne sonne pas comme la Tara Duane au grand cœur compatissant que je connais.

— C'est un bourreau d'enfants.

— Nom de dieu, autre chose ?

— Ouais, en fait. Il a descendu la fenêtre de mon salon. À coups de crosse de *hurling*. Fracassé la vitre. Et je dois vivre à côté de lui malgré tout alors qu'il me fout la trouille à mort.

— Tony Cusack a descendu la fenêtre de ton salon ?

— Ouais. Alors je te conseillerais de ne pas traiter avec lui.

— Pourquoi est-ce qu'il a descendu ta fenêtre ?

— Qu'est-ce que tu en as à faire ? rétorqua-t-elle.

— Rien. » Il se pencha en avant, les coudes sur les genoux. « Querelle d'amoureux ? demanda-t-il. Tu baisais avec lui, Tara ?

— Non, désolée.

— Pour quelle autre raison est-ce qu'un type irait massacrer ta maison ? Tu t'es gourée d'étiquettes sur les poubelles ? Tu as gueulé toute la nuit en écoutant ABBA à fond ? Allez, Tara. Pourquoi est-ce que tu t'es disputée avec lui ?

— C'est lui que tu cherches ou moi que tu interroges ?

— D'abord lui que je cherche, puis toi que j'interroge. »

La lueur du portable déclina quand l'économiseur d'écran entra en action. Jimmy s'étira et se renversa contre le dossier du canapé.

« L'aîné de ses gosses est un garçon, dit Tara. De seize ans. Tony a cru que je... »

Elle marqua un temps d'arrêt suffisant pour qu'il s'esclaffe tout son soûl.

« Bon dieu, Tara. Tu baises des gosses, maintenant ?

— Sûrement pas, siffla-t-elle. L'alcool et la drogue le rendent parano. Il faut l'être, non, pour accuser une jeune mère d'un truc pareil ? Surtout une mère comme moi.

— Une mère comme toi ?

— Je suis quelqu'un de bien ! lança-t-elle sèchement. Alors que ce type est un malade.

— S'il t'a chopée avec la tête de son gamin entre les cuisses, je dirais qu'il avait une bonne raison.

— Ne sois pas répugnant. »

Jimmy était à deux doigts de s'étouffer de rire. « Minute, Tara. Je bosse à la chaîne avec toute une équipe de tarés et je suis bien placé pour savoir que tu as foiré le contrôle qualité. Le mec a fracassé ta vitre parce que tu jouais à touche-pipi avec le petit.

— Non ! Ce n'est pas vrai ! J'ai essayé d'apporter une écoute amicale au gosse et visiblement, il a compris de travers, d'accord ? Cette écoute, j'étais bien obligée de la lui proposer vu que son père est un malade mental, d'ailleurs vivre à côté de lui ça m'a abrégé la vie de quelques années.

— Si seulement vivre *avec* lui pouvait en faire gagner quelques-unes, hein ?

— Revenons-en à ta question, d'accord ? Je ne sais pas où il est, dit-elle. En train de sécher. Sur ordre du tribunal.

— Pour quelle raison ?

— État d'ébriété et atteinte à l'ordre public. Et comme en plus il s'en était pris à ma vitre, ça a suffi pour qu'un juge décide qu'il avait un problème. Il a trop de gosses pour aller en taule, j'imagine.

— Ça, c'est du Cusack, dit Jimmy.

— Tout ça, c'est du Cusack. Tu ne le connais pas bien, c'est clair.

— Non», dit Jimmy, sur quoi, avec un petit claquement de langue, il posa les mains à plat sur le canapé pour se relever. Tara souffla. Jimmy s'esclaffa.

«Bon sang, Tara. On jurerait que c'est toi qui avais enfreint la loi.»

Elle pinça les lèvres.

«Je vais y aller, dit-il. Tu ne m'as été d'aucune aide. Mais je crois comprendre que tu as des choses plus importantes à faire, par exemple faire croire au monsieur Internet ici présent que tu es la petite âme sœur de ses rêves érotiques. Désolé de ne pas avoir été une meilleure *reum* pour toi !»

Elle le suivit jusqu'à la porte.

Le trottoir miroitait sous un ciel bas indigo. Jimmy moulina des épaules.

«Une dernière question, lança-t-il. Tu connais un type du nom de Robbie O'Donovan ?»

Elle écarquilla les yeux. «Non.

— Réfléchis. Il connaîtrait Cusack.»

Elle secoua la tête.

«La trentaine. Rouquin. Un grand dépendeur d'andouilles. Impossible de le manquer, mais le spectacle n'a rien d'inoubliable.

— Je suppose que c'est pour ça que tu cherches Tony ? »

Jimmy franchit la porte et s'éloigna dans l'allée.

« Tu en supposes des choses, Tara. Je te laisse. Prends soin de ton araignée au plafond. »

Il se dirigea vers le portillon. Les trajets pour rien avaient tendance à le mettre en rogne et il voyait s'amener l'orage, dans les cinq minutes à venir, peut-être dix, un cataclysme personnel qui allait foutre en l'air le reste de son après-midi. Il avait des choses à faire. Des choses bien plus importantes que courir après Tony Cusack d'un bout à l'autre de la ville.

Derrière lui, Tara Duane lança : « Attends ! »

Il se retourna.

Elle hochait la tête. « Robbie O'Donovan. Un grand rouquin, maigre comme un coucou, pas très futé, ouais, ouais.

— Tiens, ça te revient ! Dis-moi ce que tu sais de lui ? »

Elle s'avança dans l'allée et referma la porte derrière elle. Au-delà du muret, deux gamines se chamaillaient sur des trottinettes sans se soucier de la nuée qui se massait au-dessus de leurs têtes, de l'imminence vibrante de la bourrasque.

« Il est avec une des… travailleuses, dit-elle. Tu vois.

— Une des putes ? Laquelle ?

— Je ne sais pas comment elle s'appelle mais je la connais sous le nom de Georgie Fitzsimons.

— Une Irlandaise ?

— Il y en a, dit-elle.

— Et où est-ce qu'elle bosse ? De quoi est-ce qu'elle a l'air ?

— Oh, c'est une des pauvres filles. Elle bosse en extérieur. Pas dure à repérer : en général, elle est sur le quai. Petite, mais du buste, tu vois, quoi. » Elle esquissa un geste extravagant. « Longs cheveux bruns au milieu du dos. Maigre maintenant, mais elle a été jolie. Je crois que le mot, c'est “ravagée”.

— Je vois le genre.

— Elle travaillait pour toi, avant, dit-elle. Dans le bâtiment au bout de Bachelor's Quay.

— Tiens donc. » Du coup, le fait que le mec soit allé vadrouiller là-bas s'expliquait. Bonhomme insignifiant d'une des putes, sans doute un junkie, croyant sans doute que la maison était déserte, espérant sans doute récupérer le cuivre des câbles électriques ou arracher la moquette. Sans doute le genre de type que fréquentait cet abruti de Tony Cusack. Le problème de l'identité dévoilée du cadavre se dégonfla aussitôt.

« Il te doit du fric ou quoi ? demanda Tara.

— Qui ça ?

— Robbie O'Donovan. J'ai l'impression qu'il a quitté la ville, en fait. »

Jimmy mastiqua dans le vide.

« Tu poses trop de questions, Tara.

— Je cherche juste à apporter de l'aide…

— Il vaudrait mieux pour toi que tu la boucles, sinon un jour viendra où quelqu'un te fermera ton clapet au fer à souder.

— D'accord. Bon sang», fit-elle en s'appuyant au mur qui séparait sa propriété de celle de Cusack, une main sur la poitrine.

«Simple conseil.» Il la congédia d'un geste négligent et regagna sa voiture.

Elle reparut à la fenêtre de son salon le temps d'un coup d'œil au détour du rideau et disparut dès qu'elle vit qu'il regardait. Il lâcha un reniflement sarcastique.

D'une poussée, une des gamines chicanières fit tomber sa copine de sa trottinette. L'autre se mit à hurler. Tara Duane jeta à nouveau un coup d'œil dehors. Jimmy envisagea de lui faire signe encore une fois.

Les cris de la gamine blackboulée furent soudain concurrencés et surpassés par un mugissement provenant d'un des jardins d'en face. Un homme aux épaules de culturiste s'élança vers les deux fillettes, montrant les dents à Sarah, Sasha ou dieu sait comment la gamine s'appelait. Jimmy n'aurait su dire laquelle, de la victime ou de son agresseuse, avait suscité les mugissements, mais le type leur fonçait dessus au pas de charge et en les rejoignant il chopa la hurleuse d'une main et gifla la pousseuse de l'autre. Celle qui était tombée de sa trottinette fut remise à la verticale. La coupable tournoya dans les airs, maintenue par le poignet. Elle en blêmit de frayeur. Le châtiment continuait de tomber.

Journée de chaleur, cela dit. Esprits échauffés.

Une femme vêtue de mauve pâle arborant un tatouage en forme d'hippocampe surdilaté s'avança en se dandinant vers la scène. Sans s'approcher du type éructant et des gamines beuglantes, elle menaça d'appeler les flics. L'homme leva la main.

Il ne pleuvait toujours pas. Jimmy sourit au spectacle de la lumière verdâtre et du mélodrame, et requalifia l'impair de Tony Cusack de catastrophe en complot puis boulette.

## CHÉRIS

*On sort tout à l'heure. Rien de spécial, mais on va acheter quelques cannettes et aller picoler avec Joseph et les gars, fumer quelques joints, rigoler un peu. Mais Karine, elle se mettrait sur son trente et un pour aller casser du caillou. On est à l'entrepôt de Dan Kane et elle «finit de se préparer». De se préparer, pardi. Comme ça au moins, si elle doit trop fumer, elle sera super canon pour gerber sur mes baskets.*

*Je suis au bout du lit, en train de rouler un joint, et elle, adossée aux oreillers, elle regarde la télé en se peignant les orteils en bleu layette.*

*C'est un de leurs fameux concours de danse qui passe à la télé. Elle adore ça. Elle fait du hip-hop deux fois par semaine et participe à des compétitions avec une vraie troupe et tout. Elle sait faire le grand écart. Prendre appui sur les mains et poser les jambes contre mes épaules. Putain ouais, c'est carrément le délire.*

*«Il est incroyable, le mec», elle dit en roulant des yeux de merlan frit au type en train de faire le mariole en collants devant les juges.*

*«Ah ouais?*

*— Ouais, il sait bouger, quoi. »*

*Elle est complètement scotchée. Elle se finit les orteils et se renverse contre les oreillers en fixant l'écran, un doigt dans la bouche. Je brandis le joint pour l'inviter à m'accompagner mais elle ne fait pas attention à moi.*

*Elle garde les doigts de pied bien écartés pour éviter de ruiner son vernis.*

*Je prends une pincée de tabac et, tout doucement, je tends le bras vers elle.*

*Elle pousse un soupir quand les juges se lèvent pour applaudir le mec. Elle est tout au plaisir de la scène qu'elle regarde.*

*Je saupoudre un peu de tabac sur les ongles de son pied droit, ça colle au vernis qui devient moucheté, bleu layette et marron chiotte.*

*Elle ne remarque rien.*

*Je passe à l'autre pied. Elle relève les genoux juste au moment où je termine.*

*« Il est super doué, je te jure », elle dit. J'allume le joint.*

*Elle me regarde, bouche ouverte, prête à me dire encore un truc hallucinant sur le clampin de la télé quand elle avise ses orteils bicolores.*

*« Oh, non, Ryan ! »*

*J'en pète de rire.*

*« Putain, Ryan Cusack, tu es vraiment un SALE CON ! » Elle se lève d'un bond, me jette un oreiller à la figure et pique quasiment une crise de nerfs là, par terre. « Sale chiasse ! J'ai même pas pris de dissolvant moi. Mon vernis est foutu ! Qu'est-ce que je vais faire ? Bon sang, tu me colles vraiment la rage, tu sais ça ? »*

*Elle est rouge de colère mais je suis incapable de répondre tellement je me marre.*

*Elle se dirige comme une furie vers la salle de bains et juste avant de claquer la porte, elle hurle : « Je regrette de pas être* LESBIENNE, *putain ! »*

*Le gusse en collants de la télé est debout, les mains jointes comme pour prier en silence. J'essuie les larmes qui me coulent sur les joues. Les juges lancent son nom et le gusse saute sur scène comme s'il avait des frelons dans le caleçon.*

*Karine ressort deux minutes plus tard.*

*« Ton chéri a gagné », je lui annonce.*

*Elle prend un air renfrogné. « Mon chéri a intérêt à mettre son blouson parce qu'il va tout de suite aller me chercher du dissolvant. Je me demande vraiment comment je te supporte, Ryan. Tu es tellement gamin. »*

# 8

C'était magnifique au bord du lac tôt le matin. L'air était froid, dépouillé des particules amassées la veille, mais il aurait perdu son piquant à midi et grouillerait de pleines bouchées de mouches au crépuscule.

Georgie avait pris l'habitude de descendre au bord de l'eau avant le petit déjeuner. Dans cette vaste étendue de colline et de ciel, le petit matin s'attardait plus longtemps. Là-bas, en ville, il y avait de la circulation et des tracas dès l'aube. Ici, tant que l'air conservait cette fraîcheur, les limbes entre avant et maintenant s'étiraient aussi loin qu'elle en sentait le besoin.

Assise sur un rocher plat, au bord de l'eau, elle ferma les yeux sur le ciel d'un bleu laiteux et la brise caressante qui lui ramenait des mèches sur les joues, dans les cils. Les oiseaux pouvaient faire du vacarme près du lac, mais ce matin leurs chants s'élevaient, légers. Pas d'autres bruits que ceux-là. Plus tard, quand la journée de travail commencerait, il y aurait des moteurs et le brouhaha de l'entraide à mesure que les gens se regrouperaient pour éviter que l'oisiveté engendre les vices.

La voix de David, derrière elle : « Tu n'avais pas tort. »

Sans se retourner ni ouvrir les yeux, elle répondit : « Tu es vraiment négatif, David. *Tu n'avais pas tort*. Tu aurais pu dire : *Tu avais raison*. Transformer le négatif en positif, rappelle-toi ! S'affranchir des processus nocifs. Inverser la grimace. Remonter les coins de la bouche. »

Les galets crissèrent sous les chaussures de David. Quand elle ouvrit les yeux, il lui tournait le dos, debout au bord de l'eau, les mains sur les hanches.

« On dirait que tu es en train d'admirer ta plantation, dit-elle. Seigneur et maître de tout ce que tu contemples.

— Il n'y a qu'un Seigneur, dit-il. Et pas de possessions. C'est bien ça ? »

Elle rit et il se retourna pour sourire. Il était bien découplé, façonné par un heureux hasard plus que par les travaux de force. Avec une barbe court taillée, qui chatouillait, et des yeux aussi bleus que le ciel de montagne.

« Je ne pensais pas que tu étais du genre à te lever tôt, plaisanta-t-elle.

— Tu m'as dit que ça valait le coup », dit-il.

Le vice de David, c'était le jeu. Il lui arrivait de s'enterrer pendant des semaines, en tête à ête avec son ordinateur portable, et de perdre ses chemises les unes après les autres sur fond de lumières clignotantes et vert criard. À le voir, on n'aurait pas dit. Il avait plutôt l'allure d'un figurant de pub IKEA. Ses parents avaient divorcé, puis son père avait embrassé d'autres horizons religieux, en conséquence de quoi le plus jeune des fils atterrit dans un refuge au bord du lac tenu par des soldats du Christ dont la stratégie militaire se bornait à des gamelles collectives de porridge et de longues promenades dans les bois.

Georgie s'était d'abord dit que l'endroit faisait très américain, mais le responsable de la mission était un Irlandais du nom de William Tobin. L'homme appelait son association le CAIL, sigle qui désignait, elle l'avait découvert entre-temps avec un ricanement réprimé à la hâte, les Chrétiens actifs au sein de la Lumière. Elle eut beau faire, elle ne put trouver de motivation cachée à la rectitude de William ; c'était quelqu'un de trop gentil pour être malhonnête. Il avait une queue-de-cheval grise et une femme prénommée Clover à laquelle il témoignait une adoration monogame qui ne faisait pas du tout secte. Il avait trouvé Georgie dans le besoin et donné gratuitement.

La nature du besoin en question ne regardait personne. William lui avait expliqué qu'elle ne révélait au noyau des volontaires que ce qu'elle jugeait bon de dire. Elle leur avait donc raconté qu'elle était alcoolique, ce qui était probablement vrai, bien que ce soit le moindre de ses problèmes.

Ce n'était pas une désintox au sens courant du mot. Le domaine de William Tobin, dans le West Cork, tenait plus d'un refuge pour décrocheurs que d'un pensionnat de toxicos. Gîte et couvert en échange d'un peu de jardinage sans gravité et de sermons quotidiens sur l'amour du Christ. Georgie n'avait pas encore trouvé le Seigneur – à Sa décharge, elle n'avait pas beaucoup cherché –, mais la compagnie semblait honnête, elle avait toujours aimé le porridge et elle adorait le bon air du lac.

« Tu es sûre d'être prête pour tout à l'heure ? demanda David.

— Oh, oui. Ça ne sera pas un problème.

— Je trouve ça bien qu'ils t'emmènent.

— Ils doivent me faire assez confiance pour se dire que je ne me précipiterai pas dans le pub le plus proche en réclamant un Jägerbomb à cor et à cri.

— À ton avis, ils ont raison ? demanda-t-il en souriant.

— Je t'en prie. La picole, c'est archi-daté depuis un mois. »

Il la rejoignit sur le rocher où elle était juchée et, tout en lui passant le bras autour des épaules, tourna la tête en direction du centre, derrière, au cas où.

William et Clover n'aimaient pas imposer d'autres règles que celles sanctifiées par les enseignements du Très-Haut, mais Il n'était probablement pas très porté sur la fraternisation et, si Georgie se rappelait bien ses leçons de catéchisme, ne trouvait les filles perdues utiles que pour Lui laver les arpions. Le fait qu'elle se soit lancée dans une liaison discrète avec David aurait sans doute constitué une rupture de contrat, ou à tout le moins une incitation à un rappel contondant des grands principes de la Bible.

Pourtant, cette aventure avait un côté bizarrement pur. Georgie n'avait pas parlé à David du parcours professionnel qui l'avait conduite jusqu'à la porte de William, et l'attirance aveugle qu'il manifesta fut tout à fait aphrodisiaque. Bien qu'elle ait cessé depuis longtemps de croire que ce seraient les mains moites d'un homme qui l'arracheraient à la perdition, il y avait quelque chose de thérapeutique dans le lien qu'ils entretenaient tous les deux. La discrétion forcée lui rappelait les premiers baisers volés qu'elle avait connus à l'adolescence, dans son village ; bécots furtifs derrière le terrain de *hurling*, et l'excitation frémissante d'une main se glissant sous son chemisier. Il y avait donc un peu d'une renaissance là-dedans, supposait-elle.

Elle se pencha vers l'épaule de David et ils s'embrassèrent.

La première fois avait été une révélation. Ils discutaient, tard le soir, dans la salle commune, lui de la conversion de son père, elle de la piété obstinée de sa mère. Sans prévenir, il s'était jeté vers elle en un élan aussi maladroit que le baiser fut tendre, et tandis que ses lèvres s'entrouvraient sous les siennes, elle avait senti une vague de chaleur se répandre de son ventre à ses hanches et ses cuisses. Une floraison, aurait dit un poète, mais sur le moment elle avait plutôt assimilé ça à l'ouverture d'un tombeau. Un phénomène de nature à déclencher le courroux d'un pharaon et l'arrivée d'une nuée de sauterelles. Ça changeait un peu des papillons du lac.

Ce soir-là, ils avaient fait l'amour sur le banc où Clover pliait les draps. Elle se dit ensuite qu'elle n'aurait pas dû, que ça ne concourait pas à son retour dans le droit chemin, mais le fait d'avoir envie avait été en soi assez nouveau pour la décider.

Si Robbie devait rentrer à la maison maintenant, la trouverait-il fraîche et consentante ?

Si Robbie devait rentrer à la maison maintenant, il ne la trouverait pas du tout.

David glissa la main dans le corsage de sa robe et lui titilla un téton jusqu'à le faire durcir.

« Tu crois qu'on a le temps… demanda-t-il.

— J'en doute. »

Mais David était joueur dans l'âme.

Adossée à une voiture garée, elle avait eu un haut-le-cœur.

On n'était jamais en sécurité, même en se tenant sur ses gardes, en usant de ruses comme se pencher à la vitre de la portière pour renifler leur haleine ni vu ni connu et déceler l'ivresse agressive, déchiffrer les tics et les grimaces pour évaluer les intentions violentes. Il s'en trouvait toujours quelques-uns pour déjouer tout ça, et ceux qu'on n'arrivait pas à percer à jour étaient les pires, les véritables enfoirés, ceux qui planquaient derrière une façade imperturbable la rage, la contrariété, les vieux problèmes enracinés vis-à-vis de leurs mères, dont ils crevaient d'envie de se venger sur nous. Nous, les sales putes. Nous, qui étions l'incarnation vivante, aguichante de tout ce qui n'allait pas chez eux.

Celui-là avait accepté les termes de la transaction puis décidé, une fois qu'elle fut dans la voiture, que les termes de la transaction étaient inacceptables.

Quand elle protesta, il lui colla un coup de poing. Quand elle cria, il contourna la voiture jusqu'à la portière passager, l'empoigna par les cheveux et la traîna à l'extérieur. Là, il la plaqua sur le capot et la viola. Puis il la cogna de nouveau, lui cracha à la figure, dans les cheveux, lui dit qu'elle le dégoûtait et l'abandonna sur le bas-côté. Elle commença à marcher pour regagner la ville, croisant tout un tas de gens insensibles à son sort qui allaient à pied ou en voiture, jusqu'à ce que la chance ou, comme il aurait pu le dire, l'intervention divine, mette William Tobin sur son chemin.

Il rentrait en voiture du local en ville qu'il réservait aux réunions de prière et aux cours d'étude biblique.

« Ma pauvre enfant ! s'écria-t-il, les larmes aux yeux. Dieu est venu à toi. Tu n'as qu'à Le laisser entrer. »

On lui demandait maintenant de retourner au local de prière en ville avec William, Clover et deux autres convertis : Saskia, une fille d'une vingtaine d'années qui avait grandi dans le Kerry et reçu une éducation bohème dénuée de toute contrainte de la part de ses parents allemands et de tous les pique-assiette environnants, et Martin, un géant barbu d'une quarantaine d'années qui en avait passé un certain nombre en prison pour un crime qu'il n'évoquait que par d'obscures allusions. William conduisait le minibus et Georgie, le menton au creux de la main, regardait défiler le paysage pendant que Saskia se demandait tout haut si l'Irlande, vu son paganisme, était vouée à connaître le sort de la Rome antique.

Ses quatre compagnons devaient assister à un rassemblement concernant la désobéissance politique, ou la menace du féminisme, ou la confection de pulls tricotés main pour Jésus, quelque chose du genre. Le rôle de Georgie consistait à arranger le local en vue de leur retour : balayer, disposer les chaises, préparer les sandwiches.

Elle attendait impatiemment cette excursion depuis que William en avait parlé, trois jours plus tôt. Pas uniquement en raison du plan qu'elle avait ourdi avec David, visant à rapporter quelques friandises destinées à un festin de minuit, mais en grande partie quand même ; pouffer avec David dans le dos des frères et sœurs lui donnait envie de retrouver des comportements puérils. Elle attendait impatiemment aussi de se soustraire un moment à la sérénité du bord du lac. De percevoir à nouveau quelque chose de réel et s'assurer par ce contact qu'elle y avait pleinement droit. Car elle avait parfois le sentiment que la foi sincère de William et ses disciples, la fraîcheur purifiante du bon air du lac, et même le secret sanctifié des instants passés avec David… tout ça n'était que des bribes de l'histoire que quelqu'un d'autre savourait avant de s'endormir, des fragments perdus dans l'éther qui lui avaient été attribués par erreur.

Le « local » était minuscule. Un synthétiseur était rangé contre le mur du fond, ainsi que quelques recueils de partitions et assez de bibles en similicuir pour construire un château fort. Une fois qu'elle eut disposé le cercle de chaises en plastique et monté les tables sur tréteaux, puis rapproché le lutrin, l'espace restant lui sembla dangereusement exigu pour qu'y respire une assemblée de chrétiens tous aussi brûlants de ferveur les uns que les autres. Mais enfin, la première partie de sa mission était accomplie. Elle sortit, ferma la porte à clé, et alla jusqu'au Centra situé deux rues plus loin. Elle avait du pain de mie à acheter et un plan à mettre à exécution.

« Excusez-moi de vous déranger, lança-t-elle à la jeune caissière qui scannait les provisions, est-ce qu'il y aurait un téléphone d'où je pourrais appeler ? »

Rien n'était prévu au centre en matière de crédit téléphonique. Le téléphone portable était une intrusion, avait dit William, un lien avec le monde extérieur qui les avait broyés et revomis. Ça semblait tout à fait cohérent à ce moment-là, vu que Georgie tenait pour assuré que personne n'avait besoin ni envie de recevoir un appel de sa part pendant qu'elle arrêtait de boire ou revoyait ses principes, appelons ça comme on voulait. D'ailleurs elle n'avait pas sorti son téléphone du tiroir de la table de nuit depuis des semaines.

N'empêche qu'elle se rappelait le numéro à faire. Il y en avait certains qu'on n'oubliait jamais. Celui des urgences, de nos parents, de notre dealer.

« *Qu'est*-ce qui t'arrive ? demanda-t-il avec un amusement incrédule quand elle ouvrit la porte.

— Quoi donc, pour l'accoutrement ? » Elle tournoya sur place. « C'est mieux que de se geler le cul dans une jupe ras-la-touffe, non ?

— Un peu intégriste, quoi.

— C'est une maxi-tunique à manches longues, pas une burqa ! La pudeur, c'est la kryptonite des putes. Et en plus, ça fait partie de tout ce truc. » D'un geste, elle désigna le local. Il s'avança à l'intérieur, regarda autour de lui et dit : « Nom d'un chien, Georgie. Tu ne vas quand même pas essayer de me convertir ?

— Est-ce que tu pourrais l'être, Ryan ?

— Il faudrait que je sois raide défoncé à l'acide.

— Eh bien, *ouf* pour toi et moi, parce qu'ils ne m'ont pas encore eue non plus.

— Il faut croire que non puisque tu m'as fait venir. Mais où tu étais passée, dis voir ?

— En rédemption », dit-elle, sur quoi il lui sourit, et elle eut plaisir à constater que ce sourire était dépourvu de la fourberie mercantile dont elle craignait de le voir atteint après ces quelques mois. « Au diable dans le West Cork. Il y a cette fameuse communauté, là-bas.

— Genre secte ?

— Non ! À moins que tu considères que les chrétiens en sont une. Mais comme je parie que tu es un bon gars bien catholique, tu ne peux pas vraiment parler. »

Elle lui remit la somme que David et elle avaient réunie, et Ryan lui donna deux sachets. Elle en fourra un dans son soutien-gorge.

« Ne les mouille pas, dit-il.

— Je n'allaite pas, bon sang. »

Il eut l'air contrarié. « S'ils prennent l'humidité, ils sont foutus.

— J'y ferai attention. De toute façon, ils ne sont plus à toi, alors respire. »

Elle prit une chaise dans le cercle et ouvrit le deuxième sachet.

« Tu aurais de quoi écraser ? »

Il portait un jean genre treillis pourvu d'assez de rabats et de compartiments pour un homme-orchestre. Il plongea la main dans une poche et en sortit un canif.

« Tu n'as jamais peur de te faire arrêter et fouiller ? De la drogue et des armes sur toi ; on se croirait dans un épisode de *Sur écoute*.

— C'est pas une arme, ça, dit-il.

— Mouais, moi je suis sûre que les flics diraient que si. Tiens, passe-moi une de ces bibles. »

Le similicuir n'était pas la surface idéale pour écraser ; elle allait devoir nettoyer la couverture après. Elle ouvrit le sachet.

« Assieds-toi », dit-elle, et il prit place en face d'elle.

« Ta congrégation ne doit pas venir te rejoindre ?

— Ils en ont encore pour une paire d'heures, dit-elle. Je leur ai raconté que j'allais voir mon père et ma mère.

— Mais tu es de Millstreet.

— Exactement. »

Elle était contente de le voir. Il n'était pas conseillé de trop s'attacher à son dealer, d'ailleurs l'éventualité d'en venir à apprécier un des représentants de la branche ne s'était jamais présentée jusqu'alors. Mais Ryan était… enfin bon, jeune, quoi. Et bien que sa présence soit la preuve que les arts occultes s'apprenaient trop tôt à l'heure actuelle, elle se sentait quand même plus en sécurité en sa compagnie que ça lui était jamais arrivé avec n'importe quel autre dealer.

« Elle est bonne ? demanda-t-elle tout en écrasant.

— Incroyable, répondit-il. Sérieux, Georgie, tu aurais de quoi faire dix rails, là, surtout si tu n'as rien pris ces derniers temps.

— Rien de rien », dit-elle.

Elle regrettait de ne pas s'être rendu compte plus tôt que c'était du côté des jeunes revendeurs qu'il fallait se tourner.

Peut-être aussi des jeunes clients.

C'était une mauvaise pensée à laisser surgir comme ça après deux mois de cure chrétienne dans le trou du cul de nulle part ; elle n'avait pas tué la pute en elle, pas complètement. Elle se dit qu'elle avait encore à mettre sa mentalité au diapason du reste du monde. Plus elle resterait blottie sous des nippes flottantes dans le West Cork, plus le fumet du péché aurait de chances de s'effacer derrière le parfum de la contrition, jusqu'à ce que le repentir dilue son passé, jusqu'à ce que presque tous ses instincts de louve soient anéantis par sa nouvelle personnalité propre et nette.

Mais cette pensée était là, maintenant, et le fantôme de l'individu qu'elle était une heure plus tôt couinait son désaccord.

Elle avait entendu parler de pères qui amenaient leurs fils pour les faire déniaiser, et Hollywood ne resservait-il pas sans arrêt la comédie de charme de la prostituée au grand cœur dans les profondeurs accueillantes duquel un jeune garçon vierge au désespoir découvrait autre chose que la défaite ? Ah ouais, c'était vraiment plein de noblesse ! Dépuceler tout ce qui bouge, voilà ce qu'il aurait fallu faire. Leur prendre cinquante livres pour qu'ils lui montent dessus et gigotent, rouges et pleurnichant, après qu'elle aurait juré craché de ne pas se moquer de la taille de leur zizi. Les débarrasser du fardeau de l'inexpérience pour qu'ils ne se rendent pas ridicules le jour où leurs jolies petites amies finiraient par leur accorder le droit d'entrée. Avant qu'ils optent pour leurs perversions bien à eux et commencent à tripoter tous azimuts.

Elle se pencha sur la Bible avec un billet de cinq roulé en tube et sniffa son rail.

Qu'est-ce que ça changerait de les prendre au berceau ? Ça devenait bien assez vite des animaux.

Elle passa le Saint Livre à Ryan et, conformément au code, il accepta.

« Encore jamais fait ça sur une bible », dit-il en se pinçant les narines et en clignant des paupières.

Elle reprit le livre. « Fabriquées en grand nombre à partir d'arbres morts, rien d'extraordinaire.

— C'est quand même un peu moche, non ?

— Quoi donc ?

— De sniffer de la coke sur le bouquin préféré de tes chrétiens ?

— C'est quand même pas comme s'ils devaient l'apprendre un jour. » Elle replia le sachet, s'humecta un doigt et collecta les résidus sur la couverture en similicuir.

« Ils sont sympas avec toi ? demanda-t-il.

— De quoi ?

— Ben, les chrétiens. » Il désigna le bouquin. « Ça sent un peu la vengeance, ton coup, là.

— Non, pas du tout, dit-elle. Franchement, je n'y avais même pas pensé.

— Donc ils ne sont pas méchants avec toi, dit-il. Ils ne te demandent pas de changer autre chose que ta garde-robe.

— Mes mauvaises manières, quand même. »

Il bascula la chaise sur ses pieds arrière, croisa les bras et fixa le plafond du regard.

« Et voilà, dit-il. Tous ces jugements. Ça te met pas en rogne ?

— Ils ne jugent pas vraiment, dit-elle. Ils sont doux, suaves et inodores. Ils pensent que Dieu a un plan et que tout ce qu'ils ont à faire de leur vie, c'est le suivre. Vivre à la campagne et traire des chèvres.

— Pas étonnant que tu aies crevé d'envie de t'envoyer un sniff.

— Même pas, en fait. J'étais en convalescence. La coke, ça ne va pas avec. Il fallait que je perçoive mes sentiments, tu vois ?

— Et plus maintenant ?

— J'en ai ras le bol d'avoir des sentiments. »

Elle plaisantait, et il sourit comme il se devait, mais il ajouta :

« Sérieux, Georgie. Tu as l'air en forme. Ne va pas tout foutre en l'air, quoi.

— Misère de moi ! Un dealer qui me conseille d'arrêter la drogue !

— Quelqu'un qui deale, ça ne fait pas systématiquement de lui un con, tu sais.

— Contrairement à quelqu'un qui tapine. »

La cocaïne n'avait pas encore fait son effet, bien sûr, et le rail qu'elle s'était envoyé tenait plus de la mise en bouche que du plat de résistance, mais elle avait toujours trouvé que le rituel favorisait beaucoup la conversation.

« Je ne sais pas dans quelle mesure ils jugeraient, dit-elle. Honnêtement. Le type qui dirige tout ça est le seul qui sache que je faisais le tapin. Les autres croient juste que je suis une poivrote. Mais même s'ils savaient et qu'ils me détestaient, ma foi, ça ferait toujours plus à pardonner, hein ?

— Je ne parlais pas de toi en particulier, dit-il. Mais les connards qui jugent, ça court les rues, non ? C'est tout le problème.

— Ce n'est pas tout à fait vrai », dit-elle.

Il haussa les épaules.

« Ils ont été vraiment corrects avec moi. Hébergement gratuit, autant de légumes que je peux en manger, et tout ce que moi j'ai à faire, c'est renoncer aux bikinis et ne pas avoir l'air de m'emmerder quand ils font leurs grands discours sur Jésus.

— Et ils n'ont pas de motivation cachée.

— C'est *ça* leur motivation. Sauver mon âme. Et je leur laisse croire qu'ils sauvent mon âme parce que, du même coup, ils me sauvent moi en me mettant à l'abri des agressions des salopards qui croient avoir le droit de me violer.»

Il grimaça.

«C'est vrai, dit-elle. Parce qu'on ne peut pas dire que monsieur le Client se soucie trop de savoir si ça me plaît. Et comme il ne peut pas se comporter avec sa petite amie comme l'enfoiré hargneux et vicelard qu'il est, il loue une femme pour la défoncer. Alors s'il se trouve une coopérative d'allumés de Dieu prête à m'offrir des vacances prolongées, très bien, et s'ils le font juste pour me harponner dans leur groupe de prière, très bien aussi, qu'ils ne se gênent pas ; c'est forcément mieux que l'autre option, non ?»

Il la regarda.

«Mais si toi tu estimes n'avoir rien fait de mal ?

— J'ai bel et bien fait quelque chose de mal. Et je pense qu'on m'ordonnerait de faire preuve de miséricorde chrétienne envers toi qui ne sais pas ça étant donné que *a*) tu es un homme et *b*) tu ne connaîtras jamais de situation dans laquelle on fait de toi de la viande à livrer aux appétits de gens plus fortunés que toi.

— C'est bon, dit-il. C'est bon, arrête.»

Il se leva, prêt, pensa-t-elle, à partir, mais au lieu d'aller vers la porte, il se dirigea de l'autre côté, vers le lutrin, le synthétiseur et le tas de bibles non souillées.

«Je ne suis pas censée m'attendre à ce que tu en aies quelque chose à faire, je sais bien, dit-elle.

— Pas de problème.

— Mais bon, les chrétiens ont beau être un peu givrés, ils essaient de faire ce qui est bien, tu sais.

— Ouais, je comprends ça.

— Ils pensent peut-être que les minijupes font vulgaire mais au moins ils proposent une autre option. »

Il s'empara d'un des recueils de partitions.

« Tu ne ferais pas appel aux services d'une prostituée, toi, hein ? »

Curieuse question à poser à un gosse, même s'il s'agissait de notre dealer. Elle chassa cette préoccupation d'adulte à l'aide d'infectes réminiscences : les jeunes hommes qui louaient en groupe, pour assouvir les fantasmes de viols collectifs nés de pratiques pornos engendrées par la curiosité enfantine et développées jusqu'à la cruauté entretenue de l'âge adulte ; ceux qui n'étaient jamais satisfaits ; ceux dont la frustration se manifestait sous forme de gifles et d'insultes approximatives.

« J'ai une petite amie.

— Ce n'est pas une réponse.

— Si, dit-il. Je ne le ferais pas étant donné que j'ai une petite amie.

— Ça n'arrête pas le client de base, dit-elle. Les petites amies n'ont rien à voir là-dedans.

— C'est possible, dit-il, mais moi j'ai une petite amie. Personne d'autre ne m'intéresse.

— Ça fait combien de temps que tu es avec elle ?

— Un an et demi.

— Jésus Marie ! » Puis, vilaine pensée, elle se rappela comment ils avaient été présentés l'un à l'autre. « Ce n'est pas Tara Duane, hein ? »

Il eut l'air d'un gamin qui aurait trouvé un nid de guêpes sous le sapin le matin de Noël.

« Quoi ?

— Le soir où elle m'a donné ton numéro, elle a laissé entendre qu'il y avait eu quelque chose entre vous. C'est un peu pour ça que j'ai eu peur quand tu t'es pointé dans ton chandail d'uniforme.

— C'est à gerber.

— Donc, Tara n'est pas ta copine cougar ?

— Merde, Georgie, c'est à gerber.

— J'ai vu pire. »

Il posa le recueil de partitions sur le pupitre du clavier et dit :

« Putain moi, si j'avais vu pire, je me serais crevé les yeux.

— Alors où est-ce qu'elle a eu ton numéro ?

— C'est la voisine de mon père. Satisfaite ? Sérieux, Georgie, tu me colles la gerbe, là.

— Tu n'étais pas son dealer ?

— C'est arrivé autrefois. Avec l'âge, je suis devenu regardant.

— Tu ne dois pas trop l'être pour venir jusque dans les lieux de retraite chrétiens me vendre de la coke.

— Il faut croire que tu me dégoûtes largement moins qu'elle, Georgie.

— Ça c'est du compliment, au moins !

— Une constatation objective. Même avec ta nouvelle secte. » Elle allait protester quand il la fit taire en jouant quelques notes ; saisissant, d'autant qu'elle ne s'attendait pas à ça, et sûrement pas de sa part. Elle ne savait pas de quoi il s'agissait, mais c'était joué avec une grâce fluide. Les yeux écarquillés, elle tenta de hausser le ton par-dessus la musique mais il l'ignora si bien que, le temps qu'il arrive à la fin du morceau, elle s'était tue et se sentait bien, oui, elle commençait à se sentir vraiment bien.

« Tu as joué ça juste pour me faire taire ?

— C'est horrible, dit-il. Tout mou ce truc, con comme la lune. Mais c'est le seul instrumental là-dedans.

— Tu n'as pas l'air d'un musicien.

— Toi tu n'as pas l'air d'une folle de Dieu. »

Il rangea le recueil là où il l'avait trouvé et gagna la porte, les mains dans les poches de son jean.

« Elle s'appelle comment, ta petite amie ? » demanda Georgie.

L'espace d'un instant, il eut l'air prêt à refuser de le lui dire. Il plissa les paupières, la dévisagea et lâcha : « Karine.

— Elle est comment ?

— À tomber raide.

— Qu'est-ce qu'elle dirait si elle savait que tu prends de la coke dans un local de prière chrétien en compagnie d'une prostituée ?

— J'ai fait pire.

— Alors c'est une sainte.

— Encore mieux que ça, je dirais.

— Et où ça se trouve, les comme elle ?

— Ça ne se trouve pas, dit-il. Il n'y en a qu'une. »

Il s'avança à l'extérieur puis hésita. « Prends soin de toi, dit-il. Sérieux, Georgie. »

Elle lui adressa un sourire ambigu. « Ne va pas voir les prostituées. Sérieusement. Je ne peux peut-être rien pour changer les cœurs des chrétiens vertueux mais je peux au moins quelque chose pour le tien.

— Je te l'ai dit. Ça n'arrivera pas.

— C'est bien. Ryan ? »

Il se retourna.

« Tu ferais sans doute bien d'éviter aussi cette Tara Duane.

— Putain, plutôt deux fois qu'une ! Autre chose ?

— Va en paix ?

— Va te faire foutre toi-même », dit-il, sur quoi il disparut.

La journée s'était déroulée sans anicroche. Elle était allée en ville, avait appelé un dealer qui n'avait rien d'un enfoiré violent pour qu'il lui apporte la dope dont elle avait envie et qu'elle pouvait payer, avait aidé ses nouveaux amis à mener à bien leur étude biblique sans déblatérer ses convictions personnelles dans leurs oreilles chrétiennes. Quand elle regagna la ferme, tard dans la soirée, David fut ravi de la voir aussi, et tout en avalant thé et petits gâteaux dans la salle commune, elle lui signifia par des sourires et des clins d'œil qu'elle avait réussi dans son entreprise et que leur festin de minuit pourrait avoir lieu.

David se glissa dans sa chambre une fois les autres endormis et tandis qu'elle le regardait sniffer une ligne avec une jubilation puérile, des bribes de la journée s'emmêlèrent dans sa mémoire.

Sa hâte à écraser la poudre pour préparer les rails, le sacrilège involontaire au moment de trouver un support qui convienne. Les pensées qui lui étaient venues à l'esprit en observant la dégaine de son dealer : le fait qu'elle s'était trompée pendant toutes ces années, dans la rue aussi bien que dans les chambres reculées de maisons de ville délabrées, et que le statut de jeune garçon appelait une vengeance préventive.

Puis, quand David vint s'allonger à côté d'elle, murmurant des promesses tactiles sur sa peau, elle comprit soudain, en toute lucidité, qu'elle œuvrait au désastre. Elle était le succube qui contribuait à la chute de David. Il était venu ici, les yeux grands ouverts, le cœur brisé, pour extraire un peu de vie des profondeurs de son échec et elle lui apportait de la coke et des mensonges édifiants.

Cette communauté, cette citadelle farfelue de bonnes âmes, était empoisonnée par sa présence. Les pauvres règles édictées par William Tobin, piétinées avec un zèle impitoyable. *Respecter son corps ;* et voilà qu'elle était à nouveau couchée sur le dos, pour un type qu'elle connaissait à peine. *Respecter ses amis ;* et voilà qu'elle introduisait de la cocaïne dans leur cocon.

« Il faut que je m'en aille d'ici, dit-elle à David qui chassa la remarque d'un haussement d'épaules en lui dépliant les jambes. Je n'ai rien à faire ici.

— *Chhhut*, il ne faut pas qu'ils nous entendent, chérie.

— Lâche-moi, dit-elle, puis : lâche-moi ! »

Elle le repoussa et renfila sa tunique pendant qu'il bafouillait, incrédule, puis fila dans l'obscurité profonde d'une maison qu'elle commençait tout juste à connaître et gagna la cour, dévala le sentier boisé jusqu'au bord de l'eau, les pieds meurtris par les galets, le bas de sa tunique ridicule flottant autour d'elle tandis qu'elle titubait dans la boue.

« Georgie ! » David arrivait derrière elle. Elle ne se retourna pas. « Qu'est-ce que tu fabriques, Georgie ? Bon sang, mais tu vas te noyer ! »

Pas de risque ; l'eau, aussi froide et figée que l'air du petit matin, n'était assez profonde ni pour la baptiser ni pour la tuer. Elle s'y avança jusqu'à la taille et cria en direction de la berge qui s'esquissait en face, car comment de bonnes intentions si facilement dévoyées pourraient-elles avoir un jour une chance de la sauver ?

# 9

Ils lui avaient vendu ça comme un moyen d'éviter la prison alors que ce n'était qu'une étoile jaune d'un nouveau genre. Tony était allongé dans le noir, dans un centre thérapeutique résidentiel au milieu d'un vaste nulle part. Là, il allait être pulvérisé puis reconstitué. Là, il allait reconnaître ses échecs et se soumettre à plus important et plus enivrant. En fin de séjour, il serait plus humble, plus chiant. Et sobre ! Oui, il serait sobre, ainsi en avait décidé la Justice ! Une fois à l'intérieur, il se soumit aux horreurs distillées par leur protocole et la sobriété se déploya devant lui comme des kilomètres de verre pilé.

Le fait qu'il se désintoxique avant qu'ils entament sa rééducation avait conditionné son admission ici. Sa faiblesse le punissait pourtant. S'endormir n'était plus une affaire d'intention, mais un tour que lui jouaient les Parques : il gisait, en sueur, contemplant l'obscurité, tourmenté de douleurs fugaces jusqu'au moment où il commençait à rêver. Les rêves, d'une précision qui confinait à la cruauté, le réveillaient, si bien qu'il devait recommencer tout le processus. Sa carapace se fissurait et volait en éclats. Son estomac se soulevait ; ses muscles le lâchaient, il suait des toxines par tous les pores.

Chaque fois qu'il arrêtait de picoler, la période de transition était plus longue et plus dure. On le mettait à sécher jusqu'à ce qu'il ait fini de confire. La prochaine fois, il en passerait sûrement par le delirium. Les hallucinations, la fièvre, la mort. Mais ça leur conviendrait parfaitement, hein ? Ils optaient toujours pour la solution qui les emmerdait le moins. S'ils avaient vraiment eu quelque chose à foutre de son alcoolisme, ils lui auraient demandé : *Pourquoi, Mr Cusack ? Pourquoi avez-vous ressenti le besoin de vous mettre dans un état pareil ? Dans les faits, c'était une overdose. Dans quel but, mec ? Putain, mais dans quel but ?*

Il se tourna sur le flanc. Sa montre, jetée sur la table de chevet deux jours plus tôt quand elle commença à le gratter, affichait 3 h 17. Il avait dormi. Il avait rêvé qu'il buvait de nouveau. Ce rêve récurrent, il l'avait gardé pour lui pendant les séances de thérapie, jugeant que c'était un indice de mauvaise volonté qui mettrait le personnel en rogne, mais les autres pensionnaires avaient mentionné le même genre de phénomène. Qui les horrifiait : ils étaient dans la merde pour un bon moment.

*Ma foi, la question du pourquoi est intéressante, monsieur Connard-au-Grand-Cœur. Tout le monde ici ne boit peut-être pas par instinct néandertalien ?*

*Intéressant, Mr Cusack. Poursuivez je vous prie.*

Elle nia, la garce venimeuse. Elle se frappa la poitrine et fit un laïus sur la confiance et l'abus de confiance, comme quoi elle n'avait fait qu'offrir à son fils une épaule sur laquelle pleurer.

« Putain mais pourquoi veux-tu qu'il ait envie de pleurer ? » coupa Tony, sur quoi Tara baissa la tête et laissa couler les larmes entre ses paupières crispées : « Oh, on sait l'un comme l'autre que vous vous écharpez, Tony, il n'y a pas de honte à reconnaître que vous vous écharpez. »

Il tenta de lui faire cracher la vérité en donnant libre cours à sa rage et fracassa sa vitre, mais tout ce qu'il obtint, ce fut l'obligation juridique de la rembourser et une voisine qui passait ses journées derrière sa nouvelle fenêtre, les rideaux serrés au creux du poing, et filait d'un bout à l'autre de son allée de jardin comme une araignée s'élançant pour traverser la cuisine.

Ryan, ensuite. Tony aurait pu l'interroger sur la soirée chez Duane, son presque aveu, lui demander au nom de quelle perversion il avait partagé sa vidéo porno maison avec cette sorcière plâtreuse, mais il était tellement torturé de flash-back insidieux que la perspective d'en discuter l'avait fait sombrer dans l'atrophie. Il marina des jours. Puis il le laissa retourner à l'école dans l'espoir de regagner un peu d'espace vital. Le gamin avait jeté un sachet de cocaïne à la tête de son proviseur.

Ç'aurait été trop demander à Ryan d'expliquer cet acte d'autosabordage avant qu'il quitte la maison. Crise. Vengeance. Quclquc chose d'étrange et impalpable. Confronté à la menace, le garçon devenait aussi mutique que la statue du père Mathew.

*Alors pourquoi l'avez-vous menacé, Mr Cusack ? Ne pensez-vous pas que votre démon personnel y était pour quelque chose ?*

Il n'avait jamais eu l'intention de se mettre en pétard contre Ryan mais le gamin ne faisait strictement rien pour tenter d'éteindre le feu ; Tony priait le Ciel pour que les mots « bien cherché » ne franchissent pas ses lèvres…

*Dire qu'il l'avait bien cherché serait complètement erroné.*

Eh bien, loin de lui, donc, l'idée de suggérer que le gamin l'avait bien cherché, mais ils s'étaient indéniablement enfermés dans un rapport de force. Tony essayait de sermonner le gamin, le gamin se murait dans le silence, et son silence faisait à Tony l'effet d'une gifle.

Être poussé à boire par le mutisme d'un enfant, c'était une raison aussi valable que souffrir d'une déficience intellectuelle ou génétique, mais les psychologues préféraient les déclencheurs internes et les vagues insuffisances spirituelles aux explications logiques justifiant le recours à la boisson. Au cours d'une des séances de la semaine passée, il l'avait expliqué : c'était la cruauté de sa progéniture qui l'avait mis dans ce merdier.

« Je me suis attiré des ennuis parce que la femme d'à côté s'en prenait à mon gamin. Si ça ne peut pas pousser quelqu'un à boire, alors je ne vois pas ce qui peut le faire.

— Vous n'aviez encore jamais constaté que l'alcool était pour vous un problème ?

— Ce n'est pas un problème du tout, dit Tony. Je suis ici parce que le tribunal a préféré me punir plutôt que de poursuivre cette pute psychopathe.

— Bon sang, mais il a quel âge ton gosse ? demanda un de ses compagnons de débine.

— Quinze ans à l'époque. Et elle a mon âge. Je lui ai descendu sa fenêtre et soudain, voilà que le problème c'est la relation que j'entretiens avec l'alcool et plus celle qu'elle entretient avec mon bon sang de gamin. »

Il aurait pu la tuer. Il savait se débarrasser des cadavres, maintenant, non ? Il aurait pu la tuer, après quoi J.P. aurait été obligé de l'aider à la transformer en engrais, vu qu'il lui devait un service et tout. Il aurait pu défoncer sa porte, l'assommer, lui gommer littéralement le sourire, la réduire en miettes. Mais elle avait une sacrée veine, en fait, parce qu'il n'était pas homme à ça. Sa rage se manifestait sous forme de jurons grommelés. Il préféra descendre sa vitre. Il aurait pu la tuer, et il se retrouvait coincé là, castré, à raconter des conneries à tout un cercle pour que des vautours armés de blocs-notes puissent se repaître de ses compulsions pendant que ses enfants étaient nourris et abreuvés par des gens mieux que lui et que son fils était tout seul dans la nature, en train de se faire baiser la gueule tant et plus.

Il n'y avait de verrous ni aux portes ni aux fenêtres. Le danger insidieux de ce cachot tenait en partie au fait que la seule chose qui l'y retenait, c'était la torpeur. Mais les responsables ne facilitaient pas la tâche aux pensionnaires, ça non. Ils avaient implanté leur enfer au milieu d'un paysage de carte postale : à des kilomètres de la route principale, elle-même à des kilomètres de quoi que ce soit.

L'endroit était froidement fonctionnel. Murs en parpaings blancs, moquette bleue, grandes fenêtres qui rendaient les lieux aérés, clairs, froids, exposés aux regards. Il supposait que le but était d'offrir un contraste saisissant avec les décors chargés que les pensionnaires avaient pu connaître auparavant, mais Tony était celui qui avait le plus d'enfants – le mieux fourni après lui n'en avait que trois –, si bien que le contraste le choquait plus que tous les autres. Tout lui manquait cruellement : les miettes de pain sur le plan de travail, les rouleaux de papier toilette vides, les assiettes sous les lits ou sur les étagères et même, une fois le mois dernier, sur le rebord de la fenêtre de la salle de bains. Les jérémiades triomphantes de Kelly au sujet d'une nouvelle violation de son droit d'ado à la paresse. Le monceau de chaussettes déversé sur la table de la cuisine pour que Ronan et Niamh reconstituent les paires. La mode du refus de mettre un manteau pour aller à l'école. Et lui au milieu de tout ça, parfois étourdi par le tourbillon des couleurs et la cacophonie mais menant pourtant la barque, distribuant les déjeuners, préparant les dîners, vidant les poubelles. Il n'arrivait pas à concevoir son foyer comme un lieu qui exigeait qu'il se rééduque. Il n'y avait rien qui clochait, chez eux. Il n'était pas enfermé ici parce qu'une fois de temps en temps il oubliait de vider la machine à laver ou de se lever le lundi.

Il se retourna et contempla la fenêtre de sa chambre. Où irait-il s'il décidait de prendre le large et de s'enfuir ? Même s'il se dirigeait, par défi, vers un des pubs dont la campagne alentour était parsemée, il devrait attendre l'heure d'ouverture en fin de matinée. Et même s'il retournait à Cork, ce serait pour se retrouver dans la coquille vide qu'était son foyer, environné d'échos moqueurs, et se préparer à la garde à vue des flics. Le choix n'en était pas du tout un.

Du monde extérieur, lui parvint un cri.

Les bruits de ce genre n'avaient rien d'anormal dans cet asile d'alcoolos. Tony contempla fixement la fenêtre. Les cris étaient faibles, mais tourmentés ; ce n'était pas un pensionnaire qui se défoulait en couinant en douce mais quelqu'un de plus éloigné, de l'autre côté du lac, dans un des taillis de la rive. De jour, d'autres bâtiments étaient visibles de sa fenêtre en scrutant bien, mais c'étaient des fermes ou bien des baraques en pierre et en verre appartenant au gratin du comté de Cork. Ces cris n'avaient pas leur place dans ces endroits-là.

Il ne discernait pas de mots.

Il sortit du lit et alla se poster à la fenêtre, les mains contre la vitre.

Ça faisait un moment que des histoires de fantômes ne lui avaient pas traversé l'esprit.

Le vent lui apportait ces sons plaintifs de l'autre côté du lac. Il songea à fermer la fenêtre. De vagues souvenirs d'enfance lui conseillaient de mettre les siècles entre l'écho et lui, de faire une barrière du double vitrage moderne ou du verrouillage des fenêtres, d'une paire d'écouteurs. Ça voulait bien dire qu'on était foutu si on entendait la plainte d'une *banshee* ? Il n'y avait peut-être aucune échappatoire, c'était un présage imbibé de sang.

Des cris stridents, puis le silence.

Peut-être qu'elle était venue pour quelqu'un d'autre et que lui n'était pas censé l'entendre.

C'était une malédiction inhabituelle, il n'avait guère de place pour la loger parmi toutes les autres. Il resta à la fenêtre, contemplant l'immensité ombreuse, guettant le hurlement qui confirmerait que sa présence avait été remarquée, mais il ne perçut plus rien.

« Je pense que tu devrais pas y aller, dit Joseph. Mais c'est juste mon avis, et je suis bien moins coulant que toi. D'ailleurs, quoi que je pense, je sais très bien que si tu y vas pas, tu le regretteras, c'est couru d'avance. »

Ils attendaient sur le parking bondé de la Maison de la Solidarité, un mercredi matin d'août. Il y avait là des fourgonnettes en livraison, des types genre cadres portant des dossiers, des visiteurs faisant la même chose que Ryan à cette heure : hésitant derrière leur pare-brise et se triturant les doigts. Ryan avait les jambes en plomb. Les épaules soudées au dossier de son siège.

À force de le harceler, sa tante Fiona, la mère de Joseph, avait fini par le convaincre de s'y rendre. La jumelle de son père était d'une hypocrisie aussi tranquille que son jumeau était impulsif et obtus ; l'évidence semblait indiquer qu'elle avait pris plus que sa part de nutriments pendant la gestation. Elle avait terrorisé son neveu au point de le convaincre de se pointer à la Maison de la Solidarité le jour des « visites familiales », où les proches étaient impliqués dans le projet de guérison à long terme du pensionnaire en thérapie, ce que Joseph comprit et tempéra en proposant d'emprunter une bagnole pour que Ryan n'ait pas à supporter les péroraisons de Fiona pendant le trajet. C'était un petit réconfort.

« À ton avis, il va se passer quoi là-dedans ? demanda Ryan.

— Tu te rappelles ce qu'ils t'ont dit ? C'est l'occasion d'expliquer quelles conséquences l'alcoolisme de ton père a pour toi, ensuite vous apprendrez tous des stratégies d'adaptation.

— Quelles conséquences ça a eu pour moi », grogna Ryan. Il doutait du bon accueil qu'obtiendrait sa réponse : *des conséquences physiques*.

« Ensuite vous vous serrez tous dans les bras ou je sais pas quelle connerie puis Tony rentre à la maison et recommence à se murger à mort. La grosse éclate.

— Si j'y vais pas, je vais passer pour le plus gros connard de la planète.

— Ça devrait pas te soucier que les gens te prennent pour le plus gros connard de la planète. Qu'est-ce qu'ils vont te dire, de toute manière : *Oh Ryan, tu es vraiment un sale teigneux qui n'a aucune considération pour la maladie de ton père*. Qu'ils aillent se faire foutre. Comme si un mois et demi à la campagne, ça allait guérir Tony.

— On a vu des trucs plus incroyables. »

Du coin de l'œil, Ryan vit Joseph le dévisager.

« Tu as peut-être raison, mec. C'est ton père. Je comprends ça, tu sais. Moi aussi j'ai un père. » Puis : « Tu vas le fumer ce joint ou quoi ? »

Ryan avait roulé un gros pétard avant qu'ils quittent la ville. Il avait d'abord voulu le fumer en route – ça ferait une bonne relance après celui du petit déjeuner – mais ensuite il avait changé d'avis et décidé qu'il le fumerait en arrivant. Et maintenant ça ne lui disait plus rien.

« Ça serait moche, dit-il. Moi je peux pas entrer défoncé dans un endroit pareil, et toi ?

— Pourquoi pas ? C'est pas toi qui es infoutu de vivre sans picole. Ils s'en rendraient sans doute compte, remarque. Le manque, ça rend méchamment réceptif. »

Ryan secoua la tête. « C'est moche, point barre.

— C'est pas une église, mec.

— C'en est pas loin. »

La voiture de Fiona étincelait sur le gravier, à l'autre bout du parking. Vide, puisqu'il était l'heure passée de cinq minutes et que la séance avait commencé.

« Je ferais bien d'y aller, dit Ryan.

— Tu sais que tu es pas obligé, mec ? Qu'il vaut pas une goutte de ta pisse, tu sais ça ?

— Je sais.

— Alors pourquoi tu fais ça ? Qu'est-ce qui te pousse à franchir cette porte et à participer à une réunion qui va te foutre la tête dans le sac ? D'ici un quart d'heure, mec, on pourrait être à Clonakilty et acheter un pack de bières pour aller passer la journée à Inchydoney. Dans deux petites heures, ça va plomber. Un temps à bikini, putain, avec toutes les mignonnes en train de se faire bronzer. Qu'est-ce t'en dis ? »

Ryan laissa la scène miroiter dans son esprit – la plage, les bières, le soleil, les ventres fermes, les culs guillerets, les nuques amorçant les épaules et les épaules des courbes douces –, et le regretta dès que l'image s'estompa. *Y a pas de mal à inspecter la marchandise*, aurait pu dire Joseph si Ryan lui avait avoué les crises périodiques qui, de chaud lapin, le transformaient en pénitent grelottant. Mais peut-être aurait-il dit : *Qu'est-ce qui cloche chez toi, mec ? Putain mais elle te bride à ce point-là ou quoi ?*

Quand son temps d'arrêt lui eut permis de jauger la considération que méritait la suggestion de Joseph, il adressa un sourire sans joie à son cousin et ouvrit la portière.

Tony attendait dans la salle de réunion en se rongeant les phalanges. Sa mère devait venir énumérer ses innombrables déceptions. Son père avait été invité, bien sûr, mais la statue du père Mathew avait plus de chances d'arriver avant lui. Et bien sûr, il y avait Fiona, venue au monde sept minutes avant son frère et que le fait d'être si peu reconnue en tant que puits de science attristait tant. Elle vivait à Dublin, mais avait fait le déplacement en voiture pour la sérénade et les tartelettes à la crème.

Le thérapeute de Tony ayant conseillé que les aînés des enfants assistent à la réunion, Fiona avait donc embringué Cian et Kelly, et aurait bien voulu savoir où dénicher Ryan. À première vue, ça n'aurait pas été bien difficile : Ryan et le fils de Fiona étaient comme larrons en foire. En réalité, Tony savait que convaincre Joseph de lâcher une information aussi sensible n'aurait pas été plus facile que de faire dire au pape où étaient les corps des victimes. Pourtant, quand la porte s'ouvrit, il était là, le sale gamin, qui fermait la marche puis, la porte refermée, qui s'adossait au mur comme s'il y était collé.

Sa mère demanda à Tony comment il allait. Fiona se posta directement en face du psy. Cian lui sourit parce que c'était un gosse généreux… depuis toujours. Kelly se cala le cul dans la chaise la plus proche de la porte. Ryan restait près du mur, les mains derrière le dos, les doigts repliés contre la brique, ne croisant ni le regard de son père ni celui de qui que ce soit.

« Tu veux t'asseoir ? risqua le psy.

— Pas besoin, dit le garçon.

— Si tu t'assieds, on pourra commencer.

— Ça me va comme ça. » Le psy était déconcerté.

« Ouais tiens, reste debout, lança Kelly. Vas-y, fais bien ton centre du monde. »

N'importe quel autre jour, sa pique aurait été interceptée au vol pour lui être renvoyée en pleine figure, mais l'environnement avait vidé le garçon de son agressivité, de même que Tony qui, tard le soir, guettait les fées de la lande, les *sídhe*, debout à sa fenêtre, en espérant qu'elles viennent le dépecer à coups de fouet jusqu'à ce que mort s'ensuive.

Le psy sourit quand Ryan s'arracha au mur. Il restait deux chaises : l'une à côté de Tony, l'autre entre Cian et Kelly. Il s'assit entre son frère et sa sœur, et Tony les regarda, disposés en rang comme si on leur avait donné l'ordre de se placer de la façon la plus apte à tracasser la conscience de leur père. Quand on n'a pas vu ses enfants depuis des semaines, et que, pendant bien longtemps auparavant, on ne les apercevait qu'au travers d'un brouillard éthylique, les voir disposés aussi nettement était plutôt confondant. Ils avaient tous les trois poussé comme des mauvaises herbes.

« Notre but aujourd'hui ne concerne ni la conciliation ni la thérapie familiale, entonna le psy. Nous avons un objectif spécifique qui consiste à nous confronter à l'addiction. Ce qui va donc nous aider pour le moment, c'est que vous disiez tous à Tony, en toute sincérité, quelles conséquences son alcoolisme a eues pour chacun de vous, ce qui constituera une base solide sur laquelle bâtir une stratégie particulière à cette famille. D'accord ? *Cette* famille-ci. Chacun a son histoire personnelle.

— Je peux commencer, dit Fiona.

— Ah. D'accord. OK. Bien sûr. »

La comédie les impliqua chacun à leur tour. Fiona parla du lien perdu avec son jumeau, laissant complaisamment de côté ses voyages incessants de par le monde et la façon dont le snobisme qu'elle en retirait la rendait aussi populaire qu'un pet de buveur de Guinness dans un pub. Sa mère dit quelques mots sur la honte d'avoir mis au monde un rabat-joie professionnel. Tony observait ses enfants. Kelly faisait mine de se barber, mais elle était tout ouïe sous sa crinière de lionne. Cian n'arrêtait pas de tapoter ses poches. Ryan, avachi sur sa chaise, contemplait ses chaussures. Des tennis noires à grosse semelle blanche, ça portait un nom mais Tony ne s'en souvenait pas. Le gamin ne les quittait pas. Dieu sait par quel moyen il se les était procurées, vu que la marque n'était pas dans les moyens de Tony.

Ça venait peut-être de Tara Duane. Cette garce soutenait toujours qu'elle n'avait pas un radis mais avec une seule gamine et son air de manger seulement le jeudi, elle pleurait la misère, de toute évidence. Elle aurait pu dépenser son fric en chaussures de prix pour Ryan sans que Tony n'en sache rien. Comment l'aurait-il su ? L'idée était trop pourrie pour être sérieusement explorée. Il remonta dans ses souvenirs pour voir s'il arrivait à retrouver une époque où Ryan avait autre chose aux pieds que ces foutues grolles, mais rien ne vint. Il était resté haut comme trois pommes jusqu'à ses quatorze ans. Peut-être à ce moment-là. Les doigts de Tony s'agrippèrent au rebord de la chaise. Ses ongles crissèrent sur le plastique.

Cian avait l'air mortifié mais réussit à dire quelque chose à propos de devoirs scolaires, heures du coucher et petits déjeuners dignes de ce nom.

Mais de toute façon, qu'est-ce qu'on y pouvait ? Rien de rien, nom de dieu. Si on appelait les flics, qu'est-ce qu'ils feraient ? Ils l'arrêteraient, cette garce ? De la merde, oui. Alors qu'ils seraient tombés à bras raccourcis sur Tony, sous prétexte que c'était lui qui avait poussé son fils à courir se réfugier entre les seins plats comme des gants de toilette de cette salope.

Kelly se lança dans un joyeux discours comme quoi elle devait se coltiner toutes les corvées de la maison, égratignant au passage son frère aîné qui l'avait laissée jusqu'au cou dans les lessives et les vaisselles, mais Ryan feignit de ne pas entendre et Tony en fit autant jusqu'au moment où ce fut terminé et que le psy se tourna sur sa chaise pour regarder le garçon.

« Ryan ? »

Il garda la tête basse.

« Moi je n'ai rien à dire.

— Rien du tout ?

— Non.

— L'alcoolisme de ton père n'a eu pour toi aucune conséquence ?

— Rien qui me revienne.

— Oh, bon sang, lâcha Kelly. Non mais sérieusement, Ryan ? Sérieusement, putain ?

— Kelly ! Surveille ton langage, s'écria sa grand-mère.

— Non mais c'est pas vrai, mec ? Alors ça a eu aucune conséquence pour toi, hein ? Juste pour nous autres, d'ailleurs on fait tous des manières. Tu es vraiment ce qui s'appelle un aidant !

— Eh bien, fit le psy, il se pourrait qu'on explore cette piste-là quand on abordera les stratégies, mais pour le moment, ça ne nous éclaire pas vraiment. »

Mais Kelly était lancée. « J'imagine que je ne suis pas censée connaître ce mot, hein. *Aidant*. Ben non, quoi, j'ai quand même pas pu aller chercher ça sur Internet avant de venir ici. Bon très bien, alors moi je vais lâcher le morceau à la place de mon frère. L'alcoolisme de mon père a eu pour mon frère les conséquences suivantes : il ne le balance pas, il ne lui rend pas les coups, il n'endosse évidemment aucune responsabilité quand il le pousse tellement à bout que mon père finit par descendre la vitre de notre voisine. Vous savez pourquoi… – elle baissa ostensiblement la voix – mon frère ne peut pas vivre…

— Les conséquences qu'a pour moi l'alcoolisme de mon père », coupa Ryan en se redressant sur sa chaise, reprenant instantanément la place qui lui revenait dans la salle comme par magie. « Je ne me rappelle pas avoir connu mon père autrement qu'alcoolique, alors je ne peux pas vous dire.

— Oh non, que des conneries ! lança Kelly d'un ton chantant.

— Donc, vu que mon père est alcoolique depuis toujours, comment voulez-vous que je vous dise quelles conséquences ça a pour moi ? Comment est-ce que je pourrais le savoir ? »

Le psy haussa les épaules pour concéder le point, mais Kelly lâcha un reniflement méprisant, sur quoi le crétin la laissa reprendre la main.

« Il change de sujet, c'est tout, dit-elle, parce qu'il sait que c'est sa faute si papa est ici. »

Son frère lança sèchement : « Tu vas te mêler de tes affaires, oui ?

— C'est mes affaires, Ryan. Ça pourrait pas l'être plus.

— C'est pas à cause de moi que mon père boit.

— Mais c'est à cause de toi qu'il fracasse les vitres de Tara Duane.

— On pourrait formuler ça de façon beaucoup plus constructive », risqua le psy.

La mère de Tony croisa les bras. « De quoi est-ce qu'il est question, là ?

— Demande à ton petit-fils, répondit Tony.

— C'est vrai, p'pa. Tout est ma faute. C'est toujours ma faute, merde. »

La mère de Tony ouvrit la bouche pour dire quelque chose mais Fiona lui agrippa le bras, si bien que par un miracle inespéré la vieille ferma son clapet.

« Ça c'est bien vrai, dit Tony. Si je suis ici, ce n'est pas parce que les flics ont trouvé trop de bouteilles vides dans mes poubelles, hein ? Je suis ici parce que j'ai descendu la vitre de Tara Duane. Je suis ici parce que c'est bien plus facile pour l'État de m'expédier en cale sèche que de s'occuper de tes aventures galantes.

— Je t'ai pas demandé de fracasser sa putain de fenêtre, p'pa !

— J'allais pas attendre que tu me demandes, bon dieu ! Tu te figures que je ne sais pas ce qui s'est passé ?

— Il s'est rien passé.

— Tu me l'as peut-être pas dit toi-même ?

— Je t'ai rien dit.

— Juste une parenthèse, dit le psy. Tony, vous n'êtes pas ici, à la Maison de la Solidarité, sous le coup d'une inculpation, simplement en contrepartie de votre mise en liberté conditionnelle, parce que le juge a estimé que l'alcool était un facteur non négligeable dans… »

C'était l'alcool. Ah çà, c'était indéniable. Bien sûr que c'était l'alcool, mais c'était l'alcool parce que les circonstances exigeaient d'être imbibé, or une fois de plus, ce ramassis de conneries ne faisait qu'incriminer le médicament au lieu d'éradiquer la tumeur.

Ryan regardait maintenant son père avec une méchanceté voilée que Tony ne lui avait jamais vue.

« Tu m'as raconté la moitié de l'histoire, dit Tony. Si tu me racontais le reste ?

— Tu es déjà bien assez dangereux avec rien qu'une moitié, non ?

— Et tu te figures que me raconter des mensonges, c'est la solution ?

— Je mens pas. » Même dans le mensonge il livrait la vérité. Il secoua la tête, puis la baissa et s'attaqua à ses ongles.

Tony entendit sa mère souffler : *Qu'est-ce qui se passe nom d'un chien ?* à Fiona, laquelle la fit taire à nouveau tandis que le psy s'éclaircissait la voix et que Cian se repliait sur lui-même comme un éventail en papier.

« Tu me racontes des mensonges parce que tu es un foutu menteur, Ryan. Élevé dans deux langues, bon dieu de merde, alors évidemment. Qu'est-ce que tu fabriquais avec elle, hein ? Tu lui apprenais l'italien ? Tu lui vendais de quoi fumer ? Ah, c'est que voilà, il y a aussi ça (voyant la mâchoire contractée de son fils), dealer de la drogue à ton âge. C'est toi qui devrais être ici, pas moi. Hein? Tu veux raconter ça à ta grand-mère?

— Je savais que ça se passerait comme ça, lança Kelly au psy.

— Moi aussi je le savais», dit Ryan, sur quoi il se leva d'un bond, faisant sursauter sa sœur. «Je savais qu'y aurait rien de changé mais je me suis quand même laissé persuader de venir. Comme si le fait de te désintoxiquer allait apporter le moindre changement.»

Il se dirigea vers la porte. Tony se serait volontiers levé pour aller lui démonter la tête s'il n'y avait pas eu sa mère, là, et le psy, un vrai trou du cul en chemise moulante avec un pif juste assez long pour lui donner l'air méprisant.

«C'est tout ce que tu trouves comme réponse quand je dis que tu n'es pas un ange, hein? T'en aller.»

Ryan se retourna. «Tu m'as même pas demandé d'où je sors, mec. *Où est-ce que tu habites, Ryan? Avec qui? Qu'est-ce que tu deviens?* Que dalle. C'est que tu en as rien à foutre ou que tu as peur que je me mette à raconter ce qui m'a poussé à m'en aller?

— Tu t'imagines que j'en ai rien à foutre? C'est pour toi que je suis ici, petit merdeux.

— Tu es ici et tu es censé aller mieux alors que tu restes persuadé qu'y a rien de rien qui merde de ton côté.» Ryan avait les yeux brillants, son menton commençait à le lâcher. «Et tu sais quoi? J'ai jamais rien dit à personne. À propos de toi. Mais si je l'avais fait, tu serais où? Sûrement pas ici en train de te plaindre d'être sobre; tu serais derrière les barreaux, bordel.»

Quand il la claqua, la porte trembla sur ses gonds.

« Quelqu'un veut aller le chercher ? demanda le psy.

— Oh, c'est pas lui qui participera à la guérison, dit Kelly. Vous pouvez me croire. »

Retour au parking, un pied après l'autre, en clignant frénétiquement des paupières comme si chacune des larmes qui en tombaient était empoisonnée. Ryan retrouvait à peine une vision claire quand il rejoignit Joseph et la voiture, mais il ravalait encore sel et morve comme si sa vie dépendait de leur ingestion. Ah putain, c'était pas bon du tout. Alors que le fait même de quitter la maison était censé le guérir de cette faiblesse infantile que seul son père arrivait à faire surgir. Ryan était capable de constituer une clientèle dont l'appétit pour fumette, coke et ecstas n'avait d'égal que l'incapacité à garder le portefeuille dans la poche ; il était capable de vivre seul et d'embobiner les vendeurs des magasins d'alcool pour qu'ils lui donnent des mini-bouteilles de whisky ; il était capable de déshabiller sa petite amie en douceur puis de la baiser à la dure mais il n'était pas foutu de trouver le moyen de juguler ses émotions pour que son père ne puisse plus les déclencher.

« Jésus Marie », dit Joseph quand son cousin remonta en voiture.

Ryan sortit le pétard de la boîte à gants et se le planta dans le bec.

« Il changera jamais, hoqueta-t-il. Il changera jamais, putain. »

## GOLD DIGGER

*Joseph est dans Paul Street, en train de faire le chanteur de rues. Le mec il a des couilles, sans déconner. Il s'amène là tranquille avec sa guitare, il pose l'étui par terre devant lui, et c'est parti, il beugle de tout, depuis les chansons protestataires jusqu'aux variétés de merde. Je sais pas comment il fait. Moi j'aurais honte rien que de chanter sous la douche.*

*C'est samedi midi, la ville est blindée de monde. Je rejoins Karine, on se prend des milkshakes chez Macdo et on se glisse au coin de la rue pour le regarder faire. Il chante une reprise de « Gold Digger ». Il a une bonne voix, deux filles sont là en train de remuer du cul en faisant des moulinets de bras sexy. Il fait soleil. Une des deux filles quitte son blouson et pousse un cri, ça lui vaut un regard noir d'un vieux qui passe en clopinant. Si j'étais un gros con, j'irais dire à la nénette que la bonne amie de Joseph vient d'avoir un bébé, et que c'est pas la peine de lui agiter ses nichons sous le nez vu qu'il est trop claqué pour remarquer.*

*La petite, ils l'ont appelée Leigh. Le baptême se fait le mois prochain. Ça sera moi le parrain. Joseph jure qu'il me l'a pas proposé juste parce que je suis à moitié italien.*

*Karine est debout devant moi, elle appuie son cul tout contre moi alors je sors les mains de mes poches et je les noue autour de sa taille.*

*« Je le trouve meilleur chaque fois que je l'entends », elle dit.*

*Il y a tout un tas de gens aux terrasses des pubs et devant Tesco. Certains chantent avec Joseph. Il se fera un peu de thune aujourd'hui.*

*« T'as jamais eu envie de l'accompagner ? demande Karine en se retournant une seconde dans mes bras pour me fixer du regard.*

*— Qui, moi ?*

*— Non, le mec derrière toi. Ben oui, toi !*

*— Accompagner Joseph ? Dans les rues ? Arrête tout, là. Moi je joue que du piano et je crois pas qu'on me laisserait en traîner un ici sur la place.*

*— Tu pourrais chanter. Tu es bien meilleur que lui.*

*— De la merde, oui !*

*— Si, tu es vraiment bon. Un vrai musicien, quoi. Je sais pas ce que tu fous à vendre de la dope. Tu pourrais participer à* X Factor.

*— Tu me fous la honte, là, je lui dis.*

*— Joseph t'a jamais demandé ? » elle insiste. Je remonte les mains le long de ses bras et je redescends puis je frotte mon bassin contre son cul dans une bouffée d'amertume, mais comme je suis en survêt c'est sans doute pas une bonne idée de trop penser à son cul.*

*« Il en a parlé une fois ou deux, quoi.*

*— Et qu'est-ce que tu lui as dit ?*

*— À ton avis ? La même chose qu'à toi.*

*— Tu étais super bon en musique à l’école, n’empêche.*

*— Tu m’imagines, là ? je lui dis. En train de miauler ? Les types avec qui je fais du business se frotteraient les yeux en se demandant qui a mis quoi dans leur ganja ? Imagine ce que Dan Kane dirait ! »*

*La vanne tombe à plat. « J’ai envie de croire qu’y a pas que Dan Kane dans ta vie.*

*— Y a plein d’autres trucs, je lui dis. Plein.*

*— Ah, alors tu es de cet avis, toi aussi ? Pendant une minute, je me suis dit que j’étais la seule.*

*— Eh ben non, tu vois. C’est juste que... » Mais je ne trouve pas quoi dire. Joseph finit sa chanson. Les gens l’acclament. Il croise mon regard alors je lève les deux pouces puis doucement je fais comme ça : « Y a pas le choix. Soit je bosse un peu pour Dan soit je retourne chez mon père, et ça je peux pas.*

*— Bon sang, Ryan, tu t’imagines vraiment avoir à m’expliquer ça à moi ? Je le sais ! C’est pas ce que je suis en train de dire.*

*— Tu es en train de dire que je chante pas assez, bordel !*

*— Je* suis en train de dire *que j’ai pas commencé à sortir avec toi parce que tu pouvais te procurer des ecstas. »*

*L’atmosphère a fraîchi. Apparemment j’ai dit ce qu’il fallait pas, et elle a dit ce qu’il fallait pas, et on est comme un peu sonnés, juste assez pour s’en rendre compte mais pas pour continuer à s’engueuler. Elle croise les bras. Je redescends les mains sur son ventre mais je lâche pas ; si je lâchais, il y aurait une vraie baston.*

# 10

« Pardonnez-moi mon père car j'ai péché. Je ne me suis pas confessée depuis des lustres.

— Des lustres ?

— Oh, des siècles. Vous imaginez le fardeau que je porte, mon Père ? Trimballer tout ce péché, comme les paniers sur le dos d'un âne ?

— Eh bien… Vous êtes ici, maintenant. C'est la contrition en soi qui compte, après tout.

— Oui, et il y a des péchés dans le tas dont je crève d'envie de me débarrasser. Prêt ?

— Allez-y.

— J'ai tué un homme.

— … Vous plaisantez ?

— J'ai l'air de plaisanter ? De quoi j'ai l'air, d'ailleurs ? D'une bonne femme de soixante ans si vos oreilles y voient clair, passez-moi l'expression. Vous croyez que c'est comme ça que la clientèle des maisons de retraite s'éclate ? En allant confesser des meurtres aux curés ?

— Quand est-ce arrivé ? Et comment ?

— Ça date d'il y a longtemps. Je vous ai bien dit que j'étais pas venue depuis des lustres ?

— Mais voilà que maintenant, ça vous tracasse.

— Je vis seule et un jour un homme s'est introduit chez moi. Je me suis approchée de lui sans bruit par-derrière et je l'ai assommé avec un ornement religieux. Alors j'imagine qu'il faudrait que Dieu me pardonne d'abord d'avoir tué une de ses créatures et ensuite d'avoir esquinté un de ses bibelots.

— Avez-vous informé la police ?

— En fait, non. Vous allez devoir ajouter un Je vous salue Marie de plus sur ma liste. J'ai pas du tout informé la police ; j'ai préféré appeler mon fils qui a nettoyé les dégâts pour moi.

— A-t-il prévenu la police ?

— Non. J'ai découvert qu'il a sa manière à lui de gérer les situations. À première vue, ça aurait l'air d'être son péché à lui, mais malheureusement il semblerait qu'on puisse aussi me l'attribuer à moi. Un *Je vous salue Marie* de plus ! Vous voulez que je vous raconte ça en détail, confidence de mère à père ?

— Si vous vous repentez vraiment, Dieu est toujours là, à votre écoute.

— Dieu fait bien. Il a de grandes oreilles et la bouche cousue.

— Eh bien, voilà qui n'a pas l'air d'exprimer la moindre contrition.

— Je fais toujours la maligne, mon père ; ça c'est vous qui allez devoir me le pardonner. C'est à force de faire la maligne que je me retrouve aujourd'hui dans votre joli confessionnal d'autrefois. Voyez-vous, j'ai eu un fils. Mais je l'ai eu illégitimement parce que je faisais la maligne et qu'en fait je n'avais aucun respect de ma personne. Il a été élevé par ma mère et mon père qui sont comme cul et chemise avec le Très-Haut, du coup entre ma mauvaise attitude et la piété de mes parents, le pauvre gamin était paumé, et maintenant il n'a plus aucune morale et il s'est lancé dans la criminalité. On pourrait sans doute dire que c'est son péché à lui, mon père, mais peut-être que son enfance y est un peu pour quelque chose ?

— Euh… Eh bien, on n'agit jamais complètement seul, j'imagine. Nos actes résultent de tout ce qui nous entoure. Et le monde moderne offre bien des tentations.

— Des tentations qui précipitent les jeunes filles dans le péché, pour ainsi dire.

— Les temps changent. À tout âge, les enfants de Dieu rencontrent de nouveaux défis.

— Ça c'est sûr. D'ailleurs j'imagine que Dieu me mettait au défi de refuser ma fente au père de mon fils. Mais ce gros farceur ne voulait rien entendre, du coup adieu la culotte.

— Ce n'est absolument pas le ton qui convient à une confession ! Faites preuve de respect… la confession est un sacrement !

— Est-ce que ce sacrement est aussi vénéré dans la maison de Dieu que le miracle de la naissance ?

— Eh bien, l'un est d'essence divine et l'autre, une chose tout à fait terre à terre…

— Alors vous pensez que Dieu pourrait accepter ma contrition, quand tout ce que j'ai fait c'est lui réexpédier une de ses choses terre à terre ? J'ai tué un homme, mon père. Ça c'est sûrement un truc qui vaut qu'on enfreigne le secret de la confession ?

— Rien ne peut rompre le secret de la confession. La seule chose que je puisse faire, c'est vous encourager à aller trouver les autorités ; voilà ce que dicte la morale. Vous en abstenir, ça ne ferait qu'ajouter un péché à un autre et remettre en cause vos remords à l'égard du premier.

— Donc vous ne m'absoudrez que si je vais chez les flics.

— Je ne peux pas poser de conditions sur la grâce de Dieu. Vous comprendrez par vous-même ce qui doit être fait.

— C'est quand même marrant que le rituel soit plus fort que le meurtre. Ce qui est rattaché à la terre est moins important que ce qui est rattaché au ciel. Le langage que j'emploie dans le confessionnal vous contrarie plus que le fait que j'ai tué un homme. Un sale type, au mieux un branquignol. Peut-être un homme tout aussi né dans le péché que mon fils, donc sacrifiable. Qui sait ?

— Je sens que vous êtes aux prises avec la culpabilité et je dois vous redire que si Dieu est prêt à absoudre tous ceux qui se repentent du fond du cœur, la seule façon pour vous de trouver la paix consiste peut-être à aller raconter tout cela à la police.

— Ah, bon sang, ils vous versent une commission ou quoi ? Non, j'irai pas chez les flics. Pas de conditions pour que je dise à Dieu que je regrette.

— Vous n'avez pas tellement l'air de regretter.

— Minute, mon père. Il y a un tas de choses que je regrette. D'ailleurs, quand j'y repense, j'ai l'impression d'avoir passé ma vie à regretter. D'abord, j'étais censée regretter d'avoir un enfant hors mariage – et si la blanchisserie des sœurs de la Madeleine n'avait pas été en train de boire le dernier bouillon de rinçage, j'y serais à l'heure qu'il est, à frotter les draps de tout le comté. Mais on m'a exilée. Je suis partie pour mettre le petit au monde, ensuite je m'en suis séparée pour ma pénitence et on m'a renvoyée en exil. Mon père et ma mère faisaient toute confiance à vos collègues ; je n'avais aucune chance. Alors si des tas et des tas d'années plus tard, mon fils m'a retrouvée et ramenée au pays, même s'il est devenu bandit et que moi j'ai les mains qui tremblent tellement que je tue des bonshommes par accident, les dédommagements que j'ai déjà faits n'ont aucune valeur aux yeux du Très-Haut ?

— Vous n'avez pas du tout l'air de vouloir être absoute.

— Bien sûr que si. Pourquoi est-ce que je voudrais pas ? J'ai un fils ; je peux que me sentir mal d'avoir pris celui d'une autre femme ! J'ai connu la débine ; je peux que me sentir mal d'avoir dézingué un de mes frères de misère !

— Êtes-vous vraiment en train de me demander si les mesures punitives dont vous avez eu le sentiment d'être frappée quand vous avez eu votre enfant vous affranchissent de toute culpabilité maintenant que vous avez commis un acte qui, selon vous, mérite l'attention de Dieu ? Nous sommes tous nés dans le péché ; la nature de notre âme ne laisse jamais de répit à aucun d'entre nous.

— J'ai découvert son nom, mon père. Au pauvre abruti que j'ai tué. Par accident, là aussi, mais je m'y suis cramponnée pareil qu'aux perles d'un chapelet. Quand j'ai eu l'occasion de dire à mon fils comment le type s'appelait, je l'ai saisie, j'avais trop hâte de voir la tête qu'il ferait. Ah, mon père, il était livide. Il a aucune pitié. Il lui est pas venu à l'idée de rectifier le tir maintenant que le cadavre avait un nom ; il était furieux que ce nom lui complique les choses. Il a aucune envie de se colleter à la conscience de sa mère. C'est une tête de nœud, mon père. Et qui peut dire que j'aurais pas su l'élever comme il faut ? Les convenances, ça lui a pas réussi.

— C'était une autre époque…

— C'est sûr ! Une époque difficile, les gens étaient durs et le clergé cruel… oui, cruel, vous êtes bien placé pour le savoir ! Quoi de plus naturel au monde qu'une naissance ? Vous avez bâti toute votre religion là-dessus. Et pourtant, les filles comme moi vous les avez traînées dans la boue, vendues comme esclaves, vous nous avez repris notre humanité une deuxième fois, une troisième, aussi souvent que vous le pouviez. J'ai eu de la chance, mon père. On m'a seulement exilée. Dix ans plus tôt, j'aurais fini où ? J'aurais pu mourir dans un de vos asiles, moi, avec ma grande gueule. J'ai tué un bonhomme mais vous, vous m'auriez volontiers tuée au nom de votre Dieu, hein ? Combien vous en avez tué, vous ? Combien de vies vous avez brisées avec votre moralité, votre secret de la confession et vos mensonges ? Donc. Pour ce qui est de l'absolution. Une fois que Dieu sait qu'on regrette, il nous lâche la grappe, non ?

— Comment puis-je croire que vous regrettez alors que vous…

— Moi ? Ah, mon père. Moi, je sais que je regrette. Mais vous ? *Pardonne-moi, Irlande, car j'ai péché.*

Allons donc, mon gars. M'étonne pas que vous racontiez que le Seigneur déborde de miséricorde ; sinon comment vous pourriez fermer l'œil la nuit vous autres, bande d'enfoirés ? »

# *L'ÉCHO*

# 11

À en croire le présentateur de la météo, le mois d'avril était plus chaud que d'habitude cette année, mais alors que la chape gris anthracite dégoulinait sur la ville et que l'ourlet de sa tunique absorbait les résidus de cent jours d'hiver, personne n'aurait pu convaincre Georgie qu'il faisait plus doux que le Seigneur l'avait prévu. Elle était postée à l'angle des Maltings et de l'artère du Mardyke ; ce n'était pas la première fois qu'elle se trouvait au coin d'une rue par un temps pourri, mais aujourd'hui Clover l'accompagnait, ce qui coupait court aux mauvais souvenirs.

La matinée avait été chargée. Elles avaient fait du porte-à-porte dans le Lough pour répandre la bonne parole, Clover emplie d'une calme détermination, Georgie convulsée de honte. Clover avait insisté pour qu'elles regagnent la ville en passant par l'université, et réussit à distribuer quelques dépliants à la grille de derrière. La plupart des étudiants qui en prenaient un le froissaient aussitôt et le gardaient seulement jusqu'à la poubelle la plus proche, mais quelques-uns les avaient machinalement fourrés dans leurs poches d'imperméable ou leurs joggings informes. Si un seul d'entre eux devait être touché par l'émotion, souligna Clover, la tournée entière s'en trouverait justifiée. Georgie pensa quant à elle que si un seul étudiant devait être touché, ce serait foutre en l'air leur maigre budget d'impression, mais elle garda ça pour elle.

Elles avaient continué en prenant Western Road en direction du Coal Quay où William avait garé le minibus pour mener sa propre mission de l'autre côté de la rivière, dans Shandon Street – tout excité de l'aventure, William: «Plein d'Africains!» s'était-il exclamé, mystérieusement. Ce fut sur le Mardyke, à peu près au moment où Georgie, soulagée, savourait à nouveau la douceur de l'air ambiant, que Clover se mit dans la tête qu'elles devraient se rendre dans les quelques maisons situées sur le quai et alentour.

Elles étaient donc postées au coin de la rue, Clover en train de passer en revue la stratégie, Georgie épuisée et au bord des larmes. Au cours de la matinée, on lui avait déjà conseillé d'aller se faire foutre, de dégager de là sinon on lâcherait le chien, d'aller vivre un peu, d'aller se faire mettre en enfer, et de fourrer sa propagande dans son joli petit cul. Elle n'avait aucune envie de réitérer.

Surtout pas dans ces parages. L'ancien bordel n'était qu'au détour du carrefour; elle était nerveuse, bien que ça remonte à deux ans, bien que l'établissement ait déménagé depuis. Seigneur, ça n'avait peut-être fermé que pour mieux rouvrir; l'immeuble n'avait pas pu se vendre en si peu de temps, pas dans une rue aussi délabrée, pas dans un contexte économique aussi délabré.

«Bon alors, dit Clover, on va se séparer. Comme ça on finira plus vite et on pourra ensuite savourer un repos bien gagné. D'accord?

— On ne l'a pas encore gagné ? demanda Georgie, au désespoir.

— Voyons, Georgie, que ferait Jésus ? D'ailleurs on ne peut pas rejoindre William avec autant de dépliants sur les bras.

— Jette-les dans une poubelle, suggéra Georgie. Il n'en saura rien. »

Clover se rembrunit. « William n'est pas omniprésent. Mais le Seigneur, si.

— Bon, fit Georgie. Je vais commencer au départ de la rue, là, et te retrouver à l'autre bout. »

Elle avait fait une erreur en proposant de jeter les dépliants. Clover était aussi dodue et pétillante qu'une bonne fée, mais elle traitait Georgie comme un jeune chiot qu'elle aurait rapporté de la fourrière uniquement parce que, sinon, les autorités l'auraient piqué.

« Je vais t'accompagner, dit-elle, vu comme tu es fatiguée.

— Je me débrouillerai. C'est le plus court chemin, tu sais ?

— Je t'accompagne », décida Clover, sur quoi elle repartit tandis que Georgie se dandinait dans son sillage.

Elles glissèrent quelques dépliants dans les mains molles des gens qui s'agitaient devant l'entrée de l'hôpital, et pendant que Clover expliquait sa mission à un retraité distrait tenant un Westie en laisse, Georgie fit preuve d'une témérité éperdue en fourrant une poignée de dépliants dans la boîte aux lettres collective d'un immeuble résidentiel.

Entre cette initiative et le retard causé par l'inattention du retraité, Clover parut moins enthousiaste à l'idée de poursuivre aux côtés de Georgie. Plantée avec elle à l'angle du quai, à deux portes à peine de l'ancien bordel, elle hésita, comme ratatinée sous la pluie.

« Ça irait peut-être plus vite si je commençais dans l'autre sens, dit-elle.

— En effet.

— Tu pourrais continuer le long du quai et me retrouver à mi-distance ?

— Bien sûr.

— Alors vas-y », dit Clover en désignant du doigt la première porte.

Du temps de Georgie, la maison adjacente était inoccupée. Elle s'avança quand même, sans conviction, pendant que Clover la regardait, immobile.

« Je peux me débrouiller, Clover.

— Et si les gens ont des questions ?

— Ça ne va pas nous retarder ? »

Nouvelle erreur. Clover fronça les sourcils.

« Je vais juste m'assurer que tu t'en sors avec les quelques premières maisons, dit-elle.

— Clover, s'écria Georgie, laisse-moi faire ! J'en suis capable, vraiment ! »

La résistance de son aînée ne sortait pas de nulle part. Georgie savait qu'elle les avait maintes et maintes fois déçus ; ils avaient introduit le loup dans leur bergerie. Crises de nerfs, fugues, plus d'une fois elle clama qu'elle se fichait bien du mal qu'elle pouvait leur faire, à cette bande de pauvres abrutis crédules ; n'importe quelle autre communauté aurait été poussée à bout, excédée, mais soit William et ses disciples étaient d'une trempe plus solide qu'elle le pensait, soit ils n'avaient encore jamais eu affaire au loup et, de ce fait, n'avaient aucune idée de la réaction qui convenait.

Elle avait eu la certitude que son dernier éclat allait lui garantir le renvoi, mais ça n'aurait pas été leur genre. À l'heure actuelle, il y avait tellement plus à sauver en elle.

Pas de réponse à la première porte.

« Glisse un ou deux dépliants dans la fente du courrier et continue, conseilla Clover. C'est peut-être des appartements. Essaie la suivante.

— Ça sera sûrement pareil.

— Essaie quand même. »

La porte avait été repeinte ; les fenêtres de la façade semblaient neuves. L'interphone, qui signalait autrefois l'arrivée des rendez-vous avec une déprimante régularité, avait disparu. L'immeuble semblait avoir changé de fonction. Sans doute des appartements, maintenant, abritant des salariés sous-payés qui vaquaient dans les murs sans en connaître les ombres. Seigneur, peut-être même de jeunes familles.

Elle s'avança sous le porche et frappa à la porte.

« Personne n'aura entendu ça, lança Clover du coin de l'immeuble. Cogne un bon coup.

— Je crois qu'il n'y a personne.

— Allez, Georgie », lança Clover en s'avançant comme pour la rejoindre. Georgie fit donc une nouvelle tentative : elle frappa, puis recula et malgré l'humidité qui lui mouillait les cils, sentit les larmes lui monter aux yeux. Elle ne pouvait pas l'expliquer à Clover, bien qu'il ne fasse guère de doute que William avait révélé à son épouse d'où venait leur protégée. Elle ne pouvait tout simplement pas verbaliser certaines parties de son passé, réduite au silence par la honte et la crainte des jugements ; or, en fait, William et son groupe étaient accueillants mais ils fonctionnaient uniquement au jugement. Qui peut pardonner ce qu'il n'a pas d'abord jugé ? Ryan avait vu juste : leur pardon ne pouvait venir que d'un verdict méprisant.

Aussi, quand la porte s'ouvrit, ne put-elle ni déguerpir ni sourire.

La personne occupant les lieux était une femme d'une soixantaine d'années, trop dépenaillée pour être une vraie concierge, mais en meilleure forme que les squelettes nubiles qui turbinaient là deux ans plus tôt. Ses cheveux, encore épais quoique entièrement poivre et sel, ondulaient jusqu'au bas de sa nuque. Sans dire un mot, elle prit un air renfrogné.

« Je suis ici… » dit Georgie, sur quoi elle bafouilla et la femme haussa les sourcils.

« J'étais censée attendre votre visite ? » Le ton était rogue, acerbe.

Sur sa droite, Georgie vit Clover amorcer un geste.

« Je suis ici, reprit-elle, pour répandre la parole de… de Jésus-Christ.

— On s'attendrait à ce qu'Il envoie quelqu'un qui trouve ses mots, dit la femme. Mais bon. Alors, qu'est-ce qu'Il a de beau à dire ? »

Georgie tendit un dépliant à la femme. Clover changea de pied d'appui.

« Tiens, Il l'a mis par écrit, dit la femme. Ça vous évite d'avoir à me le dire. Pratique.

— Il dit… Il dit… *Allez de par... dans le monde et prêchez l'Évangile à... la création. Celui qui croira et qui sera baptisé sera sauvé, mais celui qui ne croira pas sera condamné.*

— Pas commode le gaillard, hein ?

— Il est amour, dit Georgie. Il est… *Nous L'aimons parce qu'Il nous a aimés le premier.*

— Quel seau de conneries », dit la femme.

Georgie perdit son assurance. D'un geste, Clover l'invita à s'en aller mais la femme reprit : « D'ailleurs qu'est-ce que vous fabriquez à prêcher dehors par un temps pareil ? Dans votre état, en plus ? Qu'est-ce que vous fabriquez ? Vous marchez pour expier vos péchés ?

— On tient des réunions de prière hebdomadaires… commença Georgie.

— Alors là, rien à foutre de vos réunions de prière ! coupa la femme. Si vous voulez me convertir, vaudrait mieux le faire tout de suite, parce que votre bafouille, là, elle va partir à la poubelle dès que j'aurai refermé la porte. Vous voulez me parler du Seigneur Tout-Puissant, oui ou non ? »

Georgie regarda Clover qui agita le bras en direction de la porte.

« Je ne suis pas une spécialiste, avoua Georgie.

— Je vais vous dire un truc, répondit la femme, bibi non plus. Et ceux qui se prétendent spécialistes des émanations impénétrables du Très-Haut racontent des craques. Alors, vous entrez oui ou non ? »

Clover opina du chef.

« Tout est expliqué dans le dépliant, dit Georgie.

— Elle refuserait son entretien à une vieille dame, la petite prêcheuse ? Qui fait du porte-à-porte et qui refuse la première occasion qu'on lui offre de dégoiser son sermon ?

— Je ne vais pas savoir quoi répondre, dit Georgie.

— Tentez le coup.»

La femme fit demi-tour et regagna l'intérieur de l'immeuble. Clover rejoignit Georgie et lui glissa à mi-voix: «Elle a l'air un peu givrée, je sais, mais dis-toi que c'est un bon entraînement, et si je ne te revois pas quand j'aurai fait le tour des autres maisons, je reviendrai te chercher, qu'est-ce que tu en dis?» Sur quoi elle s'éloigna sans laisser à sa compagne le temps de répondre. Georgie franchit alors le seuil et entra dans le couloir où, chaque fois, par le passé, elle avait senti son cœur sombrer.

Tout avait été rénové. Elle le constatait même depuis le couloir du rez-de-chaussée où elle s'était avancée sur la pointe des pieds. Les murs avaient été repeints en blanc cassé et le sol refait; en refermant la porte derrière elle, précautionneusement, elle remarqua qu'elle était repeinte à l'intérieur aussi, et qu'une seule serrure moderne remplaçait les anciens verrous et chaînes.

«Finissez d'entrer», lança la femme, et Georgie suivit sa voix jusqu'à l'intérieur d'une cuisine de rez-de-chaussée, pièce qu'elle n'avait jamais vue lorsqu'elle travaillait là, sa présence n'étant requise que dans les chambres des étages.

La cuisine aussi était neuve. Des éléments blanc cassé disposés autour d'un four et d'une hotte rutilants, une table-bar pour petits déjeuners, un évier étincelant devant une fenêtre donnant sur une cour surannée nichée dans le lierre. La modernité du lieu était somptueusement défigurée par une prolifération de bibelots religieux disposés sur les appuis de fenêtres, sur les étagères et dans les recoins des plans de travail : croix, statuettes, chapelets et bustes en métal noirâtre.

La femme brancha la bouilloire électrique et sortit deux mugs d'un des placards. « Thé, je suppose ?

— Non merci, sans façons.

— Vous allez boire un thé. Et bon sang, vous allez vous asseoir, oui ? »

Georgie prit place à la table pendant que la femme la regardait, une main sur le bar, l'autre sur la hanche.

« Vous connaissez rien au Saint Livre, hein ? demanda-t-elle.

— Je vous l'ai dit, répondit Georgie, je ne suis pas une spécialiste.

— Une comédienne, voilà ce que vous êtes, mais vous avez pas appris votre texte. Comment vous vous appelez ?

— … Georgie.

— Moi, c'est Maureen, dit la femme. Alors, Georgie, qu'est-ce que vous fabriquez à traîner comme ça dans les rues de Cork pour essayer de convertir les gens alors que vous l'êtes pas encore complètement vous-même ?

— Je ne fais pas ça depuis très longtemps.

— C'est pas ce que je vous ai demandé. »

Georgie perdit son assurance. « Ça se voit tant que ça ?

— Je sais vraiment pas ce que votre copine grassouillette avait en tête pour vous laisser forcer la porte de païens alors que votre discours tient pas la route. Sans parler du fait que vous devez être fatiguée comme tout.

— Ils disent que le Seigneur apprécie le travail physique.

— Le travail, ça va vous le déclencher si vous faites pas attention. Mais de qui vous parlez, au fait ? » Elle retourna le dépliant. « Les Chrétiens actifs au sein de la Lumière. Ha ! Les Chrétiens actifs jusqu'au Lumbago, oui.

— Ils ont été vraiment gentils avec moi.

— Avant que vous ayez pris de l'ampleur comme ça ou après ? demanda-t-elle avec un geste exubérant. Vous en êtes à combien, d'ailleurs ?

— Six mois.

— Vous êtes bien grosse pour six mois. Mais bon, sans doute parce que vous êtes toute petite. J'étais pareille. Alors, ils vous ont recrutée quand ? Avec fruit du péché ou sans ?

— Ça fait à peu près dix mois.

— Seigneur Tout-Puissant. Une secte fornicatrice, c'est ça ? Les Chrétiens actifs au Plumard ? Comment vous avez trouvé le moyen de vous mettre dans le pétrin alors que votre âme avait été sauvée ? Et ils vous ont mariée, ça y est ?

— Non. »

Maureen jeta des sachets de thé dans les mugs. « Lait ? Sucre ?

— Oui, s'il vous plaît. Du premier.

— Chrétiens actifs dans le Lactose, marmonna Maureen.

— Vous allez continuer longtemps comme ça ?

— Tant que ça m'amusera. »

Elle prit une cuillère et entreprit de presser les sachets contre le flanc des mugs.

« J'ai rencontré un homme chez eux, dit Georgie. Voilà ce qui s'est passé.

— Un des leurs ? J'imagine qu'ils ont approuvé.

— Non. Lui est parti mais moi je n'avais nulle part où aller.

— Il est au courant ?

— Il est au courant. Il vient d'un milieu aisé. Ça ne passerait pas si je le rejoignais. Il viendra me retrouver une fois qu'il aura mis les choses au point.

— Ils racontent encore ces sornettes-là aux filles ?

— Il le fera, dit Georgie. C'est compliqué. Lui aussi est en train de remonter la pente. Du coup… Il a été décidé que ça nous ferait du mal à tous les deux d'affronter ça ensemble. On ne peut pas se concentrer sur notre rétablissement si on se focalise l'un sur l'autre.

— Très pragmatique. Et de quoi vous vous rétablissez, sinon de la virginité ?

— Drogue, fit Georgie, trop fatiguée pour répliquer.

— Quel type de drogue ?

— Sans vouloir être impolie, qu'est-ce que ça peut vous faire ? »

Maureen déposa le thé devant Georgie. « Vous préférez qu'on discute de Notre Seigneur Jésus-Christ, c'est ça ? On peut. Moi-même, je suis en froid avec Lui. »

Georgie noua les doigts autour de son mug et s'avachit sur sa chaise.

« Je ne sais pas grand-chose. Ils disent qu'il faut être ouvert pour Le laisser venir à nous. Qu'Il clarifie tout. Ils disent qu'on trouve un but. Que ça… Je pense que ça soulage d'un poids. Je ne L'ai pas encore trouvé.

— Vous avez regardé sous le lit ?

— J'essaie de prendre ça au sérieux.

— Et pourtant, quelque chose vous dit que ça mérite pas d'être pris au sérieux. C'est peut-être une particularité qu'on a, nous les petites femmes : les mains trop petites pour se cramponner à des illusions.

— Vous parlez comme un prêcheur. »

Maureen lâcha un reniflement sarcastique. « Oh, c'est pas moi qu'on verra sur une caisse à savon. J'ai autant de sympathie pour le Mec d'En-haut qu'Il en a pour moi. Soufflez donc et finissez votre thé ; c'est pas ici que vous convertirez quelqu'un. »

En entendant mentionner le Mec d'En-haut, Georgie sursauta et regarda le plafond. Maureen le remarqua et esquissa un petit sourire.

« Vous saviez, demanda-t-elle en avançant le buste d'un air entendu, que cette maison a été un bordel ? »

Georgie avait mal aux pieds, mal au dos, elle n'avait pas vraiment soufflé depuis des semaines. Un tout petit peu plus à bout, un tout petit peu plus vidée, et elle serait sans doute passée aux aveux devant la vivacité surnaturelle de son hôtesse. Mais elle se contenta de déglutir et feignit la curiosité.

« Ça je ne savais pas, dit-elle. Autrefois vous voulez dire ?

— Il y a de ça mettons deux ans.

— Oh, sérieusement ?

— Les répliques viennent plus facilement maintenant, hein ? dit Maureen en se redressant. Oui, sérieusement. Un lieu de débauche dans l'Irlande du vingt et unième siècle. Vous avez déjà entendu un truc pareil ? »

*Quelles répliques ?* eut envie de demander Georgie. Mais trempant les lèvres dans son thé, elle ébouillanta l'objection.

« Il se peut que ç'ait été un bordel autrefois aussi, poursuivit Maureen. Mais pas que je sache. On a pas besoin d'entendre résonner les siècles pour sentir le poids de cet endroit. »

Georgie posa le menton au creux de sa main tremblante. « Et vous l'avez payé cher ?

— En fait, non. L'immeuble appartient à mon fils. Depuis longtemps.

— Combien de temps ?

— Assez longtemps, dit Maureen, pour qu'il en ait dirigé l'activité. »

Georgie se leva, arrachant des gémissements de protestation à ses pieds, ses cuisses, son dos. « Bon allez, merci beaucoup pour le thé. Vous êtes vraiment gentille, mais il faut que j'y aille maintenant.

— Est-ce qu'il vous reconnaîtrait seulement ? » dit Maureen. Georgie se rassit. *Je ne vois pas ce que vous voulez dire*, tenta-t-elle d'articuler, mais la formule ne voulut pas franchir ses lèvres, et les mots qu'elle réussit à prononcer s'étiolèrent sitôt sortis.

« Je pense que non, reprit Maureen. Je lui trouve pas l'air du type qui couche avec le personnel. »

Georgie balbutia : « Je ne dois rien à personne », et se mit à pleurer, sans bruit, essuyant ses larmes d'un brusque revers de main. « N'allez pas vous figurer que vous avez chopé une fugueuse, ce n'est pas le cas. Ça date de vieux.

— Une ombre plane sur vous, dit Maureen. Dégoulinante, noire et triste. Elle était là quand j'ai ouvert la porte. J'ai compris que vous n'aviez pas envie d'entrer et que vous n'aviez aucune idée de ce que vous étiez censée faire, que je ne sais quel bigot vertueux vous avait convaincue que vous aviez quelque chose à expier. Il faut soit que vous acceptiez que le passé a construit les marches qui vous ont amenée jusqu'à aujourd'hui, soit que vous deveniez une meilleure menteuse. Le monde est plein de filles comme vous.

— Vous êtes la mère de J.P. ? Il installe sa mère dans un endroit pareil ?

— J'aimerais croire que vous pleurez des larmes de pitié sur mon sort. En effet, il m'a installée dans un endroit pareil. Il est un petit peu trop pragmatique, ce garçon. Et vaniteux, en plus. Au début, je ne voulais pas rester ici, mais une fois que j'ai appris le passé de cet endroit, quelque chose m'a dit que c'était mon devoir de rester, pour le cas où mon fils le ferait sombrer à nouveau dans la débauche. Il n'arrive plus à m'en faire décaniller, maintenant. Je suis sûre qu'un de ces jours il finira par débarquer en force pour me traîner dehors, mais pour le moment il est content. On entend des murmures, comme je disais. Il y a des fantômes. »

Georgie hoqueta et s'agrippa à la table. Maureen apporta un rouleau d'essuie-tout. Demander ce que faisaient les fantômes en question était au-dessus des forces de Georgie.

« Vous pensez que ça, ça va vous sauver ? » demanda Maureen une fois que Georgie eut retrouvé son calme.

D'un geste, elle désigna le ventre de sa visiteuse. Georgie noua les mains sur la protubérance et lança : « Pourquoi croyez-vous que j'aie besoin d'être sauvée ?

— Je ne crois pas ça. Mais je pense que vous, si, vu que vous fréquentez des fanatiques. En tout cas, quel que soit votre point de vue là-dessus, j'espère que ça marchera pour vous. Mettons que ça m'intéresse. Que vous êtes mon contraire. Et qu'une grossesse, c'est dingue comme ça change une femme.

— Je ne croyais même pas que je pouvais, dit Georgie.

— Alors vous vous étiez sans doute trompée de branche professionnelle.

— Je veux dire… Je ne croyais pas que j'avais… droit à ça. C'est mon deuxième. J'ai perdu le premier.

— Je compatis, dit Maureen.

— Comprenez bien, c'était ma faute. Je me droguais, je buvais…

— Peut-être que c'est venu de là, peut-être pas. On sait jamais dans ces cas-là. Pas la peine de vous retourner le bourrichon à vous poser des questions là-dessus.

— Je n'arrête pas de me dire que je vais aussi perdre celui-là.

— Ouais, ben ça pourrait arriver si vous voulez pas vous reposer un peu et arrêter de soigner les lépreux. Dites-le donc à vos Nazaréens ; la voie qui les mènera au Paradis, c'est pas à vous de l'aplanir pour eux en roulant votre gros caillou dessus.

— Ils ne sont pas méchants.

— C'est bien gentil de leur part. »

Maureen ramassa le mug de Georgie, l'apporta jusqu'au plan de travail et le remplit. Georgie se redressa sur sa chaise en reniflant et en s'essuyant les yeux. Elle tourna la tête vers la porte de la cuisine puis le plafond, guettant les murmures et les fantômes.

« Vous pouvez aller voir si vous voulez, dit Maureen.

— Je ne suis pas sûre d'en avoir envie.

— Ça vous fera peut-être du bien. On arrive à décaper la pire merde d'à peu près n'importe quoi. Ça sera peut-être votre métaphore à vous. Peut-être. »

La perspective de faire d'un tas de briques suintant d'ombres une niche de symbolisme ne présentait pas d'attrait aux yeux de Georgie, non plus que l'idée d'entamer une nouvelle conversation avec dame Phelan l'extralucide. Prise entre gratitude et malaise pétrifiant, elle opta pour la première, accepta le deuxième mug, adressa un faible sourire à Maureen et décampa dans le vestibule où, plantée à côté de la rampe, elle leva les yeux vers le palier.

« Allez-y », lança Maureen du seuil de la cuisine.

Les pièces de l'étage avaient été entièrement refaites. Là où, par le passé, le délabrement et la négligence recouvraient tout d'un voile uniforme, se trouvaient maintenant murs propres et parquets rénovés. Les lits et le mobilier avaient disparu, de même que le téléphone au mur. La cuisine de fortune où les filles planquaient autrefois leurs alcools et stupéfiants n'existait plus.

Maureen était debout derrière elle. Georgie se retourna et demanda : « Vous avez trouvé des choses ici ? Vous étiez là pendant les travaux ?

— Je suis arrivée une fois l'appartement du rez-de-chaussée terminé. Ensuite, les travaux ont continué dans les étages. Pourquoi, vous avez perdu quelque chose ?

— Non, rien. C'est juste que ça a l'air tellement vide.

— Il restait une ou deux bricoles. Je les ai gardées dans un tiroir, en bas. Je vais aller voir, on sait jamais. Cela dit, si c'est un soutien-gorge que vous avez perdu, je les ai foutus en l'air. »

Georgie fronça les sourcils mais Maureen avait tourné les talons.

Elle continua dans les autres pièces, toutes à peu près dans le même état : les recoins sombres dégagés, sans intérêt vis-à-vis de la mission que lui avait confiée Maureen. Elle tenta de faire coïncider cette coquille vide avec les bouffées d'un passé qu'elle ne laissait remonter dans ses souvenirs que tard le soir : jetée à plat ventre, une haleine chaude sur la joue, du sperme sur les seins, le visage, dans les cheveux, comme s'ils étaient des chiens pissant partout pour marquer leur territoire. Ces flambées de souvenirs la recroquevillaient sur elle-même – les ongles enfoncés dans les paumes, les épaules crispées – mais demeuraient pourtant très lointaines, comme si tout ça était arrivé non seulement dans le passé, mais dans un autre pays. Un coup de peinture et elle ne se sentait plus aucun lien avec cet endroit.

Dans une des pièces du deuxième étage, elle trouva un petit tas de papier et un carnet sur l'appui de la fenêtre. Un stylo complétait la panoplie du coin de l'écrivain. L'embrasure de la fenêtre était profonde et la pièce donnait sur la Lee. Aujourd'hui, la rivière était en crue et les voitures avançaient sur les deux rives comme des coulées de détritus. Mais les jours de grand soleil, quand la lumière scintillait sur l'eau et l'acier, Georgie était sûre que l'endroit faisait un perchoir beaucoup plus engageant. Elle poussa les papiers vers la vitre, avec soin, et s'assit le dos au mur, regardant la rue par-dessus son épaule.

Deux étages plus bas, elle entendait Maureen ouvrir des tiroirs. Elle ramassa deux des feuilles qui traînaient sur l'appui de la fenêtre. Elle doutait fort que la brute épaisse qu'était Jimmy Phelan soit née d'une mère férue d'écriture ; Georgie n'avait jamais eu maille à partir avec lui, car il dirigeait les allées et venues des filles exclusivement par l'intermédiaire du maque, mais sa réputation était monstrueuse, tant par son ampleur que sa teneur.

Le premier feuillet ressemblait au début d'une lettre adressée à un prêtre.

*Pardonnez-moi mon père car j'ai péché. À moins que Cher père vous convienne petit pater ?*

Georgie glissa ce feuillet sous le deuxième et lut :

*Robbie O'Donovan est passé par ici.*

Elle aurait dû aussitôt le lâcher. Elle aurait ainsi accordé à ce pauvre gars un peu de considération après coup. Au lieu de quoi elle retourna la feuille, comme si elle devait trouver au dos une explication de la façon dont ce nom était venu de lui-même lui griffonner un indice au creux de la main, mais le reste de la page était vierge. Elle la retourna et relut : *Robbie O'Donovan est passé par ici.* L'écriture était la même que celle de la lettre au prêtre. Le souffle coupé, elle resta en suspens, sans voix, comme si cette soudaine stase de ses poumons pouvait la faire flotter, rebondir contre les murs, monter jusqu'au plafond.

Maureen surgit dans la pièce avec une brassée de trouvailles.

« Robbie O'Donovan est passé par ici, dit Georgie, d'un filet de voix.

— Oh, lui ? » Maureen lâcha un petit clappement de langue. « Ne vous souciez pas de *lui*. Il ne lèvera pas le petit doigt sur vous. Il traîne juste dans les parages.

— Il traîne dans les parages ? »

Maureen plissa les paupières et sourit. « Vous le connaissiez ? Il est mort ici. »

Georgie lâcha la feuille, fila sous le nez de la vieille femme et dévala l'escalier. Sa chaussure glissa sur la dernière marche ; elle empoigna la rampe en poussant un cri et se rua vers la porte. La serrure ne voulut d'abord rien savoir. Elle trouva le crochet qui actionnait le pêne et se précipita dans la rue, où Clover arrivait, à quelques mètres à peine sur sa gauche.

« Qu'est-ce qui se passe, Georgie ?

— Rien, j'ai mal au cœur, Clover, vraiment mal au cœur. Viens, on s'en va.

— D'accord, dit Clover. Allons-y. »

Elle passa le bras autour de Georgie qui s'agrippa à elle en reniflant et hoquetant, comme prête à vomir. Elles avaient à peine fait deux cents mètres quand Georgie entendit une voix l'appeler. Clover ralentit mais Georgie supplia : « Je vais vomir, Clover, je vais vomir ! », mais ce n'était pas la vénérable Maureen qui se précipitait vers elles. La voix avait cette inimitable intonation geignarde, cette musicalité de verre broyé. Georgie se retourna et Tara Duane lui fit un grand signe, accourant sur ses bottes à talons aiguilles qui la faisaient tanguer de droite et de gauche comme si elle dansait sur le pont d'un navire donnant de la bande.

« Georgie ! Attends ! Oh, bon sang, ça fait plaisir de te voir ! Où tu étais passée ?

— Celle-là, c'est pas une gentille », dit Georgie.

Clover acquiesça en lui serrant le bras, mais n'en resta pas moins bêtement plantée là, à regarder s'amener le sac d'os.

# 12

Karine arriva avec un sac rempli de bonnes choses : deux nems poulet salade, quatre paquets de chips, de pleines poignées de barres chocolatées, du tabac et du papier à rouler, une bouteille de deux litres de Coca et, cerise sur le gâteau, un sachet de bonbons en vrac gros comme la tête d'un nouveau-né.

« D'Arcy, tu es une pure beauté », dit Ryan.

Elle leva les yeux au ciel et répondit : « Tu feras bien de t'en souvenir quand tu seras riche et célèbre. »

Les rideaux étaient fermés sur le peu de lumière du jour. Il faisait un temps humide, minable, un froid à se les geler sur pièces. De toute façon, il n'y avait pas grand-chose à regarder ; Ryan était chez son père et tout ce qu'il voyait depuis la fenêtre de sa chambre, c'était les jardins qui bordaient l'arrière des autres maisons, détrempés par l'impitoyable progression d'avril. À côté, presque une semaine plus tôt, Tara Duane avait traîné dehors un séchoir à linge avant d'y étendre des serviettes de bain, en désespoir de cause ou dans une folle bouffée d'optimisme.

Il s'était planqué, craignant que, pour peu qu'elle lève les yeux et le voie regarder dans cette direction, elle interprète ça comme un bon signe. Il s'en était fallu de peu. Il s'était baissé derrière le rideau puis assis sur son lit, les coudes sur les genoux, les mains jointes, les yeux au sol. Revenir à la maison présentait des tonnes d'inconvénients, mais aucun ne l'effrayait autant que cette femme. Deux ans avaient sans doute dilué l'histoire au point que, si elle venait aux oreilles de Karine, elle puisse lui paraître exagérée et délirante. C'était le scénario le plus optimiste, qui risquait malgré tout d'anéantir Ryan. Il se pouvait que Karine ne veuille pas le partager, même secrètement, avec quelqu'un comme Tara Duane.

« Ouh là, on dirait qu'elle a été vidée et recousue », avait-elle murmuré un jour, des années plus tôt, quand Duane avait proposé de se charger des courses au magasin d'alcool pour les jeunes qui n'avaient pas encore seize ans.

Le séchoir de Tara avait basculé et les serviettes étaient tombées. Elles traînaient encore par terre aujourd'hui, dans la boue.

Karine quitta ses chaussures, lissa sa jupe d'uniforme et alla s'asseoir sur le lit à côté de Ryan.

« Passe-moi mon nem, là », dit-elle, et pendant qu'elle attaquait, il sortit le tabac et commença à rouler un joint.

« Où tu as trouvé de quoi fumer ? demanda-t-elle.

— C'est Dan-the-Man qui me l'a envoyé par la poste.

— Par la *poste* ?

— Je te jure. Il me gâte.

— Mange d'abord ton nem, dit-elle. Il y a du poulet chaud dedans.

— Oui, m'man. »

Il finit de rouler le joint et le cala derrière le rideau, sur le rebord de la fenêtre, puis ils pique-niquèrent tous les deux, dans leur caverne de cobalt. Quand Ryan ne fut plus qu'à quelques bouchées de la fin, Karine fouilla dans son sac d'école et en sortit un stylo, un carnet et son livre de maths.

« Tu es censée être où, au fait ? demanda-t-il.

— En train de réviser mes maths, dit-elle en posant le tout sur les genoux de Ryan.

— Tu es marrante. »

Elle replongea la tête dans son sac. « Allez, Ryan, fit-elle en ressortant. Sois raisonnable. Plus tôt j'aurai fini mes devoirs, plus vite on pourra se détendre.

— Je suis déjà détendu.

— Alors retends-toi. Page 57, questions 11 à 20. Moi je vais faire mon français pendant ce temps-là, et si tu es vraiment, vraiment sympa, tu auras peut-être même droit à une petite pipe quand ça sera fini.

— J'y aurai droit de toute façon.

— Tu as bien de la chance, hein ? rétorqua-t-elle. On pourrait penser que ça te donnerait plus envie que ça d'aider ta petite amie à faire ses devoirs, non ? Elle qui est si gentille avec toi ! »

L'air pincé, elle posa le manuel de français sur ses genoux, repoussa une mèche qui lui tombait sur le visage et quand il se mit à rire, elle répliqua : « Quoi ? en feignant l'indignation.

— C'est trop marrant.

— Qu'est-ce qui est trop marrant ?

— Toi, tu es trop marrante.

— Tu veux savoir un truc pas marrant ?

— Quoi donc ?

— Le fait que tu n'as pas encore attaqué mes devoirs. »

Il ouvrit le manuel. « Tu ne peux pas continuer à me faire ça, dit-il.

— Ah non ? Et comment tu vas m'en empêcher ? »

De la chance, il en avait ; un tas de mecs auraient pu le confirmer. Sa petite amie aimait lui tailler des pipes. La seule chose qui gâchait l'instant, c'était la passivité que ça exigeait de lui. En tant que préliminaire, la fellation était un truc cent pour cent énorme mais une fois de temps en temps – très rarement, il n'avait rien du débile profond –, quand elle l'en gratifiait comme ça, juste pour le geste, le soupçon de soumission qui s'y greffait rabattait les cent pour cent à quatre-vingt-quinze. Il tenta de revoir la chose sous un angle qui lui restitue la maîtrise des opérations mais ça n'avait rien de facile dans la mesure où il livrait sa bite à la bouche de quelqu'un d'autre. Ça rappelait un peu la Bocca della Verità.

Il savait ce qui clochait. Il savait que les fois où ces cinq pour cent lui étaient retirés, c'était à cause d'un flash-back, non pas d'une scène – il ne restait pas grand-chose de la réminiscence – mais d'un sentiment de perte de contrôle de lui-même, l'impression de faire des erreurs idiotes sans raison.

À une époque, ils filmaient ça et putain c'était fantastique à cent dix pour cent.

Il y eut alors une demi-heure de calme, ponctuée de remarques de temps à autre sur un truc survenu à l'école, divers textos, les bruits de son père ouvrant et refermant la porte du salon, de Niamh et Cathal se chamaillant pour déterminer à qui revenait le restant de Coco Pops. Il termina les maths avant qu'elle ait fait son français et s'étendit sur le lit, et quand elle eut fini, elle posa livres et stylos et s'allongea avec lui.

Comme il était d'usage depuis des années, il avait poussé le lit de Cian devant la porte après que Karine était entrée. C'était étrange d'en revenir à la situation dans laquelle chaque seconde était chargée du risque de se faire prendre. Ils s'embrassèrent un moment ; elle ne vit pas d'inconvénient à retirer son pull d'uniforme et à laisser Ryan déboutonner le chemisier qu'elle portait mais quand il voulut le lui enlever, elle crispa les épaules et murmura : « Oh, Ryan, j'ai trop peur qu'il monte. Je me demande comment on a pu un jour faire ça ici.

— La nécessité rend inventif.

— Eh bien il va falloir inventer quelque chose qui tienne mieux la route que ça !

— Il ne montera pas, dit Ryan. Il me fuit comme la peste depuis mon retour. On dirait qu'il croit que je vais le pousser à se remettre à boire, bon sang.

— À mon avis, ça doit lui faire drôle après tout ce temps où tu étais parti.

— Ça lui fait drôle parce qu'il ne sait pas comment me prendre. Je suis revenu et pourtant je ne suis plus un gamin… Il le sait, de toute manière. »

Elle fit une grimace d'assentiment. « Je sais que cette vidéo, ça remonte à plus d'un an, mais misère, j'ai encore honte.

— Moi aussi mais bon… Au moins il sait. Et vu qu'en plus il passe ses journées à faire comme si tout allait bien dans son camp retranché du salon, ça veut dire qu'il ne s'approchera pas de nous, Karine. Et de toute façon, même s'il monte, il ne peut pas entrer.

— J'imagine que non.

— Alors et *moi*, tu vas me laisser entrer ? » Il lui déposa un baiser à la jonction du cou et de l'épaule. Elle cambra les reins et se redressa en même temps que lui. Il lui fit glisser le chemisier des épaules, elle lui retira son T-shirt et une fois en tenue beaucoup plus légère ils plongèrent sous la couette.

Il la cloua sur le drap, peau rosée sur ombre bleue. Elle l'embrassa dans le creux du cou et fit courir un doigt le long de son dos en réponse à ses invites, car c'était de ça qu'il avait envie, maintenant et dorénavant. Au bout d'un moment, elle posa les mains sur les épaules de Ryan, suggérant silencieusement qu'il s'allonge sur le dos pour accepter la fellation promise. Il l'embrassa ; elle le poussa à nouveau et il résista de plus belle, alors elle se laissa aller en arrière et murmura en souriant : « Tu ne veux pas que je te suce ?

— C'est juste que… je sais pas… moi, je pourrais te le faire ? » Elle lui décerna son sourire le plus affligé, celui qu'elle réservait aux moments où elle voulait annuler une sortie, l'obliger à l'accompagner dans les magasins, ou, en l'occurrence, décliner le cunnilingus qu'il lui proposait.

« Je ne *sais pas trop* », dit-elle en soupirant, ce qui signifiait généralement *Jamais de la vie, mais je ne veux pas que ça te contrarie.*

« C'est toujours toi qui me suces, dit-il.

— Je sais, mais tu adores ça.

— Peut-être que tu adorerais aussi.

— Je ne *sais pas*.

— Ça fait deux ans qu'on est ensemble, hein. Je ne connais personne qui ait tenu aussi longtemps que nous. Et je ne t'ai encore jamais fait ça.

— Tu n'aimerais peut-être pas.

— C'est toi qui es censée aimer, non ?

— Alors pourquoi est-ce que tu en as tant envie que ça ?

— Parce que je veux faire ça pour toi. »

Elle soupira à nouveau et sourit en détournant le regard. Repoussant un tout petit peu la couette, il dit : « Sérieux, Karine, je n'ai jamais rien vu d'aussi beau que toi de ma vie. » Elle lâcha un petit clappement de langue réprobateur, alors il ajouta : « Et je n'ai jamais connu non plus d'aussi bel endroit que toi de ma vie.

— Ryan !

— C'est vrai. »

Il fit courir son doigt des lèvres de Karine à son cou, ses seins, le long de son ventre et entre ses jambes.

« Ça, tu me le laisses faire, dit-il.

— C'est ton doigt.

— Tu aimes ça avec mon doigt, pourtant il est tout rugueux mon doigt, en plus je me ronge les ongles et c'est vraiment pas beau. »

Elle gloussa. « C'est pas pareil, tu le sais très bien.

— Ouais… c'est vrai. Moi je pense qu'avec ma bouche ça serait mieux.

— Ryan !

— Non mais sérieux. Sérieux. Qu'est-ce qui te dérange là-dedans ?

— Je serais gênée.

— Pourquoi ? Avec moi ? Au bout de deux ans, tu serais gênée ?

— Écoute, dit-elle. Tu t'imagines sans doute que ça se passera comme ci ou comme ça mais ça sera peut-être pas le cas et il se pourrait que tu détestes ça et là, moi j'en mourrais.

— Qu'est-ce que ça veut dire, comme ci ou comme ça ?

— Comme… Tu sais, comme dans les films pornos.

— Tu regardes des films pornos, d'Arcy ? »

Elle lui caressa la nuque. « Non. C'est toi qui en regardes.

— Non.

— Si.

— Non.

— Bien sûr que si ! Tous les mecs en regardent. Alors tu t'imagines sans doute que ça va être tout lisse et sans saveur comme… comme des fruits en plastique mais tu vas carrément déchanter.

— Tu me prends pour un gros bourrin.

— Non… c'est juste que… je ne sais *pas*.

— Tu te figures que c'est pour mon plaisir que tu fais ça ? » Elle fronça les sourcils : « Quoi donc ?

— Que tu fais l'amour avec moi.

— Non. Bien sûr que non. Ne va pas t'imaginer ça.

— Mais c'est que… moi je veux que ça te plaise, tu vois.

— Et ça me plaît.

— Alors… si ça te plaît, et si tu es pas gênée quand je suis allongé là, à te regarder, ou que je t'embrasse, que je te touche ou que je te mets un doigt, quand tu jouis ou quand tu me suces, pourquoi ça te gênerait que je moi te lèche ?

— C'est pas pareil pour les mecs », dit-elle.

Il sentit ses épaules se crisper. « Non, c'est pas pareil, dit-il. Pourquoi ça devrait l'être ? »

Elle détourna les yeux et sourit, et il regarda son sourire trembloter aux commissures de ses lèvres comme une créature vivante qui se déployait, s'effaçait, s'enracinait.

« Tu n'y as jamais pensé ? » Elle ne répondit pas.

« Écoute, reprit-il. Ça fait deux ans qu'on est ensemble. Et on va le rester encore deux ans. Et encore deux ans après, et ainsi de suite et ainsi de suite parce que moi je suis sûr que toi et moi, c'est pour la vie, que c'est pour la vie entière. Alors je ne veux pas que tu évites de me dire un truc sous prétexte que tu as peur de ce que je pourrais en penser ; ça c'est pas bon, Karine. Moi je t'aime. Et l'amour, c'est censé se passer comme ça.

— Tu en dis de grandes choses quand tu veux arriver à tes fins », dit-elle, mais elle plaisantait, et elle lui rendit son baiser quand il l'embrassa.

« S'il te plaît, Karine. »

Elle réexpédia son sourire taquin dans les profondeurs de leur sanctuaire.

« S'il te plaît ? »

Toujours pas de réponse. Il lui embrassa les seins, remonta le long de son cou, de sa mâchoire, et reprit : « Je le ferai seulement le jour où tu me diras oui. Et il faudra que ça soit oui, pas simplement *pourquoi pas*.

— Et si ça te plaît pas, ça sera entièrement ta faute. D'accord ?

— Complètement d'accord.

— *Mmm*… Alors, oui.»

Elle refusa de l'embrasser après. L'obligea à se laver les dents. Une fois dans la salle de bains, il en profita pour pisser, une main posée sur le carrelage mural pour tenir debout.

*La chatte de ma petite amie me fait les jambes en coton.*

Comme constat, c'était ridicule mais grisant. Quelque chose de nouveau. Un ver dans le fruit du souvenir.

Dans l'intimité de cet instant de solitude, il s'autorisa un soupir trémulant.

Quand il regagna la chambre, Karine arborait sa jupe et le maillot de l'équipe de foot de Naples de Ryan, et fourrageait dans le sac de bonbons en vrac.

« Tu crois que ton père pigerait si je prenais une douche ? »

Il s'allongea sur le lit et lui passa un bras autour de la taille.

« Non. Si. Peut-être. On s'en fout, non ?

— Moi, pas.

— Moi, si. Ça ne le regarde pas.

— Ouais, je sais, mais… Tu veux une souris blanche ?

— Je viens de me brosser les dents, tu t'en souviens ?

— Tout ça, ça fait partie de mon plan diabolique.

— Hé, si tu finis toutes les bouteilles de Coca, je t'étripe. »

Elle mastiqua, enfonça un doigt dans sa bouche pour décoller un bonbon gélifié, et demanda : « Alors ? Ç'a été ? »

Il se redressa à côté d'elle et elle le dévisagea d'un air sérieux, un air plus adapté à : *Tu t'es encore servi de mon mascara comme stylo ?* qu'à : *Tu as apprécié notre moment d'intimité bucco-génitale, généreux champion de la langue fourrée ?*

« J'ai adoré, dit-il.

— C'est vrai ?

— C'est vrai. Tu n'imagines pas. Ça t'a plu ? »

Elle grimaça.

« Je sais que oui. Je l'ai senti au goût.

— Oh, bon sang, c'est répugnant.

— Pourquoi ça ? »

Elle signifia expressément qu'elle évinçait le sujet – claquant de la langue, les yeux au ciel, lui donnant une gifle pour rire – mais elle comprenait, elle acceptait, putain elle était ravie.

Elle partit prendre une douche et, pendant ce temps-là, il ouvrit la fenêtre de la chambre et alluma le joint. Sous les nuages, le lotissement semblait figé tandis que la pluie révélait de somptueuses nuances de vert dans les arbres, le lierre, les herbes folles qui poussaient le long du mur, au fond du jardin.

Elle revint, les cheveux entortillés dans une serviette nouée en turban, et il lui tendit le joint. Comme elle prenait sa place à la fenêtre, elle frissonna ostensiblement. Ryan attrapa un de ses sweats à capuche et elle se lova dedans.

« Elle a du goût, commenta-t-elle en exhalant la fumée.

— Ouais. C'est de la bonne.

— Je n'arrive pas à croire qu'il t'ait envoyé de l'herbe par la poste.

— Ouais, hein. C'est pas le mauvais gusse, en fait.

— Et pourtant, tu es revenu ici…

— Tu sais bien ce que je veux dire, Karine. J'en chiais de trouille. J'ai cru qu'il allait me tuer. Et ouais, pendant un moment il était tellement fou furieux que je me suis dit, *Là, ça y est mec, Dan va te massacrer*, mais il sait que je ne dirai rien et… Enfin bon, il sait que je vais tenir ma langue, et même pas parce que j'ai peur qu'il m'égorge.

— Il se rend peut-être compte que sans lui, tu ne serais pas dans une merde pareille ?

— Mais j'y serais quand même, Karine. J'ai déjà deux condamnations à mon actif, et elles datent d'avant même que je connaisse Dan.

— Ouais, mais bon… – elle lui repassa le joint – c'était sa coke. C'est son merdier. Et c'est toi qui ramasses les ennuis par sa faute. »

Ryan haussa les épaules.

« Je ne comprends pas que tu puisses accepter ça aussi facilement, Ryan.

— Je n'accepte pas.

— Si. Et tu n'as pas l'air de te rendre compte que tu n'es pas obligé. Il arrive que, par moments, ça soit vraiment la faute de quelqu'un d'autre.

— C'est comme ça que les choses se passent, voilà tout. Les risques, tout ça. On fait de savants calculs pour évaluer si on peut se tirer d'affaire mais en fin de compte ça reste juste des calculs. Ça m'a sorti de la maison pendant un an, ça m'a tiré des griffes de mon père, donc ça valait le coup.

— Je ne cherche pas à nier ça, dit-elle. Je sais qu'il fallait que tu t'éloignes de ton père. Mais le prix à payer ne devrait pas être aussi lourd.

— Au bout du compte, il ne sera sans doute pas si lourd que ça.

— Et s'il l'est quand même ? Enfin bon, qui est-ce qui est assigné à résidence ? C'est du délire, tu l'as dit toi-même.

— Je suppose que, comme je n'habitais pas chez moi, ils ont pensé que c'était le meilleur moyen de me tenir à l'œil. Si j'avais habité chez mon père, j'aurais sûrement écopé d'une simple mise en liberté sous caution. *Amène-toi à ton audience le 21 avril, fiston. Et pas de drogue d'ici là.* »

Elle lui prit le joint des doigts.

« Ouais mais ça craint, dit-elle.

— Je sais que ça craint. Ça craint d'être ici avec mon père. Enfin bon, il ne boit plus une goutte et il essaie de ne pas être trop con mais… je ne sais pas. Il est passé trop d'eau sous les ponts. Pour lui comme pour moi.

— Bon sang, Ryan, quoi qu'ait pu faire Dan, ce qui est arrivé avec ton père est entièrement la faute de ton père.

— Tu crois, toi ?

— Bien sûr que oui ! »

Elle lui tendit la dernière taffe et il tourna la tête pour la regarder regagner le lit. Elle glissa les jambes sous la couette et remonta le sweat sur sa poitrine.

Il émietta le mégot du joint contre la margelle en ciment et referma la fenêtre.

« Tu sais, ce qui s'est passé entre mon père et moi ça dépasse les simples…

— Abus ?

— Ne dis pas ça.

— C'est qu'il y a un autre mot, peut-être ?

— Écoute, dit Ryan. Je n'ai pas envie de parler de mon père. Pas maintenant. Pas après ce qu'on vient de faire. Parce que ça, c'était génial et… incroyable et…

— Ouais mais bon, moi j'ai peur, Ryan.

— Tu as peur de quoi ?

— Euh, du juge ? Il ne te connaît pas, le juge, tu vois.

— Ça se passera bien. Franchement. L'avocat l'a dit. Je plaide coupable. Je n'enfreins pas l'assignation à résidence, je suis sage comme une image. On explique au juge que, bon, j'avais de bons résultats à l'école, que j'envisage d'y retourner, tout ça. »

Elle le regarda. « Tu parles sérieusement ?

— Pourquoi, tu en doutes ?

— Tu vas arrêter de dealer.

— Si je dis au juge que je retourne à l'école, il faudra que j'y retourne, non ? »

Il se glissa au lit à côté d'elle et elle posa la tête sur son torse. La serviette enturbannée frotta contre sa joue et se dénoua sur l'oreiller, entre eux deux.

« Ça voudrait dire qu'il y aurait plus de moments comme celui-là, murmura-t-il. Moi chez mon père, toi et moi obligés de faire l'amour super discrètement en milieu de journée. La liberté de l'an dernier, ça serait fini.

— Ça vaudrait le coup en fin de compte, non ? »

Elle glissa une main sous le T-shirt de Ryan et décrivit des cercles autour de son nombril.

« Ça me plaît de penser à Ryan qui retourne à l'école, dit-elle. Ryan qui va à la fac. Et plus tard, Ryan qui décroche un bon boulot et qui me paie plein de paires de chaussures.

— Hé ! Tu te les paies toi-même, tes chaussures.

— Je n'ai jamais dit que je ne t'en paierais pas aussi. Une paire de Converse pour chaque jour de la semaine. »

Il lui caressa l'épaule et elle se nicha au creux de son coude.

« Tu crois qu'on sera encore ensemble à ce moment-là ? demanda-t-elle.

— Je t'ai déjà répondu, non ?

— Non, mais vraiment ?

— Ouais. Je ne peux pas imaginer les choses autrement. Si je fumais un autre joint là, tout de suite, je verrais les dix ans à venir se dérouler devant moi, et tu y serais présente à chaque minute.

— Et qu'est-ce qu'on ferait ?

— Les trucs classiques, j'imagine. On s'achèterait une baraque. On se marierait. On ferait des gosses.

— Combien de gosses ?

— Je sais pas. Quatre, cinq ?

— Misère, j'espère qu'on pourra les acheter chez Tesco à ce moment-là, sinon tu seras très déçu.

— Je ne serai pas déçu. Aucune déception possible là-dedans. Tout est bon. Chaque seconde. »

Il redressa la tête. Karine avait les yeux fermés. Il lui posa un baiser sur le front et contempla le plafond tandis qu'elle se mettait à rêver, et il regarda le monde se déployer devant lui, d'un angle à l'autre, éclatant de couleurs et aussi radieux que l'aube.

En bas, quelqu'un frappa doucement à la porte d'entrée, comme si même le visiteur qui arrivait craignait de les déranger.

# 13

L'étape suivante consistait à trouver un emploi. L'idée ne venait pas de lui, mais elle émanait de tant d'individus pleins de bonnes intentions que Tony fut bien obligé de s'y coller.

L'assistante sociale lui apporta toute l'aide qu'il pouvait attendre d'elle. Il évoqua des étés de jeunesse passés à travailler sur des bateaux de pêche, en rappelant expressément les réductions de personnel opérées par le Port de Cork. Elle lui transmit les renseignements concernant un poste de préparateur en charcuterie. Il lui expliqua qu'il avait six enfants en dessous de dix-huit ans et que frire du bacon pour des équipes d'ouvriers à 6 heures et demie du matin était catégoriquement impossible. Elle lui conseilla de tenter un stage. Il lui demanda si elle le prenait pour un barjot, putain.

Le printemps apporta une nouvelle épreuve quand la justice, toujours cohérente dans sa cruauté ciblée, ramena Ryan dans le giron paternel. Ce crétin de gamin venait de se faire choper avec assez de cocaïne dans les poches pour être coffré et inculpé de détention en vue de trafic. Une fois de plus.

Il avait pris la fuite. Ç'avait été sa perte. Les flics l'avaient arrêté dans la rue avec deux ou trois sachets dans les poches, et quand il sentit que leurs questions devenaient plus pointues, il déguerpit. *Réaction idiote*, avait gémi Tony ; le gamin s'était énervé et avait rétorqué que comme ils l'auraient fouillé de toute façon, il était obligé de tenter le coup. Si l'un des flics n'avait pas été un jeune péquenot aussi rapide qu'enragé, Ryan s'en serait sûrement tiré.

La quantité avec laquelle ils l'avaient chopé n'était pas assez importante pour qu'il encoure de la prison ; Ryan n'était qu'un petit poisson, mais les flics essayaient de lui faire cracher des noms et des dates. Mais, Tony s'en fit mentalement la remarque, la dernière des choses au monde que Ryan Cusack était susceptible de faire, c'était bien de parler. Les flics, eux, ne le savaient pas. Arrêter Ryan avait été une perte de temps et quand ils pigeraient ça, il y aurait sans doute des représailles salées. Tony ne voyait pas d'inconvénient à ça. Un peu d'intimidation ne pourrait faire que du bien à ce gamin. Peut-être que, par dépit, les flics trouveraient un moyen musclé de le remettre dans le droit chemin.

À la première audience, le juge avait imposé une assignation à résidence, renvoyant le jeune sous la garde d'un père désintoxiqué de fraîche date et sobre comme un chameau. Entre Tony et Cian, on n'aurait pas trouvé de place pour une épingle à cheveux, mais Ryan semblait satisfait de se cloîtrer dans sa chambre, les écouteurs vissés aux oreilles, un écran d'ordinateur portable devant la figure.

Un menteur exalté de la compagnie de télécommunications avait vendu à Tony un abonnement haut débit qui avait eu pour effet de lobotomiser ses trois ados et de lui assurer le confort glacé d'un silence méditatif. Une fois par semaine, Kelly réquisitionnait le portable et passait en revue les sites d'offres d'emploi avec son père, et à eux deux ils décidaient de quelles annonces solliciter des lettres de refus. Tony recevait parfois en retour un e-mail le remerciant de sa démarche tout en précisant qu'il n'existait pas de postes qui conviennent. Lorsqu'une aubaine pareille lui parvenait, il montrait l'e-mail à son conseiller d'insertion. Sa recherche d'emploi avançait.

Avril s'était amené avec une hargne féroce, déclenchant des tempêtes de neige à Dublin et des inondations à Fermoy. Tony commanda du fioul domestique plus tôt qu'il pensait devoir le faire, et il régla la facture avant même de s'apercevoir que, sans pleurnicheries dilatoires, il avait réussi à équilibrer approvisionnement et dépense. Ça avait parfois du bon d'être sobre. On n'avait pas attiré son attention là-dessus pendant la cure : *Quand on est sobre, on achète du fioul quand il en faut, et ça a l'air d'un chié miracle.* Les petites choses, ça faisait toute la différence.

C'étaient les grandes choses qui le mettaient en danger, en revanche : la perte du train-train quotidien, l'éviction des mauvaises habitudes et des vieux copains, l'ennui, la claustrophobie. Il avait beau accumuler les petites victoires, la barricade restait précaire et dangereusement frêle. Par moments, il s'asseyait dans l'escalier quand les gosses étaient à l'école et regardait le monde se déformer au travers de la vitre sablée de la porte d'entrée. De temps à autre, il posait la tête contre le mur qui séparait son territoire de celui de cette goule de Duane et prêtait l'oreille avec une morne intensité, comme on écouterait l'exécution d'un châtiment pendant que le monde, dehors, déchiquetait sa porte d'entrée et griffait le plâtre. Plus épuré encore, par moments : il avait vraiment besoin d'un verre. L'addiction physique avait été démantelée, mais privée de ce cadre la compulsion prenait des proportions incontrôlables. *J'ai besoin de boire un verre*, pensait-il. *J'ai besoin de boire un verre*. Il se cramponnait aux accoudoirs des fauteuils du salon pendant que le manque faisait tout tournoyer autour de lui. *Rien qu'un. Rien qu'un, bon sang. J'ai besoin de boire un putain de verre.*

Voilà pourquoi ils insistaient tant sur la nécessité d'un emploi, les thérapeutes, les conseillers d'insertion, les mamans, les sœurs. Ils n'arrêtaient pas de lui seriner : un emploi, ça remplace une addiction.

Cian rapportait l'*Echo* de l'école et Tony, installé dans le salon, devant la télé, parcourait la page des offres d'emploi à la recherche de propositions pour lesquelles il n'avait pas les qualifications. La cuisine, convertie en pôle des devoirs scolaires, tremblait au gré des chamailleries de sa nichée. La jeune Karine, arrivée voilà un peu plus de deux heures, s'était dépêchée d'aller s'enfermer avec Ryan dans la chambre de derrière où ils mijotaient va savoir quelles embrouilles, mais Tony préférait largement ça à la culpabilité farcie de sous-entendus de Duane.

À la faveur d'une accalmie dans le vacarme de la cuisine, il perçut les derniers coups timidement frappés à la porte d'entrée et se leva. Trop timoré pour être un des copains des gosses, et bien trop doux pour quelqu'un cherchant à fourguer un salon tout cuir.

Il ouvrit la porte et se trouva face à une jeune femme fortement enceinte.

Faute d'un parapluie, ses cheveux s'étaient mués en une masse hérissée ; elle porta une main à son front et plissa les paupières.

« Tony ?

— C'est moi. » Il pensa qu'il devait s'agir d'une nouvelle assistante sociale. Elles avaient la manie de changer d'apparence, bien qu'il n'en ait encore jamais vu se présenter en affichant son incompétence sur sa figure.

Elle portait un blouson en jean et un métrage de toile de tente imprimée adapté à sa rotondité sinon au temps pisseux.

« Excusez-moi, dit-elle. Je ne sais pas trop comment formuler ma question mais… vous connaissez Robbie O'Donovan ? »

Le nom bouscula Tony et s'engouffra dans l'entrée, tournoya autour de sa tête, s'agrippa aux murs et les colora, une ombre sous chaque lettre.

« Qui êtes-vous ? demanda-t-il. Pardon, mais de quoi s'agit-il ?

— Je m'appelle Georgie, dit-elle. On m'a dit que vous connaissiez Robbie O'Donovan. Excusez-moi, c'est… Ça vous ennuierait que j'entre ?

— Je ne connais pas de Robbie O'Donovan, dit-il.

— Peut-être en cherchant bien ? C'était mon petit ami et il a disparu il y a deux ans… Dites, je peux entrer ? Je suis enceinte, comme vous voyez.

— Au bout de deux ans ?

— Je suis fatiguée. Et il pleut. Je suis vraiment désolée de vous tomber dessus comme ça mais je pense que si je pouvais faire deux trois recoupements avec vous, vous arriveriez peut-être à vous souvenir de lui, vous comprenez ?

— La maison est pleine de gosses.

— Je n'en suis qu'à six mois, dit-elle. Je n'ajouterai pas le mien. »

Derrière Tony, la porte de la cuisine s'ouvrit et la tête brune de Niamh surgit dans l'entrebâillement. Tony lança par-dessus son épaule : « Retourne une minute d'où tu viens. »

Sur un claquement de langue offensé, la petite curieuse de neuf ans referma la porte.

Dehors, la jeune femme attendait, peinée, dégoulinante.

Tony s'effaça et elle accepta l'invitation avec gratitude. D'un geste, il la dirigea vers le salon où elle entra et s'assit au bord du canapé.

« Vous voulez une serviette-éponge ? demanda-t-il avec un hochement de tête en direction de sa chevelure.

— Oh, ça serait vraiment sympa. »

Il monta à l'étage et rapporta une serviette du placard du chauffe-eau. L'intermède ne lui laissa pas assez de temps pour réfléchir. *Robbie O'Donovan... comment est-ce que vous le connaissez ?* Comme copain de comptoir ? Copain de jeu ? Vous ne le connaissez pas du tout ? *Bon sang, Cusack, choisis.*

Qui pouvait penser qu'il connaissait Robbie O'Donovan ? Cette nénette était-elle allée réveiller les morts dans le pub où ils avaient coutume de boire par le passé ? Était-elle envoyée par Maureen Phelan ?

Le sang de Tony moussait. La moquette se creusait sous ses pieds.

Il avait gracieusement fourni un nom à la mère de J.P. et elle l'avait accepté comme un gamin accepte un tas de bonbons et les mains poisseuses qui vont avec. S'était-il figuré, au cours des mois bizarrement silencieux qui suivirent, qu'elle avait oublié cette bourde, ou qu'elle la gardait jalousement par-devers elle ? Non. Pourquoi aurait-elle fait ça, hein ?

*Abruti de connard, Tony. Abruti. Abruti.*

Au moment où il refermait le placard, la porte d'à côté s'ouvrit et son fils aîné le regarda, bouche bée.

« C'est qui, p'pa ?

— Juste quelqu'un qui cherche quelqu'un d'autre. Ce n'est rien.

— Qui cherche qui ?

— Personne, Ryan. »

Quand il regagna le salon, la visiteuse ruisselante accepta la serviette et risqua un sourire. Planté à côté de la cheminée, Tony demanda : « Georgie comment ?

— Fitzsimons. Je ne pense pas qu'on se soit déjà rencontrés. » Il secoua la tête. « Alors vous recherchez un ancien petit ami ?

— Robbie O'Donovan. Ça a l'air vraiment bizarre, je sais. Il a disparu il y a à peine plus de deux ans maintenant. J'ai signalé sa disparition, à l'époque, mais les flics ont fait chou blanc. Il ne passait pourtant pas inaperçu. Environ un mètre quatre-vingt-cinq, cheveux roux, super maigre.

— Je ne connais personne qui ressemble à ça. Mais quelqu'un vous a dit que si, par contre.

— Ouais, une fille qui habite dans le coin, elle a dit que c'était peut-être à vous qu'il fallait poser la question. Elle s'appelle Tara. Tara Duane. »

Tony se mordit l'intérieur des joues et s'essuya les paumes des mains sur les cuisses. Georgie retourna la serviette et s'en frotta à nouveau les cheveux.

« C'est la voisine d'à côté.

— Ah. Je ne savais pas.

— Putain mais pourquoi est-ce qu'elle est allée vous raconter que je saurais où votre ex est parti ? »

Le juron eut un effet percutant. « Je n'en sais rien… Je l'ai croisée en ville, l'autre jour. Elle m'a fait signe pour que je m'arrête et m'a dit que si je ne savais toujours pas où était Robbie, vous, vous le sauriez peut-être.

— Elle vous a fait signe ?

— Ouais…

— Je ne peux pas la sacquer. J'imagine qu'elle n'a pas pris la peine de le préciser. Elle cherche à me foutre dans la merde. C'est une garce revancharde. »

Georgie pétrit la serviette.

« Vous foutre dans la merde ? Non, elle a juste dit que vous étiez un pote à lui, alors je me suis dit que peut-être… »

Tony releva trop tard les maigres détails que contenaient les quelques explications de la fille et conclut qu'elle n'avait guère eu de raison de le soupçonner avant qu'il ouvre la bouche. Ses épaules s'affaissèrent et le rebord de la cheminée s'enfonça dans ses reins.

« Écoutez, bredouilla Georgie, je n'ai pas pour habitude d'empoisonner les inconnus avec des trucs aussi fumeux que les idées de Tara Duane. Je ne serais pas venue jusqu'ici, jamais de la vie, sauf que ça ne ressemblait pas à Robbie de s'enfuir. Si je vous racontais la moitié de tout ça, vous n'en croiriez pas le quart…

— Écoutez, je ne connais pas de type qui s'appelle Robbie O'Donovan. Je suis désolé mais c'est comme ça. Je connais bel et bien une gonzesse du nom de Tara Duane et il m'arrive de m'engueuler avec elle. Je suis en train de me dire qu'elle vous a sans doute couillonnée dans le but de me couillonner ou quelque chose du genre mais je n'ai rien à voir avec votre type en goguette. J'ai assez de mes propres problèmes !

— Je veux juste savoir où il est, geignit-elle. Moi je m'y serais faite mais un truc est arrivé il y a à peine quelques jours et ça a tout fait remonter. Quelqu'un m'a dit qu'il était mort…

— Duane ?

— Non, pas Tara. Elle, c'était une coïncidence que je la croise… »

Tony cogna du poing sur le rebord de la cheminée. Les coïncidences suivaient Duane comme des rats derrière un joueur de flûte. Quand il aurait démonté ce coup fourré, il la démonterait elle, conséquences ou pas.

« Eh bien, demandez à la personne qui vous l'a dit, alors ! aboya-t-il.

— C'est impossible. Vous ne comprenez pas… » La mine de Georgie avait changé, son menton tremblait. « Je ne peux pas reparler de ça avec les gens en question, et je ne peux pas non plus aller trouver les flics… Tara m'a juste dit que vous connaissiez Robbie. Je ne pensais vraiment pas que ça vous contrarierait à ce point, sinon je ne serais pas venue… Oh, bon sang !

— Écoutez, dit Tony, affolé, tandis que les larmes s'intensifiaient et que le tohu-bohu cessait dans la cuisine. Je compatis, n'allez pas croire le contraire, mais je ne connais pas le type dont vous parlez, j'ai une pleine maisonnée de gosses avec chacun une paire d'oreilles en parfait état de fonctionnement. Il va falloir que vous alliez régler ça avec Duane. »

La fille s'essuya les joues du plat de la main. Petite, avec des cheveux noir corbeau et les joues grassouillettes, elle semblait sur le point de craquer complètement, là, sur son canapé. Tony tâchait de comprendre ce qui causait une crise pareille. Le nom de Tara Duane lui embrumait l'esprit. Il s'affala dans le fauteuil en face de la femme en pleurs et cilla.

Comment Tara Duane pouvait-elle savoir qu'il avait quelque chose à voir avec Robbie O'Donovan, bon dieu ? Comment, bon dieu de merde, comment… Il se surprit à imiter les gestes de Georgie, plisser les yeux, se passer les mains sur le visage.

La poitrine de la fille se souleva en un hoquet exagéré et elle noua les mains sur son ventre.

« Il va falloir vous en aller », tenta Tony, mais elle se redressa soudain, bouche bée sous ses yeux larmoyants, et s'écria : « Merde alors, mais vous êtes le père de Ryan.

— Quoi ?

— Vous êtes le père de Ryan ! Si Tara Duane est votre voisine… Je *savais* que je vous connaissais vaguement.

— Vous ne me connaissez pas du tout.

— Vous avez la même bouille. Dingue. Vous voudriez me faire croire que vous n'êtes pas le père de Ryan ?

— Je n'ai pas pour habitude de parler de mes enfants avec une fille qui vient de m'accuser d'enterrer un mec que je n'ai jamais vu.

— Écoutez, je suis désolée. La semaine qui vient de s'écouler n'a pas arrêté de m'envoyer toutes les merdes possibles dans la figure… Je ne sais pas ce que je fais là. » Elle se remit à pleurer.

« Restez ici une seconde », coupa Tony, sur quoi il grimpa l'escalier d'un trait jusqu'au palier où il donna un grand coup de coude dans la porte de la chambre de son fils.

Ryan sortit, les pupilles largement trop dilatées.

« C'est qui cette gonzesse, en bas, bordel de merde ? siffla Tony.

— Qui ça ?

— Joue pas au con avec moi, Ryan. C'est pour ça que tu t'es amené comme une fleur pendant que je cherchais dans le placard de la chaudière ; il y a une putain de bonne femme en bas qui prétend te connaître et qui me lance de graves accusations à la figure.

— Qui est-ce qu'elle cherche ?

— Moi, mais va savoir pour quelle raison, bordel de merde. Pourquoi ça ?

— Je sais pas, moi.

— Ryan, putain de merde, pas de ça maintenant. Surtout pas maintenant. »

Le gamin… est-ce qu'il pouvait seulement continuer à l'appeler comme ça ? Quand il avait quitté le territoire familial dans le brouillard des regrets de son père, c'était un petit machin. Il y était revenu avec cinq bons centimètres de plus et, dans le dos, autour des épaules, des muscles fins que son père décelait sans peine. Les frères de Maria étaient grands et musculeux. C'était déroutant de remarquer ça chez son propre fils.

Le gamin, ou ce qu'il en restait, répondit : « Je l'ai connue il y a deux ans mais je ne sais pas du tout pourquoi elle est ici.

— Comment ça ? Comment tu l'as connue ?

— P'pa, bon sang… Qu'est-ce que tu crois ? Je lui vendais un peu de dope. C'est tout. C'est pas une copine, rien.

— C'est une femme adulte, Ryan ! Nom de nom, mais comment ça se fait que tu lui vendais de la dope ? »

Ryan hésita. « C'est une copine de l'autre folle d'à côté.

— Putain de merde. Et ?

— Et l'autre folle lui a donné mon numéro. »

Tara Duane était une plaie que ni le père ni le fils ne nommaient plus depuis le retour de Ryan. « Tara Duane, fit Tony, sur quoi Ryan détourna les yeux. « Chaque fois que j'entends le nom de cette connasse, ça me bouffe mon espérance de vie… Vire-nous cette gonzesse d'en bas, Ryan.

— Mais qu'est-ce qu'elle te veut ?

— Bon dieu de merde, discute pas avec moi, mec, contente-toi de la virer, bordel. »

Il redescendit à la suite de Ryan puis attendit dans l'embrasure de la porte de la cuisine, prêtant l'oreille au bourdonnement sourd de la voix de son fils et au retour strident, puis geignard, puis mouillé de larmes qu'il obtenait de l'inconnue.

« C'est qui, p'pa ? » Une traînée de beurre ornait un des poignets de la chemise de Ronan. D'un signe, Tony l'entraîna jusqu'à l'évier et essuya la chemise d'un coup de chiffonnette.

« C'est qui ? » redemanda Ronan, du haut de ses sept ans affectueux et candides.

« Personne, dit Tony.

— Elle est triste parce qu'elle est grosse ?

— Ouais. » Tony croisa le regard de Cian. Le garçon lâcha un reniflement sarcastique.

Au bout de dix minutes, Tony regagna le salon. Ryan était debout devant la cheminée. La femme en larmes tordait la serviette de toilette dans son giron, en tirait des flots de sel. Un grand bruit se fit entendre dans la cuisine, puis un fracas de chaises et des gloussements.

« Si vous voulez revoir tout ça avec la personne qui vous pose vraiment un problème, vous n'avez qu'à sauter le muret, dit Tony à Georgie. Je vous l'ai dit, moi je ne peux pas vous aider.

— Excusez-moi, dit-elle. Je ne sais plus quoi faire.

— Ça, je m'en fiche, c'est de l'intimidation.

— P'pa, fit Ryan en grimaçant.

— Quoi ? C'en est, de l'intimidation. Vous débarquez chez moi sur ordre de cette garce en folie de Duane et vous me racontez des histoires de fantômes.

— Pour une histoire de fantôme, c'en est une, dit Georgie. C'est même exactement ça. Deux ans sans rien et tout à coup j'entends son nom partout.

— Si c'est partout, ça veut dire qu'il y a des tas d'autres endroits où vous pouvez aller traîner votre délire. Je suis un père célibataire, moi, bordel de merde. Des greluches déclavetées qu'on envoie faire tourner les tables dans mon salon pendant que mes gosses font leurs devoirs… C'est n'importe quoi.

— Georgie, lança Ryan, pourquoi est-ce que Tara t'a dit que mon père saurait où est passé ton mec ?

— Elle m'a juste demandé si je le connaissais et quand j'ai dit que non, elle a dit que je devrais aller lui parler. Qu'il avait dû bien connaître Robbie.

— Tu ne lui as pas demandé comment elle savait ça ?

— Pourquoi est-ce que je lui aurais demandé ? s'écria Georgie. Je me suis seulement dit qu'ils étaient peut-être amis ou je ne sais quoi. Ryan… tu sais que je ne suis pas folle.

— Moi, je ne te connais pas du tout, Georgie, dit Ryan, mais son père n'aurait su dire si c'était là une affirmation sincère ou un recul maladroit.

— Tu me connais bien assez ! Alors si je te dis que c'est la deuxième fois cette semaine que quelqu'un me parle de Robbie, et que la première c'était pour me dire qu'il était mort, tu sais que je n'invente pas.

— C'est des conneries tout ça, dit Tony. Des conneries, et maintenant il va falloir virer votre cul de chez moi. »

Il ouvrit la porte d'entrée à la volée et escalada le muret de séparation du jardin voisin, se salopant les mains au passage dans la mousse gluante de ce rempart intentionnellement non entretenu. Il cogna chez Tara

Duane mais la porte resta close. Il cogna si fort que la porte parut sur le point de céder sous ses coups. Puis il revint chez lui où la nommée Georgie, debout, pleurait toujours pendant que Ryan, à côté, semblait pour la première fois de sa jeune vie avoir de pleines paillassées de choses en travers du gosier qu'il s'apprêtait à déverser.

«Cette garce n'est pas chez elle pour faire la lumière sur cette histoire, dit Tony. Et la dernière fois que j'ai essayé de faire irruption là-bas dedans pour lui sortir le cul du terrier et mener une petite enquête, ça m'a valu de la taule. Faute de sa médiation, vous allez devoir passer votre chemin. Et vite, ma grande. Parce que vous avez beau peser votre poids, il va pas falloir me pousser.

— Excusez-moi, dit Georgie. Mais vous devez bien comprendre…

— Ce que je comprends, c'est que vous êtes givrée. Que vous connaissez juste mon fils parce que vous vous serviez de lui pour vous procurer votre drogue, et je comprends aussi que vous êtes plus ou moins de mèche avec la pute toxique d'à côté. Je n'ai pas à en comprendre plus que ça. Foutez le camp, ne m'approchez plus, et n'approchez pas mes gosses. Compris?»

Elle s'en alla. Referma doucement la porte derrière elle et s'éloigna dans le jardin, les épaules secouées et la démarche tout autant – il le remarqua en regardant dehors pour s'assurer de la trajectoire qu'elle empruntait. Il eut un pincement involontaire de compassion. Et referma la main droite sur sa gorge pour le réprimer. Chaque fois que sa propre femme avait été enceinte, ça avait restauré en lui ce que la nature débridée de Maria avait écorné. Tony était un homme au plein sens du terme quand la biologie l'exigeait. À six reprises il l'avait regardée s'épanouir et ça l'avait construit, au même titre que ses enfants.

Le premier des six, son adversaire renfrogné, son plus courageux soldat, était planté là, attendant que son père le cuisine ou le congédie.

« Putain de merde, alors Ryan ? » Superflu, répétitif, faiblard, mais que pouvait-il trouver d'autre ?

« P'pa, je te jure sur ma tête que je ne sais pas de quoi il est question.

— T'occupe pas ! Ah, bon sang ! » Il se prit le front à deux mains, gagna le fond de la pièce et, du gras du poing, assena un coup sur le plâtre du mur. Son fils tint bon, bien que Tony lui-même ne soit pas certain que cette prise de bec n'allait pas dégénérer, comme par le passé.

Individu sobre qu'il était désormais, il sentit peser les mois écoulés.

« Pourquoi est-ce que tu aurais quoi que ce soit à voir avec ces gens ? » demanda-t-il. Ryan détourna les yeux ; ils savaient l'un et l'autre que la remarque ne concernait pas uniquement la visiteuse.

« La question ne se pose plus, dit-il. Ça fait des années, maintenant.

— Combien d'années ? »

Le temps de silence le renseigna avant que son fils confirme :

« J'en sais rien. Deux ou trois.

— Et on sait ce que tu fabriquais il y a deux ans. »

C'était de l'histoire ancienne, rassise. Des éclats de rire fusèrent à nouveau dans la cuisine, rappelant à Tony qu'il pouvait aussi bien choisir d'insister que renvoyer Ryan dans sa chambre pour y retrouver le charmant petit tyran auquel il était tendrement asservi.

Il posa le front sur son poing.

« C'est le manque de mère ? demanda-t-il avant de se retourner et d'ajouter : C'est ça, qui te pousse vers les gens comme ça ?

— Non, p'pa.

— Parce que chaque fois que je pense avancer, il arrive quelque chose pour me rappeler que j'ai foiré avec toi. La raison pour laquelle tu es revenu. Celle pour laquelle tu connaissais cette foutue bonne femme.

— La seule raison pour laquelle je la connais, c'est la dope », dit doucement Ryan.

Tony pensa que le garçon craignait les oreilles indiscrètes et les représailles.

« Peu importe la raison, passée ou présente, dit-il, de toute façon tu ne me la dirais pas. Et je suis censé te protéger. C'est foutu d'avance, non ? Même si je n'étais pas nul à chier en matière de protection, tu ne me laisserais pas faire, hein ? D'ailleurs, à quoi bon ? Va rejoindre Karine. » Il secoua la tête. « Je ne dirai rien. »

Comment pouvait-il en parler à J.P. ? On ne parlait pas avec J. P.

Tony retourna à son *Evening Echo* et aux mensonges de la sobriété. Ryan remonta dans sa chambre et le reste de la maisonnée continua de faire le va-et-vient entre la cuisine et le salon, la curiosité s'émoussant à mesure qu'il chassait les questions d'un revers de main. À l'heure du dîner, l'intermède était largement oublié.

Il composa mentalement une confession, pronostiquant un nez en compote et une expédition punitive chez lui, des menaces jetées à la tête de ses enfants et un interrogatoire qui ne manquerait pas de révéler le rôle minime de Ryan. Et ensuite ? Le gamin serait questionné sur le passé de Georgie. Peut-être que ça se passerait bien. Et ensuite ? J.P. retrouverait la fille et la cuisinerait. Et ensuite ? Il y aurait des dégâts à nettoyer. Peut-être que la fille serait liquidée ; peut-être qu'elle serait encouragée à l'amnésie. Tony réfléchit au danger qu'il lui ferait courir. Elle était enceinte. Il ne pouvait pas.

Elle risquait d'aller trouver les flics, bien qu'elle ait affirmé le contraire. Si quelqu'un avait lâché devant elle que Robbie O'Donovan était mort, il y avait de grandes chances qu'elle sache qu'il n'était pas dans son intérêt d'aller raconter ça aux flics. Mais même. Pour peu que les flics aient vent de l'histoire, Tony était niqué. Raison de plus pour parler à J.P. de cette visite.

Mais que se passerait-il ensuite pour Ryan ? Si J.P. s'en mêlait, Ryan comprendrait qu'il y avait anguille sous roche. La femme s'était amenée en parlant de fantômes et voilà que, tout à coup, le pire salopard de la ville – il était plus que probable que Ryan savait qui était J.P, vu qu'il barbotait jusqu'au cou dans la fange – rapplique sur le pas de la porte en demandant où elle était passée ? Les protestations d'innocence de Tony seraient réexaminées et taxées de foutaises.

Putain de gamin à la con. Impliqué dans toutes les merdes qu'il aurait dû fuir. Si la fille s'était pointée sur le pas de la porte et que le gamin ne l'avait pas reconnue, ça au moins ç'aurait été bien. Ç'aurait peut-être été trop demander, putain de merde ?

Si Tony ne parlait pas de la visite de cet après-midi, J.P. resterait à bonne distance et peut-être que la garce d'à côté calmerait le jeu. Il n'y avait qu'une femme qui cherchait Robbie et, vu son tour de taille, elle avait tourné la page. Peut-être qu'il ne fallait pas se faire chier avec ça et se dire que c'était juste pur hasard et ville en bouteille.

La pluie s'arrêta dans la soirée. Tony descendit au débit d'alcool et resta planté devant comme un gamin qui n'aurait que trois sous en poche devant un magasin de jouets. En collant le nez à la vitrine, il aurait sûrement réussi à sentir l'odeur. La chaleur capiteuse de cette pensée transperça sa carapace, pénétra ses os, le souleva sur la pointe des pieds et s'évapora en fumant de sa personne comme de l'eau bénite des épaules du diable.

Le 21 avril fut aussi lamentable que l'avait été le reste du mois, et survint avant que Tony ait pris sa décision. Les quatre derniers jours, il les avait passés dans une torpeur étouffante. Il était allé frapper chez Tara Duane matin et soir, mais elle ne se montrait pas, et Kelly avait finalement pensé à dire à son père que la jeune Linda vivait provisoirement chez une copine pendant que sa mère se faisait copieusement balader par un abruti à Dublin ; quelle que soit sa destination, Tara Duane avait apparemment jugé le moment propice à une petite disparition.

La salle d'audience était bondée. Ryan devait comparaître à quatorze heures trente, avec tous ceux qui avaient été convoqués pour l'après-midi. Les nouveaux arrivants se mêlèrent aux résidus de l'audience du matin qui avaient réquisitionné les places dans la salle d'attente verte confinée. Des parents attendaient, moroses et figés, tels des rangs de navets dans la cagette d'un maraîcher, accompagnés de leurs petits criminels occupés à taper des LOLs sur leurs téléphones, ou regroupés dehors, dans la cour envahie d'un relent d'Axe pour homme et de nonchalance tendue. Les avocats entraient et sortaient à grands pas, dans un tourbillon de pantalons à pinces et d'attachés-cases.

On l'appela peu avant seize heures. Tony quitta la salle d'attente et retrouva Ryan flanqué de McEvoy, l'avocat, qui les invita d'un geste à entrer.

McEvoy était un type correct qui s'était occupé du dossier de Ryan avec plus de considération qu'ils n'avaient pu en apprécier chez les précédents représentants. Il avait moins pris connaissance de l'instruction que documenté son propre dossier. Ils avaient de la chance, avec lui ; Tony n'avait pas voulu reprendre celui qui n'avait pas su lui épargner les six semaines à la Maison de la Solidarité.

Ils eurent aussi la chance de tomber sur un autre juge. Mary Mullen. McEvoy leur dit qu'elle était futée et méticuleuse. *Mais est-ce qu'elle est sympa, seulement ?* avait demandé Tony, sur quoi McEvoy avait répondu : *On trouverait largement pire.*

Elle s'adrcssa à l'avocat. Rares étaient les juges qui se souciaient des civilités. Tony avança le buste. Ces audiences, ça pouvait être plié en un rien de temps.

« Mais vous, maître, dit la juge, où pensez-vous qu'il doive être dirigé en sortant d'ici si ce n'est pas vers l'école ?

— Mon client a l'intention de retourner à l'école en septembre. Il a obtenu d'excellents résultats au Junior Certificate et il sait que c'est la meilleure voie à suivre.

— Quel genre d'excellents résultats ?

— Il fait preuve de grandes aptitudes pour la musique et les mathématiques, deux matières qui lui ont valu la note maximum au niveau supérieur de difficulté. L'université, plutôt que l'apprentissage, est visiblement la voie qui s'impose et le garçon prend des mesures pour…

— Et pensez-vous, maître, qu'il évitera les ennuis ?

— Je crois qu'une mise en liberté surveillée serait la mesure la plus adaptée, madame la juge. Compte tenu de la situation…

— J'ai pris connaissance de la situation. » La juge se redressa, regarda Ryan et dit : « Laissez-moi vous dire une chose, jeune homme. Vous m'écoutez ?

— Oui, madame la juge.

— Chaque fois que je viens ici, je vois une catégorie bien spécifique de jeunes garçons. Beaucoup d'entre eux n'ont pas le soutien d'une famille ; beaucoup d'entre eux n'ont aucune instruction ; beaucoup d'entre eux ont été, c'est fort probable, entraînés sur la mauvaise pente. Mais vous, vous ne ressemblez pas à mes jeunes délinquants typiques. Mr McEvoy m'a démontré que vous étiez intelligent, que vous aviez un bon père, que vous aviez de bons résultats à l'école, que lorsque vous vous investissez, vous réussissez sans peine. Diriez-vous que c'est exact, monsieur le père de Ryan ? »

Tony s'éclaircit la voix. « Oui, madame la juge. »

Elle s'adressa de nouveau au garçon. « Du reste, Ryan, c'est bien ce qui m'effraie chez vous. Vous êtes intelligent et vous vous investissez bel et bien. Pourtant, vous n'avez aucun scrupule à orienter votre intelligence et votre détermination dans la pire des directions. Les jeunes gens que je vois comparaître devant moi, pour un grand nombre d'entre eux, ne comprennent rien à rien. Réellement. Ils ne comprennent rien à rien. Alors que vous, si. Mr McEvoy me dit que vous avez tiré les enseignements de vos erreurs et que si j'assouplis votre liberté conditionnelle je ne vous reverrai pas ici. Je n'y crois pas du tout.

« Je suis obligée de prendre en compte le fait que vous avez refusé de coopérer avec les policiers qui vous ont interrogé et que, chaque fois que vous vous êtes présenté devant cette cour, c'était pour la même infraction. Et ce qui m'inquiète, Ryan, ce qui m'inquiète vraiment, c'est que vous n'avez pas l'air de tirer les leçons de vos erreurs si ce n'est pour les perfectionner.

« Comment se comporte-t-il à la maison, Mr Cusack ? »

Tony commença à se lever, interrompit son geste, empoigna le dossier du banc qui se trouvait devant lui. « Comme un adolescent classique, j'imagine.

— Ce qui me préoccupe, c'est la facilité avec laquelle il est capable de passer de l'adolescent classique au criminel pas si classique que ça. En dehors du décès de sa mère, y a-t-il des circonstances familiales susceptibles de favoriser un tel comportement ?

— Non, dit Tony.

— Avez-vous le sentiment d'avoir une quelconque autorité sur ce garçon ? »

À ces mots, surgit inopinément une image de Jimmy Phelan beuglant pour obtenir des réponses, se saisissant du gamin pour lui faire fouiller la ville, l'expédiant dans les repaires de camés et les immeubles insalubres pour en débusquer la fameuse Georgie, la faisant dézinguer, puis le faisant dézinguer aussi, dévoilant des vérités ignobles et anéantissant le semblant de paix qu'ils avaient échafaudé à la faveur de l'assignation à résidence.

« Bon sang, souffla-t-il.

— Mr Cusack ?

— Je n'ai aucune autorité sur lui », dit Tony.

Le garçon se retourna sur sa chaise et lança : « P'pa… », sur quoi Tony baissa les yeux pendant que la juge leur enjoignait de se taire, puis ordonnait à Ryan de la regarder et annonçait : « À la lumière des circonstances, et compte tenu de la gravité du crime dont il est question, que visiblement vous minimisez lourdement et sciemment, j'ai le sentiment que la meilleure sentence possible est une détention de neuf mois à l'Institution Saint Patrick en laquelle, mon garçon, vous trouverez une école où tracer votre voie. »

## VOLS EN SEMAINE À PRIX CASSÉ

*C'est censé avoir l'air d'une expédition shopping. Ma mère fait passer ça pour un cadeau d'avant examen, des fois qu'un des voisins flaire le coup.*

*Mardi matin, au lieu d'enfiler mon uniforme, je vais en ville avec elle pour prendre le bus qui mène à l'aéroport. Elle essaie de me parler mais je n'ai pas envie de parler. Je la casse chaque fois qu'elle m'adresse la parole. Je dois être de mauvaise humeur. Je sais pas trop.*

*On prend nos billets puis on fait le tour par le côté de la station de bus et là, elle les repère avant moi et je l'entends qui fait : « Jésus Marie. »*

*Ils sont quatre, deux hommes et deux femmes. Ils ont installé une table sur tréteaux et deux grandes pancartes qui proclament :*

*« Avorter, c'est arrêter un cœur humain » et « Car un enfant nous est né », et la photo d'un fœtus avec une auréole, et là on pourrait croire que j'aurais le cœur au bord des lèvres, prêt à me sortir de la bouche ou je ne sais quoi, alors que je deviens juste aussitôt enragée.*

*Ma mère est horrifiée. Genre, elle ne sait plus où regarder. Moi je les interpelle, alors elle m'empoigne le bras mais c'est trop tard, les mots jaillissent : « Bande de gros dégueulasses, je dis. Sales connards d'empaffés culpabilisants. Vous ne pouvez pas vous occuper de vos oignons et garder vos mystères glorieux pour vous ? »*

*Les deux mecs et une des femmes sont des vieux de la vieille, mais l'autre nana a une vingtaine d'années je dirais, et on pourrait penser qu'à cet âge elle saurait à quoi s'en tenir. Elle est assise derrière la table. En m'approchant, je comprends pourquoi. Elle est enceinte. Hyper enceinte. Une grosse dondon enceinte. Alors je lui fais comme ça : « Vous êtes là à venir culpabiliser les gens alors que vous attendez votre propre enfant et vous ne voyez rien de mal à ça ? »*

*Elle, elle sort ça : « Euh, on fait juste campagne en faveur de… »*

*Mais je l'interromps parce que, franchement, j'ai envie de la démolir. « Combien des filles qui passent par ici ont peut-être dû avorter alors qu'elles n'en ont même pas envie ? Et les femmes dont les bébés n'ont pas de cerveau ou je sais pas quoi ? Et les filles qui ont été violées ? Bon sang, vous savez ce que vous êtes ? Vous êtes une conne malfaisante. Vous êtes une sale conne malfaisante. »*

*Le mec le plus âgé, celui avec une queue-de-cheval grise et de grands yeux idiots trop près du nez, dit alors : « Je vais vous prier de passer votre chemin, il s'agit d'un mouvement de protestation pacifique.*

*— C'est vous qui devriez aller voir ailleurs, bande de connards minables. »*

*Mais ma mère m'entraîne, et je la laisse faire parce que j'en suis à pleurer de rage. J'ai horreur de ça : être tellement en colère qu'on se met à pleurer, du coup ceux d'en face pensent avoir eu le dessus alors qu'en réalité on est juste tellement remonté qu'on ne peut pas se retenir. Ma mère s'arrête devant notre bus qui n'embarque pas encore de passagers. « Ne te soucie pas de ça maintenant, elle fait entre ses dents. N'y pense pas.*

*— À quel moment j'aurai la permission d'y penser ? Au retour, dans l'avion ? »*

*J'aurais voulu qu'elle ne remarque pas le problème, pour commencer, mais c'est à ça que servent les mères, non ? À remarquer.*

*Ç'a été les deux pires semaines de ma vie. D'abord je reçois un appel du téléphone de Ryan alors je réponds toute joyeuse : « Hé, salut beau mec, alors, comment ça s'est passé ? », mais c'est son foutu père, pas lui, alors je fonds en larmes avant même qu'il me dise : « Il a pris neuf mois, ma grande, je suis désolé, il n'est plus là, ils l'ont tout de suite emmené. » Je n'ai rien pu avaler pendant des jours tellement j'étais stressée, et tout ce que je mangeais quand même je le redégueulais, jusqu'à ce qu'un matin ma mère s'amène dans ma chambre, ferme la porte derrière elle et me dise : « Je sais bien que, d'après toi, c'est le stress qui te fait vomir, ma chérie, mais... »*

*Et elle avait raison. À la seconde où elle a remarqué, c'est devenu réel. Et je voudrais qu'elle ait jamais remarqué, je voudrais vraiment, parce que si elle avait pas remarqué ç'aurait peut-être été trop tard pour qu'on me persuade de renoncer, je sais pas trop. C'est idiot de se dire ça, hein ? Ryan serait enfermé, loin de moi pendant toute la durée. Putain ouais, neuf mois. Et comment je vivrais ça, moi ? J'ai jamais été séparée de lui si longtemps, je pleure toutes les nuits parce qu'il me manque et que j'ai peur pour lui et que putain j'ai envie de l'étrangler.*

*Ma mère a dit : « Tu ne vois donc pas le couple bancal que vous formez ? Pour une fois que tu avais besoin de lui, il est en prison, Karine. En prison ! » Mon père s'est montré bien plus dur mais juste parce que je l'ai jamais vu aussi près de chialer. « Le branque dans toute sa splendeur, Karine, qui te fout dans la merde et qui disparaît. Combien d'heures de cours et de révisions tu as manquées en pleine année d'examen pour ce connard ? Et voilà où ça te mène, maintenant, c'est pas une sacrée putain de leçon ça ? » Il a toujours détesté Ryan.*

*Et vous savez quoi ? Ils ont raison. J'avais bel et bien besoin de lui et voilà ce qui est arrivé. Alors que je pourrais être avec lui à l'heure qu'il est, en train de régler ça, de décider comment on va faire, parce que s'il était là je le garderais ce bébé, seulement il est pas là, hein ! Il est pas là et s'il continue de dealer, il sera jamais là, et si je peux pas lui faire confiance comment est-ce que je peux garder son bébé ?*

*Le chauffeur ouvre les portes et ma mère et moi on monte dans le bus.*

*Elle s'assoit devant mais je continue quelques rangées plus loin et je m'installe contre la vitre, mon iPod à fond dans les oreilles.*

*Quand le bus démarre, je pose la main sur mon ventre. Il est encore plat vu que ce qu'il y a dedans est à peine de la taille d'un grain de riz, c'est pas encore un bébé et ça le sera jamais et je me remets à pleurer, parce que je sais bien que c'est le bon choix mais je suis tellement furieuse de devoir faire ça, furieuse contre ma mère et mon père et furieuse contre Ryan qui me manque aussi et que je déteste et que j'aime et j'ai la trouille, surtout, putain j'ai tellement la trouille.*

# 14

Frank Cotter : surnommé le général Franko. Avec son casque de boucles noires et sa peau boucanée, il avait l'air d'un gardien de phare, ou d'un berger, de quelqu'un qui passait ses journées face aux éléments plutôt que dans les arrière-salles de casinos aux stores baissés, à écraser des doigts et défoncer des crânes.

Il attendait au chantier naval quand Jimmy arriva, la bourrasque côtière soulevant ses cheveux ondulés, vêtu d'un pull et d'un jean délavés, des chaussures boueuses aux pieds et une lueur dans le regard.

« Merci d'être venu, Franko.

— Pas de problème, mec. Tu me connais. Le gros boulot ne me fait pas peur. »

De sa poche de veste, Jimmy tira une paire de gants noirs qu'il enfila tout en gagnant l'autre côté de la Volvo.

Menton, bouche et philtrum avaient été débarbouillés, mais le sang formait une croûte autour des narines de Tony Cusack ; Jimmy se dit que l'homme ne passerait sûrement pas ses dernières heures à se fouiller le nez. Quand il ouvrit la portière, Cusack se risqua sur des jambes incapables de soutenir son poids. Il s'affala hors de la voiture, par terre, puis se mit à genoux, se cramponnant à la garniture de la portière pour tenir l'équilibre.

« Allez, Cusack, lança Jimmy. Les guibolles qui flageolent, ça fait tache chez un homme d'âge mûr. Père de six enfants.

— Qu'est-ce qu'on fait ici ? coassa Cusack.

— On est venus parce que je ne peux pas te faire confiance. Et les gens à qui je ne peux pas faire confiance, je m'en sépare. »

Cusack entonna sa propre lamentation funèbre. Les mains plaquées sur le visage, les doigts tirant sur ses paupières inférieures. « Ah mon dieu, dit-il. Ah mon dieu. » Jimmy adressa un signe à Franko qui contourna la voiture et remit Cusack sur ses pieds. « Ah mon dieu », répéta-t-il une nouvelle fois puis, pour varier un peu : « Seigneur Jésus. »

La cour du chantier naval était garnie de filets et de cordages, témoins d'un ancien passe-temps ou d'une carrière livrée à la rouille de l'oubli. Plus tard, quand Dougan arriverait, ils sortiraient le bateau. Ils enrouleraient la dépouille dans des cordages, la lesteraient de gravier et de gros cailloux. Ils la largueraient à un endroit d'où elle ne remonterait jamais.

Jimmy Phelan n'allait plus nager en mer depuis des années.

« Je le connais pas, celui-là, dit Franko. Quel tour il t'a joué ?

— Tu crois peut-être que je vais répondre à une question pareille ? dit Jimmy.

— Ah, je demande, c'est tout. Ça serait marrant que tu connaisses pas ce gusse, hein.

— T'as une grande gueule, Franko. » Cotter eut un petit sourire affecté.

Le chantier naval se trouvait tout au bout d'un petit chemin bordé de haies en friche au milieu duquel poussait une épaisse frange d'herbe bien verte. Il arrivait que des gens s'y risquent en promenant leur chien ou en faisant leur jogging, mais ils n'allaient jamais assez loin pour que ça devienne un problème. En suivant le littoral sauvage sur huit cents mètres par ce chemin ponctué de barrières à la peinture écaillée qu'empruntaient seulement les malfrats furtifs quand un indésirable ligoté devait servir d'appât aux lieus jaunes, on atteignait le petit port, et le canot qui amenait au bateau de pêche. C'était un coin idéal. Jimmy et ses gars l'utilisaient depuis deux ou trois ans, un peu trop longtemps à son goût mais le chantier naval était une habitude difficile à rompre.

Et en plus, il aimait bien sortir un peu de la ville.

« Bon », lança Franko. Sur quoi il tira Cusack pour le faire avancer, lui arrachant un jappement larmoyant.

Jimmy secoua la tête. La lâcheté, personne n'appréciait. Ça coupait tellement leurs moyens aux gens d'apprendre l'imminence de leur trépas, que les voir pleurer, supplier et se pisser sur les pompes n'avait rien d'étonnant, mais c'était un spectacle répugnant. Que pouvait-on faire d'un homme incapable d'affronter debout sa mortalité ?

Il percevait clairement Cusack à présent, un faiblard prolifique, un type à son summum pendant l'adolescence et qui n'avait pas cessé de sombrer depuis.

Franko avait entamé les préparatifs. La bâche était déployée par terre. Le tuyau d'arrosage déroulé pour rincer la dalle en béton des inévitables salissures ; on annonçait de la pluie plus tard, en plus. Jimmy haussa un sourcil, sur quoi Franko sortit l'arme préparée d'avance et la lui remit.

Jimmy replia un doigt sur la détente. Ça faisait des années qu'il ne s'était pas chargé personnellement d'un boulot, mais il avait une aussi bonne raison de ne pas mêler Cusack à son équipe que quand ce branquignol avait pour la première fois écornflé sa patience. Dougan ignorait tout du cadavre O'Donovan et du petit pépin maternel à l'origine de l'affaire. Conséquemment, il ne pouvait être informé de l'insurrection fébrile de Cusack, ni du fait que cet idiot avait lâché le nom du mort devant Maureen. Conséquemment, donc, il ne pouvait être informé du fait que Cusack avait révélé, à son corps défendant, une autre bon sang de complication : la visite d'une ex-petite amie paniquée sur le conseil de cette connasse ridicule de Duane. Car en fait, que pouvait dire Jimmy à Dougan de cette foirade ? Que sa mère était cinglée et que tous les efforts qu'il avait déployés pour créer un écran de fumée s'étaient retournés contre lui si bien qu'il n'y voyait plus rien et que l'air était devenu irrespirable ?

Une méga mascarade à pisser de rire.

Franko plaça Cusack debout au milieu de la cour puis scruta le ciel, la main en visière au-dessus des yeux.

« Pourquoi es-tu ici, Cusack ? » demanda Jimmy, sur quoi son ancien ami geignit : « C'est pas la peine de faire ça, mec. Je présente aucun danger pour toi, tu le sais bien. Je suis père de famille, putain de merde. Mes gosses ont déjà plus de mère, ne leur fais pas ce coup-là.

— Tu sais ce que c'est, ton problème ? demanda pensivement Jimmy. Tu ne sais pas t'arrêter. Je te demande pourquoi tu es ici et toi tu pars en vrille. Je ne sais pas ce que Maureen t'a demandé, mais là encore tu es parti en vrille. À tournicoter comme ça, tu vas finir par choper le vertige. Pourquoi es-tu ici, Cusack ?

— À cause d'une connerie accidentelle, mec, d'une bourde, un nom et un prénom, ça s'arrête là bon sang de misère.

— On pourrait croire que ça s'arrête là, mais qu'est-ce qui s'est passé ? Tu as laissé pisser en te disant que Maureen oublierait sans doute de m'en parler. Tu es retourné à ton taudis sur la colline, tu t'es torché une bouteille et tu as laissé ta bourde enfler et gonfler jusqu'au moment où une pute s'est amenée sur le pas de ta porte en demandant après un mort. Tu vois ce qui arrive quand on se dit que la merde se ramassera bien toute seule ?

— Je comprends, je comprends. » Un mec pouvait virer à deux couleurs, dans cette cour, sans parler du jaune de l'arrière-plan : gris cendreux, ou cramoisi bavant. Cusack, lui, était blanc comme un linge de la tête aux bouts des doigts. « Mais c'est pas moi le problème, mec. Tout ce que j'ai fait, moi, c'est une erreur. Je présente aucun danger pour toi. Tu comprends pas ça ? Pourquoi est-ce que tu… » Le peu de force qui lui avait permis de parler s'épuisa.

« Tu nous embouses l'espace vital, Cusack.

— J'étais là quand tu as eu besoin de moi, articula Tony d'une voix rauque.

— Et regarde où ça m'a mené. »

Il pleurnichait déjà en venant trouver Jimmy, paniqué à propos d'une fille à la recherche de son mec mort, qui s'était pointée sur le pas de sa porte deux ans après qu'il avait fait sa B.A. pour son vieil ami, d'autant plus affolé qu'elle était venue sur le conseil de Tara Duane. *Il se pourrait que ça soit juste une des lubies de Duane*, avait-il dit, avec sa veulerie lèche-cul. *Elle s'est peut-être juste rappelée que le gars et moi, on fréquentait le même pub, une connerie du genre.* Jimmy avait maudit cette garce entre ses dents, prévenu Cusack qu'il devait le laisser s'occuper d'elle, et l'avait tranquillisé à contrecœur.

Seul face aux conséquences, il s'était demandé si Tim Dougan n'était pas son porte-bonheur. Ça faisait des décennies qu'il n'essayait plus de régler les complications sans l'aide de son pote, or ses efforts n'avaient réussi qu'à resserrer un peu plus le sac de nœuds et lui lier les mains en prime.

Ce matin, il avait décidé de porter l'estocade finale, appelé le général Franko, débusqué et embarqué dans sa voiture un Cusack à deux doigts de gerber, et pris la direction du West Cork.

Le temps que Dougan se pointe, Cusack ne serait plus là et ce n'était pas Franko qui parlerait.

Cusack retrouva un peu de force et se lança dans une nouvelle supplique qu'il venait de composer à propos de ses petits chéris. Jimmy leva la main.

« Rien de ce que tu racontes ne me sortira de l'idée que tu es un cloporte, une erreur ambulante.

— Bon sang, Jimmy, tu veux quoi, que je te supplie ? sanglota Cusack.

— Tu supplies déjà.

— Six gosses, Jim. Quatre gars et deux filles. Entre sept et dix-sept ans. À ton avis, qu'est-ce qu'ils deviendront ? On est déjà bien assez précaires. J'en ai un en prison, il faut que je sois là pour eux… Tu as des gosses, toi aussi !

— Il faut que je te montre ce qui arrive aux gens à qui je ne peux pas faire confiance, Cusack.

— Je t'en prie ! Je t'en prie, putain de merde… »

La détonation le fit taire. La deuxième lui tira un gémissement. Jimmy se pencha au-dessus du petit général Franko et lui logea une dernière balle dans la tête.

Tony était à genoux. Un haut-le-cœur le souleva. Un jet de salive le relia au sol.

« Là, tu vois ? » fit Jimmy.

Cusack ne répondit pas. Il pleurait.

« Une seule erreur peut anéantir toute la ville autour de moi, Cusack. Je prends les erreurs bien plus au sérieux que tu le crois. Ne va pas t'imaginer une seule seconde que j'aurais hésité à t'exploser la tronche si ç'avait été nécessaire.

— Qu'est-ce qu'il avait fait ? balbutia Cusack.

— Lui ? » D'un geste du poignet, Jimmy désigna le défunt général entouré de ses fluides et matières. « Il parlait trop. Encore plus que toi. »

Il s'avança vers son ancien ami, l'attrapa par les cheveux et le força à pivoter à quatre pattes pour faire face à un avenir nouveau.

« Arrange-toi pour qu'il ne t'arrive pas la même chose, Cusack. »

Une fois Cusack expédié dans un pub à huit kilomètres de là pour y attendre, Jimmy se détendit dans sa voiture le temps d'une cigarette et de quelques morceaux d'*Against the Grain* bien mérités. Tout au bout du chantier, derrière le mur en béton, sur la mer creusée de rides, les nuages engendraient des nuages et l'air devenait humide et gris. Les mouches dansaient, enivrées, là où le sang de Frank Cotter avait détrempé la boue.

Dougan arriva deux heures après le décès. Sans descendre de voiture, Jimmy le regarda approcher de la bâche et examiner le béton scintillant. L'homme était taillé comme un bouledogue : trapu, musculeux, maussade. Il avait des abdos en acier et un pragmatisme qui s'étendait jusqu'au meurtre et à l'horizon du meurtre.

Il se laissa tomber sur le siège passager et lança : « Tu as commencé sans moi, mon gars Jim.

— Je me sentais vieux et gros, Timothy. Je me suis dit qu'il était temps de me remettre au boulot.

— Et c'était comment ?

— Surfait. On va devoir sortir le bateau bien vite. Doit bientôt pleuvoir. Ça va secouer en mer.

— Tu es arrivé ici bien plus tôt que tu m'avais dit, bonhomme, dit Dougan.

— Ouais.

— C'était ton intention depuis le début de te charger de ça tout seul, hein ?

— Ouais. Je crois que je mijotais un peu mon truc en douce. » Il y eut un silence. Dougan contemplait la bâche. Jimmy observait les nuages.

« Ça t'est déjà arrivé, reprit Jimmy, de te lancer dans un boulot en te disant qu'après coup tu te sentirais peut-être un peu trop vieux pour un cirque pareil, en te disant : *Allez, ça sera le dernier avant la retraite*, et puis qu'une fois dans l'action tu as ressenti le bon vieux vide habituel ?

— Pour être honnête, mec, je ne m'attends jamais à ressentir quoi que ce soit, et je n'ai encore jamais été surpris.

— Il y a vingt ans, ces conneries-là ça me retournait l'estomac. On s'y habitue, puis on attend le moment où on perdra le tour de main. Je n'avais pas appuyé sur une détente depuis des années. Et regarde un peu ça : je reste un tueur ! »

Des propos aussi directs étaient rares, même entre vieux amis. Dougan grimaça, mais haussa les sourcils presque aussitôt, soupesa l'affront, laissa couler.

« Tu t'attendais à prendre du grade ?

— Je m'attendais à être plus vieux que je le suis. »

Voilà comment ça se passait habituellement. Un type commettait une faute impardonnable. Il descendait le mauvais mec, ou bien il se trouvait dans une situation où balancer ses pairs pouvait paraître la meilleure option, ou il devenait bavard et maladroit, comme le général Franko. Une décision était alors prise. La plupart du temps, tout un processus menait à l'action. Un coup de fil passé, un service demandé ou délégué à un contact au Royaume-Uni. Quelqu'un venait en avion, localisait le problème et le liquidait. Tout était propre et net. Tout le monde avait un alibi. L'assassin repartait d'Irlande sans même prendre le temps de chier et se torcher le cul.

Le trépas du général Franko aurait pu être organisé ainsi, si Jimmy n'avait pas eu une autre épine dans le pied.

Il ne pensait pas que le fait d'expédier Franko à la traditionnelle pose le moindre problème. En fait, il comptait même que ce serait constructif. Il était encore capable de prendre des décisions à chaud s'il était d'humeur impulsive ; attention chien méchant. Et si cette histoire de Robbie O'Donovan devait resurgir – il fallait retrouver la pute mais il ne pensait pas Cusack capable de s'en charger –, il tenait à ce qu'il n'y ait aucun doute sur les capacités mentales du boss. Quand il fallait être impitoyable, il l'était.

« Allez, on va pêcher », dit-il.

Cusack l'appela au téléphone deux jours plus tard.

« Elle est rentrée, dit-il.

— Depuis quand ?

— J'en sais rien. Ça doit faire une demi-heure. Je ne l'ai pas vue arriver mais je l'entends circuler là-bas dedans. »

Comme un rat dans les murs. Jimmy se rendit aussitôt sur place. Il se gara au bout de l'allée du jardin de Cusack, lui barrant le passage juste pour faire chier, sauta par-dessus le muret et gagna la porte d'entrée de Duane, frappa avec une retenue polie puis attendit, une main posée sur le côté de la vitre.

Dès qu'elle ouvrit la porte, sa lèvre inférieure se mit à trembler. Elle avait les cheveux divisés en deux nattes enfantines qui pendaient sur ses épaules. D'une main, il en empoigna une et tira en lançant : « Qu'est-ce qui ne va pas, Tara, tu n'es pas contente de me voir ?

— Je viens à peine de rentrer, dit-elle. Alors quoi, je n'ai même pas une heure de répit ? »

Il avança d'un pas, elle recula d'autant.

« Comment se sont passées tes vacances, Tara ?

— Je suis juste allée à Dublin, dit-elle. Chez ma sœur. Elle ne va pas bien.

— Ah bon ? Misère, c'est bien triste. »

Il referma la porte derrière lui et elle annonça : « Je n'ai même pas de lait pour le thé, rien.

— C'est bon. Je ne suis pas venu boire le thé.

— Alors qu'est-ce que tu veux ?

— Oh, juste prendre les nouvelles depuis la dernière fois que je t'ai vue. Tu t'en souviens ? Je t'ai demandé si tu connaissais un type du nom de Robbie O'Donovan. »

Elle empoigna la rampe de l'escalier et fit la moue. « Ouais. Tu as dit que c'était un des copains de Tony Cusack.

— J'ai dit ça, moi ?

— Ouais. Et comme je te l'ai dit ce jour-là, il est aux abonnés absents, alors je…

— Tu l'as dit à sa petite amie la pute et elle est venue fouiner dans le coin. Je crois pourtant pas t'avoir demandé d'aller t'acoquiner avec les connards de proches de ce connard, si ? *Tara, tu voudras bien aller dire un jour à la bonne amie de Robbie O'Donovan que Tony Cusack sait où il est ?* Je crois pas avoir dit ça à aucun moment, si ? Tu m'as entendu demander ça ?

— Tu ne m'as pas précisé que je devais rien dire là-dessus !

— Putain de misère, je ne pensais pas avoir à t'expliquer qu'il fallait pas laisser sa gagneuse se mettre dans l'idée qu'O'Donovan était mort !

— Il est mort ?

— La seule personne qui a l'air de le savoir, c'est la tapineuse, bordel de merde, et tu es la seule à lui avoir parlé.

— Mais je lui ai pas dit qu'il était mort !

— Alors comment cette idée lui est venue, hein ?

— Peut-être qu'il a une tête à ça ?

— Il a une tête à mourir ?

— Il a une tête de junkie ! Et ça meurt, les junkies ! Ça meurt à longueur de temps, les junkies ! C'est quand même pas moi qui lui ai fait faire une overdose, merde, c'est pas ma faute ! »

Il tenta de lui empoigner le bras mais elle se baissa et fila dans sa cuisine, où elle esquiva la deuxième tentative de Jimmy en tirant une chaise entre eux deux puis en plongeant sous la table, sur quoi il ne put que se redresser en s'esclaffant.

« Sors de sous cette table, Tara. »

Elle chialait : « Laisse-moi tranquille ! Laisse-moi tranquille !

— Tu crois vraiment que je peux pas aller te chercher là-dessous ?

— J'ai essayé de t'aider ! C'est pas ma faute si tu as pas dit clairement que c'était un secret super secret !

— Si, c'est ta faute, Tara. Tu es une sombre conne.

— J'ai une fille ! glapit-elle.

— Qu'est-ce qu'ils ont, les blaireaux, à tous vouloir se planquer derrière leurs moutards dès qu'ils pensent s'être attiré des emmerdes ? »

Il s'accroupit et essaya de l'attraper mais elle lui repoussa violemment la main en hurlant.

« Bon dieu de merde, on se croirait vraiment en train de choper des rats nichés dans les murs. »

Il replongea la main, réussit à empoigner une des nattes de Tara et tira, traînant à travers la cuisine sa proie qui pédalait dans le vide et finit par prendre le réfrigérateur en pleine figure. Il se pencha sur elle et la redressa sur ses pieds pendant qu'elle pleurnichait et vociférait comme un gamin qui pique son caprice au rayon des biscuits.

« Comment ça se fait, Tara, que tu sois pas capable de comprendre que tu devrais pas fourrer ton nez là où on en veut pas ? gronda-t-il. Comment ça se fait que tu sois tellement bouchée qu'en te posant une question toute simple je cours le risque que tu ailles déclencher un putain de merdier apocalyptique ?

— Comment je pouvais savoir, moi ? hoqueta-t-elle.

— Eh ben tu vas oublier que tu as su, sans quoi j'aurai mieux que des mots pour te démolir la prochaine fois. Mais avant de te nettoyer les méninges bien comme il faut, dis-moi donc où je vais pouvoir trouver cette pute qui tient tant à faire savoir à toute la ville que son petit ami est mort ?

— Je sais pas où est Georgie ! Elle traîne plus dans le coin. Ça m'a fait un choc de tomber sur elle.

— Si quelqu'un peut retrouver cette garce en goguette, c'est bien toi. Ça te plaît de donner la tétée aux morts-vivants, non ? »

Il la lâcha.

« Trouve la pute, ordonna-t-il. Dégote une adresse et viens direct me la donner. Tu dis rien à la pute, et rien à Cusack. Si possible tu te dis rien à toi-même. Compris ?

— Je cherchais juste à aider », dit-elle en pleurant, la natte de traction défaite et pendante comme un tuyau mou, le visage enflammé par ses efforts pour avoir l'air blessé.

« Évidemment, c'est tout toi ça, Tara. Tu cherches juste à aider quand tu remues de la merde qui demandait pas à être remuée. Tu cherches juste à aider quand tu joues les anges gardiens avec les putes. Tu cherchais juste à aider, je parie, quand tu as fourré tes foutues griffes dans le calbute du gamin de Tony Cusack. C'est celui-là, qui est en prison ? Il me semble bien.

— En prison ? Quoi ?

— Il t'a pas dit qu'il partait en vacances, Tara ? Il a pas mis ton nom sur la liste des visiteurs pour que tu puisses venir coller tes nibards au Plexiglas du parloir une fois tous les quinze jours ?

— T'es pas drôle, dit-elle.

— T'avise pas d'oublier ça, répondit-il. Je suis pas drôle. »

Il y avait un récital de piano ce soir. Deirdre l'ayant appelé deux fois pour bien s'assurer qu'il n'oublie pas, il fit une apparition dans l'auditorium étouffant de la vieille salle municipale et suivit le spectacle avec Deirdre, souriant d'un air encourageant à Ellie quand elle écarta les doigts et commença à taper sur les notes. Son allure était pire que sa prestation. Elle grimaça tout au long du morceau, puis se tourna face au public comme le lui avait conseillé une voix dans sa tête qui comptait l'encourager plus tard à foutre le feu à un orphelinat.

Et comme ils applaudirent, ces pleutres débordants de générosité, alignés en rang d'oignons, tout pincés de louper leur épisode d'*EastEnders*, ou le match, ou les couinements de leurs dodues maîtresses pour dorloter l'ego des lardons de leurs voisins. Ils applaudirent comme si leur fuite en dépendait. Gonflés d'un orgueil factice, ils échangeaient des coups de coude et marmonnaient des approbations vides à mesure que, l'un après l'autre, des gamins morts d'ennui montaient sur scène pour exécuter leur corvée. L'odeur ambiante était infecte : transpiration, vieux rideaux de scène, culs gluants, parfums.

Jimmy Phelan n'était pas à son aise dans ce genre d'assemblée, mais qui l'était ? Certains spectateurs semblaient moins incommodés que d'autres – les femmes, principalement, dont les sourires peints masquaient bien l'ennui –, sans pour autant être contents de se trouver là. Il n'y avait pas de camaraderie, pas de vraie considération. Les parents de Jimmy, eux, avaient connu un sentiment d'appartenance communautaire. La ville était alors plus petite, et les attentes des gens proportionnées. Aujourd'hui, le monde avait débordé de son lit et personne n'avait plus rien en commun avec qui que ce soit.

Toute la journée, il avait senti cette angoisse lui ronger la nuque: l'idée que la folie de sa mère soit un trait atavique et le mette au ban de la société qu'il avait bâtie, que les gars avec qui il tirait les ficelles aient vent de ses tares génétiques et l'abandonnent, le trahissent, prêtent allégeance à un nouveau chef. Ce n'était pas à sa personnalité qu'ils étaient liés, seulement aux qualités qu'ils pouvaient exploiter.

Il laisserait à Tara Duane une chance de trouver discrètement la pute. Tout en se disant qu'il devrait ensuite faire disparaître tout ça : la pute, Duane, et aussi Cusack, qu'il le veuille ou pas.

15

Quand elle était petite, il paraît qu'elle aimait jouer avec tout. Qu'elle adorait faire comme si les chiens étaient des bébés, les cloportes des gens, les oiseaux agonisants des animaux de compagnie. Que toutes ces créatures existaient pour qu'elle joue avec, qu'elles soient en bois peint, ou qu'un cœur batte dans leur chair.

La mère de Maureen Phelan avait subi un magnifique lavage de cerveau. Il n'avait pas été question un instant qu'elle préfère sa féminité à son Église ; elle se voua éperdument au service de la soutane comme si, en se ravalant, elle allait pouvoir s'épargner l'infamie de son sexe. Elle considérait ses propres filles comme des chiennes perfides. La puberté sonnait l'heure de leur déchéance. Les poils de leurs aisselles, les courbes de leurs hanches, le sang qui confirmait qu'elles étaient prêtes à pécher, tout ça lui faisait horreur. C'était une femme bête et méchante. Charmant cocktail. Elle s'appelait Una.

Les parents d'Una habitaient juste en haut de la côte qui montait de la Blanchisserie-école industrielle, où finissaient toutes les filles perdues, dit-elle aux siennes.

Elle semblait nourrir à la fois une frayeur mortelle vis-à-vis de l'établissement et une vraie satisfaction de le savoir là, de même qu'elle croyait mordicus à l'enfer tout en se réjouissant qu'il ne concerne pas les femmes comme elle. Elle clamait que les pensionnaires de la Blanchisserie allaient y apprendre l'humilité dont elles étaient cruellement dépourvues. Toutes les jeunes filles aux jupes un peu courtes, toutes celles qui se souciaient un peu de leur apparence étaient bonnes à finir *derrière les murs*. Elle avait moins de problèmes avec les garçons : c'étaient des êtres bornés dont il fallait soigneusement brider les instincts bestiaux.

Maureen était la quatrième d'une fratrie de sept enfants ; malgré tous ses efforts, Una n'avait pas réussi à brider les pulsions de son mari selon son idéal rigide.

Una Phelan était une mégère effrayée, à l'aise dans une Irlande mourante dont elle tentait frénétiquement de mordre l'avenir. Pour elle, il n'existait d'autorité que celle de la Sainte Trinité : les curés, les nonnes, et les voisins. Sa génération fut la première de la toute nouvelle République, gavée d'Éamon de Valera – dit Dev – et d'archevêque McQuaid – le primat d'Irlande –, les génuflecteurs.

Quand Maureen comprit que non seulement elle était enceinte, mais enceinte d'un lâche qui l'avait abandonnée, ce fut à la fois terrifiant et vaguement libérateur, comme arriver au rocher à force de creuser. Elle envisagea la panoplie des possibilités dont elle disposait : l'escalier, le portemanteau, les bains bouillants. Il ne lui fallut pas longtemps pour les rejeter. Assumer son destin, comme sa mère n'avait pas cessé de le seriner, ce n'était pas complètement aberrant.

Elle fonça donc à la cuisine et annonça son forfait avec une témérité proche du détachement scientifique. Elle regarda la couleur refluer des joues de ses parents et les émotions trahissant leur humanité défiler sur leurs visages comme des nuages dans un ciel d'octobre. Elle avait dix-neuf ans, ils représentaient encore l'autorité ; elle se prépara à la punition avec une curiosité glaciale. Elle savait au moins une chose : elle ne ferait pas pénitence à la Blanchisserie, les deux bras dans l'eau savonneuse et la vapeur. Plutôt tuer père et mère d'abord.

Elle avait introduit le diable dans le foyer familial, aussi la vie y devint-elle un enfer. *Derrière les murs* semblait être la solution que préférait sa mère, mais dans les années 1970 le vent tournait. Livrer une fille aux nonnes revêches pour les apaiser ne semblait plus la seule solution, et le troisième volet de la Sainte Trinité d'Una commençait à battre de l'aile. On trouva un petit-cousin disposé à accueillir la traînée à Dublin.

James Dominic Phelan vit le jour à la maternité de Holles Street et se cramponna au sein de sa mère « comme un poupon », selon la grand-mère renfrognée, pendant que les adultes discutaient de ce qu'ils allaient faire de lui. Finalement, ils décidèrent que la honte de l'élever eux-mêmes serait le moindre mal. On le retira à Maureen, que sa tendance puérile aurait poussée à en faire un jouet alors que l'heure n'était pas à l'amusement. On lui donna le statut de petit dernier, de douze ans plus jeune que le plus jeune de ses oncles, et Maureen fut expédiée vers un emploi trouvé à la hâte dans un bureau londonien.

Elle commença trois semaines après avoir accouché.

« Pas de jouets, là-bas », annonça triomphalement Una. Elle se trompait. Il y avait un tas de choses avec quoi jouer à Londres, mais le cœur n'y était plus.

Dix minutes de marche depuis la porte de son appartement, et elle arriva à l'entrée de l'ancienne Blanchisserie. S'il y avait quelqu'un dans la loge du gardien ou dans le nouveau bâtiment proche de l'entrée, on ne lui fit aucun ennui. Elle remonta l'allée. Envahie de végétation, désormais, la ville reprenant possession de ses monuments les plus ténébreux.

Quelques marches en pierre fendues menaient au bâtiment qui n'était plus lui-même qu'une coquille vide, les briques rouges, les arches, les croix métalliques au sommet des tours, tout oxydées et délabrées. Elle longea un peu la façade et scruta l'intérieur du bâtiment ; l'endroit avait été vandalisé.

Des statues partout. Certaines défigurées. Il y avait là un berger à la moustache noire retroussée, une jeune fille couverte de lichen, avec un nom étranger peinturluré sur ses atours. Ils montaient la garde en silence, inconscients de la progression exubérante des branches, de l'herbe et des feuillages. De la présence de Maureen. Vestiges du passé, engloutis par un monde en expansion.

Quel silence, nom d'un chien. Maureen s'adossa aux briques arides et regarda en direction de la rivière.

Il y avait plein d'autres Irlandais exilés à Londres, dans les années 1970. Maureen en avait rencontré son content ; ils se précipitaient les uns vers les autres pour se fondre comme les filets d'un même poison mercurique. Elle avait connu un certain nombre de femmes qui avaient grandi dans des institutions comme celle-ci, dont deux dans ces murs mêmes. Toutes deux avaient eu un petit garçon. L'une avait pu élever le sien jusqu'à ce qu'il ait vingt et un mois. Les nonnes étaient venues un jour lui annoncer qu'il était adopté, et puis voilà ; ses adieux faits, elle ne l'avait plus jamais revu. L'autre n'avait pu passer que cinq mois avec le sien avant qu'on le lui retire d'une heure sur l'autre ; elle était restée sur sa couchette, raconta-t-elle à Maureen, les seins encore pleins de lait, à se griffer le visage en se balançant d'avant en arrière, convaincue que c'était fini, qu'elle ne sortirait plus jamais de là. Il fut question de la transférer à l'asile, mais le projet fut abandonné quand elle retrouva ses esprits et que son huile de coude redevint rentable. Née juste au coin de la rue, Una Phelan était rudement contente des services que rendaient les nonnes.

Quid des bébés, quand ils devenaient assez grands pour poser des questions ? On avait expliqué à James Phelan, avec une raide et froide dignité, que Maureen-de-Londres était sa vraie mère, qu'il ne devait plus y penser, mais il était quand même revenu à la charge une fois qu'Una eut desserré son emprise sur le monde en expirant dans le lit conjugal en présence d'une assemblée de gravures représentant des jésus efféminés. Bien d'autres garçons et filles grandirent avec, dans la poitrine, un trou aussi béant que la chrétienne fente qui les avait expulsés dans le vaste monde. Maureen avait lu des choses là-dessus ces dernières années, une fois que les tabloïds eurent jaugé la rentabilité du scandale des sœurs de la

Madeleine. Des hordes d'enfants irlandais – et aussi américains : la génération exportée – fouillant les détritus catholiques pour découvrir qui ils étaient. Leurs recherches, bien souvent, ne menaient à rien. Les mères biologiques étaient mortes, redevenues poussière par la grâce des produits chimiques de la blanchisserie. Les archives étaient maigres et inutiles. Les femmes qui avaient tourné la page ne voulaient pas se souvenir, refusant ainsi à la chair de leur chair la possibilité de clore cette quête. Les mères avaient parfois tout bonnement disparu, comme leur pays l'avait escompté.

À l'ombre de l'édifice, Maureen Phelan se fraya un chemin à travers fourrés et buissons d'épines, assaillie de souvenirs dont certains n'étaient pas les siens.

En tournant à l'angle du bâtiment, elle trouva un homme affalé dans l'herbe, plus intéressé par le contenu de sa bouteille que par les murs qui l'environnaient. Il la vit mais ne manifesta aucun intérêt, puis, comme elle s'approchait, il porta la bouteille à ses lèvres d'un air irrité.

C'était un vagabond, beaucoup plus jeune qu'elle bien que sa barbe n'en laisse rien voir. Il portait un jean et des bottines éculées, et était assis sur une paire de cuissardes de pêche. Le nom d'un club de golf de Floride s'affichait sur sa casquette de baseball et, sous la visière, sa grimace renfrognée.

« Vous cherchez quoi ? » demanda-t-il. Il n'était pas américain.

« Qu'est-ce que vous savez sur cet endroit ? demanda-t-elle.

— Hein ? Tirez-vous.

— C'est incroyable que vous arriviez à rester ici et à vous soûler en contemplant cette ruine. Admirable.

— J'ai l'air soûl ?

— Non. Mais il m'a semblé que vous étiez en train d'y travailler.

— Allez vous faire foutre.

— C'est ce que je vais faire. Je ne suis pas venue pour discuter avec vous, mon mignon.

— Bon, alors… (Son sens de la repartie lui fit défaut. Il but une nouvelle goulée.) Magnez-vous de filer.

— Vous savez qu'avant, c'était une blanchisserie des sœurs de la Madeleine, ici ?

— Bien sûr que je savais. Tirez-vous.

— Vous savez ce qui lui est arrivé ?

— Vous allez pas vous tirer, merde ?

— Quand j'en aurai terminé. »

Il examina sa bouteille, puis regarda Maureen d'un air hostile.

« Ça a cramé. Deux fois. Maintenant tirez-vous.

— Deux fois ?

— Les rancunes, c'est pas ce qui manque par ici, dit-il. Une par brique.

— Il y a moyen d'entrer ?

— Ma petite dame, les rancunes ont tenu parce qu'y a pas moyen d'en sortir. Qu'est-ce que vous iriez foutre là-dedans ?

— Mettre le feu une nouvelle fois », dit-elle.

Il sourit. Il lui manquait une dent en haut, en plein milieu.

« Sans vouloir vous vexer, vous avez pas une tête à foutre le feu. Je croyais que vous étiez venue promener un chien. Un truc genre biton malchié, ou chie-ouah-ouah. Pile ce qu'il me fallait pas.

— Non, pas de chien», dit-elle.

Il but une nouvelle lampée en regardant Maureen entre la visière de sa casquette et la courbe dépravée de la bouteille. Quand il eut fini, il lança: «Vous y étiez?»

Elle regarda les murs de brique délabrés. «Non.

— Alors vous y foutrez pas le feu.»

Elle grimaça.

«Moi non plus, dit-il. Il reste pas grand-chose à brûler. Mais quand même. Rien de mieux pour nettoyer qu'un bon feu. Ce tas de briques a fumé sacrément noir, mais vous savez quoi? Tout le monde s'est senti plus propre, après.

— Ah oui?

— C'est pas dommage, moi je vous le dis.»

Elle trouva un billet de dix, le lui donna, et il la remercia de ne pas s'être tirée plus tôt. Et elle avait beau savoir qu'il était là, qui surveillait les murs pour elle, elle se sentit mal à l'aise en s'éloignant, comme si la pointe de feu d'un regard lui brûlait les épaules, comme si l'amertume qui imprégnait le passé et le sol sur lequel était édifié le passé l'avait atteinte et marquée. Il y avait des lieux où cette ville ne voulait voir personne s'aventurer.

## MESSAGES CLANDESTINS

*C'est mardi matin, la fournaise là-dedans, je dois t'écrire et je ne sais pas quoi dire dans ma lettre. Je cuis. Le sang napolitain, ça ne mène pas bien loin. Je n'ai sur le dos que mon jogging de taulard et mes chaussettes et je dégouline. Dur, hein ? Sans doute que la prochaine fois, je tâcherai de ne pas me fourrer dans le pétrin et je verrai jusqu'où ça me mène. Pour le moment, je suis bien obligé de faire avec.*

*La prison c'est la merde. C'est la super méga merde. C'est censé l'être, bien sûr. Mais quand même, c'est une autre planète. Tous les matins, quand je me lève, il faut que je me fasse à l'idée que je ne suis qu'à un jour de moins de la sortie. La destination, c'est janvier tous azimuts, ici, mais janvier ça a l'air à des millions de kilomètres quand on est planté comme un gland au beau milieu d'une canicule à pas pouvoir respirer. Ici, c'est vraiment le pire endroit où on puisse se trouver quand le seul truc qu'on a en tête, c'est d'aller passer la journée au frais à Fountainstown.*

*En plus de tout ça, il n'y a plus cours pendant l'été, et là je savoure l'ironie vu que quand j'étais dehors, j'aurais fait tout ce que je pouvais pour ne pas aller au bahut. C'est dingue ce qui arrive à nous manquer. J'envisage pour de bon de reprendre quand j'aurai fini ici. Ça ne devrait pas être trop difficile. Il y a des tas de bahuts en ville.*

*Sauf que Barry va devoir leur dire que j'ai été viré, j'imagine. Je vais me bouffer ça de toute façon, je n'y couperai pas.*

*Pour compenser, j'ai emprunté un tas de bouquins à la bibliothèque ces dernières semaines. C'est marrant comme on arrive à se dégoûter de lire quand c'est la seule chose qu'on puisse faire. Sans rire, j'étais là-bas dans leur bibliothèque, en train de feuilleter des bouquins en me disant que je ne m'emmerderais plus jamais, et voilà que deux jours plus tard, j'en ai ras le bol. Flagrante, l'ironie flagrante.*

*Pas grand-chose à te raconter. C'est tous les jours pareil. Il ne se passe rien de nouveau. C'est le dernier de mes soucis, j'imagine.*

*« Ça t'a plu la prison, Ryan ?*

*— Je m'y suis fait chier comme un rat mort.*

*— Ah, mais c'est fait pour, non ? Ça peut pas être un camp de vacances, hein ? Tu voudrais quoi, un atelier arts plastiques ? Ukulélé ? Surf ? Polo à dos d'éléphant ? Non mais dis-moi que je ne rêve pas, mec. Allez tiens, une gifle de réalité. Un jour, tu finiras par sortir et à ce moment-là tu iras surfer. Pour le moment, ferme ta gueule et encaisse. »*

*Bon sang, j'ai pété un câble là, hein ? Mais sérieux, j'ai tellement peu de choses à raconter que je délaie. L'instruction par la lecture c'est beau, mais ce n'est pas ça qui rend passionnantes les lettres à sa chérie. Et si je me concentrais sur ce que je vais faire en sortant ? Sans rire, voilà le projet.*

*Ryan sort de prison. Fou de joie, il se lance dans une toute nouvelle vie. Et il s'y tient. Décidé, plus avisé, et la tête bien pleine de toutes ses lectures, il se trouve une filière d'études, un boulot, et va même faire le chanteur de rue avec Joseph. Finalement, il se rachète d'avoir semé la merde dans la vie de sa petite amie et elle lui pardonne. Très, très lentement, mais elle y arrive. Chaque jour est alors mieux que le précédent. Ryan lui offre des tonnes et des tonnes de chaussures. Ouais bon, il sait qu'il a dit qu'il ne ferait jamais ça mais il a changé d'avis. Il n'y a plus assez de chaussures dans le monde pour Karine d'Arcy. Talons de quinze centimètres, ballerines plates, Converse, bottines, tout ce qu'elle veut. Sa piaule c'est la foire aux pompes. Il y en a tellement que sa mère ne peut même plus passer la porte. « Ma puce, ton petit ami doit être plein aux as pour t'acheter toutes ces chaussures », elle dit. Et toi tu réponds, ouais, plein aux as, il a arrêté les conneries, il est totalement fiable maintenant. Ryan n'a même pas le temps d'y penser que, déjà, Jackie d'Arcy l'invite à déjeuner et lui dit qu'il est vraiment super comme gendre, et qu'il a super bon goût en chaussures.*

*Il me fait du bien, ce petit délire.*

*Cian est venu avec mon père, la dernière fois, et m'a dit qu'un de nos voisins directs, les McDaid, a émigré le mois dernier, en Australie. Ça, c'est un coin où j'irais volontiers traîner. Melbourne, je crois qu'il a dit ? Ou Adélaïde ? Je ne me rappelle pas, mais on inscrit les deux sur notre liste de destinations possibles, Karine ? Même les araignées venimeuses doivent valoir le coup. Il y a plus de trucs qui tuent en Australie que n'importe où ailleurs sur Terre. J'ai entendu ça à la télé, dans un documentaire que j'ai vu dans ma cellule il y a quelques jours, mais ça ne m'a pas fait changer d'avis.*

*Je n'aurais sans doute pas dû te parler des araignées venimeuses, hein ? Maintenant, tu ne vas plus jamais vouloir y aller. Oublie les araignées. Soleil, mer, sable et surf. Impossible qu'on n'adore pas. Et bien sûr, ils recherchent toujours des infirmières, là-bas, alors peut-être qu'on pourrait y aller quand tu auras ton diplôme en poche ? En attendant, je pense que j'arriverai à me satisfaire de Fountainstown.*

*Devine qui m'a écrit ? Tara Duane, la méga fouteuse de merde en personne. Je sais, ça fout les jetons. Cette gonzesse est complètement déchiquetée. Qu'elle ait pu s'imaginer que je voudrais avoir de ses nouvelles, ça me dépasse. Rien que lire sa lettre, ça me collait la chair de poule. Elle est complètement à l'ouest, tu sais. Il y a des bruits qui courent à son sujet. J'ai entendu des trucs genre qu'elle avait dit à la chérie de Con Harrington qu'elle et lui, ils avaient une liaison, alors que le pauvre mec, il a jamais approché cette nana à moins de trois mètres. C'est dingue ce que certaines personnes sont capables d'inventer. Il ne faut surtout pas se fier à elle, et je ne veux surtout pas recevoir de lettres de sa part. Garde bien tes distances, hein.*

*Sa lettre est arrivée hier. Je l'ai ouverte devant le gardien, parce qu'on ouvre toujours le courrier devant les gardiens, et il a dit que j'avais tiré une tronche à faire cailler le lait. C'est dingue, franchement. On ne tient pas en place de la matinée en attendant le courrier et quand enfin il arrive, on reçoit une lettre d'une folle furieuse. Tout l'enthousiasme retombe en l'espace de cinq secondes. On se demande si elle se figure vraiment que je vais gaspiller une de mes enveloppes à lui répondre, hein ? Évidemment que non.*

*Elle n'avait rien à dire non plus. C'est super calme dans la rue, mon père assure, mes frères et sœurs assurent, et elle est persuadée que je leur manque à tous. Sans déconner, Sherlock, merci pour l'info. Non mais putain de misère ! Je sais bien que je m'emmerde, mais pas encore à ce point. Cette cinglée a même laissé entendre que je devrais inscrire son nom sur la liste des visiteurs, qu'elle ferait le trajet pour venir me voir. Chierie d'enfer ! Chierie d'enfer et putréfaction totale !*

*Le truc, c'est que je sais que ce n'est pas facile pour toi de venir me voir ici, mais ton nom est sur la liste des visiteurs, hein. Je sais que, dans le genre, je me raccroche aux branches sur ce coup-là. J'imagine bien que ton père et ta mère ne seraient pas trop chauds. Et je sais que je t'ai vraiment plantée en faisant ce que j'ai fait et en finissant ici. Pendant un moment, je pouvais même pas imaginer que tu m'écrirais. Je me disais que tu serais super en colère. Mais voilà, tu es encore plus incroyable que je le pensais ! C'est vrai, tu n'étais pas obligée d'être aussi sympa que tu l'as été, dans cette histoire. Chaque fois que j'y pense, ça me fout la honte. Tout ce que je peux dire, c'est que je ne te mérite pas.*

*C'est la triste vérité, non ? Je t'ai carrément plantée. Même si le pire truc que je pouvais imaginer c'était d'être séparé de toi, j'ai laissé ça arriver. Quand je serai sorti, je me rattraperai.*

*Je pourrais faire une centaine de séjours comme celui-là, mais si tu lisais une seule lettre pour chaque peine que je purge je m'estimerais heureux.*

*C'est à peu près tout pour cette fois, je crois. Je ne sais jamais comment on finit ce genre de lettre. Juste en disant que je t'aime, j'imagine. Tu comprends ? Il n'y a rien de plus vrai au monde.*

*Ouais, plutôt sentimental comme fin. Je file.*

*À bientôt en janvier.*

*Ryan.*

# *RANIMER L'ÉTINCELLE*

# 16

Tony reçut l'appel au moment le plus inopportun, alors qu'il en était à la moitié de sa deuxième pinte, et la main de Catherine Barrett à mi-hauteur de sa cuisse, progression entamée après avoir pincé le genou de Tony en toute amitié une dizaine de minutes plus tôt.

Il ne se leva pas pour répondre. « Allô ? » Regard rivé sur sa conquête, qui affichait un petit sourire plein d'une assurance engageante, accueillante même. Elle était mariée mais en froid avec son bonhomme qui la canardait à vue depuis quatre mois, planqué en Angleterre. Brune, les cheveux court taillés, elle avait des yeux rieurs et une grande bouche large comme une marionnette-chaussette ; pas une beauté, mais elle avait un faible pour Tony, et il avait appris à se contenter de bien moins.

« C'est bien à Tony Cusack que je parle ?

— Oui.

— Bonjour, Mr Cusack, Michael Tynan à l'appareil. »

C'était le directeur de la prison. Putain le directeur, dont la voix coupa aussitôt ses moyens à Tony. Il avait toujours été nul avec les figures de l'autorité, même quand elles ne le concernaient pas.

« La voiture n'est pas assurée, je ne vais pas pouvoir y aller », dit-il, sur quoi Catherine Barrett retourna à son verre de bière avec l'amabilité prudente d'une grande gueule congédiée. « Mais je pourrais y envoyer ma sœur ? Elle habite à Dublin. Elle pourrait aller le chercher.

— La démarche habituelle consisterait à lui remettre son billet de train, dit le directeur, mais vu qu'il n'a pas encore dix-huit ans, je préférerais que quelqu'un passe le prendre. Si votre sœur est disponible, ça pourrait convenir.

— Ouais, bien sûr, ouais. Je vais lui dire d'aller le chercher. » Tony s'interrompit. « Je croyais qu'il restait encore une semaine. »

Il avait dû se tromper dans ses calculs, à moins qu'ils aient encore changé les dates, là-bas. Ça leur arrivait. Tony n'y comprenait pas grand-chose, mais c'était fait pour, non ? Ils étaient formés pour se payer la tête du quidam. Ces neuf derniers mois, il avait effectué les visites, écrit, reçu des coups de fil sur écoute et souvent, que ce soit intentionnel ou dû à la mauvaise qualité des appareils, interrompus au bout d'un temps ridiculement bref. Chaque fois qu'une communication était consentie par ces gens-là, ils s'arrangeaient pour donner l'impression à Tony d'être un vrai chieur.

Le pire, c'était les visites. On aurait cru retourner à l'école. Même politesse impatiente, même boule chaude à l'arrière de la gorge.

Pour le deuxième appel, il sortit pour gagner l'espace fumeurs, sans prêter attention à la fameuse Barrett avec qui il aurait sans doute pu savourer une baise pitoyable mais nécessaire.

« Fiona ? Tu me rendrais pas un service, dis ?

— Pitié. Qu'est-ce qu'il veut, encore ?

— Que tu fasses le taxi jusqu'à la gare. »

Janvier, il avait du brouillard et de la suie plein les poumons. Janvier était au mieux un mois de merde, qui pissait de la glace sur une populace trempée jusqu'aux os. Tout à coup de la place dans les magasins après le coup de feu de Noël, des courants d'air froids dans les pubs et toute l'allégresse envolée, aspirée par la cheminée.

Ce mois de janvier-là puait la vengeance. Tony avait subi un Noël morose, gâché par le sursaut de son addiction et l'absence de son fils aîné, et suivi d'une crève qui l'avait cloué au lit pendant une semaine. Brûlant de fièvre, il avait dû supplier sa mère d'aller lui acheter quelques mini-bouteilles, invoquant le delirium, la maladie, sa faiblesse, ses échecs, jusqu'à ce qu'enfin elle se laisse convaincre de mauvaise grâce. Il s'était alors recroquevillé en chien de fusil sous la couette, trempé de sueur, pour siroter.

Ce n'était pas volé, ah çà, il le savait bien. Il avait livré la fille enceinte, regardé mourir un homme, mis fin à sa sobriété, trahi son fils.

De temps à autre, J.P. venait se distraire dans le quartier, l'observer, observer Duane ou aucun des deux, Tony ne savait pas. Ses enfants, sans se rendre compte, étaient passés devant la Volvo en rentrant de l'école. Ils étaient à la maison quand J.P. déboulait pour des tête-à-tête impromptus. Il s'était même pointé le jour de Noël avec une bouteille de Jameson, emballée dans un papier cadeau mais entamée.

Tony tenta de se mettre sur le dos en espérant que ce soit un spectacle trop lamentable pour l'orgueil de l'envahisseur. Le passage du rouleau compresseur fut rude. Tard le soir, entre d'imaginaires détonations dans une cour bétonnée et son cauchemar suivant, il se rappelait le sourire méprisant avec lequel J.P. avait parlé de pères aux guibolles flageolantes, et la honte lui brûlait le gosier, le mettait en sueur. Pleinement conscient des failles de sa personnalité, il pleurait, seul.

Il avait trahi son fils mais son fils était du genre à pardonner et Tony Cusack regrettait sincèrement. Cette logique passait la rampe ; le garçon pensait pouvoir s'en sortir par ses propres moyens, ça ne faisait guère de doute, sauf que s'aventurer dans le champ de vision de Jimmy Phelan était une expérience qui changeait une vie, Tony ne le savait que trop bien. Mais quand même. Dix-sept ans, ce n'était pas un âge pour se retrouver en cabane. La famille de Tony avait laissé entendre que c'était mérité. Malgré les liens du sang, un bon à rien restait un bon à rien.

Au cours des visites, le garçon était resté taciturne jusqu'au mutisme mais ça n'avait rien d'étonnant, bondé comme l'était le parloir. Entre les mères vociférantes et les jeunes qui hurlaient « HEIN ? » dans les interphones, qui pouvait tenir une conversation dans un environnement pareil ? Ryan avait toujours parlé doucement.

Tony fuma une cigarette vite fait sous l'auvent malmené par les rafales et regagna le bar.

Catherine Barrett était en train d'envoyer un texto. En voyant revenir Tony, elle sourit, et sa bouche lui coupa le visage en deux.

« Je croyais que tu m'avais plantée là », coassa-t-elle.

Il lut dans son regard pétillant le plan qu'elle mijotait. Ils allaient boire un verre, puis un ou deux de plus, ça la rendrait tout énamourée, alors ils iraient chez elle pour tirer un triste coup sur le canapé de son salon, à condition qu'il arrive à bander et qu'elle ne dégueule pas par-dessus l'accoudoir.

Il serait midi d'ici une demi-heure. La serveuse continuait le ménage de la soirée précédente, ralenti par la présence soporifique de ses habitués du matin: Tony, Catherine Barrett, Seamie O'Driscoll avec son nez crochu bulbeux, deux ou trois vieux bien rouges dont les cheveux avaient jauni au-dessus de leurs pintes, une petite vieille ratatinée dont Tony n'avait jamais su le nom, assise toute seule au bout du bar devant un verre de crème de menthe. Tony fignolait son allure depuis qu'il était retombé dans le vice : aujourd'hui, il était rasé de près, odorant et bien repassé. En passe de s'insinuer au charme dans la culotte de Catherine Barrett dont les longs ongles rose corail et le collier fantaisie faisaient un agréable pendant à l'accoutrement de Tony. Buveur du matin, mais d'un autre genre que le reste de la clique. Il aurait pu être en route pour un mariage, ou une réunion d'affaires.

Il vida son verre et Catherine Barrett le regarda avec une consternation dépitée.

« Faut que j'y aille, Kitty Cat », dit-il, sur quoi elle esquissa une moue en bec de canard et répondit : « Ah, Tony, on était pourtant bien partis pour s'éclater, non ?

— Une autre fois. » Il faillit ajouter *Un imprévu, il faut que je me tire*, mais craignit d'être mal compris.

Tony arriva chez lui avec un carton de cannettes et un sac de cochonneries – chips, chocolat, clopes. De quoi d'autre le gamin allait-il avoir besoin ? De rien, bien sûr : il avait quitté les lieux dans une telle précipitation – imposée par l'État – qu'il n'avait même pas emporté de bagage, constatation qui avait fait l'effet d'un coup de massue à son père en rentrant du tribunal. Passé le premier week-end, Tony était allé à Dublin avec les quelques affaires auxquelles le gamin avait droit, mais le choc demeurait. Le gosse était resté à peu près dans le même état tout au long des neuf mois, pour autant que Tony ait pu le constater. Et il avait misé là-dessus ; une fois repris par ses démons, il s'était inquiété que Ryan flaire le coup pendant les visites.

Plus tard, ils discuteraient, si le gamin y attachait toujours de l'importance. Tony espérait contourner le problème. Partager une ou deux pintes avec son fils, balayer les rancœurs.

Il ouvrit une cannette en s'attaquant au ménage.

Chambres, salle de bains, entrée. Il nettoya le réfrigérateur et fit de la place pour les bières. Récupéra l'ordinateur portable dans la chambre de Kelly et le remit sur le lit de Ryan. Passa l'aspirateur dans l'escalier. Ouvrit une deuxième cannette le temps de téléphoner à sa mère ; elle avait déjà su, par Fiona, que le petit était libéré. Un texto confirma que Fiona avait retrouvé Ryan à la prison et l'emmenait manger un morceau avant de le mettre dans son train. Et voilà : neuf mois bouclés en un clin d'œil, avec tout ce qui avait pu s'y passer.

Il rédigea un texto en retour : *Il va bien ?*

Réponse de Fiona : *Rien à cirer, le gaillard ! Tout ce qu'il veut, c'est un Big Mac.*

Tony resplendissait autant que la baraque quand Ronan, Niamh et Cathal rentrèrent de l'école et plus encore, compte tenu de leur réaction, quand Cian et Kelly s'amenèrent une heure plus tard. Il alla les accueillir dans l'entrée. Kelly laissa tomber son sac et dévisagea d'un air furibond son père tout sourire dans l'encadrement de la porte, une troisième cannette ouverte pour célébrer l'événement.

« Votre frère arrive. »

La lèvre retroussée par un rictus, Kelly répondit : « Je suis sûre qu'il meurt d'envie de te revoir.

— Ça t'arrive de souffler un peu, Kelly ? »

Cian attendit que sa sœur se soit éloignée d'un pas martial et s'exclama : « C'est trop génial !

— Oui, hein ? »

Cian réfléchit : « C'est passé à toute vitesse.

— Demande à ton frère si c'est passé à toute vitesse, je suis sûr que ça sera une autre histoire. »

Il y avait des choses à prévoir. Des repas : une protestation voilée avait été émise à l'égard des patates à l'eau et des côtelettes premier prix, alors pas de ça. Fallait-il qu'il conduise le gamin chez ses grands-parents ? Demain, peut-être : ils l'asticoteraient sûrement mais ils lui donneraient peut-être un billet de vingt, ça lui paierait toujours son forfait de téléphone. Ç'aurait été bien de faire une liste des écoles susceptibles de l'accepter, s'il devait se remettre à préparer son diplôme du secondaire.

Quoi d'autre, quoi d'autre ? Il ne savait pas. La bière passait bien.

Le train devait arriver à 17h30. Il enfila son manteau et s'immobilisa dans l'entrée. Ryan avait-il un manteau ? En portait-il un au tribunal ? Marrant comme les souvenirs qu'on jurerait gravés en nous se dissipaient comme neige au soleil dès qu'il fallait les consulter. Il se rappela la juge, catastrophiquement expéditive ; l'avocat, écarlate d'humiliation, obligé de reconnaître qu'il avait merdé dans les grandes largeurs. Il se rappela Ryan, se tournant pour le regarder, les yeux comme des soucoupes, et lançant : « P'pa… », mais Tony ne gardait aucun souvenir des vêtements qu'il portait.

Et Maria, quelle tenue portait-elle le soir où elle avait juré d'emmener ses enfants avec elle dans la tombe ? Ces détails-là, il n'avait pas envie de se les rappeler, ils ne servaient à rien. Elle était pourtant là, avec lui dans l'entrée, menaçant de les réveiller tous et de le laisser seul entre les quatre murs vides. Elle se dirigea vers l'escalier, il la tira en arrière. Elle lui mit un coup de pied dans le tibia, il voulut la choper à la cheville, manqua son geste, la rattrapa seulement à la porte de la chambre où elle allait chercher le joufflu petit Ronan, la gifla et l'attrapa par les poignets, elle hurla de rage. Jean noir, fin T-shirt gris Nike, ballerines beiges sales et avachies, les cheveux hérissés sous l'effet de la chaleur et de la colère.

Il revint au présent, secouant la tête comme un nageur qui chasse l'eau ruisselante.

Il fouilla parmi les manteaux accrochés sous l'escalier et trouva le blouson à capuche de Ryan, qu'il roula en boule sous le sien. Ainsi boursouflé, il quitta la maison et effraya Tara Duane qui sortait de chez elle au même moment.

« Tony ! »

Il serra les dents et s'engagea dans l'allée de son jardin, mais elle se précipita vers le portillon et surgit devant lui.

« Arrête-toi, s'il te plaît, Tony. »

Comme il descendait du trottoir pour la contourner, elle bafouilla : « Je sais bien que ça fait des mois et des mois qu'on ne s'est pas parlé, Tony, mais maintenant que tous ces désagréments se sont calmés, je me disais qu'on pourrait peut-être passer l'éponge. »

Tony s'arrêta. « Qu'est-ce qui s'est calmé ? gronda-t-il. Ta pédophilie à la con ?

— Bon sang, mais c'est carrément une insulte. J'ai essayé d'être *gentille* avec Ryan – avec tous tes enfants – parce qu'on est voisins. Qu'est-ce qui cloche chez toi pour que tu voies du mal à ça ?

— T'approche pas de moi, Duane.

— Tu as fracassé ma vitre, Tony. Tu m'as terrorisée. Tu m'as mis la honte devant toute la rue parce que je t'avais gentiment mis au courant des agissements de Ryan. Et c'est moi qui essaie de faire la paix, tu ne me reconnaîtras même pas ce mérite ?

— Tu n'es qu'une sale conne et j'espère que ta connerie t'étouffera, dit-il. Aucun putain de désagrément ne s'est *calmé ;* si tu t'imagines que je vais oublier un jour ce que tu as fait avec cette fille… »

Il l'écarta d'un coup d'épaule et s'éloigna. Elle leva les bras au ciel et lui emboîta le pas.

« Quelle fille, Tony ?

— Tu sais très bien laquelle, dit-il. La fille enceinte. Celle que tu as envoyée ici sous le prétexte fumeux que Tony Cusack saurait où son petit ami était passé. Celle qui est entrée chez moi et m'a accusé, devant mes gamins, putain, d'avoir tué ce connard.

— Je n'y étais pour rien là-dedans, Tony, je te jure.

— Si tu n'y étais pour rien, Duane, comment ça se fait que cette fille était persuadée du contraire ? Où est-ce qu'elle avait pêché ton nom ? Elle se l'était peut-être sorti du cul ? Ça doit être là aussi qu'elle a trouvé le nom de mon fils quand elle se cherchait de la dope, tu crois pas ?

— Ça, c'est trop fort. Tout ce que j'ai dit à Georgie, que je connais depuis *des années*, c'était qu'il se pouvait que tu aies vu son petit ami avant sa disparition. C'était un poivrot.

— C'est censé vouloir dire quoi ?

— Tu sais bien, dit-elle en baissant la voix, comme toi, quoi.

— Le jour où je prendrai des leçons de vie de ta part… » rétorqua Tony. Il secoua la tête, les poings serrés, les ongles enfoncés dans les paumes. « T'approche pas de moi, Duane. Je sais pas ce que tu as dit ou fait à cette pauvre fille, mais je m'en tiens à ce que J.P. me dit, lui il saura traiter avec toi.

— Comment ça se fait que tu sois si copain avec J.P., d'ailleurs ? demanda-t-elle.

— C'est pas tes oignons.

— Si tu n'avais rien à cacher, tu ne l'aurais pas mêlé à ça, hein ? Je dis à Georgie que tu connaissais son petit ami et, aussi sec, voilà Jimmy Phelan qui rapplique chez moi pour obtenir l'adresse de Georgie. Ça veut dire quoi, Tony ? »

Il soupira.

*Merde*, pensa-t-il. *Merde. Putain de chierie de merde.*

Le thérapeute, à la Maison de la Solidarité, avait dit une fois, dans un de ses rares moments de franchise, que le problème, quand on fonctionnait avec un niveau même réduit mais constant d'alcool dans le sang, c'est que ça rendait bas de plafond. Que J.P. ait traité avec Duane comme il disait l'avoir fait, ça aurait impliqué qu'il explique à cette garce que lâcher le nom de Tony Cusack en discutant avec l'ex-petite amie du mort n'était pas conseillé. Par conséquent, qu'il y avait un lien réel entre Tony Cusack et le mort, gravé dans le marbre par l'insistance de J.P. pour que Duane gomme tout ça de sa mémoire. Être passé à côté de ça ne pouvait être dû qu'au démon de l'alcool. Ta-ta-tam. Le con, deux cannettes le matin et trois l'après-midi l'avaient rendu archi-bas de plafond.

Comme le fait de repenser à cette soirée où l'entêtement éthylique avait tué sa femme juste le jour où leur fils aîné sortait de détention pour mineurs. Comme le fait de se rapprocher un tant soit peu de Phelan, avec qui putain il avait traîné, gamin, et qui l'avait embarqué de meurtre en meurtre à l'âge adulte et nom de dieu mais c'était quoi, Tony Cusack, un adulte avec la jugeote d'un gosse de douze ans ?

Il tenta de prendre un ton menaçant mais sa voix ne fut qu'un coassement.

« Il va falloir que tu arrêtes de baver, Tara.

— Je vois. La brute épaisse estime que je ne suis pas assez bien pour être son alliée.

— Va te faire mettre. » Il regretta aussitôt d'avoir dit ça. *Va te faire mettre*, elle qui se déshabillait devant son gosse et le tripotait jusqu'à ce qu'elle puisse l'enfourcher avec ses hanches osseuses. Il projeta les deux coudes en arrière, dans l'espoir de l'estropier, cette garce, mais que dalle.

« J'ai touché un nerf, s'émerveilla-t-elle. On peut traiter Tony Cusack d'un tas de choses mais pas de brute, même si les preuves sont là, et en quantité. Même s'il court aux basques de Jimmy Phelan. »

Elle lui saisit le poignet et le tira en arrière. Il pivota sur lui-même, le poing déjà levé, si près de frapper qu'il sentait l'air s'épaissir entre son poing et la tête de Duane.

« Ou qu'il court le chercher ! hoqueta-t-elle. Pour l'envoyer s'occuper de moi. Parce que le jour où Georgie est venue, elle a dit que Robbie était mort, c'est ça ? Alors il est mort ? C'est ça, hein, Tony ? Robbie O'Donovan est mort. Ne t'inquiète pas, je n'en parlerai pas. Pourquoi est-ce que j'irais te foutre dedans le jour où Ryan sort de prison et rentre au bercail ?

— T'avise pas de parler de mon fils, nom de dieu !

— Kelly a envoyé un texto à Melinda pour annoncer qu'il rentrait – voilà pourquoi je me suis dit que ça serait le moment de faire la paix.

— T'approche surtout pas de lui.

— C'est marrant, c'est toi qui tues un mec et lui qui va en taule. »

Elle le lâcha et se couvrit le visage à deux mains. Entre les tresses, sous ses doigts, du fin fond des profondeurs, surgit un gargouillement qui pouvait aussi bien être un rire qu'un sanglot ou une sorte de chant dément. Tony s'écarta d'un bond mais elle se reprit et lança en souriant : « Ne t'inquiète pas, Tony, J.P. m'a demandé de retrouver la fille. Tu vois, je suis aussi proche que toi de J.P. On fait partie de la même équipe, bon sang. »

Qu'est-ce qu'il croyait ? Qu'il n'aurait pas besoin de boire un coup ?

Il arriva à 17 h 20 et s'engouffra dans le pub situé en face de la gare Kent le temps de boire une pinte de Guinness – médicinale, respectable – et un petit Jameson sec.

Il s'installa près de la vitre et quand le flot des voyageurs entrant et sortant se fit plus dense en face, il demanda au serveur de surveiller sa pinte et traversa la chaussée en courant.

Il y avait eu une entrevue hors parloir, une seule occasion en neuf mois de toucher son fils, et elle s'était déroulée dans une sorte de gêne piteuse, le garçon gardant le silence, peut-être à cause du maton assis là, qui observait et écoutait tout, ou peut-être parce qu'il avait décidé, au cours des longues heures d'isolement, d'essayer de garder rancune, pour une fois.

Ça faisait donc un bail. Et rien ne garantissait qu'un quelconque contact, gêné ou autre, allait s'établir aujourd'hui après tout ce qui s'était passé entre eux, la trahison le jour de l'audience, l'alcool, le fait que le gamin avait beaucoup grandi derrière le dos de Tony…

Il attendait à l'entrée de la gare, son sac à ses pieds, vêtu de la même tenue qu'au tribunal. Tony revoyait la scène, à présent : la salle, le bois ciré du banc de devant, qu'il avait empoigné quand la juge l'avait interpellé, la chemise à carreaux noirs et blancs…

Marrant comme on oublie des conneries, même quand il s'agit de trucs comme ça, même quand ça concerne son propre petit.

Ryan esquissa un sourire en apercevant son père, c'était un fait.

Tony sortit le blouson à capuche de sous sa veste et le lui tendit.

« Merci, p'pa.

— Pas de quoi. Ça va, gamin ? » Embrassade.

« Comment s'est passé le… » commença Tony, puis à cause du whisky, il s'interrompit, la gorge nouée, attrapa son fils et l'attira à lui, lui prit la nuque et lui posa la tête sur son épaule, le retenant jusqu'à ce qu'il le sente soupirer et que la raideur qui lui nouait le dos et les bras se mue en une brève, magnifique amnistie.

Il éloigna alors Ryan à bout de bras, serra les dents et lui dit :

« Tu as encore grandi, je te jure. »

Le garçon sourit avec amertume, vaincu. Regardant par-dessus l'épaule de son père, il dit : « Tu as picolé.

— Juste un petit verre. Juste parce que tu es de retour. Ça se fête, non ? J'ai une pinte qui m'attend en face ; viens, je t'en paie une. Je suis sûr que tu en crèves d'envie, hein ?

— Mais toi, tu n'es pas censé boire. Il me semblait. »

Tony régla son pas sur celui de son fils, un bras autour de ses épaules, et répondit : « Tout est rentré dans l'ordre, maintenant. Il n'y a plus rien qui me différencie du type d'à côté », sur quoi ils se dirigèrent tous les deux vers l'entrée, lui retournant à sa pinte, vers une parenthèse au cours de laquelle il se jura de n'avoir aucune pensée pour J.P. et pas la moindre pour Duane, tant que cette harmonie durerait.

## RETOUR AU BERCAIL

*Joseph veut m'emmener jusqu'à sa baraque dès le soir de mon retour et moi je ne demande que ça vu que mon père est à moitié bourré et que ça fait drôle de le voir comme ça alors qu'il était resté sobre si longtemps. Pour tout dire, je suis à moitié bourré aussi. Deux pintes, et j'ai les genoux qui tremblent autant que le Shaky Bridge. On laisse mon père piquer du nez dans la lueur bleue de la télé et on fait le détour pour passer prendre Karine au bout de sa rue.*

*Je descends de voiture en la voyant arriver.*

*Neuf mois. Elle est encore plus belle que quand je l'ai laissée. Elle est à la fac maintenant, c'est peut-être pour ça. Elle a dix-huit ans. C'est une adulte. Je sais pas mais elle est carrément ravissante. Et là je suis pris d'une timidité de fou, et c'est comme si on devait tout recommencer depuis le début parce que je me fais l'effet d'être un inconnu face à elle.*

*« Salut ma belle. »*

*Elle se jette dans mes bras, noue les siens autour de mon cou et enfouit la tête au creux de mon épaule. Je la prends par la taille et je la serre contre moi en nichant ma tête dans son cou, et au bout d'un moment elle s'écarte, me regarde, pose une main toute douce de chaque côté de mon visage et je l'embrasse, et elle entrouvre les lèvres sous les miennes, et je suis tellement soulagé que je crois que j'en chialerais.*

*« Tu peux respirer, maintenant », elle murmure.*

*On retourne chez Joseph. Sa bonne amie et lui viennent juste de se séparer, du coup la maison fait un peu dépouillée. Il a de l'herbe et un pack de Corona au frigo. Je m'installe sur le canapé et Karine se met à côté de moi, les jambes sur les miennes, et on écoute Joseph délirer sur son nouveau groupe, sur les progrès de ma filleule, ce qui passe à la télé, les albums qui sont sortis et tout et tout et tout, et on pourrait croire que ça me gave à mort mais on se tromperait. Quand on a passé neuf mois en cabane, à la sortie on a un besoin dingue de voir les potes, de déconner.*

*D'être avec sa petite amie.*

*C'est un peu là qu'on en arrive et je ne sais pas trop comment faire.*

*Finalement, Joseph annonce l'air de rien qu'il va se pieuter et que si on veut rester c'est sans problème, qu'il y a une couette sur le lit de la deuxième chambre.*

*Je redeviens tout timide. On traîne un quart d'heure une fois Joseph parti se coucher, on tourne autour du pot, puis je dis : « Tu veux qu'on reste là ? » et elle hausse les épaules ; intimidée, elle aussi. Alors je la prends par la main et je l'emmène à l'étage, dans la deuxième chambre, et on s'assoit sur le lit.*

*Ça manque sérieusement d'éclairage d'ambiance, là-dedans, entre le plafonnier et la lueur de la ville, der-*

*rière les rideaux. Je me serre contre elle jusqu'à ce qu'elle s'allonge en nouant les mains derrière ma nuque pour m'entraîner avec elle. L'ampoule crache un million de watts et la chambre est quasi vide. Pas très éloigné d'une cellule, je dirais.*

*Et on y vient, finalement. On met un temps infini parce qu'on dirait qu'on attend tous les deux de voir où l'autre va nous emmener ; je ne veux faire que ce qu'elle a l'air de vouloir que je fasse, et comme elle est très silencieuse, très intimidée, on se déshabille par à-coups, si bien que j'ai encore mon jean quand on se glisse sous la couette. Tout du long, je me dis qu'elle va m'arrêter et me dire qu'elle ne veut plus maintenant que j'ai fait de la taule ; j'ai tellement la trouille que je la caresse du bout du doigt, comme si j'essayais d'enlever un cheveu d'un bol de soupe.*

*Et c'est carrément bizarre. Genre, c'est sans doute notre pire baise de tous les temps tellement on est angoissés, et en même temps la meilleure sensation du monde, mieux que la première fois, même. Malgré la maladresse, elle mouille tellement que je glisse en elle direct et je jouis presque tout de suite. À la fois parce que je traînais cette envie depuis neuf mois et parce que le soulagement me submerge. Ça la dérange pas.*

*Dès que j'ai joui, tout va mieux. Comme si je m'étais libéré d'un poids. Elle se blottit sur mon torse sans demander de mouchoir, de T-shirt ni rien. Je m'habitue à l'air qui circule dans mes poumons et elle me parle jusqu'au moment où je suis prêt à recommencer.*

# 17

Dan Kane aurait tout aussi bien pu le ramener de prison sur ses épaules. Le lendemain de son retour, Ryan l'avait contacté, nerveux comme un con, en fait, vu que maintenant le mec risquait de le croire grillé ou va savoir quoi, qui pouvait dire ? Mais Dan avait été encore plus ravi de le revoir que Tony, et ça, ce n'était pas rien. Ça faisait plaisir d'être bien accueilli à son retour. Franchement, Ryan en était sur le cul.

Le deuxième soir de liberté, Dan l'emmena dîner en ville. Ça paraissait un geste plutôt formel, rien que l'idée pompeuse et pas très engageante, mais une fois sur place c'était bien. Dan avait opté pour un bistro plein de grandes tablées nombreuses. Ils ne détonnaient pas du tout. Ryan portait un T-shirt et un jean neuf. Il avait grandi, d'à peine quatre ou cinq centimètres, mais ça suffisait à lui mettre les chevilles à l'air dans ses vêtements d'avant la prison. Marrant, du reste : il aurait juré avoir plutôt rétréci, en taule, ravalé à quelque chose comme la moitié de sa taille, homoncule de sa propre condamnation.

« Commande tout ce que tu veux, mec, dit Dan. La totalité du bordel si ça te fait plaisir. »

Ryan eut un grand sourire et Dan reprit : « Je parle sérieusement. Tu as fait neuf mois à ma place, petit gars.

— Qu'est-ce que je pouvais faire d'autre, mec ?

— Un tas de choses que tu n'as pourtant pas faites ; tu es un putain de caïd, tu sais ça ? Tu bois du vin ? Je commande une bouteille de rouge. Prends le steak, bon dieu ! »

Ryan commanda des lasagnes et tomba dedans comme une tronçonneuse dans un jeu de mikados. Depuis sa sortie de Saint Pat, il avait un appétit d'ogre. Quand Fiona était venue le chercher, elle l'avait emmené manger un Big Mac et un milkshake comme il en avait rêvé toute la semaine. En arrivant chez lui, il avait bu avec son père deux pintes qui, à sa honte, lui donnèrent le tournis, mangé trois sandwiches aux chips avec un pot de pesto, fait passer ça avec une bouteille de Coca, puis manqué dégueuler le tout par la porte de la cour. La faim avait été omniprésente en prison ; il mangeait tout ce qu'on lui donnait, mais il n'y en avait jamais assez. Il s'était dit qu'il allait falloir un peu de temps pour s'habituer à la liberté de manger comme un goinfre. Il se trompait. Se trompait et crevait la dalle.

« Ouais, ouais, torpille-moi ça, dit Dan. Un jour tu auras mon âge, et tout à coup, le moindre truc plus nourrissant qu'un sandwich au jambon te fera prendre du bide. »

Ryan se renversa contre son dossier et se frotta l'estomac.

« C'est un des rares moments où je me rappelle que tu n'es qu'un môme, dit Dan avec un sourire en coin.

— Ça fait du bien d'avaler un truc correct, c'est tout. » Dan se carra sur sa chaise, les bras croisés, et sourit.

« Alors, lança-t-il, tu en as bavé ? »

Autour d'eux, le brouhaha se maintenait. Des vœux d'anniversaire fusèrent ; des gâteaux passèrent, crépitants d'étincelles ; des filles tirant sur leurs ourlets ambitieux se dirigèrent vers les toilettes par groupes de deux ou trois ; des vieux s'esclaffèrent, hilares.

« Pire que je croyais, répondit Ryan. Et je croyais que ça allait être l'enfer. »

Il n'avait pas dit ça à son père quand il lui avait posé la question.

Il s'était contenté de répondre : *Ça allait, p'pa*, ou *c'était supportable, suffit de faire profil bas*. Joseph, surgi sur le seuil dès que Ryan l'avait franchi, avait un peu insisté mais Ryan l'avait supplié de changer de sujet ; il n'était pas encore en état de raconter, son cerveau était en foutoir jusqu'au ras de la toiture.

« J'en suis passé par là, dit Dan. Juste avant l'an 2000. J'ai fait trois mois pour avoir piqué une bagnole. C'était déjà la merde à ce moment-là ; je ne pense pas que ça ait changé depuis les années 1990.

— Ça n'a pas dû beaucoup changer depuis les années 1890.

— Qu'est-ce qui t'en a tant fait baver ? Les autres détenus ? Les matons ? L'ennui ?

— Tout. Putain, tout ça. »

Les matons l'avaient placé le premier soir dans une des cellules d'attente. Figé, il avait guetté le claquement de la porte se refermant derrière lui, suivi d'un raclement métallique significatif qui lui vrillerait les tripes. Ce fut moins bruyant qu'il l'aurait cru, après quoi il patienta, se demandant si c'était tout, s'il ne devait pas leur crier de recommencer, que ça ne l'avait pas assez impressionné la première fois. Il ne s'en aperçut pas tout de suite mais se rendit compte plus tard qu'il se repassait cet écho mentalement. La porte se refermait derrière lui. Et se refermait encore. La scène se répétait en boucle, inlassablement, tandis qu'assis sur la couchette il contemplait fixement le mur, les mains dans les poches, l'estomac soulevé par l'ampleur du désastre.

En le réceptionnant le lendemain matin, le maton avait demandé : « Tu as appelé chez toi ? »

On n'avait rien proposé de tel à Ryan.

« Tu aurais pu. » Le maton haussa les épaules. « Tu aurais sans doute dû. Au moins appeler ta mère. »

Les détenus de dix-sept ans n'étaient pas incarcérés avec les détenus majeurs. Le maton lui dit qu'il avait de la chance. Il n'y avait que vingt et un autres mecs de dix-sept ans là-dedans avec lui. Pas de surpopulation dans leur quartier, installations séparées, gâtés les petits veinards.

Le premier mois, on le laissa en isolement pour, lui dit-on, garantir sa propre sécurité. Il en était sorti depuis deux jours à peine quand un des mecs de Dublin avait déclaré son intention de lui trancher la gorge. Ryan avait rétorqué que cet enculé pouvait toujours essayer. Retour en isolement. Au bout de trois mois, après avoir regagné le quartier, il se rendit compte qu'il n'avait tiré qu'un tiers de sa peine et l'énormité de ce qu'il restait à faire l'avait anéanti. Quand on n'était pas dans son assiette, que ce soit parce qu'on s'était cogné un orteil ou parce qu'on avait envie de se pendre, on n'en parlait pas… on n'ouvrait pas sa gueule, surtout pas, on s'écrasait vu que, sinon, on savait ce qui nous attendait. Un matin, il n'avait tout simplement pas réussi à se lever. Les matons l'avaient sorti du lit, traîné jusqu'en cellule d'observation, déshabillé, et laissé là.

Comment est-ce qu'on pouvait raconter un truc pareil à son père ?

Les autres détenus étaient demeurés ou vicelards et, dans la plupart des cas, les deux. Quand il était au quartier, Ryan traînait avec deux mecs de Waterford. L'un des deux allait avoir dix-huit ans et serait alors transféré à Cork, aussi Ryan supposa-t-il qu'il se cherchait des références à présenter une fois sur place ; Ryan étant tombé pour détention en vue de trafic, le lascar dut se dire qu'il serait une valeur sûre. Ryan ne les appréciait guère ni l'un ni l'autre, et supportait encore moins les connards de Dublin, et bien que Dan ait divers contacts dans la capitale, Ryan n'eut pas envie de savoir où s'implanter des attaches. Les mecs de Dublin passaient le plus clair de leur temps à gesticuler ou à tenter de s'égorger les uns les autres. Ryan était trop occupé à trouver un peu d'air à respirer pour avoir envie de se mêler à ça.

Il revint à l'instant présent quand Dan lança : « Ça n'a rien d'une partie de plaisir, je suis bien placé pour le savoir.

— Tout va bien.

— On sait tous les deux que non. Une merde pareille, ça ne s'oublie pas en un clin d'œil. C'est un fardeau que tu as endossé à ma place.

— Écoute… C'est fini maintenant. »

Dan grimaça. « Pas facile de te dire ça tout de suite, Ryan, mais ça ne sera pas fini tant que tu n'auras pas compris. Ça reste en toi. Tu y repenseras aux moments où tu seras censé faire n'importe quoi sauf y repenser. C'est à ça que sert le système… à te casser. Et ça marche. Crois-moi. »

Une fille, de l'âge de Ryan ou peut-être un peu plus âgée, revint de l'espace fumeurs. Elle portait une robe bleu électrique qui moulait ses cuisses charnues et lui couvrait tout juste le cul. Elle sourit à Ryan qui fut saisi d'une brusque envie de se lever d'un bond pour suivre ce sourire jusque derrière le restaurant et convaincre la fille de lui sauter dans les bras et de nouer les chevilles derrière sa taille. Il se dit que, sans doute, le fait de n'avoir été environné que de mecs puants et abrutis pendant neuf mois devait aiguiser l'appétit qu'on avait pour les gonzesses.

« Je suis super content d'être de retour, dit-il à Dan qui se pencha vers lui.

— Je suis juste en train de te dire, petit gars, que les méthodes qu'ils utilisent en taule sont conçues pour te contrôler même une fois libéré. Ce qu'ils veulent, c'est te niquer. Te niquer tellement profond que tu oublies comment c'était de vivre sans avoir une bite dans le cul. Ne les laisse pas te prendre ton autonomie. N'expédie pas Saint Patrick aux oubliettes. Parce que la justice n'a pas fini d'essayer de t'enfiler, et se souvenir de la façon dont ces gens-là s'y prennent, c'est la première étape pour les combattre. »

Il se renversa contre le dossier de sa chaise, se suçota les dents et soupira.

« Et ça ne fait que commencer, petit gars. »

Après leur séparation, la petite amie de Joseph était retournée chez son père et sa mère avec leur fille, ce qui le laissait en panne de colocataire. Dan lui ayant promis un boulot plus lucratif, Ryan présenta sa candidature pour emménager chez Joseph, si bien qu'à peine une semaine après son retour au bercail il en avait décampé, baluchon compris.

Tony se rendit sur place, le temps d'un coup d'œil infructueux.

« Je ne pensais pas que tu repartirais si vite », marmonna-t-il, sur quoi Ryan, qui s'était à moitié glissé derrière le téléviseur, le câble de la Xbox au creux du poing, répondit sur le même ton blessé : « J'ai dix-huit ans, p'pa.

— Pour les deux mois à venir, tu ne les as pas encore. »

Ryan sortit de derrière la télé et braqua studieusement la télécommande vers l'écran.

« Il y a tellement de trucs à la con que tu ne sais pas encore, dit Tony.

— Et tellement de trucs à la con que je sais déjà. Je suis allé en prison, bordel.

— Pour ça aussi, tu étais trop jeune. »

Ryan aurait pu se retourner pour faire face à son père. Où était le mal ? Encaisser le sous-entendu et le forcer à baisser les yeux. Mais il préféra poser la télécommande sur le canapé et fouiller alentour pour trouver quelque chose qui ne s'y trouvait pas.

« Tu n'es encore qu'un gosse.

— Non.

— C'est à la maison que tu devrais être. »

Ryan tira le canapé et regarda derrière.

« Je ne veux pas te voir faire encore d'autres erreurs idiotes, Rocky. »

Ryan s'accroupit sur ses talons et posa la tête contre le dossier du canapé, s'octroyant une occasion de soupirer, serrer les poings, fermer très fort les yeux.

*Tu vas retourner à l'école, gamin ?*

Ryan n'y retournait pas, non. Pas demain la veille. Qu'est-ce qu'il irait y faire, à presque dix-huit ans ? Reprendre un putain d'uniforme et aller se cuter sous le nez d'un autre crétin de connard qui ne connaissait rien à rien. Tout ça c'était des conneries, de toute façon. On lui avait dit qu'il pourrait suivre des cours à Saint Pat, pourtant il n'y avait rien qui ait seulement l'air de ressembler à une putain d'école, là-bas : arts plastiques et cuisine, bordel, qui est-ce que ça sortait de la merde ? Il avait appris plus de choses en restant assis sur son cul, à contempler ses quatre murs. Certains des mecs qu'il avait côtoyés étaient incapables de compter jusqu'à vingt sans enlever leurs chaussettes. Apprendre ? On apprenait que dalle, là-bas, sauf peut-être à protéger son cul ou à se dégager d'un étranglement arrière.

Alors s'il retournait à l'école maintenant, à presque dix-huit ans, qu'il reprenait en seconde avec tous les gamins de seize ans pendant que sa petite amie s'éclatait en fac, ouais, ben, il ne mettrait pas longtemps avant de se retrouver à la casse, hein ?

*Ah, Karine, où est ton mec, ce soir ?*

*Il n'a pas pu sortir, ma grande, il avait des devoirs à faire.*

De la merde, ouais ! S'il était d'âge à être expédié en cellule capitonnée, il était aussi d'âge à mener sa barque.

De toute façon, qu'est-ce qu'on pouvait lui enseigner ? Le pays était niqué. S'il devait prendre la voie la plus sage, il avait le choix entre l'aéroport et la file d'attente du chômage.

D'ailleurs est-ce qu'ils ne lui avaient pas déjà tout appris, hein ? Comment être sourd et aveugle, putain de merde, comment appliquer les règles qui les arrangeaient eux, comment régler les problèmes emmerdants en les collant au trou. *Ah, tu as des problèmes avec ton père, Ryan ? Tu as des problèmes avec cette petite frappe de Dublin ? Des problèmes avec ta connerie de cerveau, obsédé par des idées sur ta petite amie, la seule bonne chose dans ce monde à la con, bordel, qui est dehors en train de se trouver un mec mieux que toi à baiser ? Ah, mais on a la solution pour toi, mec.* Clang. Une nouvelle porte de merde qui se ferme derrière toi.

Qu'ils aillent tous se faire foutre.

Le bras droit de Dan Kane était surnommé Shakespeare, parce que en matière de criminel on ne faisait pas plus verbeux. De son vrai nom, il s'appelait Shane O'Sullivan, mais Ryan n'en était venu à le savoir qu'après avoir eu affaire à lui pendant deux ans et demi. Pour un tueur à gages, il était ridiculement maigre et tirait sa réussite du fait que, chez lui, il n'y avait pratiquement rien à cogner en retour. Ryan avait entendu insinuer que Dan Kane le conservait dans un bocal à spaghettis.

La première fois qu'il l'avait rencontré, c'était parce que la commande qu'il avait passée auprès de son contact habituel était trop importante pour être livrée directement. Shakespeare était venu enquêter. C'était avant Karine, Ryan avait quatorze ans, la tête près du bonnet et ne craignait pas d'en payer les conséquences. Shakespeare n'avait pas eu l'air de trouver ça comique, mais apparemment il avait fait remonter que la blague était bien bonne. Kane ne se cherchait pas de protégé, mais l'occasion d'en prendre un l'avait assez titillé pour qu'il la saisisse.

Et, bien sûr, il y avait des similitudes. Dan Kane en avait chié avec son propre père. Dan Kane était passé par Saint Pat.

Shakespeare ne disait pas s'il avait déjà fait de la taule ou pas. Il aimait les jeux de mots et les proverbes, mais c'était l'archétype du professionnel impénétrable ; on travaillait avec Shakespeare, jamais avec Shane.

Ryan partait faire un boulot avec lui.

Il n'avait pas été informé des détails et Shakespeare n'avait certes pas l'intention de le mettre au courant. Dan l'avait désigné comme renfort dans une mission de récupération – un branquignol qui devait quelques biftons et qui avait une grande gueule et de petites poches. Ça, c'était apprendre. Ça, c'était du concret.

Shakespeare passa le prendre au bout de la rue où Ryan habitait depuis peu. Il avait gelé le matin, mais le temps était maintenant au brouillard, au silence. Les phares se déplaçaient dans la brume comme les lanternes des morts. Le lecteur stéréo diffusait une techno si carrée qu'elle en était impersonnelle. De la musique à écouter au casque. Relégué à l'arrière-plan, le rythme était dérangeant, impitoyable.

« Tu t'y entends en bastons ? » demanda Shakespeare. Ryan haussa les épaules. « J'assure, disons.

— Et tu t'y entends pour les déclencher ?

— Qu'est-ce que tu cherches à me dire, mec ? »

Shakespeare fronça les sourcils. Il avait une barbiche précise, le nez fin et les yeux fendus ; son visage se composait d'un assemblage de rares formes géométriques.

« Tu assures, c'est bien, mais tu sais être teigneux quand il le faut ?

— J'imagine que oui.

— Tu imagines que oui ?

— C'est pas un truc qui m'arrive très souvent. Je suis pas du genre à chercher la merde, quoi.

— En règle générale je dirais que la vie est trop courte mais par moments il faut cogner, tu saisis ce que je cherche à dire ? Nos emmerdeurs du jour ne te voleront pas dans les plumes, mais ils n'écouteront pas non plus la voix de la raison. Si je te lançais : *Baffe-moi cet enculé*, tu le ferais ? »

Ils s'arrêtèrent aux feux. Ryan regarda fixement la lueur rouge et répondit : « Je le ferais, ouais.

— Tu n'es qu'obéissance, hein ? Tu aurais fait un bon flic. Tu sais conduire ?

— Ouais.

— Tu as une voiture ?

— Pas encore.

— Tu as ton permis ?

— Pas encore.

— Si j'étais toi, j'inscrirais ça sur la liste des choses à faire », dit Shakespeare.

Il suivit les consignes de Shakespeare avec la déférence robotique qui lui avait valu le sarcasme du tueur à gages sur une carrière au sein de la Garda Síochána ; que pouvait-il faire d'autre ?

Ce fut lui qui frappa, et Shakespeare qui s'engouffra à l'intérieur. Lui qui ferma les rideaux et inspecta la piaule à la recherche de gêneurs, Shakespeare qui, d'un coup de pied, étendit sa proie dans l'obscurité de l'entrée. Il trouva son téléphone et son portefeuille. Shakespeare sifflait et grommelait entre ses dents tandis qu'elle adressait des promesses étouffées à des oreilles fermées.

« Amène-toi ! » lança Shakespeare, et Ryan surgit dans l'entrée juste au moment où l'autre écrasait le front de la femme contre le montant de la porte de la cuisine.

« Fais-moi voir ce portefeuille. »

Ryan le lui tendit et Shakespeare en inspecta le contenu, une tennis calée sur le poignet droit de la femme, sortit cartes et facturettes. Deux billets de vingt s'échappèrent et retombèrent en voletant.

Shakespeare colla une petite photo sous le nez de la femme et demanda : « Elle a quel âge, la petite ? Quatre ? Cinq ? Ça va bientôt être l'heure d'aller la chercher, non ? » Le regard de Ryan s'abaissa sans s'attarder sur la débitrice en larmes, une fille boulotte, menton veule et ventre scié par une ceinture élastique, aux mèches collées à la peau des joues, dont la lèvre supérieure fendue saignait.

« Je ne comprends pas les gens qui entraînent leurs gosses dans un merdier pareil, dit Shakespeare. On pourrait penser que si ton mec cherche la cogne dans toute la ville, tu essaierais de caser la petite chez quelqu'un de plus stable. On pourrait penser que tu cherches à protéger tes gosses de tes propres erreurs. C'est un truc qui me rend dingue, ça. »

Il ouvrit la porte sous l'escalier et la rabattit sur le visage de la femme.

« Je vais pisser un coup, dit-il. La laisse pas se relever. »

Dos au mur, Ryan se glissa dans le salon. Il ferma les yeux très fort et déglutit, les rouvrit et cueillit quelques instantanés d'existence disséminés autour de lui. Une tasse à rayures orange posée sur la table basse, la télé branchée sur un talk-show dans lequel une bande de gros porcs rivalisaient d'agressivité pour arriver à se faire chialer les uns les autres, sur la cheminée la photo d'une gamine triste perdue dans un uniforme scolaire bleu et gris. L'odeur de toasts tout juste sortis du grille-pain, flottant depuis la cuisine.

Le tout avec, en fond sonore, la pisse de Shakespeare frappant la cuvette des chiottes en un jet ininterrompu.

Ryan se retourna, le front contre le plâtre du mur.

Le mec de cette femme devait peut-être des cents et des mille à Dan. Il l'avait peut-être arnaqué. La femme avait pu menacer de faire intervenir les flics ; elles étaient du genre à faire ça, les gonzesses, supposa-t-il.

« Putain, dégueulasse », dit Shakespeare.

Ryan regagna l'entrée. Shakespeare était sur le seuil des toilettes, la lèvre retroussée en rictus.

« Ça pue comme le ben d'un poivrot, là-dedans. Putain de merde, ça te tuerait quand même pas d'y passer un coup d'eau une fois de temps en temps. »

La femme gémit. Shakespeare lui empoigna les cheveux au niveau de la nuque, tira pour la faire mettre à genoux et l'entraîna dans la salle de bains.

« Regarde-moi ça ! Le PQ et tout, encore dans le chiotte. Tu tires même pas la chasse, grosse truie. »

Des pleurs plus bruyants à présent, puis un cri. Ryan réprima un grognement.

« Tu vas laisser ça comme ça, bordel ?

— S'il vous plaît, dit-elle. Oh, s'il vous plaît…

— Sors ça de là. Allez. »

Ryan s'était attendu à un homme, et préparé à ce que les coups de poing volent bas. Mais Shakespeare avait préféré intimider la femme du contrevenant, non pas à titre de prix de consolation mais parce que l'entreprise ne demandait aucune subtilité. Peut-être aurait-il proclamé que son côté ignoble était la marque de toutes les premières missions. Peu importe. C'était un choc, quelle que soit la façon dont Ryan justifiait la chose.

Il s'assit dans l'escalier, face à la porte d'entrée, la tête dans les mains.

« Approche ça de ton nez et renifle bien fort. Maintenant dis-moi, ma grosse, c'est comme ça qu'on tient sa maison ? »

La femme se mit à vomir, et Ryan avec.

S'il y avait une chose que Joseph O'Donnell adorait, à part déclencher des concours de grandes gueules avec les vieux conservateurs des pubs pour troisième âge, c'était monter des groupes éphémères. En rentrant, Ryan trouva trois autres types épavés dans le salon avec son cousin, des guitares abandonnées dans tous les coins pour permettre la circulation de deux gros joints.

« Cusack, Cusack, Cusack, tu aurais quelque chose de bon pour moi ?

— Ça se pourrait », dit Ryan. Il avait mis de côté trois ou quatre grammes d'herbe pour Joseph. Mais il n'avait pas envie d'exhiber ça. Qui pouvait dire d'où sortaient ces gusses, avec ça la chasse aux dealers était ouverte douze mois sur douze et les points comptaient double les week-ends fériés. Joseph comprit le regard noir que son cousin lui adressait, lâcha un petit clappement de langue et se dirigea vers l'entrée. « Ils sont réglos, dit-il, putain je te jure sur ma tête. Je sais que tu es un peu… enfin bon, quoi.

— Tu sais comment ils deviennent, les gars "réglos", quand ils entendent parler d'un dealer. Encore plus possessifs que des gonzesses.

— Tu parles que tu t'y connais, tiens ! Tu es juste un cran au-dessus du "puceau", mon couillon. »

Ryan grimaça et Joseph prit ça comme une confirmation.

Les gars étaient en train de regarder des clips des *Griffin* sur l'ordinateur portable de Joseph.

Ryan s'assit sur l'accoudoir du canapé et écouta les présentations – « Lui c'est Darragh, lui Graham, lui c'est Barry qu'on appelle Bobo, me demande pas pourquoi » – mais ses pensées étaient encore avec Dan Kane qui s'était montré désinvolte et jovial à propos de la mission et avait perçu le dégoût de Ryan à la vacuité de ses réponses, taxant la chose de coup de mou passager. *C'est un enseignement, petit gars. Il faut que tu t'endurcisses. Le mec sensible, dans le business, il se fait broyer, et on n'appelle pas les flics une fois qu'on s'est fait liquider, hein ?*

Putain mais c'était quoi, le business ? Le terrain de jeux s'étendait chaque fois que Ryan avançait d'un pas ; il était toujours en plein milieu.

Dan Kane l'avait pris par l'épaule en riant et lui avait donné cent livres qui tombaient à pic.

*Tiens voilà cent livres, petit con de pétochard, rien que pour être resté dégueuler dans l'escalier pendant que Shakespeare faisait flairer sa pisse dans une poignée de PQ à une sniffeuse de coke.*

Une vanne circula dans le salon de son nouveau domicile, mais il la manqua. Bobo tendit la main vers le portable en disant :

« Celle-là, c'est ma préférée », et Peter Griffin surgit alors, sur le seuil de la chambre d'un jeune mec, pour essayer de lui parler du harcèlement à l'école avant de complètement péter les plombs et se mettre à lui cogner dessus à bras raccourcis. Les mecs hurlaient de rire.

Combien de temps, dix secondes ? Et encore ? Dix conneries de secondes d'un film d'animation pendant lesquelles un adulte tabasse un gamin, et ça confinait à la blessure.

Ryan adressa un bref signe à la ronde, pouces levés, et gagna sa chambre.

Un mec tabasse un gamin dans un film d'animation. Un tas de pixels qui s'en prend à un autre. Même chose que de dégommer des robots sur la Xbox, et on ne se rendait pas compte que Ryan Cusack était bouleversé par ces morts virtuelles qui touchaient une ou deux cordes sensibles déjà mises à mal. Pas plus qu'on ne le voyait empoigner les coins de son matelas et ravaler ses sanglots à la suite d'un truc aussi con que regarder Peter Griffin piquer un coup de sang.

Ryan sortit sa provision personnelle, attrapa le bouquin qu'il avait réquisitionné en vue de l'opération – un de ceux de Joseph, un recueil relié qui se vantait de regrouper cent accords essentiels – et se roula un pétard. Il l'alluma, ouvrit la fenêtre et s'accouda sur le rebord en contemplant le brouillard argenté du soir ; il inspira profondément, dans l'espoir de noyer ses pensées, mais elles persistèrent. Et pour cause. Le poids de sa psychose était écrasant face à un ridicule petit sachet d'herbe à la con.

Quels que soient les regrets que pouvait nourrir Tony, ses poings avaient un passé et ni Dieu ni personne n'était capable d'étancher la soif qui l'habitait. Peter Griffin avait enfourché ce gamin et lui avait décoché une série de gnons dans la mâchoire ; c'était bien la posture qu'il fallait pour se faire démolir, cloué au sol pendant qu'une poignée de phalanges nous faisait gicler de la bouche des postillons sanguinolents qui maculaient la moquette. Et cloué à nouveau quand les matons faisaient irruption dans la cellule dans notre intérêt, putain de merde, prenaient chacun un bras et nous traînaient après nous avoir agenouillé de force quand nos jambes nous lâchaient, trois ils étaient, trois grands connards, qui nous massacraient la tronche si on faisait mine de donner le moindre coup de pied, et bien sûr qu'on essayait ! Bien sûr qu'on se rebiffait, bordel de merde de merde, au moins machinalement, sous l'effet de la trouille, de la honte, et du peu de fierté qu'on avait encore.

Qui n'appréciait pas une petite baston de temps à autre ? Qui n'appréciait pas de se dégourdir un peu les muscles et de se jeter tout entier dans la mêlée ? Ça donnait le sentiment d'être vivant, c'est ça ? Pile ce qu'il fallait. Aller castagner une jeune mère ici ou là parce qu'on a besoin d'exercice et qu'après tout elle nous doit du fric.

Il fallait aimer ça. Mais ils aimaient tous ça. Raison pour laquelle les étagères étaient pleines de jeux vidéo comme *Call of Duty* et de coffrets des *Sopranos*. Raison pour laquelle on était capables de s'attrouper autour des *Griffin* pour revoir nos passages préférés, parce qu'on n'avait pas été complètement écœurés par des conneries même pas censées nous déranger.

Karine était chez elle, en train de finir une dissertation. Ryan était convaincu qu'elle aurait aussi bien pu la finir dans sa piaule à lui, mais il avait laissé couler. Elle était restée avec lui pratiquement une nuit sur deux cette semaine, et ils rattrapaient le temps perdu. Il ne se lassait pas d'elle. Épaules, seins, nombril, chatte. Et tout le reste en prime : rire, sourire, voix, souffle. Marrant, d'ailleurs, qu'il ne l'ait pas encore baisée à la dure. Ces deux dernières semaines, quand ils avaient fait l'amour c'était lent et doux. Il avait envie de savourer, de la baiser comme une princesse devait l'être. Voilà que maintenant, il s'inquiétait à l'idée que sa paresse ait pu naître de l'angoisse, et non de la générosité.

L'étincelle de cette brève prise de conscience suffit à le faire flipper. Il attrapa son ordinateur, ouvrit PornHub et passa en revue toutes les offres de la page d'accueil :

amour à trois, éjaculations, tournantes, sodomie, tout ce qu'on pouvait imaginer. Les mecs avaient des bites de cheval et les yeux morts, les filles des regards furibonds. À n'importe quel autre moment, il aurait eu envie d'explorer des tonnes de ces conneries, mais voilà qu'après neuf mois de célibat c'est à peine s'il bandait en voyant tout ça. Le moindre cul pilonné, la moindre poigne agrippant des extensions blondes, le moindre « pute » ou « salope » étaient un poids de plus sur sa poitrine. Il ouvrit la braguette de son jean et s'activa jusqu'à obtenir une érection mais ne parvint pas à décharger, ni à comprendre pourquoi, si ce n'est que tout avait un goût d'humiliation, un goût de saccage.

Il finit par refermer sèchement le portable et rester allongé, à contempler le plafond. Il se demandait bien comment il avait réussi à se mettre à pleurer la bite encore dans la main, mais bon, voilà.

Et ça ne faisait que commencer.

Le lendemain matin, il se sentait bien mieux. Carrément mieux. Hyper mieux, putain. Dan l'appela et lui demanda de passer pour une petite livraison. La coke avait été coupée et divisée en parts d'un gramme, et Dan proposait un mode de paiement généreux. « Tu te débarrasses de la marchandise et tu me paies après, dit-il. Y a pas le feu. Je sais que tu es doué, non ? »

Ce soir-là, Karine et lui allèrent au Relic, le pub du coin qui, contrairement à ce qu'annonçait son nom, était un des endroits animés où son père ne mettait pas les pieds. Karine, dix-huit ans depuis le mois de novembre, entra avant lui, si bien que quand il la rejoignit, elle avait apporté à la table une pinte pour lui et une vodka Coca pour elle.

« Je t'avais bien dit qu'un jour tu deviendrais utile », dit-il. Sur quoi elle rétorqua avec une amabilité acide : « Va te faire. »

C'était vendredi soir, ça faisait deux semaines qu'il était sorti de Saint Pat. Karine était sur son trente et un, en robe blanche et talons à paillettes vertigineux, les yeux charbonneux, la bouche rose pâle. Ses cheveux, coiffés en longues boucles souples, lui tombaient sur les épaules ; il s'empara d'une mèche et l'enroula autour de son index. « Tu es hyper bandante.

— Je sais.

— Bon. Et moi, je suis comment ?

— Grand ! Depuis quand tu es grand comme ça, hein ? J'ai des talons de douze centimètres et tu es encore loin au-dessus.

— Un mètre quatre-vingts, Karine, c'est pas non plus le Bon Gros connard de Géant.

— Pas possible, commenta-t-elle d'un ton pensif, vu que moi je fais un mètre soixante-cinq.

— De la merde, oui.

— Ma mère mesure un mètre soixante-cinq et je suis aussi grande qu'elle.

— Ta mère est un petit morpion.

— Peut-être, mais au moins j'en ai une. »

Il s'étouffa dans sa pinte, déglutit, toussa, s'essuya la bouche puis les yeux.

« Tu es une sacrée garce, d'Arcy. »

Elle se rabattit sur un sourire et, quand Ryan eut récupéré, mit la tête contre son torse ; il l'entoura d'un bras et lui posa un baiser sur le front. « J'entends ton cœur, dit-elle.

— Quel bruit il fait ?

— Régulier. »

Il était prévu que Joseph et son parfois groupe les rejoignent deux heures plus tard pour boire quelques coups, s'envoyer quelques cachetons et aller en ville retrouver la bande de Karine. Pour le moment, ils partageaient tous les deux un moment de calme. La sono du pub diffusait du R&B pour une assemblée clairsemée trop sobre pour bouger. Karine se redressa et s'étira, puis brossa la chemise de Ryan pour en chasser le résidu poudreux de sa tendresse.

Il envisagea de lui demander de laisser tomber les prévisions pour la soirée et de retourner se mettre au lit avec lui, mais il savait quelle serait la réponse. Avoir le droit d'entrer dans les boîtes de nuit était une nouveauté pour elle, majeure depuis trois mois et tout juste sortie du lycée. Il eut un pincement au cœur en pensant à toutes les fêtes qu'il avait déjà manquées.

« Karine ?

— Quoi ? » Elle jouait avec ses boucles, les soulevant avec soin pour leur donner du gonflant avant de les laisser ruisseler entre ses doigts.

« Je peux te dire un truc ?

— Seulement si ça finit par : "Tu es incroyable et je t'aime." »

*Pfft*. « Évidemment.

— Alors vas-y.

— Quand tu es en taule, dit-il, tu as l'impression que ta vie est finie. Enfin bon, tu as beau savoir que tu fais seulement tant de mois ou je ne sais quoi, ça s'étire au-delà de la logique et ça t'étouffe tellement que tu oublies ce qui se passe dehors. C'est comme ça que j'ai loupé plein de trucs à toi, tu vois ? Anniversaire, Noël, ta fête de fin de bahut et le bal. Je suis un connard. Je le sais, hein. Mais je vais me rattraper. »

Elle lui caressa le bras. « Ryan…

— Dan m'a remercié, tu sais. D'être tombé à sa place. Mais pendant que j'étais en taule à la place de Dan, toi tu étais dehors et tu m'attendais, et je trouve que ça mérite aussi des remerciements.

— C'est des bêtises, tout ça, dit-elle. Occupons-nous plutôt de vivre, moi je dis. File-moi un billet de dix, je vais aller nous rechercher à boire. »

Il la regarda s'éloigner vers le bar, perchée sur ses talons de folie, et laissa son regard remonter de ses chevilles à ses cuisses puis effleurer la courbe de son cul et se nicher au creux de ses reins… De la même façon, songea-t-il avec un coup au cœur, qu'il avait regardé la fille au restaurant, sauf que cette fois c'était bien qu'il ait envie de lui glisser la main entre les jambes, de lui écarter les cuisses.

Il n'était pas le seul. Au bar, un type mit la main au cul de Karine en passant. Elle sursauta et lâcha un cri. Le mec lui passa le bras autour de la taille et ce fut tout ce que Ryan aperçut avant de surgir à côté d'eux. « C'est quoi l'affaire, là ? »

C'était un type qu'ils avaient côtoyé au bahut et que Ryan n'avait quasiment jamais revu depuis. Niall quelque chose. Coen ? Vaughan. Un des mecs de l'équipe de *hurling*. Le genre de gars qu'on ne trouve jamais planqué derrière la clôture, au fond du terrain, tellement stone qu'il a du mal à tenir debout.

« Merde alors, fit Niall Vaughan. C'est Ryan Cusack que voilà ?

— C'est le cul de ma petite amie que tu palpes, là ?

— Quand est-ce qu'ils t'ont relâché ? demanda Vaughan.

— Va chier et occupe-toi de tes affaires.

— Tout le monde en parlait, en fait. Tu vois le truc : on refait le compte de ceux avec qui on était en classe l'année du Leaving Cert et on se rappelle qui il manque et pourquoi.

— Il va falloir que tu t'excuses auprès de Karine », dit Ryan en s'avançant jusqu'à toucher Vaughan, torse contre torse, bien qu'à vrai dire l'autre ne recule pas. Un grand sourire lui allumait le visage.

« Karine n'y voit pas d'inconvénient, dit-il.

— Si ! lâcha sèchement Karine.

— Mon dieu, mon dieu, désolé d'avoir peloté le cul de sa majesté. »

Karine prit sa vodka sur le bar, indiqua d'un signe sa pinte à Ryan, puis lui tira le bras. Ryan ne bougea pas.

« Tu as pas une gueule à être franchement désolé », dit-il. Vaughan leva les yeux au ciel. « Ressaisis-toi, mec.

— Ryan, implora Karine, *viens*.

— Viens, viens ! répéta Vaughan en se tordant les mains.

— Je suis pas sûr que ça le dérange qu'on lui demande des comptes sur ses conneries, dit Ryan.

— Non, il est bourré. On peut en rester là, s'il te plaît ?

— Je suis pas bourré, dit Vaughan. Je savais pas que vous étiez de nouveau ensemble, par contre. Enfin bon, que je pelote le cul de ton ex, c'est pas censé te déranger.

— C'est pas mon ex, dit Ryan en se rapprochant jusqu'à littéralement gronder dans l'oreille de Vaughan. Et si tu t'avises de la toucher à nouveau, je te massacre, d'accord ?

— Désolé, Mr Breaking Bad de mes deux. J'ai pas l'intention de remettre le couvert sous ton nez. Elle est tout à toi.

— Ryan ! fit sèchement Karine. Allez. Viens ! »

Ryan fronça les sourcils. « Comment ça, remettre le couvert ?

— Repiquer à son cul, quoi. Et au reste.

— Qu'est-ce qu'il raconte, Karine ?

— Il est murgé et il est répugnant, dit-elle. Prends ta pinte et on retourne à la table. Tout de suite. »

Niall Vaughan mima le claquement d'un fouet.

« Ryan, franchement, si tu as l'intention de passer la soirée à te faire chier avec des bouffons…

— Oh, Karine, dit Vaughan. Voyons. C'est pas gentil.

— Connard », marmonna-t-elle en tournant les talons. Ryan regarda Vaughan, qui esquissa une moue exagérée.

« Pas la peine d'être agressif comme ça, mec, dit-il. Mais c'est peut-être comme ça qu'on fait au trou ? Hein, sérieux ? Genre, après s'être fait violer une dizaine de fois sous la douche ?

— Je sais pas quel est ton problème, dit Ryan, mais on peut aller en discuter dehors si tu veux. »

Vaughan leva les mains en l'air. « Ah, non. Non, je pourrais pas te faire ça.

— Ouais, fit Ryan. C'est bien ce que je pensais. »

Quand il se détourna, Vaughan lança : « Pas après avoir baisé ta petite amie. »

Ryan fit volte-face.

« Qu'est-ce que tu viens de dire ?

— Que j'ai baisé ta petite amie. Après le bal de fin de bahut. Sans déconner, mec, elle était en chaleur. Si ç'avait pas été moi, ç'aurait été n'importe qui d'autre. »

Ryan lui aurait volontiers mis un pain. Sans problème ; il aurait volontiers étendu cet enculé. À quoi bon, c'était couru d'avance. Le mec tenait à peine debout et ne demandait que ça, il suppliait presque, il en avait tellement envie qu'il aurait placardé des affiches le long de l'autoroute pour réclamer sa raclée.

Mais il ne mentait pas. Ryan Cusack regarda celle qui était sa petite amie depuis trois ans, et la tête qu'elle faisait, les yeux étincelants et la bouche entrouverte, lui confirma que c'était la vérité la plus cuisante qu'il puisse jamais être amené à entendre.

# À PROPOS D'INFIDÉLITÉ

*Elle est assise sur le lit, le dessous des yeux barbouillé de mascara, et moi je me tiens aussi loin d'elle que possible, à côté de la porte, la main qui s'aventure de temps en temps sur la poignée quand l'instinct me conseille de m'en aller, de foutre le camp bordel, tire-toi mec, tire-toi en courant. Je dois me forcer à rester. La moindre molécule en moi me hurle de ne pas rester si près d'elle et cette sensation m'est tellement étrangère que j'en ai gerbé. Putain j'arrive pas à y croire. Carrément, je…*

*Elle pleure et moi aussi.*

*« Viens là », elle supplie, pour la septième ou huitième fois.*

*Je fais non de la tête. Je suis incapable de la regarder. « Non », je dis. Je fixe des yeux l'angle du plafond. J'ai la tête qui oscille d'un côté à l'autre. On dirait Churchill le chien, qui balance la tête sans arrêt dans cette connerie de pub pour des assurances.*

*Elle renifle. Je me sens comme si on m'avait vidé l'intérieur du crâne. L'instant d'après, on dirait qu'on m'écrase le cerveau contre les globes oculaires. Et aus-*

*sitôt, j'ai l'impression qu'il me coule dans la gorge et m'étouffe.*

*On n'imagine pas. On ne peut pas imaginer. Comme si c'était plié. Que j'étais fini. Terminé.*

*« Ryan, je t'en prie, dis-moi quelque chose. »*

*Elle m'a déjà servi sa version de l'histoire. C'est la fin août, je suis en taule, le bal de fin de secondaire approche, l'autre lascar l'invite, la mère, le père et les sœurs lui disent que si elle refuse, un jour elle regrettera, elle se rappelle à quel point je suis un enfoiré de l'avoir plantée là, elle boit tout ce qui peut se boire au bar et il la baise sur le parking. Et voilà. J'ai perdu ma petite amie sur le capot d'une putain de Ford Focus.*

*« Tu n'as pas idée de ce que j'ai vécu, elle bafouille en chialant.*

*— Toi ? Ce que toi tu as vécu ? Et moi alors ? Le seul truc que j'avais en cabane, c'était le fait de savoir qu'en sortant je te retrouverais, alors que toi tu passais tes soirées à coucher avec cet enculé de Niall Vaughan de mes deux !*

*— Tu m'as retrouvée en sortant, Ryan ! Je suis toujours là pour toi !*

*— Non. Non tu n'es pas là pour moi.*

*— Mais si ! Une erreur, bon sang. Et toi, tu étais où ? En taule ! Tu ne pensais pas à moi quand tu t'es fait choper avec la cocaïne de quelqu'un d'autre, hein ?*

*— C'est ma faute, c'est ça ?*

*— C'est notre faute à tous les deux ! Mais merde, Ryan. Je t'aime ! » Je lâche un rire et je me cache les yeux derrière la main.*

*« Oui, je t'aime, Ryan.*

*— Non, tu ne m'aimes pas.*

*— Mais si. Oh, bon sang, mais si, je t'aime ! »*

*Je suis carrément en train de chialer comme un veau, ce coup-là, je n'arrive pas à articuler correctement. Putain de misère de dieu. Putain de misère de dieu. Je pivote sur mes talons et je mets un coup de pied dans le mur. Puis un autre, et un autre encore, puis un coup de boule, et là elle se lève d'un bond et m'étreint le dos. Je ne la repousse même pas. Je suis trop épuisé. Je ne sais plus ce que je suis.*

*Quelques minutes plus tard, j'arrive à articuler : « Il a déchargé à l'intérieur de toi ? »*

*D'une secousse, je me débarrasse d'elle et elle retourne s'asseoir sur le lit, avachie comme une limace crevée.*

*« Réponds, Karine.*

*— Il avait mis une capote, si c'est ce que tu veux savoir.*

*— Qu'est-ce que tu en sais, bordel, bourrée comme tu l'étais ?*

*— Parce que je m'en suis assurée. Putain mais merde, Ryan. Parce que c'était pas toi.*

*— Tu l'as sucé ?*

*— Bien sûr que non.*

*— Comment ça, "bien sûr que non", Karine ? Il y a deux heures, j'aurais juré que bien sûr que non tu irais jamais me tromper, et putain voilà où on en est. »*

*Elle enfouit la tête entre ses mains. « Je l'ai pas sucé. Je te le jure. C'était juste une minable baise merdique sur un parking à la con.*

*— Tu as joui ? »*

*Elle dit non et j'ai vraiment envie de la croire. Si Dieu Tout-Puissant se pointait là, tout de suite, et disait comme ça : « Hé, Cusack, tu as le choix entre l'assurance de la vie éternelle, ou l'assurance que ta petite amie n'a pas pris son pied avec Niall Vaughan », je me jetterais sur la deuxième option comme un putain de mort de faim.*

*On finit par s'endormir. Tout habillés l'un comme l'autre, allongés côte à côte sur le lit, vidés putain. Et quand on se réveille, elle commence à m'embrasser, à me demander pardon, à me caresser et je me mets à bander malgré moi et tout à coup me voilà à l'embranchement de deux chemins au pied d'un panneau qui me dit que si je ne baise pas Karine d'Arcy là tout de suite je ne la baiserai plus jamais.*

*Alors je la baise. Bien obligé. Je ne peux pas la perdre. J'en suis incapable. Je la cloue au lit et je la baise comme si je l'exorcisais. Une sale baise. C'est ce qu'elle aime, non ?*

*Et après avoir déchargé, je me tourne sur le côté et je l'entends se remettre à pleurer, jusqu'au moment où je ne peux plus supporter ça. Je me lève pour aller pisser un coup et quand je reviens me coucher, elle me regarde, les yeux tout rouges, et elle dit : « Alors maintenant c'est comme ça, hein ? C'est comme ça qu'on va baiser à partir de maintenant, c'est ça ? », mais je suis incapable de lui répondre. Je m'allonge sur le flanc, en lui tournant le dos, et je contemple cette connerie de plancher.*

18

« Tu n'as pas les moyens d'entamer des poursuites. Ça va traîner en longueur, faire du mal à tout le monde, et tu abandonneras bien avant d'arriver au bout, tu le sais. Alors faisons preuve de bon sens et, pour l'amour du ciel, réglons ça maintenant ! C'est bien la seule chose qu'on puisse faire, non ? »

Georgie était assise sur le canapé, dans le salon du centre des Chrétiens actifs au sein de la Lumière. Flanquée de William et Clover Tobin. Face à elle, les coudes sur les genoux, David contemplait fixement le sol. Sa mère, créature glaciale en cardigan fin, frottait le dos de son fils, assise sur l'accoudoir du fauteuil. De l'autre côté, à gauche de Georgie, se trouvait le père de David, Patrick Coughlan, PDG devenu membre de secte. Ses bajoues étaient si bien rasées qu'elles semblaient artificielles. Il avait l'air d'une vieille pute flapie.

Dans les bras de Georgie, dormait Harmony Faye Fitzsimons. Née un lundi après-midi, pendant qu'une apprentie sage-femme tenait la main de sa mère à la place de son père, elle était, comme tous les bébés, parfaite. Ses exigences primitives éveillaient quelque chose d'aussi primaire chez sa mère, mais Georgie prenait soin de ne pas céder à l'instinct. Clover eut beau décréter que Harmony devait être allaitée et autorisée à dormir dans le lit de sa mère, Georgie opta pour les biberons et un couffin. Il y avait des lustres que Georgie n'avait pas pris de cocaïne ni bu une goutte d'alcool ; être enceinte s'était révélé bien plus dissuasif qu'être environnée de chrétiens. Pour autant, l'idée qu'elle était polluée par son passé était difficile à déloger. Harmony était trop belle pour qu'elle prenne le risque de l'abîmer.

Patrick Coughlan soupira.

« Ce n'est pas non plus comme ça qu'on voulait que les choses se passent, dit-il.

— Comment est-ce que vous vouliez qu'elles se passent ? demanda Georgie. Vous espériez que David allait se trouver un modèle de vertu, une fille tellement tolérante qu'elle ne se laisserait pas décourager par le fait qu'il se drogue et soit accro au jeu ?

— Eh bien, je vais vous dire ce que nous ne voulions pas. Qu'il engrosse une junkie alors qu'il était censé s'attaquer à ses propres démons. »

William plaça une question chevrotante : « Vous pensez que ça va résoudre quoi que ce soit ? De traîner les gens dans la boue comme ça ? C'est un lieu de miséricorde, ici.

— C'est un foutu lieu de vice, oui ! rétorqua Coughlan. J'espérais que votre respect de l'Évangile allait suffire à cadrer David, et voyez le résultat ! Cette femme est une paumée, bon sang. Comment se fait-il que vous ayez seulement accepté quelqu'un comme ça ? Je vous ai envoyé David parce que je pensais qu'il serait protégé, William. Et au lieu de ça, vous alimentez ses faiblesses.

— Nous ne pouvons qu'en appeler à votre indulgence», dit William.

Georgie cala le poids sur son autre bras et se pencha en avant. Elle avait pleuré toutes les larmes de son corps et se retrouvait avec une sourde migraine et les joues marbrées.

David gardait les yeux rivés au sol. Il n'avait ouvert la bouche que pour confirmer que, comme son père l'avait affirmé, il souhaitait cette prise en main. Ils étaient venus au centre parce qu'ils voulaient emmener Harmony avec eux, et leur logique était inentamable.

William et Clover s'inquiétaient à l'idée qu'un enfant soit élevé dans leurs murs. Ils expliquèrent qu'ils ne pouvaient offrir de structure adaptée, mais furent trop inconsistants pour avouer leur peur d'être une fois de plus entraînés dans l'opprobre par Georgie. Dans sa demande de garde de l'enfant, David s'était plaint que Georgie l'ait initié à la cocaïne, substance qu'elle s'était procurée et avait rapportée au centre en prétextant la conversion au cours d'une sortie en ville. William et Clover en furent bouleversés, mais plus encore, effrayés. Leur refuge au bord du lac n'était plus qu'un sac d'embrouilles et de responsabilités. Leur projet de réunir le monde entier sous l'étendard de Jésus tournait désormais à la cause perdue, ce qui leur faisait horreur.

«Il est manifestement dans l'intérêt de la petite d'être avec son père, dit Coughlan. Nous sommes en mesure de le soutenir. Avec nous, elle sera en sécurité. Qu'est-ce qu'elle a d'autre, du reste?

— Elle a sa mère, dit Georgie.

— Une "mère". Pourquoi les femmes se figurent-elles que ce seul mot suffit ? Pourquoi ma petite-fille devrait-elle souffrir le temps que sa "mère" retrouve le droit chemin ? C'est bien, vous avez décroché ou je ne sais quoi. Mais ça ne garantit pas que vous ne rechuterez pas.

— David pourrait rechuter tout aussi vite !

— Dans ce cas, il a sa famille autour de lui, toute prête à lui faire vite retrouver la voie de la vertu. Alors que si vous rechutez, qui sera là pour vous ?

— Je ne suis pas seule ici-bas. »

William soupira et s'avança sur sa chaise en constatant que sa femme gardait le silence.

« Nous n'avons pas les installations nécessaires pour élever un bébé, dit-il. J'ai soixante-deux ans, Georgie.

— Vous n'aurez pas à vous occuper d'elle, s'écria Georgie. Je suis juste en train de dire que ce n'est pas le soutien qui me manque. Vous comprenez. Parce que si les choses… Si les choses ne… » Elle se leva et se plaça face à William. Il détourna les yeux. « Les choses se passeront bien, en fait, dit Georgie. Qu'est-ce qui l'empêcherait ?

— Nous ne pouvons pas vous entretenir toutes les deux, Georgie, dit Clover.

— Je ne demande pas la charité.

— Alors qu'allez-vous faire, hein ? demanda Coughlan. Déménager ? Trouver un boulot ? Vous inscrire à l'université ?

— D'autres femmes s'en sortent. Je ne suis pas la seule mère célibataire de la planète. J'y suis bien arrivée jusqu'à maintenant, non ? Je n'ai jamais eu faim.

— Georgie, plaça William, rappelle-toi l'état dans lequel je t'ai trouvée. Tu ne crois pas que ç'aurait été bien pire si tu avais eu un bébé à la maison ? »

Harmony Faye fit la moue. Georgie replia l'index, caressa sa joue, et la petite bouche s'ouvrit.

« Sauf que je n'en avais pas, dit Georgie. Si ? Je me prenais en charge.

— Et tu n'y arrivais pas.

— J'ai mûri depuis.

— Ah oui ? releva William. Écoute, Georgie, je sais que tu as le cœur en bonne place…

— Je croyais que ça suffisait ! La foi, une heureuse nature et toutes ces conneries, je me trompe ?

— Pour l'amour du ciel, il ne s'agit pas d'un jeu, Georgie. Tu te prostituais ! Tu aurais pu te faire assassiner et tu t'en fichais ! » Contrainte d'écouter la dénonciation bien intentionnée de son sauveur tandis qu'à la ronde les visages blêmissaient, Georgie fixa des yeux sa fille, son teint parfait, ses traits lisses qui n'affichaient pas encore d'allégeance à l'un ou l'autre de ses parents.

Elle ne pouvait rien dire. William bafouilla et la mère de David s'étrangla.

Georgie n'était pas encore sauvée. Il fallait renoncer au bébé. David releva enfin la tête, les yeux écarquillés, les lèvres retroussées. Georgie lâcha une larme qui roula sur son visage et s'attarda à la pointe du menton ; quand elle embrassa Harmony, la larme tomba et atterrit sur la petite joue.

Elle essaya un temps, cherchant le salut dans un travail acharné, mais un travail acharné qui tournait en rond et ne la menait nulle part. Elle se ménagea un pourcentage sur les bénéfices des marchés en contrepartie de désherbage et de soins aux semis des fermiers, de façon à pouvoir mettre de côté un peu d'argent pour se payer une formation. Mais qu'en retirait-elle, à peine quelques piécettes ? William lui dit de ne pas se soucier des fonds tant qu'elle séjournait au centre ; son départ n'était plus une priorité maintenant que le bébé était placé en sécurité.

David lui avait laissé une adresse et un numéro de téléphone. Chaque fois qu'elle appelait, il énumérait les progrès de Harmony comme s'il les avait notés sur un carnet à côté du téléphone. Si l'envie devait prendre Georgie, à quelque moment que ce soit, de reconnaître les efforts désintéressés qu'il consentait, il était tout disposé à recevoir compliments et remerciements. Si l'envie devait la prendre de reconsidérer leur arrangement, prévint-il, il faudrait qu'elle se trouve un domicile, un emploi et un avocat.

William, Clover et leurs autres vassaux spirituels poursuivirent comme par le passé. Ils allèrent jusqu'à plaindre Georgie, car la pitié était chose assez facile.

« Je ne comprends pas comment tu as pu me faire ça », lança Georgie, en larmes, à William quand les membres de la communauté eurent signifié qu'ils lui tournaient le dos pour mieux se tordre les mains à son sujet.

« Tu m'y as obligé, Georgie. Qu'est-ce que je pouvais faire d'autre ?

— Oh, je ne sais pas. Qu'est-ce qu'il aurait fait, Jésus ?

— Exactement la même chose. » William fronça les sourcils. « Un jour ou l'autre, tu comprendras ça. »

Georgie quitta le centre neuf mois après que les Chrétiens actifs au sein de la Lumière l'eurent séparée de sa fille.

« Quitta », comme s'il s'était agi d'une noble résolution ? Non.

« S'enfuit », des mois plus tard, comme en dernier ressort. Elle passa en revue ses affaires au beau milieu de la nuit et prit ce qu'il restait de son ancienne vie, soit à peu près que dalle maintenant que William avait chassé le diable de sa garde-robe. Elle fourra son existence dans un sac à dos volé et se glissa dehors par la porte de derrière, escalada la barrière du fond des potagers et se fraya un chemin dans l'herbe mouillée au plus noir de la nuit jusqu'à ce qu'elle puisse faire le tour et regagner la route. De là, elle continua à grands pas, le bas de la robe tout dégoulinant, déserteuse de l'armée du Christ.

La route était bordée de ronces. Elle s'enfonça dans le taillis et se lacéra le bras sur les épines puis, au bout de dix kilomètres de pénitence, elle trouva un arrêt de bus et s'assit derrière, contre le mur qu'elle soutint jusqu'au matin.

Existait-il un mois plus lamentable que février ? Une période moins accueillante pour retrouver la rue ?

Une fois descendue du bus à la gare routière de Parnell Place, Georgie se rendit compte qu'elle n'avait nulle part où aller. Sa fuite s'était nourrie de l'idée qu'une solution se présenterait bien à l'arrivée, mais elle posa le sac à ses pieds, rassembla ses cheveux en queue-de-cheval, contempla la rivière Lee et ce fut tout ce à quoi elle eut droit.

Elle avait accumulé de quoi louer une chambre d'hôtel pas chère. Le réceptionniste lui indiqua le cybercafé le plus proche, qui se révéla bondé d'étudiants espagnols s'efforçant de tromper le mauvais temps en s'interpellant à pleine voix avec de grands moulinets de bras depuis des ordinateurs trop espacés les uns des autres. Georgie entreprit de chercher un studio et de calculer le montant d'une caution.

Elle déjeuna d'un plat à emporter qui lui donna la nausée. Dans sa chambre d'hôtel, elle livra un combat perdu d'avance contre la climatisation et se fit un café instantané qui lui grouilla ensuite dans les veines pendant une heure.

À 20 h 30, elle reçut un coup de téléphone.

« William dit que tu t'es enfuie. » C'était David. D'humeur maussade.

« Je suis revenue en ville, dit Georgie. Je vais mettre de l'ordre dans ma vie et je viendrai chercher Harmony quand ça sera fait.

— Mettre de l'ordre dans ta vie avec quoi, Georgie ?

— Quelque chose de plus concret que des prières.

— Ah ouais ? Eh bien si tu t'imagines que tu vas pouvoir te battre contre moi avec de l'argent mal acquis, tu te trompes.

— De l'argent mal acquis ? Bon sang, mais de quoi tu parles, David ?

— Tu sais très bien de quoi je parle. »

Tout frémissant d'accusations détournées, il lui reprocha ses intentions vagues tandis qu'assise sur le lit de la chambre d'hôtel elle pleurait.

« Je n'ai jamais dit que j'allais reprendre ça, David. J'ai évolué. Je trouve seulement désolant que William Tobin n'ait pas eu la décence de le voir et de fermer sa gueule de crétin de hippy.

— Tu vois, c'est justement ce qu'il y a de toxique chez toi, Georgie. Après tout ce qu'il a fait pour toi, tu l'insultes. Sans William Tobin, tu serais sans doute morte quelque part dans un fossé.

— Sans William Tobin, je ne t'aurais pas rencontré, tu veux dire.

— Si tu aimais Harmony, tu n'aurais jamais dit ça.

— C'est ton point de vue que j'adoptais ! *Toi* tu penses qu'il aurait mieux valu que tu ne me rencontres jamais. Et tes parents le pensent aussi !

— J'accepte mes épreuves, dit-il.

— Tu es en train de devenir comme eux, David. C'est comme ça que tu vas élever ma fille ? Pour en faire une petite bigote moralisante ?

— Quelque chose me dit que tu ne seras pas là pour le constater. »

Elle régla l'hôtel pour deux nuits qu'elle passa les yeux grands ouverts, à imaginer des moyens de sortir de l'ornière. Tantôt elle distribuait des CV et se rendait aux entretiens auxquels on la convoquait, tantôt elle se voyait percevoir une allocation d'urgence des services sociaux, de quoi verser la caution d'un appartement. L'un après l'autre, ces rêves cédaient le pas à la torpeur de minuit et se muaient en sinistres pressentiments de clients enfourchés sur la banquette arrière de leurs voitures, le tout sous le linceul qu'était Robbie O'Donovan.

Elle avait essayé, vraiment essayé, de ne plus penser au décès supposé de Robbie. Ç'avait été difficile de concevoir des scénarios de romans policiers pendant les trois mois qui suivirent, et ensuite l'invasion et la conquête de David l'avaient détournée de ces préoccupations, complètement. Le fantôme de Robbie ne l'avait pas suivie jusqu'au bord du lac, dans le West Cork. Maintenant qu'elle était de retour en ville, son souvenir l'asticotait.

Elle quitta l'hôtel le troisième jour.

Ses calculs étaient justes, et lui indiquaient qu'en optant pour une nuit supplémentaire elle entamerait sa souveraineté toute neuve. Elle n'avait aucune envie de regagner le giron inconfortable de William et Clover et, d'ailleurs, quelles étaient même les chances pour qu'ils veuillent la revoir ? Elle avait brûlé ses vaisseaux avec sa fuite au clair de lune. De jour, ce rivage était inhospitalier, mais elle était coincée là.

Ce qu'elle s'apprêtait à faire l'effrayait. Tout en marchant dans la brume, le sac à dos pendant entre les épaules et la robe flottant mollement, elle envisagea de s'enfuir en courant à l'aveuglette, ou bien d'aller trouver la Garda avec son histoire fumeuse, ou même de sauter dans la rivière du haut d'un pont et de laisser l'eau, qui gonflerait sa tunique comme un ballon, l'entraîner jusqu'en haute mer. Ses pieds la menaient de l'avant. De la brume, devant elle, émergea la passerelle. Elle s'y engagea, fit courir ses doigts sur le métal, et s'arrêta à mi-longueur pour scruter, en aval, le blanc suffocant et la ville qui surgissait de la nuée sous forme de masses et d'arêtes aiguës. Elle pouvait enjamber le parapet, personne ne la verrait. Elle pouvait dégringoler, personne ne l'arrêterait. C'était un bon jour pour se noyer et un joli pont d'où sauter.

Quel repos trouverait alors Robbie, si la seule personne qui se souvenait de lui ici-bas venait le rejoindre ?

À l'autre bout du pont, elle se retrouva devant la porte de l'ancien bordel et leva la main.

Un temps d'arrêt, une profonde inspiration, puis elle frappa.

Elle avait éprouvé la même terreur affolée en frappant à la porte du fameux Tony, bien avant Harmony, à une époque où sa personne était plus proche de l'intégrité physique. Quelle expérience ç'avait été ! Colère et accusation mêlées en un aveu hébété assorti de la stricte injonction d'aller se plaindre auprès de cette menteuse de Duane. Et là-dessus son petit dealer qui descend l'escalier et s'interpose entre l'allégation pernicieuse et les déclarations de son père ! Ç'aurait bien pu se révéler le jour le plus dingue de la vie de Georgie si elle avait remonté la piste jusqu'à la porte d'entrée de Tara Duane pour exiger une explication. Alors qu'en fait elle sortit de là et retourna précipitamment chez William et Clover, aussi honteuse d'avoir mordu à l'hameçon de Duane que d'avoir dérangé son dealer dans son propre foyer et constaté à quel point il était jeune, en réalité. Chez lui avec un papa et des photos de bébés sur la cheminée, des jouets éparpillés dans le salon. La vie familiale enveloppant un garçon avec qui elle avait sniffé de la coke en plein jour.

Pour l'heure, pas de réponse à la porte de l'ancien bordel. Elle respira.

Elle recula et observa les fenêtres. N'y décelant aucun signe de vie, elle fit le tour et tenta sa chance au portillon de derrière. Il était fermé à clé mais, à côté, il y avait une niche où prendre appui dans la brique, et comme le bon air du lac l'avait rendue agile, elle grimpa.

Il y avait tout ce qu'il fallait dans la cour pour lui faciliter l'ascension dans l'autre sens : gravats que le lierre commençait à recouvrir, poubelle à roulettes de l'autre côté du portillon. Elle s'apprêtait à se laisser retomber pour aller jusqu'à l'entrée de derrière quand elle remarqua une imposte restée ouverte au-dessus d'une fenêtre du premier.

Quelqu'un pouvait sans aucun doute la voir, et facilement encore, s'il devait choisir ce moment-là pour regarder par la fenêtre de sa chambre. Elle se rappela qu'aucun cambrioleur n'opérait en tunique longue. Elle aurait davantage l'air d'une petite-fille cherchant à donner un coup de main à sa grand-mère gâteuse qui avait oublié ses clés sur la coiffeuse. Elle s'engagea à pas feutrés sur le sommet du mur et rallia la fenêtre, attrapa l'imposte et se hissa jusqu'au rebord. La pièce, qui n'avait pas de rideaux, était aussi nue que le jour où elle avait entendu parler du fantôme.

Elle souleva le bas de sa robe, la coinça autour de ses jambes, s'agenouilla sur le rebord de la fenêtre sans lâcher l'imposte et passa le bras à l'intérieur pour ouvrir le battant.

Maureen habitait encore là. Chaleur et désordre régnaient dans l'appartement du rez-de-chaussée. Elle était sortie mais sans doute pas pour longtemps, estima Georgie. Elle monta au deuxième et alla jusqu'à la fenêtre sur le bord de laquelle elle avait vu le nom de Robbie. Le matériel d'écriture n'était plus là, les bouts de papier avaient disparu. Les pièces des deux étages étaient complètement vides.

Elle regagna l'appartement du rez-de-chaussée. Une chambre donnait sur l'avant de la maison. Debout dans l'embrasure de la porte, elle songea à tout retourner pour retrouver un bout de papier qui avait vraisemblablement été jeté ou brûlé. Peut-être étaient-ce les résidus de charité chrétienne qui lui collaient à la peau ou le fait que Georgie se sente profondément idiote d'envisager de piller le nid d'une femme âgée, toujours est-il qu'elle comprit qu'elle ne saccagerait pas l'endroit. Elle regarda dans la salle de bains, pour le cas où elle trouverait un message d'épouvante tracé dans la vapeur du miroir, puis dans la cuisine, où elle tambourina des ongles sur le bar.

Et maintenant, que faire une fois engagée dans une effraction mineure en mémoire d'un soupirant disparu ?

Georgie ouvrit les tiroirs de la cuisine. Dans le premier, couverts, ficelle, ciseaux, bougies, tout en vrac. Dans le deuxième, des torchons et un rouleau d'essuie-tout.

Dans le troisième, toutes sortes de vestiges.

Deux stylos, deux carnets avec des noms plein leurs pages fanées. L'ancien téléphone qui trônait autrefois sur le bureau, à l'étage. Un collier. Un boîtier de poudre compacte. Deux rouges à lèvres. Une vieille carte de visite, vierge à l'exception d'un numéro de portable et d'une silhouette à forte poitrine. Un scapulaire.

Georgie referma les doigts sur le lacet marron. Un rouge à lèvres pris dans la longueur retomba dans le tiroir ; elle enroula le scapulaire dans le creux de la main, referma le tiroir et se pencha sur le bar, le poing sur le cœur.

*Robbie O'Donovan. Vous le connaissiez ? Il est mort ici.*

Georgie était assise au beau milieu de la pièce vide, à l'étage de l'ancien bordel.

Maureen allait et venait au rez-de-chaussée, dans un cliquetis de tasses et un froissement de journaux.

Dehors, le brouillard s'était levé à temps pour que la nuit retombe sur la Lee.

*C'est ça qu'il était revenu chercher ?* se demanda Georgie.

C'était d'une absurdité discutable, mais une fois formulé ça devenait plausible. Elle avait attaché une importance exagérée au scapulaire. Elle s'était plainte de l'avoir perdu. C'était peut-être un incapable dans tous les domaines, Robbie, mais ça lui ressemblait bien de s'investir dans un truc inutile et sentimental comme la récupération de cette connerie de scapulaire.

Il était mort ici.

Il était entré par effraction. Il avait débarqué en pleine nuit et fait peur à Maureen que son pervers de fils venait juste d'installer là, alors elle avait appelé Phelan le gangster et il avait liquidé Robbie parce que faire peur à sa mère, c'était un crime plus grave que voler un bout de tissu.

Une histoire toute simple. À côté, les dénonciations de Tara Duane faisaient figure d'embrouillamini sinistrement futile. Sachant que Georgie avait égaré son crétin de petit ami, elle avait saisi l'occasion d'impliquer son voisin dans un crime supputé après de savants calculs. Tara Duane avait très certainement déjà vu des saloperies du même registre, et elle n'était pas du genre à laisser passer une occasion. Même seule, Georgie s'empourpra. Avoir joué un rôle là-dedans et inquiété le père de son dealer pour la petite satisfaction de Duane, c'était en soi un fardeau répugnant.

En bas, la porte d'entrée s'ouvrit et elle entendit une voix grave lancer en réponse à la question maternelle étouffée :

« Où ça ? »

Puis des pas dans l'escalier.

Georgie n'avait pas le temps de regagner la fenêtre. Après le retour de Maureen, elle avait choisi de rester tapie en attendant l'heure du coucher ; elle n'avait aucun autre endroit où aller. La logique lui avait soufflé que personne ne monterait dans les pièces vides de l'étage. Elle s'était crue en sécurité à condition de ne faire aucun bruit.

Prise de panique, elle se glissa derrière la porte qui s'ouvrit alors avec une telle violence qu'elle s'écrasa contre elle et rebondit sur l'arrivant. Elle poussa un cri quand Jimmy Phelan fondit sur elle. Il lui empoigna le bras et la releva, puis la frappa, du plat de la paume, si fort qu'elle partit presque tournoyer hors de sa portée.

« C'est toi la pute, dit-il. Hein ? Moi qui faisais cavaler toute la ville à ta recherche alors qu'il suffisait que j'attende que tu reviennes te traîner à mes genoux. Tu sais que tu es une grosse conne ? »

Sa main s'abattit de nouveau et l'atteignit entre la mâchoire et le cou. Elle crachota et ses genoux cédèrent.

Phelan referma le poing autour de sa gorge et gronda: «Moi tu sais, liquider les emmerdeuses ça me colle la trique, et toi, ma garce, tu m'as causé des emmerdements à plus en finir cette année.»

Georgie s'étrangla. Comme il la giflait de nouveau, Maureen entra dans la pièce et dit: «Il va falloir que tu arrêtes ça, Jimmy, sans quoi tu vas le regretter.

— Viens pas foutre ton nez là-dedans, Maureen.

— Cette maison a tué par le passé et, en général, c'est le plus fort des deux qui prend. Je te préviens, c'est tout.»

Georgie eut le droit de s'effondrer.

Au travers de ses larmes, elle vit ceux qui la terrassaient: Phelan, rouge brique, la lippe luisante, et bon sang tellement mastoc qu'il occupait tout le centre de la pièce, avec une carrure tout en muscles et fureur d'une épaule à l'autre. À côté de lui, se tenait Maureen, qui faisait la moitié de son fils, le regard froid et calme. Elle s'accroupit et ramassa le scapulaire, par terre.

«Je croyais que vous aviez connu la résurrection, ma grande?»

Phelan sortit un téléphone de sa poche, mais Maureen posa la main dessus. «Qui est-ce que tu appelles?

— Je vais me débarrasser de cette pute, Maureen.

— Ce n'est pas comme ça qu'on parle des femmes, surtout d'une qui t'a rapporté de l'argent.» Elle abaissa le regard vers Georgie et reprit: «Elle cherche seulement Robbie O'Donovan, hein que c'est vrai?

— Ferme-la, Maureen.

— Et tu ne parles pas non plus comme ça à ta mère.»

Phelan s'esclaffa. « Ça, aucune chance que ça marche avec moi, ma vieille.

— Ah, on voit que tu as été élevé par Una Phelan ! Pas étonnant que tu sois comme ça. Je ne serais pas contente de te voir faire du mal à cette fille, Jimmy.

— C'est justement pour te contenter, Maureen, qu'il faut qu'on se débarrasse d'elle.

— Eh bien, je ne serais plus jamais contente. Puis elle s'adressa à Georgie : « Vous ne direz rien, hein ? Tout ce que vous voulez savoir, c'est où est passé Robbie O'Donovan, bien sûr. Alors si je vous le dis, vous n'en parlerez à personne, d'accord ?

— Maureen, ce n'est pas comme ça que les choses vont se passer », déclara Phelan, mais sa mère l'interrompit en lançant :

« Bien sûr que si. Il y en a déjà un qui est mort à cause de moi, je ne veux pas allonger la liste.

— Elle va mourir, dit Phelan.

— Elle ne mourra pas, contra Maureen. Et elle ne redisparaîtra pas non plus. Pas vrai, Georgie ? Vous avez bien assez de soucis comme ça sans aller révéler des grands secrets, non ? » En prononçant ces mots, elle posa une main amicale sur le ventre plat de Georgie et sourit.

# 19

Ah, ce n'était pas un type facile en affaires, ce James Dominic Phelan. De ce côté-là, il tenait de sa mère de substitution : aussi borné qu'il était possible de l'être, et têtu comme une bourrique. Maureen réussit à le convaincre, mais ce fut juste. Un fantôme, expliqua-t-elle, c'était déjà moche. Mais deux ? Plus jamais elle n'arriverait à fermer l'œil. Surtout s'ils s'entendaient comme larrons en foire. Robbie O'Donovan acquiesçait lugubrement au fond de la pièce. Il ne voulait pas de la compagnie de Georgie.

Jimmy répétait sans arrêt : *Ah Maureen, ah Maureen, tu ne comprends pas.* Une fois qu'on avait tué quelqu'un, le monde n'était plus qu'une débauche de tracas. Ceux qui risquaient de nous soupçonner, il fallait les mettre au pas. L'indulgence se payait très cher, donc l'indulgence n'était pas envisageable.

*Ça, va falloir te le sortir du crâne*, dit Maureen. Quel mal pouvait bien faire ce petit bout de bonne femme ? Elle ne risquait pas d'en parler à quelqu'un. Elle n'avait aucune prise sur le monde de Jimmy ; c'était qui, cette fille, une pauvre trasse de pute ? Qui la croirait ? C'était une junkie et une victime, non ? Elle avait bien frayé avec des sectes, par le passé ?

Et elle était mère, non ?

« Où il est, le gosse ? » demanda Jimmy. La fille répondit en pleurant que l'enfant était placé.

« Personne ne fait d'écart, dit Maureen, en sachant qu'on détient ce genre d'information. » Jimmy n'était-il pas lui-même tout bébé quand Maureen avait été exilée ? Elle savait ce que Georgie ferait et ne ferait pas, et aller raconter des histoires, ça elle ne le ferait pas.

« Au moindre écart, dit Jimmy à la loque sanglotante, je te tue. Et je me dédommage sur le gosse. »

Il s'assura que les fenêtres étaient hermétiquement fermées et laissa la fille où elle était, demanda à Maureen de le retrouver dans la cuisine, puis se planta sur le lieu du déclin de Robbie O'Donovan et lança avec hargne : « Maintenant, Maureen, tu veux bien m'expliquer comment ça se fait que cette pute sait que ton pote Robbie est mort. »

Heureux hasard. Coïncidence. Intervention divine.

Un jour, expliqua Maureen à James Dominic Phelan, alors qu'elle ressentait la présence de Robbie O'Donovan avec une intensité oh vraiment particulière, un ange déchu se présenta à la porte, cherchant à regagner ses ailes en rendant un vibrant hommage au Seigneur Tout-Puissant.

« Ça veut dire quoi, ces conneries ? »

Ça voulait dire que l'ange avait pris l'aspect d'une petite pensionnaire de la Madeleine traînant une ventrée de péchés. Ce gros farceur de Dieu l'avait envoyée pile où il fallait qu'elle aille. Elle entra dans le bordel, et aussitôt fut en terrain connu et grandement affligée d'y être. Maureen, d'abord emballée par son charabia évangélique, l'avait invitée à franchir le seuil pour rigoler. Puis elle fut charmée par les relents sulfureux du passé de la fille. Le doute fut levé quand Maureen mentionna son fils tenancier du bordel et que l'ange déchu se leva d'un bond comme pour déguerpir.

« Putain mais pourquoi est-ce que tu lui as raconté ça, Maureen ? C'est une manie chez toi de raconter à tous tes bon dieu de visiteurs à quel point je suis une déception pour toi ? »

Ce n'était pas tout ce que Maureen avait raconté à la fille. La Marie-Madeleine s'était mise à déballer la vérité. Si elle n'avait pas voulu franchir le seuil, c'était parce qu'elle avait été pute justement dans cet immeuble. C'était le fils bâtard de Maureen qui l'avait fait choir en disgrâce. Maureen lui proposa d'aller fouler les ombres du passé et la fille s'exécuta à contrecœur. En montant l'escalier, elle croisa le fantôme. Il lui murmura à l'oreille et, soudain, elle était omnisciente. « Robbie O'Donovan est passé par ici ! » s'écria-t-elle. « Ah, c'est vrai, dit Maureen. Il est mort ici. » Sur quoi la Marie-Madeleine s'était envolée par la porte, les ailes recollées par une vérité plus grande qu'elles deux.

« Putain », dit Jimmy, qui faisait les cent pas dans la cuisine en donnant de grands coups dans le vide au-dessus de sa tête. « Tu veux dire que c'est *toi* qui as raconté à la pute qu'O'Donovan était mort ? Maureen, bordel de merde. Pourquoi tu n'es pas allée faire un petit tour au poste pour raconter aux flics que tu avais défoncé le crâne d'un junkie, pendant que tu y étais ?

— Je ne suis pas une imbécile, tu sais, dit Maureen.

— Oh, ça non ! Putain, Maureen. J'ai pensé que Cusack te lâchant le nom du cadavre, c'était une bourde que je pouvais pardonner, mais toi tu l'as juste avalée pour mieux la recracher. À qui d'autre tu as confessé tes crimes ?

— J'espère que tu ne vas pas chercher des crosses à ce gentil Cusack, Jimmy.

— Je vais lui sortir les vertèbres par le trou de balle, voilà ce que je vais faire !

— Tu n'as sûrement pas connu John et Noreen, mais c'est leur fils. Elle, c'était une garce de première et lui un poivrot, mais je ne voudrais pas les priver de leur seul fils. Ça peut avoir des effets terribles sur les gens.

— Tu te figures que tu peux me dégager en touche ni vu ni connu, mais tu n'as aucune marge de manœuvre, pas cette fois. Tu as parlé de ça à quelqu'un d'autre ?

— En fait, non, dit Maureen.

— Tu ne comprends pas ce qui se passerait ? Non seulement on te flanquerait à l'asile, mais moi je tomberais pour avoir déblayé ton merdier alors que toute ma vie ici, Maureen, et toute cette putain de ville tournent grâce à une entreprise au noir. Ça serait ma fin.

— Tu ne crois pas qu'il serait temps ? »

Jimmy s'immobilisa. Il noua les doigts autour du coin du bar.

« Tu crois, reprit Maureen, que c'était une mauvaise chose de me ramener ici ?

— Une erreur, tu veux dire ? Ah putain oui alors !

— Pas simplement une erreur, Jimmy. Une mauvaise chose. Une limite enfreinte. Un acte sur lequel on ne peut plus jamais revenir.

— D'aller te chercher à Londres pour te ramener à la maison…

— Mais c'est quoi, la maison ?

— C'est ici, Maureen. C'est ta ville, ici. Te ramener à la maison, c'était le moins que je pouvais faire et j'ai attendu ça pendant quarante ans.

— Mais qui a dit que je voulais rentrer à la maison ?

— C'est pas comme ça qu'on règle tous les problèmes, Maureen ? En rentrant à la maison ? »

Maureen sourit. « Qu'est-ce que j'ai à régler, moi, Jimmy ? Que je meure ici ou ailleurs, ça m'est bien égal. Tu m'as ramenée parce que tu t'es dit que ça t'aiderait à te sentir mieux.

— Je t'ai ramenée parce que je me suis dit que ça ferait une bonne chose dans un océan de mauvaises. »

Il prit appui sur le bar et laissa tomber la tête en avant. Puis soupira. Maureen examina sa silhouette taillée à la serpe. Il était carré, le James adulte. Il n'y avait rien chez lui de Dominic Looney. C'était plutôt le portrait craché du père de Maureen, avec sa carrure de brute et la bourre grise qui couvrait les replis de sa nuque… gris sur rose, avec une étrange fragilité, comme son crâne de bébé quand elle le serrait contre elle pendant la tétée.

Voyez comme le monde évolue !

« Qu'est-ce que je fais de toi, Maureen ? »

Elle fut étonnée qu'il parle. Il était sorti tout poisseux et couinant, et voilà que l'instant d'après c'était un géant en blouson de cuir avec à la bouche tout ce qu'une vie lui avait appris de mots. Elle prit le cardigan qui enveloppait le dossier de la chaise et se le posa sur les épaules. Postée à la fenêtre qui donnait sur l'arrière, elle dit : « Je ne veux pas que tu fasses de mal à cette fille. C'est ma faute. C'est moi qui lui ai dit.

— Je sais que c'est ta faute. Ça te fait une croix de plus à porter, toi et ta maousse grande gueule.

— Tu ferais ça pour moi, Jimmy ?

— Je ne te dois rien, dit-il, à part la vie, mais si tu ne me l'avais pas donnée ça ne me manquerait pas. Tu n'as pas ton mot à dire, Maureen. Tout ce que tu as fait, c'est me lâcher dans le monde.

— Une vie contre une vie, dit-elle. Tout ce qu'elle a fait, elle, c'est écouter. »

« Voyez comme le monde évolue ! » dit Maureen à Georgie, plus tard dans la soirée. « Tout ce que vous vouliez, c'était récupérer votre doudou religieux. Et maintenant vous devez la vie à Jimmy juste parce qu'il s'est laissé convaincre de ne pas vous en priver. »

Georgie était toujours assise au milieu de la pièce. Elle avait une belle ecchymose violacée en formation sur la joue, et les yeux bouffis et bordés de rose. Maureen lui avait donné le cardigan et une couverture, mais elle continuait de grelotter comme un bol de jelly, les cheveux tout emmêlés dans le dos.

« Vous voulez une brosse ? » proposa Maureen. La voix de la fille s'étrangla.

« Calmez-vous, dit Maureen. Il ne vous tuera pas. Je lui ai dit de ne pas le faire et je suis sa mère, vous savez.

— Je ne voulais pas vous faire peur, dit Georgie.

— Me faire peur ? Il faudrait plus gros et plus méchant que vous pour m'inquiéter, ma belle.

— Je voulais juste savoir ce qui était arrivé à Robbie.

— Et vous vouliez récupérer votre petit scapulaire, c'est sûr. » Maureen traversa la pièce et vint s'asseoir en face de Georgie, lui attrapa la cheville et donna une petite secousse.

« Pourquoi une pute irait-elle se soucier de l'Église ?

— C'était celui de ma mère…

— Ah, bon sang de bon sang de bonsoir. Encore une mère croyante. Il faudrait quand même arriver à comprendre ce qui cloche dans ce pays pour qu'il n'arrête pas de pondre des vieilles bigotes. Et qu'est-ce qu'elle en dirait, votre maman, miss Georgie, si elle savait que vous avez passé du temps entre ces murs ?

— Ça fait des années que je ne l'ai pas vue.

— Combien d'années ?

— Presque dix.

— Presque dix ? Je suis sûre que si vous débarquiez chez vous à l'heure qu'il est, ça serait comme si vous n'étiez jamais partie. Le Saint-Esprit vous ramènerait au bercail. Elle pourrait laisser tomber un peu les neuvaines. Moi je n'avais pas vu Jimmy pendant vingt ans avant de remettre les pieds dans ce trou. Vous imaginez un peu ? Je suis revenue à Noël quand il avait vingt ans, et il m'a payé un cognac. Quand je l'ai revu la fois d'après, il en avait quarante et il était taillé comme un menhir. »

Georgie lâcha un petit couinement, chassa les larmes de ses joues et s'essuya les mains sur sa robe. « Pourquoi est-ce que vous ne l'avez pas vu de vingt ans ? demanda-t-elle. Qu'est-ce qui s'est passé ? »

Maureen marqua un temps de réflexion. La pièce nue n'offrait aucun soutien ni inspiration, et c'était une sacrée histoire, une histoire trop énorme pour ces quatre murs.

« On va aller se promener, dit-elle. Il y a un truc que j'aimerais bien vous montrer. »

« J'ai connu des filles à Londres, dit Maureen. Des filles comme vous. Des catins au sourire gêné. »

Elles marchaient dans les rues envahies d'obscurité, croisaient des flopées d'étudiants, gamins de dix-huit ans qui riaient, jeans moulants et barbes mousseuses, ou appelaient à la révolution depuis l'écran de leur téléphone, entre deux bouteilles de bière. Dominic Looney aurait bien pu être des leurs, avec ses perles, sa tête pleine de désirs et d'idées de soulèvements. La mode était cyclique. Alors qu'un peigne-cul restait un peigne-cul.

Georgie gardait les yeux baissés. Maureen percevait sa peur aussi nettement que le froid. Elle devina que la fille allait rester docile par crainte d'une vengeance, comme si Maureen risquait de se retourner contre elle et de lui briser la nuque sur une saute d'humeur, et cette idée l'irritait. Elle avait besoin d'engagement pour que la leçon porte ses fruits.

Ah, mais comment lui en vouloir ? Cette fille était une frêle coquille. Il ne restait plus en elle que de la peur.

« Je ne vous juge pas, dit Maureen. Je sais ce qui fait de vous ce que vous êtes. »

Une fille hilare surgit du coin de la rue et percuta Georgie de plein fouet. Elles vacillèrent toutes les deux. La fille s'excusa. Ses amies, qui suivaient en troupeau, glapirent de rire. La fille repartit en titubant, clamant sa honte à sa bande. *T'as vu sa tronche*, hoqueta l'une des amies.

«Pour la plupart», dit Maureen tandis que quelques mètres plus loin à présent une fille du groupe tanguait sur ses talons et s'emparait du bras de la nénette à côté d'elle, «pour la plupart, ces filles que j'ai connues s'en sont sorties, mais à mon souvenir une seule l'a fait intacte. Les autres étaient des épaves après le trottoir. Elles ne faisaient confiance à personne. Buvaient comme des trous. Battaient leurs gamins.

— Moi j'aurais fait une bonne mère, dit Georgie, mais l'affirmation ne recelait aucune conviction.

— Peut-être, ma foi, dit Maureen. Et j'espère que vous aurez l'occasion de le découvrir. Moi, je n'aurais pourtant pas pu faire pire mais on ne m'a pas laissée tenter le coup. Regardez un peu l'état de mon fils !

— Où est-ce qu'on va ?»

Maureen lâcha un petit clappement de langue. «Je vous l'ai dit. Il faut que je vous montre quelque chose.

— Je ne peux pas le revoir ce soir.

— Qui ça ? Jimmy ? Je ne vous ramène pas chez Jimmy. Ni où que ce soit, d'ailleurs. Je vous emmène de l'avant. Regardez voir.»

En tournant au coin de la rue, elles se trouvèrent face à l'église. Maureen tendit le doigt vers l'édifice et pressa le pas, passant le bras dans celui de sa compagne de pèlerinage.

«Vous m'emmenez à la messe ?

— À la messe ? Non.»

L'église était taillée dans le roc, et la ville alentour faite de brindilles. Maureen entraîna Georgie le long du flanc de l'édifice. Au-dessus de leurs têtes, les vitraux laissaient goutter la nuit et le silence du terrain consacré alourdissait leurs pas, faisant d'elles deux des rôdeuses.

« J'ai toujours détesté ces endroits », dit Maureen.

Elles contournèrent l'arrière de l'église et arrivèrent au presbytère, un cube de deux étages destiné à un célibataire et ses fantômes. Maureen n'approuvait pas. Elle n'avait jamais approuvé. Et jamais compris non plus, enfant, pourquoi le curé avait une maison plus grande que la sienne. Le Seigneur, Être immatériel, ne devait sûrement pas prendre beaucoup de place ?

Ses frères et sœurs et elle jouaient souvent autour des églises après les messes, les célébrations et les enterrements, litanie d'une vie croyante. On pouvait se dégourdir les jambes pendant que les adultes félicitaient, compatissaient ou condamnaient, mais de temps à autre on déboulait au coin de l'édifice pour se faire alpaguer par l'homme de Dieu blanc de rage devant pareille impudence. Ça semblait dommage de livrer un aussi joli jardin aux lubies d'un méchant vieux croulant. Dommage d'entretenir un aussi joli jardin dans l'ombre d'un théâtre lugubre. Il y avait toujours des pelouses soignées, des parterres de fleurs, parfois même une grotte si on avait de la chance. C'était le seul espace vert où Maureen n'avait jamais vu les romanichels faire brouter leurs chevaux.

Elle conduisit alors Georgie jusqu'au massif qui donnait sur la porte latérale du presbytère. Georgie murmura une protestation mais Maureen la fit taire et la poussa au milieu des arbustes d'une main ferme. Georgie ne savait que penser. Dans la faible lueur orangée qui provenait de la porte latérale, elle semblait à nouveau au bord des larmes.

« Vous voyez ces voitures ? demanda Maureen en les montrant du doigt.

— Oui…

— Des gens sont venus voir le curé. Il y en a tous les soirs. Les curés, ils travaillent tout le temps.

— Quels gens ? »

Maureen la dévisagea. « Des gars et des filles qui veulent se marier. Des petites vieilles qui viennent acheter des messes. Des pères qui demandent conseil. Les ouailles, quoi.

— Pourquoi est-ce qu'on est venues ? Je ne comprends pas. » Maureen s'accroupit et tourna la tête. Derrière elle, le regard de Georgie, rivé au sol, scrutait la terre dans l'espoir d'y trouver la compréhension. Elle ne la trouverait pas là, mais c'était un bon début. Nés poussière, élevés dans un sol caillouteux, c'était ça, non ? Les filles n'avaient pas plus changé que les garçons à colliers de perles, les uns fonction des autres.

« C'est un blanc-bec du nom de Dominic Looney qui m'a entraînée dans le péché et qui m'y a laissée, dit Maureen. J'ai eu Jimmy à dix-neuf ans. Mes parents n'ont pas voulu que je le garde. C'était bien trop honteux, vous comprenez. C'était comme ça, à l'époque. J'ai vécu en Angleterre et lui, il a grandi ici. J'ai travaillé un temps dans des bureaux, mais le travail me brûlait les mains, j'étais incapable de garder un emploi. J'ai fait quelques ménages. Travaillé dans des cantines. Picolé dans des boîtes avec les autres Irlandais. Je me suis fait quelques amis, je suis sortie avec quelques types mais je ne voulais pas me fixer. Je me dis par moments que je ne pouvais pas. À quoi bon ? Comment construire une vie sur des ossements ? Je ne suis revenue au pays que quand la lubie a pris Jimmy de m'y ramener. Trop de choses se sont passées pour qu'aujourd'hui on soit plus que des inconnus. C'est pour ça que je comprends ce qui vous tracasse, vu que vous avez perdu votre petit. »

Georgie lâcha un sanglot, les mains posées par terre pour garder l'équilibre.

« Votre Robbie O'Donovan, poursuivit Maureen d'une voix aussi étouffée que la lueur provenant de la porte, il n'était pas censé mourir. Ç'a été un accident.

— Il représentait beaucoup, vous savez. Il n'avait peut-être pas l'air, mais pourtant si. Et vous n'aviez pas le droit… Vous n'aviez pas le droit de le supprimer, et pas le droit de le cacher ensuite.

— Je sais, dit Maureen.

— Qu'est-ce que vous avez fait de lui ?

— Comme c'était un accident, Jimmy l'a fait disparaître. Donc le corps de Robbie a quitté le bordel, mais le reste de sa personne y est toujours. Je crois que je suis obligée de faire avec. Vous ne croyez pas aux fantômes, hein ? »

Georgie ne répondit pas.

« Ce n'est pas moi qui vous en voudrais, dit Maureen. J'aimerais bien ne pas croire aux fantômes mais ils m'ont collé aux basques toute ma vie. Il était venu chercher le scapulaire de votre mère, c'est bien ça ? Si je vous disais que vous n'êtes pas si différente que ça de votre mère ?

— Quoi, parce qu'on est là, dans un fourré, devant une église ? C'est censé me purifier, c'est ça ?

— Ça vous plaît de vous prostituer ? » demanda Maureen.

Georgie se raidit. Une flambée de susceptibilité passa sur son visage meurtri, une simple flambée, mais qui suffit à Maureen pour comprendre.

« Vous vous figurez que je le ferais si je n'étais pas obligée ? répondit Georgie. Vous connaissez quelqu'un qui le ferait ?

— Alors pourquoi est-ce que certaines filles le font ?

— Pour l'argent.

— Elles aiment l'argent ?

— Elles ont besoin d'argent.

— Précisément. Elles ont besoin de quelque chose alors elles se nichent sous l'aile d'un homme pour survivre, c'est ça, non ? »

Georgie se tamponna les yeux de l'intérieur du poignet.

« Du coup ils divisent les femmes en catégories, dit Maureen. Les mères. Les garces. Les épouses. Les petites amies. Les putes. Et les femmes cautionnent complètement, du moment qu'elles tombent dans la bonne catégorie. Elles méprisent toutes les putes. Qui ne sont là que par la grâce de Dieu.

— Dieu n'avait rien à voir là-dedans.

— Le fait est que c'est une catégorie de femmes réservées aux plus bas instincts des hommes. C'est votre lot et bon sang vous avez intérêt à jouer le jeu.

— Tous les hommes ? Ils sont tous comme ça ?

— Ha ! Ils se divisent presque aussi nettement, vous ne le saviez pas ? Saints et pécheurs. Maîtres et esclaves. Les gentils et les méchants. Comme mon Jimmy. Il joue un rôle, lui aussi, non ? Personne n'arrive au sommet sans un monceau de corps à escalader.

— Quel rapport avec ma mère ?

— Elle est croyante, non ? Les scapulaires, ça ne s'achète pas chez Tesco.

— Ouais…

— Elle est à genoux devant la puissance suprême. L'Église veut exercer un pouvoir sur tout, sur tous les vivants. L'Église a un idéal et, pour l'atteindre, elle broiera tout sur son passage. L'Église a besoin de ses dévots aveugles. Votre mère, la mienne, ces gens en train de gonfler l'ego du père Fiddler, là-bas dedans, ils ne demandent que ça. On leur a attribué une catégorie, ils s'y cramponnent. L'Église crée ses pécheurs pour avoir quelque chose à sauver. Votre mère est une Madeleine pour son Christ. » La porte s'ouvrit. Maureen posa une main sur l'épaule de Georgie pour lui signifier de rester immobile.

Un jeune couple sortit dans la cour, se retourna et serra la main du prêtre. Des rires se firent entendre. La lueur de l'entrée se déversait sur les marches et formait un rond orangé par terre, aux pieds des disciples, tandis que dans l'ombre, les Madeleines observaient les dos secoués d'hilarité.

« Regardez-le, cracha Maureen. Regardez bien. Qui endoctrine, qui entretient la croyance, qui les a ferrés et qui les tient. »

# 20

Elle avait les cheveux noirs comme l'espace intersidéral et un saisissant regard bleu nuit. La seule chose chez elle qui ne soit pas digne d'une photo de mode, c'était son long nez, dont elle avait honte, mais ça aussi il adorait, de même que les éclairs d'humilité qu'il provoquait face aux miroirs; ce nez il l'embrassait quand il estimait pouvoir le faire impunément.

Elle était censée mettre une chemise blanche pour travailler mais trop orgueilleuse pour se plier aux exigences fonctionnelles. Elle préférait en porter une qui lui épousait la taille et lui couvrait à peine le nombril, qu'elle devait attacher avec des épingles de nourrice pour éviter qu'un bouton saute dans l'œil d'un client pendant le service. Elle lui avait dit de venir la rejoindre au café. Quand il arriva, elle lui prépara un hamburger bacon-laitue-tomate et, pendant qu'il mastiquait, picora une salade en faisant des mines.

« J'ai un truc à te dire », annonça-t-elle.

Il pensa qu'elle ne voulait plus de lui. Elle disait raffoler de ses yeux et de son accent en dents de scie – « comme les collines, chez moi », lui expliqua-t-il – mais ça ne menait pas très loin, or il n'avait pas grand-chose d'autre à offrir. Il travaillait dur sur un chantier du côté de White Hart Lane mais tout ce qu'il gagnait, il le dépensait en ecstasy et en bibine. Elle était censée s'inscrire en fac au Goldsmiths College mais continuait à dépenser le PNB d'une nation insulaire en fêtes de week-ends et virées dans les magasins. S'ils formaient un beau couple, c'était entièrement au regard du manque de jugeote financière.

Le hamburger BLT s'immobilisa à cinq centimètres de sa bouche.

« C'est une sacrée surprise pour moi », dit-elle en haussant les épaules.

C'était la mi-août, par une chaleur torride. Londres ne dormait plus depuis des jours et ça se voyait. Des petits enfants trifouillaient les flaques de goudron fondu. De vieilles femmes s'affalaient sur les bancs des parcs pendant que leurs Scottish Terriers haletaient en dessous, langue pendante. Il y avait deux ventilateurs en marche dans le café, et la porte était grande ouverte. Tout le monde était poisseux et léthargique.

« Tu es surprise de quoi ? » demanda-t-il.

Derrière eux, un énorme type en marcel lâcha sa petite cuillère sur son journal et poussa un juron.

« En fait, dit-elle, je me suis rendu compte… que je… suis enceinte. »

L'homme en marcel n'en vit rien mais Tony Cusack était sens dessus dessous.

« Tu quoi ? »

Elle haussa à nouveau les épaules.

Une guêpe dériva dans leur direction. Il la chassa d'un geste. Elle revint à la charge. Tony attrapa le *Sun* abandonné sur la table la plus proche de la porte et écrasa l'insecte contre la vitre. Maria Cattaneo pencha la tête et se passa les doigts dans les cheveux. Quand il regagna la table, elle haussa les sourcils comme pour dire : *À toi de jouer, mec.*

Il regarda la moitié restante de son hamburger.

« Euh, fit-il. C'est… ah… Qu'est-ce que tu comptes faire ? »

Elle leva les yeux au ciel. « C'est fou ce que tu es romantique », dit-elle.

Quand Tony avait dix-huit ans, une fille avec qui il était sorti lui avait dit qu'elle pensait être enceinte, mais finalement elle ne l'était pas et la nouvelle fut si bonne qu'il en eut les jambes coupées parce que ç'avait été sa première fois, qu'il s'était retiré mais que dès le départ, cette poule ne lui plaisait pas vraiment. Cette fois, c'était différent. Il avait quatre ans de plus. Il était fou de Maria Cattaneo. Il picora le pain grillé avec une indifférence étudiée mais dans sa tête claironnait une fanfare accompagnée de tout un défilé de majorettes bondissantes.

« Je veux juste savoir ce que tu en penses, quoi, dit-il.

— J'adore les bébés. Tu es beau… – elle claqua la langue – beau mec, beaux bébés.

— Bon d'accord.

— Bon.

— Tu es allée voir le médecin ? »

Elle acquiesça. « Ça a l'air d'être pour mars. Au printemps. Comme les agneaux. »

Il se leva d'un bond, se pencha par-dessus la table et l'embrassa, et l'homme en marcel s'écria : « Du calme, fiston, j'essaie de manger, moi. »

Dix-neuf ans plus tard, Tony Cusack s'employait à de molles réminiscences. Le soleil s'insinuait entre les rideaux du salon, révélant une moquette constellée de brins de tabac et de miettes. L'aspirateur était en panne.

Il n'avait plus rien à boire et pas le courage d'aller en chercher ; il était abruti de chaleur et trop pris par ce kaléidoscope de souvenirs pour avoir envie de sortir de la maison. Les gosses s'étaient dispersés au soleil. Les petits jouaient sur l'esplanade, Cian était parti tout guilleret et, en rentrant, dissimulerait sans doute son ivresse derrière son téléphone portable. Kelly avait roulé deux serviettes de bain et annoncé qu'elle allait à Myrtleville avec ses copines. Ils avaient leurs vies, les petits Cusack, qui dépassaient celle qu'il leur avait donnée. Ils laissaient leur père ressasser des scènes qui commençaient à se flétrir sur les bords.

Il était revenu à Cork avec une fille enceinte de dix-neuf ans dont le désir de se couper de ses origines bourgeoises avait entaché les perspectives. Famille et amis, tous avaient demandé : *Putain, mais comment tu as fait pour mettre le grappin sur une fille pareille ?* mais il était incapable de répondre vu qu'il n'en savait strictement rien.

Ils habitèrent un temps chez son père et sa mère, et quand ils eurent la maison ils se marièrent, et dès qu'ils furent mariés ils s'employèrent à s'entre-égorger pour de bon, quant aux dommages collatéraux – ah putain, les dommages collatéraux –, ils s'entassaient de plus en plus haut, mais le jeu en valait jusqu'à la dernière châtaigne.

Tony s'était révélé une vraie merde dans tous les domaines, sauf pour ce qui était de lui faire de beaux enfants. Elle ne valait pas mieux. Ils picolaient tous les deux. Ni l'un ni l'autre ne travaillait régulièrement. Leurs tempéraments étaient bien assortis. Ils vivaient dans un trou à rats et s'engueulaient dans la rue. Mais au bout du compte, il se retrouvait avec six enfants, six merveilles aux cheveux noirs et aux yeux noirs, avec le sang de leur père dans les veines, et il n'en demandait sans doute pas plus.

Il regarda s'écouler les minutes sur le menu de Sky-TV et la soif s'amplifia jusqu'à ce qu'il ne puisse plus l'endurer.

Il fit profil bas dans le débit d'alcool, conscient, juste sous la surface de sa détermination, qu'il faisait partie des imbéciles pour qui l'endroit restait ouvert sept jours sur sept. Il attrapa un pack de six bières dans l'étalage du fond, où était stockée la bibine pas chère. L'intérieur de la boutique était éclairé par des néons et la lumière des armoires réfrigérées ; exposé, il cligna des paupières et se pressa, se dirigeant vers la caisse, un billet de dix moite serré au creux du poing.

Son nom sinua dans son dos.

« Tony ! Tony, attends une seconde ! »

Le soleil avait réveillé la pouffe en Tara Duane. Elle portait un boléro jaune et un short noir tellement minuscules qu'ils auraient eu du mal à passer pour des sous-vêtements. Elle avait ramassé ses cheveux au sommet de son crâne pour dévoiler sa nuque. En dessous, tout n'était qu'os. Pas du tout de nichons. Elle était mère mais n'aurait pas pu en avoir moins l'air. Elle s'était affamée jusqu'à régresser à l'adolescence.

Le fait de s'être terré chez lui pendant que ses enfants s'égaillaient dans le vaste monde lui avait permis d'éviter de trop voir Duane. De temps à autre, il l'avait aperçue de ses fenêtres. Une fois ou deux, il s'en était fallu de peu qu'ils ne se croisent en étendant du linge dans le jardin de derrière. Elle semblait avoir perdu l'envie d'orchestrer des face-à-face depuis que Ryan était rentré au bercail uniquement pour en repartir aussitôt. Tony perçut la corrélation, l'étaya de preuves, et espéra ensuite que sa logique était boiteuse. La dernière fois qu'elle l'avait alpagué, dans l'allée du jardin, il y avait maintenant plusieurs mois, ç'avait été pour lui annoncer que J.P. l'avait enrôlée pour mener la chasse à cette pauvre fille. Tara Duane était devenue une alliée sans même qu'il y ait consenti. On aurait pu croire que ça méritait une rébellion. Mais non. C'était une chose qu'il fallait accepter et classer.

De toute façon, qu'est-ce qu'il pouvait faire d'autre ? Aller trouver cet enfoiré de Phelan ?

Deux jours après l'annonce de Maria Cattaneo qui transforma sa vie, Tony était au pub avec Jimmy Phelan. Au milieu des lambris et des commentaires du match de rugby en cours, il encaissait félicitations et accolades viriles avec le même aplomb.

« Tu ne pouvais pas faire mieux à moins d'avoir un mouchoir trempé dans le chloroforme, dit Jimmy. Tu vas te mettre en ménage avec elle ?

— Je la ramène au pays.

— Au pays en Italie ? Avec ton gros cul d'Irlandais ?

— Non, mec. Au pays à Cork.

— À *Cork* ? Putain, Cusack, t'es pas un peu malade ?

— Mon fils naîtra à Cork, mec. Ça serait pas le mien, sinon. » Jimmy s'esclaffa. « Et vous partez quand, alors ?

— J'en sais rien. Sûrement dans un mois ou deux. C'est encore tout frais.

— Tu l'as annoncé à ta mère ?

— Eh, j'irai à la maison “faire un saut” et je lui dirai à ce moment-là.

— Toi, tu es un bel enfoiré ! » D'un signe, Jimmy appela une serveuse et lança : « Remets-nous deux bières, ma belle. Et deux babies avec. C'est quoi ton meilleur whisky écossais ? Ce gaillard-là va être papa au printemps.

— Ah, super ! » dit la fille. Elle transportait une pyramide de verres qui lui montait jusqu'au menton. Elle la rééquilibra, pencha la tête au détour de son chargement et sourit. Elle avait les yeux fortement maquillés, et les fards s'aggloméraient en paquets à cause de la chaleur. « Félicitations ! »

Tony lui rendit son sourire et la fille lui versa un baby supplémentaire.

« Alors c'est un garçon, hein ? » demanda Jimmy, le nez dans son verre à whisky.

Tony haussa les épaules. « Trop tôt pour être sûrs, hein, mais c'est un petit mec, évidemment. »

« Qu'est-ce que tu veux encore, bordel ? »

Tara Duane accusa le coup avec ostentation. Son regard pivota vers le plafond. Sa mâchoire tomba. « C'est une façon de saluer ta voisine ? hoqueta-t-elle.

— C'est pas un voisinage par choix, coupa sèchement Tony.

— Tu crois que ça me plaît d'habiter à côté de chez toi quand toutes les amabilités que je t'ai manifestées ont été accueillies par du mépris et des violences ?

— Je me contrefiche de ce qui te plaît ou pas, dit-il. Si c'est pour ça que tu m'as arrêté, restons-en là. J'ai mieux à faire.

— Oh, je n'en doute pas. » Elle désigna le pack de bières. « On voit ça sur pièces. »

Il se détourna, mais deux jeunes gars accaparaient la caissière, des cartons de cannettes dans les bras, et montraient du doigt des mini-bouteilles. Il était pris au piège.

« Je ne t'ai pas arrêté juste pour t'insulter, poursuivit-elle à côté de lui.

— Ah, super.

— Je l'ai fait parce que j'ai beaucoup réfléchi. À propos de J.P., de la façon dont il s'y est pris pour faire de nous deux des pions, et des mesures qu'on doit adopter tous les deux pour avancer.

— Tu te figures qu'on a besoin d'un putain de psy ? »

Elle lui agrippa le bras avec la main qui avait pourri la relation qu'il entretenait avec son fils, et il s'en débarrassa avec la violence qu'il réservait aux insectes qu'il pourchassait dans la cuisine avant de les écraser sous sa semelle.

« Ne me touche pas, Duane !

— Pourquoi ça ? Qu'est-ce que tu crois que tu pourrais attraper ?

— Il n'est pas question de ça, dit-il, mais je refuse de te donner la satisfaction…

— De quoi, de poser la main sur un alcoolo hargneux et violent ? Tu as une sacrément haute opinion de toi-même, dis donc !

— De quoi tu m'as traité, là ?

— Je le sais, souffla-t-elle à mi-voix, que tu bats tes gosses. » Un des types, à la caisse, éclata d'un gros rire. Sans prêter attention à la conversation qui venait de couper le souffle à Tony, il assena une grande claque sur son carton de bières.

« La bonne blague, hein ? Tu es persuadé que je me suis fait ton fils et tu n'arrêtes pas de ramener ça sur le tapis, encore et encore, comme si tu te souciais vraiment de lui. Alors qu'en réalité tu lui tapais dessus. Tu l'humiliais. Il allait souvent s'asseoir sur le muret du jardin de derrière, dans le noir et le froid, en attendant que tu montes te coucher pour être en sécurité dans sa propre maison. Tu es obsédé par l'idée que, si ça se trouve, j'ai couché avec lui. Pourquoi ça, Tony ? Ça te rendrait jaloux, hein ?

— Tu es folle. Va te faire foutre, et J.P. avec…

— Et Ryan aussi. »

Il prit une profonde inspiration, obligea son corps à se calmer, et recracha le poison qui franchit ses lèvres en un jet froid dépourvu de mots.

« Cartes sur table, Tony. Je te considère comme une merde. J'ai essayé tant et plus, mais tu ne connais pas d'autre façon de traiter avec les gens qu'en leur infligeant des sévices. Je sais que tu me détestes parce que tu t'imagines que j'avais une idée derrière la tête quand j'ai invité ton petit garçon battu comme plâtre à entrer chez moi pour qu'il puisse dormir le temps d'oublier tes mauvais traitements. Quelle que soit la forme que tu leur donnais. »

Les types joviaux libérèrent la caisse et quittèrent la boutique, les bras chargés. La caissière tourna la tête en direction de Tony et Tara, puis abaissa les yeux vers un bloc à pince, à côté de sa caisse, et commença à inscrire des choses au stylo noir. Une tache d'encre lui maculait le bout du doigt, et une autre lui couvrait deux phalanges.

« Tu te souviens de Georgie ? » demanda Tara. Tony changea son pack de main, sans répondre.

« Bien sûr que tu t'en souviens, dit Tara. J'ai eu beau faire, pas moyen de remettre la main sur elle…

— Je n'ai rien à voir là-dedans.

— Je t'en prie. Tu as tout à y voir ! »

La fille de la caisse se mit à chantonner. Le mélange haché de souffle et de mélodie monocorde qu'elle exhalait imposa à Tony un accompagnement musical maladroit.

« Pas moyen de la trouver, reprit Tara, et voilà qu'elle a resurgi toute seule. Il y a quelques mois de ça. J.P. a fait ce qu'il avait à faire…

— Ça veut dire quoi ? »

Elle s'esclaffa. « Elle va bien. Mais moi non. Tu te rends compte que, maintenant, on n'est plus d'aucune utilité à J.P. ?

— Je ne suis rien pour J.P. Et je n'ai rien à voir avec lui.

— Bon sang, arrête un peu ! Je bosse de temps à autre pour lui, moi aussi. Je connais la musique, je sais ce qu'il en est.

— Tu ne sais rien du tout, Duane.

— Bon, très bien. Je ne sais rien, et tu ne sais rien non plus. » Elle leva les yeux au ciel et, de la main, mima des mâchoires en train de bavarder ferme. « Mais pendant que tu tâches de me convaincre de ton ignorance, J.P. mesure quelle paire de nullards on est. Et s'il y a un truc pire que d'être la bonne poire qui rend service, c'est d'être la bonne poire qui porte le chapeau. J'ai besoin de quitter la ville. De foutre le camp dans le West Cork ou je ne sais où, repartir de zéro.

— Eh ben vas-y.

— Tu n'as peut-être pas remarqué, Tony, mais je roule pas franchement sur l'or.

— Si tu cherches à me convaincre que ça me regarde… »

Elle l'interrompit : « Je suis allée trouver les services sociaux. Je leur ai dit que je n'en pouvais plus de stresser. Je leur ai demandé de me trouver un autre logement. Ils n'ont pas voulu. Mes problèmes avec toi n'étaient pas assez graves, même si tu as fracassé ma vitre et que tu m'as foutu la trouille. C'est classé comme comportement antisocial, et s'ils commençaient à en avoir quelque chose à foutre, les services sociaux passeraient leur temps à jouer aux chaises musicales. »

Elle détourna la tête, rajusta sa microveste et soupira.

« Ne va pas croire que je ne sais pas à quel point tu es dangereux. Tu bats ton fils et tu tues tes copains de beuveries.

— Tu es folle, je te l'ai déjà dit.

— Laisse tomber, la fille ne nous entend pas. » Elle écarta les cheveux de son visage. « Je ne veux plus habiter à côté de chez toi, Tony. Je ne veux plus que J.P. connaisse mon adresse. Aide-moi à me sortir de là. Ça nous rendra service à tous les deux. Paie ta drogue, je te retrouve dehors. Il faut que je te dise un truc, et tu vas l'entendre.»

En ce début d'après-midi éblouissant de plein été, un jour qui se prêtait idéalement aux doux souvenirs, elle lui soumit les détails d'un projet sans doute pas concocté à jeun. Elle voulait qu'il la fasse cramer.

Tel était le plan, tout droit sorti du cerveau dérangé de cette malade mentale et exposé sur le trottoir devant le débit d'alcool, d'un ton détaché et dépourvu d'émotion propre à décourager les passants indiscrets. Elle avait décidé que le meilleur moyen pour que la municipalité la prenne au sérieux consistait à provoquer un problème grave. Elle voulait que Tony l'alcoolo mitonne un cocktail Molotov et l'expédie chez elle par la porte de derrière un soir convenu au préalable. Les autorités la feraient alors déménager. Quant à Tony Cusack, elle témoignerait en sa faveur. Il n'irait quand même pas essayer de l'enfumer alors que leurs deux maisons se touchaient.

«Tu délires ou quoi?» dit Tony, sur quoi Duane joignit les mains et répondit: «Je sais que ça a l'air dingue, mais j'y ai pensé et repensé, et ça paraît vraiment être la bonne solution pour nous deux. Je dirai que j'ai eu des ennuis avec Jimmy Phelan et les flics laisseront tomber aussi sec. Il leur fout la trouille.

— J'ai quitté l'école à seize ans, dit Tony, et je n'ai pas ouvert un bouquin depuis, mais je sais reconnaître une idée débile quand j'en croise une. Tu es cinglée, Duane. Soit tu cherches à me piéger parce que tu me crois aussi taché que le trou du cul d'un gorille, soit tu te figures vraiment que je vais allumer un incendie pour que tu puisses décrocher un cottage à la campagne.

— D'accord – elle se laissa distancer –, donc tu ne m'aideras pas.

— Est-ce que j'irais mettre mes gosses en danger parce que tu perds la boule ? Laisse-moi réfléchir. Non.

— Je le ferai quand même, dit-elle. Je le ferai sans ta contribution, et là, comment est-ce que tu sauras à quel moment il faut te tirer de chez toi ?

— Tu ne crois pas que je vais foncer droit chez les flics pour leur raconter ce que tu mijotes ?

— Non. Parce que si tu fais ça, moi je leur dirai que tu as tué Robbie O'Donovan. Et quand ma maison partira en fumée, je leur dirai que c'est Ryan qui a foutu le feu. À cet âge, les amants éconduits, on ne sait jamais de quoi sont capables. »

Il voulut l'empoigner mais elle lui échappa d'un bond et agita l'index en lâchant : « Ah ah ah ! » Tony recula et s'adossa au mur. Les rues étaient pleines de monde, même par cette chaleur. Sur le trottoir d'en face, une fille poussant un petit gosse jambes nues dans sa poussette les regardait.

« Alors il va falloir que je raconte ça à J.P. ! dit Tony.

— Mais tu ne le feras pas, dit Tara Duane. Même s'il s'en souciait assez pour intervenir, tu sais que s'il m'arrive quoi que ce soit il te collera ça sur le dos, parce que c'est à ça que servent les abrutis dans ton genre. »

Son téléphone pépia dans la poche de son short.

« Réfléchis, dit-elle en sortant son portable. Je ne compte pas m'y mettre dans l'immédiat de toute façon.

Melinda va bientôt aller vivre chez son père. On n'a pas fixé de date mais elle ne peut pas rester plus longtemps en Irlande, plantée sur son cul. Le pays est foutu, elle sera bien mieux loin d'ici. » Elle sourit. « Je suppose que les tiens ne vont pas tarder à bouger aussi. Pourtant, il n'y a rien de pire que de perdre un enfant. »

Elle le laissa battre des paupières au soleil, pétrifié et sans voix.

## À PROPOS D'INFIDÉLITÉ II

*Joseph s'en va dans la chambre avec l'autre gonzesse, du coup je me retrouve dans la cuisine avec celle qui a les yeux verts et elle me fonce dessus comme un tsunami.*

*Minute, que je me fasse bien comprendre. Elle est incroyable. Elle a une robe à motifs noir et or qui met en valeur son teint mat, des longs cheveux ondulés juste faits pour qu'on se les enroule autour de la main pendant qu'on lui roule un palot, carrément la totale. On s'est isolés dans un coin à discuter toute la soirée parce que je suis tellement assoiffé d'italien que je ferais des écoutes pour la Guardia di Finanza même s'ils promettaient juste des lambeaux de conversation entre* camorristi. *Elle s'appelle Elena. Elle est de Salerne. Elle finit toutes mes phrases. Putain, c'est l'éclate.*

*Je sais qu'elle attend quelque chose en retour, par contre. Elle a super raison, bien sûr. Enfin bon, Joseph et moi on n'a pas fait tout le trajet retour jusqu'à leur appart rien que pour admirer une paire de dictionnaires ambulants. L'autre gonzesse, Sofia, s'est mise à bouffer le museau de Joe à peine il avait franchi la porte ; elles rentrent en Italie dans deux jours alors j'imagine qu'elle a envie de finir en beauté. La porte de la chambre se referme. On reste là, Elena et moi, elle me fait les yeux doux en se caressant le décolleté et la voilà qui s'amène, qui traverse la cuisine, je vais bien être obligé, hein.*

*La première fille que j'ai embrassée, c'était Lauren Sheehan.*

*J'avais onze ans. Elle, douze. C'était deux jours avant la mort de ma mère.*

*Ça fait des années que je n'ai embrassé personne d'autre que Karine, et là, j'avais pas prévu.*

*Elena glisse sa langue sur la mienne et tout mon sang quitte ma tête et dégringole plus bas.*

*Elle s'écarte, les mains posées sur mon torse, et dit qu'elle ne dira rien à ma petite amie si j'en fais autant.*

*Rien qu'hier soir, Karine et moi on est allés en ville manger un morceau et ensuite dans un de ses pubs de luxe où elle a pu boire des cocktails et me redire que je suis un super coup pendant que je plissais les yeux en essayant de me sortir Niall Vaughan de la tête. Elle me dit qu'il n'y a rien à pardonner, que je dois seulement tâcher d'oublier. Alors que, dans ses actes, elle cherche à se faire pardonner. Elle est super attentionnée. Super amoureuse, putain. Elle a envie de me gâter mais en fait, elle gaspille son énergie. Je trimballe ma rage comme un sac de chatons couinants ; pas moyen de noyer ça. Le truc, c'est que ce qu'on partage est super profond, et super fragilisé par mes conneries, et mes conneries sont tellement maousses et aveuglantes que j'ai la trouille de les regarder en face. Et en fait, Karine ne vaut pas mieux. Ça, je n'arrive pas à l'admettre. Je suis en colère, puis soulagé, puis de nouveau en colère parce que je suis sou-*

*lagé, et ça me reste dans la tête, à pulser, nuit et jour putain, quoi que je fasse, il n'y a plus de place pour quoi que ce soit d'autre, du coup je ne me sens même plus moi-même. Et j'en passe par là parce que j'aime Karine d'Arcy mais ça ne me fait aucun bien, je ne supporte pas de ne plus l'avoir.*

*Elena m'embrasse à nouveau, plus longuement, plus doucement, et mes mains descendent le long des courbes de son cul jusqu'au bas de sa robe.*

*C'est... je sais pas trop. Comme si quelque chose me poussait dans le dos mais en même temps ça me coupe en deux parce qu'une partie de moi n'a pas du tout envie d'y aller. Mes doigts soulèvent sa robe et se glissent dessous et il y a juste un petit bout de tissu humide entre sa chatte et moi. Je frotte ma bite contre son ventre, elle gémit, cherche le bouton de mon jean et j'entends des os qui explosent et du vent qui hurle, et mon âme tout entière qui me crie* arrête, arrête, négatif plus négatif ça a jamais fait positif, mec, arrête ça ! *mais je vais le faire, je vais la baiser, pourquoi je m'en priverais ? C'est comme ça que ça se passe, non ? Je suis sorti avec des potes, je me suis bourré la gueule et bien poudré le nez, et ma bite va faire ce qu'elle a envie de faire. À quoi bon résister si Karine ne s'en donne pas non plus la peine ?*

*Elena recule jusqu'à la table, quitte sa robe en la passant par-dessus la tête, noue les jambes autour de ma taille et m'attire à elle. Elle glisse les mains derrière mes épaules et je tressaille parce qu'elle est tombée pile sur la cicatrice.*

*J'ai un dragon tatoué d'une épaule à l'autre, qui se déploie jusque sur mes bras. Ça date d'une semaine. Ça m'a fait un mal de chien pendant sept jours et ça brûle encore maintenant. Sans doute parce que l'encre a été injectée sur l'os, mais peut-être aussi parce que j'ai demandé au tatoueur d'ajouter un détail, un K au bout de la queue de mon dragon, pile sur ma colonne vertébrale.*

*J'ai morflé, mais ça ne m'a pas arrêté.*

# *CIEL ET TERRE REMUÉS*

# 21

Sur la ligne d'horizon de sa ville, ces modestes éminences que les ambitions d'autres hommes avaient fait surgir du hameau bourbeux, Tony suivait les contours de ses défaites et guettait sa damnation.

La sobriété devint un souvenir dont l'éclat ne survivait plus que dans la déception de ses enfants. Ronan et Niamh, devenus trop grands pour être cajolés. Cathal aux treize ans boudeurs. Cian, qui parlait d'entrer en apprentissage. Kelly en dernière année de secondaire, en route vers le Leaving Certificate. Les échecs de leur père pesaient de moins en moins sur eux à mesure qu'ils se concentraient sur leur propre avenir. La maison était peuplée des ombres de l'unique vie qu'il ait et qui vaille d'être vécue. Son affirmation d'autrefois, quand il clamait être avant tout un père, se consuma dans la vision fluorescente de Tara Duane. Il se terra dans son salon et s'inventa des résolutions ; mais elles se desséchèrent et tombèrent en cendres dès la première bouffée d'air qu'il leur insuffla.

Il regardait Ryan se consumer. D'une plaine éloignée, il tentait d'appeler à l'armistice mais le garçon, quoi qu'il soit devenu, n'en avait que faire.

Un matin froid et humide de novembre, il s'amena dans une Golf de dix ans d'âge, et Tony sortit pour donner des coups de pied dans les pneus et grommeler son approbation. Il ne savait pas avec qui Ryan avait appris à conduire. Mais le fait que c'était une tâche qui revenait au père d'un jeune ne lui échappa pas.

« Tu es paré pour Noël ? demanda Ryan, une main plaquée sur la nuque, grimaçant comme s'il venait d'y piéger une guêpe. Tu n'as pas besoin d'un peu de fric, ou quoi ? »

Tony ne se fit pas prier. Son fils lui remit un rouleau de billets. Il referma les mains sur le don et demanda : « D'où tu sors ça ? » mais son fils regarda au loin comme un marin qui voit partir la flotte. « J'ai un peu bossé, c'est tout », et Tony comprit alors ce qu'il avait engendré.

Il envisagea fugacement de demander à ce nouveau Ryan quoi faire au sujet de Tara Duane, mais ce serait sans doute donner du corps à une hideuse réalité ? La conversation en revint à la voiture. Tony pensa au passé gravé sur l'épiderme de son fils et se sentit écœuré. Il regarda la maison voisine, imagina Duane en train d'épier derrière les rideaux de son salon, d'ourdir un plan pour les avoir l'un et l'autre. « J'économise pour acheter une GTI, dit Ryan. En attendant, celle-là fera l'affaire pour amener Karine faire les magasins », et son père tapota le capot avec un faible rire.

Tandis que Noël commençait à le bousculer, il repensa à la visite de Jimmy Phelan, l'année précédente, et à la bouteille de whisky entamée qu'il avait apportée pour faire chier. Trois soirs de suite, en décembre, il envisagea de décrocher le téléphone et de demander de l'aide à J.P. Chaque fois, il renonça en s'imposant un raisonnement amer. Jimmy Phelan n'était pas son ami. Il avait flanqué ses péchés autour du cou de Tony et Tony avait baissé la tête et laissé faire.

Deux jours avant Noël, l'immeuble dont Jimmy et lui avaient retiré le pauvre Robbie O'Donovan prit feu.

Ce fut seulement en voyant les photos à la une de l'*Echo* qu'il réalisa. Deux camions de pompiers bloquant le quai, l'épaisse fumée humide étouffant la rivière et le ciel noirci, au-dessus. Il lut l'article et fut soulagé d'apprendre qu'il n'y avait personne à l'intérieur au moment du sinistre, et aucune victime dans les immeubles voisins. Les premières investigations laissaient supposer une défaillance électrique – l'installation était ancienne, après tout –, si bien que les flics écartaient l'hypothèse d'un acte malveillant. Tony, lui, savait de quoi il retournait. Et il était devenu assez cynique pour supposer que les flics, aussi, savaient.

Il se dit que cet incendie tournait sans doute la page d'un chapitre noir de son existence.

Cela dit, il n'était plus le même homme que le jour où il s'était trouvé sur le chemin de J.P. presque quatre ans plus tôt. La suppression propre et nette du théâtre du crime ne suffisait pas à tirer un trait sur ce qui s'était passé. Robbie O'Donovan n'en était pas moins mort. Tony Cusack n'en avait pas moins lavé son sang sur le carrelage. Tara Duane n'en avait pas moins mis le doigt sur cette plaie pour parvenir à ses fins.

Le jour de Noël, la jeune Linda vint comparer ses cadeaux avec ceux de Kelly. Une cannette à la main, Tony lui demanda quels étaient ses projets pour la nouvelle année. Elle expliqua qu'elle s'était organisée pour continuer sa formation dans un salon de coiffure à Glasgow, où vivait son père. Et précisa qu'elle partirait la deuxième semaine de janvier.

« Imagine tout ce que ta mère va pouvoir fabriquer une fois que tu ne seras plus dans ses pattes », dit Kelly. Sur quoi Linda frémit perfidement.

Blafard dans la lueur des guirlandes du sapin, Ryan regardait fixement la télé, simulant l'apathie.

Tony prit sa décision.

La veille de l'incendie programmé, Tara Duane n'était qu'entrain et allégresse, comme si elle énonçait les consignes d'une braderie de supermarché.

« Ce qui va se passer, dit-elle en posant un mug de thé noyé de lait sur la table devant Tony, c'est que je vais quitter la maison à 6 heures, me débrouiller pour être vue par-ci par-là en ville, et je ne remonterai chez moi que quand tu m'appelleras pour m'annoncer qu'il y a eu un terrible accident, ou… – elle lui adressa un clin d'œil – que c'est mission accomplie. »

Tony glissa les doigts dans l'anse du mug. Il l'avait regardée préparer le thé pour s'assurer qu'elle n'y verse rien ni ne crache dedans. Le breuvage n'en était pas plus engageant pour autant.

Ils étaient installés dans la cuisine de Tara Duane. Des efforts avaient été faits pour souligner le non-conformisme de la maîtresse de maison – vaisselle multicolore dépareillée, torchons barrés de slogans choc, bric-à-brac de souvenirs de vacances disposé sur le rebord de la fenêtre – mais les bibelots ne masquaient pas la misère. Des tas de vêtements avaient été posés sur la table et oubliés si longtemps qu'ils étaient piqués de moisissure. Le mur, derrière la poubelle, était zébré de traces marron et grises, le dessus de la cuisinière couvert d'une couche de gras ancienne. On aurait dit que la personne qui vivait là était morte depuis des mois. Tony regarda Tara Duane préparer sa propre tasse de thé. Elle serait passée sans peine pour une ombre, sans autres souvenirs que les bribes les plus tordues de ce qu'elle avait été.

« Tu n'as aucun souci à te faire, lança-t-elle avec enthousiasme, assise en face de lui. J'ai absolument pensé à tout. J'ai vendu quelques objets de valeur puisque Melinda vient de partir et que j'en ai profité pour faire du tri. Tu vois ? C'est super logique. Toi tu jetteras la bouteille dans la cuisine en laissant la clé dans la porte en sortant – je vais te la donner tout de suite, comme ça on ne nous verra pas ensemble demain – et ça fera comme si j'avais simplement oublié de fermer en sortant. Tu sais à quel point c'est une mauvaise idée dans un quartier comme le nôtre. Tu m'appelles tout de suite parce qu'on est voisins et que tu as remarqué une odeur de fumée. Et si quelqu'un te voit sortir de chez moi par la porte de derrière, c'est carrément facile de dire : *Ben ouais, j'ai passé la tête à l'intérieur et je me suis rendu compte que l'incendie n'était plus maîtrisable alors j'ai aussitôt appelé Tara puis les pompiers*, d'accord ? Là-dessus, je dis aux services sociaux que j'avais raison depuis le début et ils me déménagent. Et le tour est joué ! »

Et ça ne lui posait aucun problème d'être en train d'expliquer un plan retors à un type impliqué uniquement au nom de la haine incurable qu'il lui vouait.

« C'est mieux pour nous tous, je pense que tu seras d'accord, dit-elle. Cette maison a toujours été trop grande pour Melinda et moi. Il y a des familles qui en ont plus besoin que moi. Alors ! Des questions ? »

Tony se remémora la *banshee*, au bord du lac. Il secoua la tête.

« Super ! dit-elle. Prends donc un gâteau sec, bon sang. Rends-moi service. Je surveille ma silhouette ! »

Il n'avait pas prévu de s'envoyer un ou deux verres avant, mais il ne put pas plus s'en empêcher qu'empêcher la suite de se dérouler.

Allongé sur son lit, il laissa les larmes éliminer le poison en guise de rituel de purification. Se demanda : *Est-ce que je suis seulement capable de mener ça à bien ? Est-ce que je vais me faire gauler ?* puis : *Qu'est-ce que mes gosses vont penser de moi ?* Ils ne comprendraient pas. Un père, qu'est-ce que c'était pour eux, à part quelqu'un qui prépare leurs repas et veille à ce que la maison ne s'écroule pas sur leur tête ? *Même pas ça, Tony Cusack.* Un père, qu'est-ce que c'était pour eux, à part quelqu'un qui se bourre la gueule, titube, se bat et dégueule ? Ils ne comprendraient pas que c'était une chose qu'il était obligé de faire, et il ne pourrait jamais le leur expliquer.

De temps en temps, il prenait son téléphone et vérifiait l'heure.

À 3 heures du matin, il se glissa hors du lit, se posta à la fenêtre qui donnait sur la rue et contempla le lotissement.

Il pleuvait. Le vent secoua les arbustes et les haies dans les jardins avoisinants, fit claquer une grille quelque part dans la rue, gifla la vitre. Aucune lumière ne brillait dans les maisons d'en face, à l'autre bout de l'esplanade. Pas d'autre frémissement que le souffle même de la nuit.

Il resta là dix minutes, un quart d'heure peut-être, puis se ressaisit.

Même si un de ses enfants se réveillait, il ne ferait pas attention aux déambulations nocturnes de Tony ; ce ne serait pas la première fois qu'une insomnie le torturait. Il s'habilla et descendit à la cuisine, ouvrit la porte de derrière et regarda dehors. Aucune lumière non plus dans les maisons situées derrière la sienne, à l'exception de l'habituelle lueur provenant des toilettes de certains voisins.

C'était le genre de nuit qui peut se prolonger à l'infini.

La clé tourna dans la porte de derrière de la maison voisine. Il resta un moment immobile dans la cuisine de Duane, humant l'odeur du désodorisant d'ambiance qui s'insinuait au travers des relents de gras et de tabac froid. Puis il se fraya un chemin dans l'obscurité jusqu'à l'entrée, la disposition étant la même que dans son propre gourbi, s'assura qu'il n'y avait aucun signe de vie dans le salon, et monta l'escalier à pas de loup. La lumière des toilettes était allumée et la porte entrebâillée.

Grincement de la troisième marche avant le palier. Il se demanda ce qu'il dirait si elle se réveillait et le surprenait là. S'il prétendait avoir été submergé par les passions nocturnes et mourir d'envie de connaître les caresses d'une garce rachitique, le croirait-elle ? Le foutrait-elle dehors, adulte qu'il était et, du coup, trop vieux pour elle ?

Il essaya la porte de la chambre qui donnait sur la rue et fut un instant éberlué en découvrant le décor, le mobilier et les odeurs.

Son regard s'habituant à l'obscurité, il discerna les formes qui l'environnaient. Posters, parfums sur la coiffeuse, lapin Playboy sur le lit. Inoccupé, le lit. C'était la chambre de la fille.

Il regagna le palier à reculons en se disant que cette erreur était une bouée de sauvetage. Comme il serait facile de redescendre sur la pointe des pieds et de retourner chez lui sans laisser d'autre trace de sa présence que son souffle haché.

Mais que faire demain ? Quand elle serait en furie parce qu'il s'était retiré du projet ? Que faire de sa grande gueule de balance ? Il se glissa à l'intérieur de la chambre de derrière et referma silencieusement la porte aussi vite qu'il le put. Duane remua dans le lit, soupira et se retourna sur le dos.

Il s'essuya la bouche dans sa manche et s'avança jusqu'au-dessus d'elle, se mordit la lèvre pour que la douleur chasse jusqu'à l'idée que cette chambre avait un jour accueilli son fils et se signa au nom d'un dieu en lequel il ne croyait pas vraiment, puis s'assit à califourchon sur la femme, lui noua les mains autour du cou, se pencha en avant et ferma les yeux. Elle se débattit en gargouillant. Ses mains frappèrent les siennes. Son genou remonta derrière son agresseur et il sentit sa cuisse contre son dos puis plus rien, mais il continua de peser de tout son poids, les yeux fermés, et plus tard, se dit qu'elle avait à peine eu conscience de ce qui se passait.

Il se souvenait de l'itinéraire qu'ils avaient pris pour le ramener chez lui, plutôt que pour le conduire sur le lieu de sa propre exécution, et dut donc procéder à reculons.

Il n'avait pas de lampe torche dans la voiture mais se dit qu'il ne s'en porterait pas plus mal, puisqu'il ne voulait être repéré ni à terre ni depuis la mer. La besogne n'eut rien de facile. Il trouva une bâche et y roula le corps bien serré. Elle avait l'air légère comme une plume, mais un poids mort c'est un poids mort.

La marche sur le sentier envahi de végétation, jusqu'à l'ancien quai indiqué par J.P. le jour de la première visite de Tony, fut plus difficile qu'il l'avait pensé. Le sol était détrempé, la flore exubérante, la lumière absente et le fardeau écrasant. Il s'imagina dérapant et s'abîmant dans l'eau noire, en dessous, où on le retrouverait trois ou quatre jours plus tard en même temps que le corps de son ennemie. Imagina ce que ses enfants se diraient. Imagina le traître Jimmy Phelan, livide, quand le scandale mettrait en lumière le théâtre de ses boucheries. Imagina l'enquête qu'il mènerait. L'imagina face à Ryan, s'efforçant de saigner à blanc l'ignorance du garçon.

L'eau tourbillonna sous les rames du canot de J.P. Tony crut ne pas arriver jusqu'au bateau. Il faisait noir, le vent était mauvais, ses bras gémirent dès qu'il commença à ramer, et il se dit qu'il ne méritait sans doute pas non plus d'y arriver, en dépit des raisons qui l'animaient, en dépit du fait qu'il s'était trouvé acculé… Mais il y parvint. Immobile dans le canot qui dansait sur les vagues, il se demanda comment il allait s'y prendre pour la hisser dans le bateau, bon sang. Il réussit pourtant, avec l'aide du diable. Trouva de la corde et accola le canot à la poupe, puis traîna le corps jusque dans le bateau avec l'énergie du désespoir. Il laissa ensuite le canot à son amarre et se dirigea vers le large, convaincu que chaque seconde qui passait le menait à la perdition, à la haute mer impitoyable, à sa fin peut-être, mais au moins emportait-il cette garce avec lui.

# VERTIGE

*L'image, voilà à quoi ça se résume. Pas simplement le fait de porter des lunettes de soleil de marque et des jeans ultra-moulants qui ruinent les couilles. L'image au sens large. Ce qu'on donne à voir, ce que les gens perçoivent la première fois qu'ils nous rencontrent.*

*Je ne joue pas de piano.*

*Je n'ai pas oublié ; un truc qu'on pratique depuis l'âge de trois ans, ça ne s'oublie pas. Non, ce qu'il y a c'est que... je me suis mis à dealer et le reste j'ai envoyé chier. Faire ce que je fais moi pour gagner ma vie ici et là tout en jouant du piano, ça serait carrément ridicule ; j'aurais l'air d'un connard de snob ou, pire, je serais transparent. Donc je ne joue pas de piano. Pas que ça se sache, en tout cas.*

*La musique, ça ne se perd pas, par contre. Une fois qu'on l'a apprise, on ne peut plus faire autrement que de gueuler dans cette langue-là. Alors je triche. J'ai mis la main sur deux ou trois platines et j'ai appris à mixer. Cette image-là, elle passe. Les gens se sentent à l'aise avec les stéréotypes ; ils veulent croire qu'ils ont une prise sur leur revendeur. On leur fait cadeau d'une image qui nous permet de continuer à gagner notre vie et on largue tout ce qui détonne. C'est comme ça.*

*Karine et moi on va à une soirée musique samedi soir, et une fois que c'est plié on se retrouve invités dans une fête. Je discute technique avec un des DJ et le voilà qui me demande comme ça de mixer deux trois morceaux. Donc je le fais. Et là, il est un peu sur le cul parce qu'il croyait que je me la pétais.*

*Mixer, je trouve ça facile. Je suis assez démerde pour tout ce qui touche au son, et les quelques mois de physique et de maths niveau secondaire ont dû me rester, j'imagine. « Tiens, voilà le dealer qui fait le DJ », ils se disent les teufeurs, et ensuite ça devient : « Pourquoi il deale, ce DJ ? » mais je ne reste pas jusque-là. J'ai envie d'un sniff.*

*Karine s'amène avant même que j'aie quitté le casque et dit : « J'ai super trop envie de pisser.*

*— Je suis sûr qu'il y a des toilettes.*

*— Oui, mais la porte ferme pas. »*

*Je l'accompagne et je tiens la porte pendant qu'elle remonte sa robe et s'assied.*

*« Tu veux reprendre un ecsta ? » je lui demande.*

*Elle grimace. « J'ai pas envie d'être mourante lundi matin.*

*— Prends-en la moitié. » Elle grimace à nouveau.*

*« Allez, je lui dis. Moi il faut que je remette ça, de toute façon. »*

*Je prends un cacheton dans ma poche, je le casse en deux entre mes dents et j'avale ma moitié. J'attends qu'elle se relève. Elle se lave les mains et prend l'autre moitié que je lui tends.*

*Je pisse un coup pendant qu'elle rajuste ses faux cils.*

*Quand on sort des toilettes, il y a une autre fille en train d'attendre. Elle me sourit et demande : « On s'est déjà rencontrés quelque part ? »*

*Karine passe devant elle pour aller prendre sa consommation, du coup je peux lui rendre son sourire. « Je crois pas, je dis.*

*— Je suis sûre que si. » La fille est grande, musclée, ce genre-là, quoi. Elle porte une minirobe moulante et des talons aiguilles, et ses cheveux bruns au carré dansent quand elle penche la tête. Elle se lance dans tout un tas de noms d'endroits où elle pense m'avoir déjà vu et le truc dingue, c'est que chaque fois il est question de musique. Genre, c'est le DJ qu'elle voit en moi, pas le dealer. Elle a faux sur toute la ligne pour ce qui est des lieux géographiques, et faux aussi à propos de mon statut professionnel, mais sa curiosité est légère et chaleureuse et, bon d'accord, un brin tripoteuse vu que la fille est déchenillée mais rien qui me dérange, ça me flatte à mort, putain, c'est super agréable.*

*Et, bien sûr, elle commet l'erreur de poser la main sur mon torse et là, Karine rapplique à la vitesse de l'éclair.*

*« Ça te dérangerait ? elle lance à la fille musclée.*

*— Pardon ?*

*— Ça te dérangerait de virer tes grosses paluches de là ? »*

*La baston meurt dans un crachotement d'allumette mouillée vu que la fille musclée est trop stone pour avoir envie de riposter, à part un bref : « Les filles comme toi, ça ruine la réputation des femmes », et parce que j'attrape Karine par les poignets et la pousse doucement en arrière jusqu'à la porte de la salle en accueillant d'un hochement de tête et d'un sourire chacune des accusations qu'elle crache. Il y a une voiture garée dehors, alors je continue à pousser Karine en arrière jusqu'à ce que son cul touche la carrosserie, et comme elle proteste, je me colle contre elle, je noue ses poignets derrière ma nuque, je pose les mains sur ses cuisses et je lui demande ce qu'elle fout, bon sang.*

*« Oh, tu connais monsieur le DJ, elle dit. Toutes les filles en sont folles.*

*— On se lance pas sur ce terrain-là maintenant », je dis. Je commence à sentir le demi-ecsta et j'ai conscience de l'état intérieur essentiel pour que ça se passe bien.*

*« Je te casse ton coup, c'est ça ? elle lance d'un ton accusateur.*

*— C'est* toi *mon coup, d'Arcy.*

*— Partant de là, je ne suis pas censée me soucier que tu dragues Musclor ?*

*— Je ne drague pas.*

*— Mais si, tu dragues. Et comme tout le monde là-dedans sait que je suis ta petite amie, je passe carrément pour la gonzesse tragique.*

*— Ça c'est des conneries », je lui dis. Je glisse les mains sous son cul et je me colle un peu plus contre elle. « D'ailleurs, tu ne préfères pas sortir avec monsieur le DJ plutôt qu'avec monsieur le dealer ?*

*— Je préfère sortir avec un mec qui sait se contenter de regarder sa petite amie. »*

*C'est marrant, parce qu'à ce moment-là j'entends vraiment une voix, claire et nette, comme si quelqu'un d'autre était enfermé dans ma tête, qui dit :* Stop, Ryan, ça ne fera qu'aggraver les choses, *mais c'est trop tard, ma bouche s'ouvre et me voilà en train de dire :*

*« Moi je préfère sortir avec une bonne amie qui sait garder sa culotte le jour de son bal de fin d'année », et là elle me gifle, putain elle m'en colle une, et elle commence à s'éloigner sur le trottoir avec sa minirobe et ses talons qui tanguent, et quand j'arrive à refermer la bouche et que je lui emboîte le pas, elle se retourne et hurle : « Oh, bon sang,* BON SANG, *t'as pas le droit de me dire ça après t'être fait cette touriste, oh bon sang moi j'avais* UNE EXCUSE, *tu étais en* PRISON *» et bon, là ça casse l'ambiance, hein ? Alors je la suis, je marche derrière elle en lui disant que je suis désolé, désolé, carrément désolé putain, et le demi-ecsta que j'ai pris se met à monter, et le sien pas longtemps après, et on finit adossés à un mur en crépi, en train de se rouler des grosses pelles sur le bord de la route à 5 heures du matin, et je me contrefous de savoir si c'est un truc que ferait un dealer ou plutôt un DJ.*

*« Ryan, elle dit, Ryan.*

*— Mmm ?*

*— Tu sais que, pour moi, nous deux c'est* pour toujours *? » Sa mâchoire mouline à fond les ballons.*

*« Mmm. » Moi j'ai les dents soudées au Velcro.*

*« Si on faisait un bébé ? elle dit.*

*— Hein ? » je sors comme ça, mais tout à coup elle est en larmes et moi qui aurais cru me mettre à rire et lui dire qu'il faut redescendre un peu avant de prendre de*

*grandes décisions qui changent la vie, voilà que je l'attire sur mon épaule et que je la berce doucement en lui disant :* Quand tu veux, tout ce que tu veux, *et en temps normal je mettrais ça sur le compte de la soirée, des coups qu'on a bus et de l'ecstasy, mais là, cette fois, c'est différent et, même explosé, je le sens. Je la serre dans mes bras et je lui dis que je l'aime, que je ferai tout ce qu'elle veut mais au-delà des mots que je lui dis et de son poids tout contre moi, il y a le sentiment qu'on a tout bousillé entre nous. Avant, c'était magnifique.*

## 22

Plus facile de prendre goût aux incendies qu'aux meurtres.

Maureen avait sans-le-faire-par-hasard laissé les bougies trop près des rideaux et réduit sa maison en cendres. Sur le moment, ç'avait été un moyen en vue d'une fin mais, une fois allumé, l'incendie lui avait vraiment plu.

Avec le meurtre, elle découvrit qu'une vraie limite était franchie, et que ça ne tenait qu'à un fil. À un moment, il y avait de la vie, l'instant d'après elle avait disparu. Le summum de l'irrémédiable. Une fois qu'on a sauté le pas, il n'y a plus moyen de revenir en arrière.

L'incendie c'était autre chose, une chose grandiose. Un monument célébrant son propre rituel. Une fois que le feu avait pris, il inscrivait une déclaration dans le ciel. On avait le temps de le savourer et le temps aussi de l'éteindre, si on était du genre à se raviser.

Elle regarda brûler le bordel depuis le pas d'une porte délabrée, de l'autre côté de la rivière. Les pompiers arrivèrent sur place presque aussi vite que les photographes amateurs. Un silence respectueux planait et elle eut envie de traverser la rivière pour aller dire aux badauds qu'il n'y avait personne à l'intérieur, que personne n'était mort et personne ne mourrait, mais il fallait qu'elle reste tranquille et discrète. Modeste, même. C'était son œuvre mais il ne serait pas question de médaille.

Elle regarda Jimmy arriver en voiture – même depuis l'autre berge de la rivière, il était aussi voyant qu'une armée d'envahisseurs –, se précipiter vers les pompiers, et elle se sentit un peu réchauffée aussi, à bonne distance. Il avait donc un semblant de considération pour elle, en fin de compte. Ce n'était peut-être pas de l'affection mais l'idée qu'elle puisse mourir asphyxiée le perturbait visiblement. À moins que ce soit la perte du carrelage de la cuisine qui le chagrine.

Bien entendu, il s'échauffa comme à son habitude dès qu'il découvrit qu'elle n'était pas morte. Il la traita de tous les noms d'oiseaux et manqua se consumer de rage en énumérant tous les ennuis que lui avait causés la folie furieuse de sa mère. Sur quoi Maureen lui demanda calmement : « Tu n'es pas assuré ? » et l'envoya postillonner dehors.

Il jura que, si l'envie la prenait de recommencer la blague, elle ne s'en tirerait pas comme ça, mais le nouveau logement qu'il lui avait trouvé, un appartement en rez-de-chaussée dans une résidence gardée du centre-ville du nom de Larne Court, ne méritait pas le traitement infligé au précédent. C'était un endroit modeste et Maureen dormait mieux sans le poids de tout ce passé qui l'écrasait.

Robbie O'Donovan ne l'avait pas suivie. Elle n'aimait pas l'imaginer pris au piège sur le lieu de son trépas par l'épaisse fumée noire mais comme, bien sûr, il était déjà mort, elle ne pouvait guère le tuer à nouveau. Elle se demanda pourtant où il était parti s'installer, mais il ne lui manquait pas.

Le vagabond de la Blanchisserie, un an et demi plus tôt, lui avait dit qu'il n'y avait rien de mieux pour nettoyer qu'un feu. Maureen avait pris l'initiative de tester l'affirmation, mais si le fait de débarrasser la ville du bordel l'avait ragaillardie, ça ne l'avait pas fait vibrer, ou en tout cas n'avait pas éveillé les échos auxquels elle était sensible. Elle avait fait ça pour Robbie O'Donovan et pour la jeune Georgie mais, elle s'en rendait compte neuf mois plus tard en analysant ses défaillances, pas pour elle-même.

Et donc, en ce mois de septembre ensoleillé, elle répara ce tort.

On ne peut pas se tromper avec les hippies. Leur philosophie s'articulait sur l'empathie, or Maureen avait testé fils, curés et putes et s'en était sortie sans l'ombre d'un châtiment. Peut-être son exil immérité était-il vraiment venu à bout de l'envie irrépressible qu'avait le monde entier de lui chier dessus ? Elle tenait à s'en assurer.

Passé la barrière de sa nouvelle résidence, cent mètres plus loin sur la droite, se trouvait un marchand de journaux, et devant la boutique du marchand de journaux, la plupart des matins, était installé un mendiant au teint terreux, en jean et baskets en plastique. Elle lui payait généralement une tasse de thé et un sandwich et s'arrêtait pour lui demander comment il allait, car il la fascinait. Il était assez jeune pour avoir une mère quelque part. Pendant deux semaines, au mois d'août, il déserta son poste, mais il était de retour avant que quiconque se soit inquiété au point de réagir et expliqua à Maureen qu'il était allé faire un petit séjour chez des zonards sympas, aux abords de Mitchelstown. L'idée, c'était de décrocher de l'héro mais ça n'avait pas marché. Mais il était quand même sensible à la conviction qu'y avaient mise les zonards.

« Mitchelstown, répéta-t-elle songeusement.

— Ouais. Y a une fille, là-bas, qui s'appelle Ruby Dea. Elle a une ferme un peu plus haut et elle laisse tous les glandus qui lui font pitié s'installer dans ses prés. C'est plein de caravanes et de tipis. Elle faisait partie d'une secte, avant. »

Maureen renifla. « L'Église catholique ? »

Il détacha soigneusement les syllabes : « Non. Une secte. Elle en parle pas trop, mais y a un paquet d'anciens croyants, chez elle. De tous les bords. »

Et bien sûr, comment Maureen Phelan pouvait-elle résister à ça ? À peine quelques heures après s'être gargarisée de l'histoire du mendiant, elle était devenue Mo Looney, femme de l'homme qu'aurait été Dominic Looney. Drapée dans l'affliction, elle se rendit à Mitchelstown pour y trouver la nommée Ruby Dea, qui se révéla plus matrone que fille, tout en jupes et gilets de laine.

Ruby Dea prit d'abord Maureen pour une mère en colère venue récupérer un traîne-savates et blêmit en conséquence, mais bien vite elle accepta en Mo Looney une nouvelle victime de la foi et lui prêta une tente à deux places pour aller boucher un trou dans un champ en jachère.

Comme promis par le mendiant, il y en avait d'autres. Une fille de vingt et quelques années avec deux jeunes enfants dans un mobile home décati, toute seule à l'écart au fin fond du champ. « Elle se planque de son mari », confia Ruby Dea. Un jeune sur les nerfs dont Maureen était sûre qu'il ne passerait pas la nuit et succomberait au manque qui avait infiltré jusqu'à la moelle de ses os. Mais le reste des résidents se montra accueillant. Maureen étant la plus âgée, ils la traitèrent comme une sorte de Biddy Early, une mamie à tisanes venue les remettre sur pied. Elle en profita, demandant à un homme du nom de Peadar de monter sa tente et à une fille prénommée Saskia de lui préparer de quoi manger.

Elle n'avait l'intention de rester que le temps du week-end, mais le dimanche soir venu, les hippies n'avaient rien lâché d'autre que des brins de tabac et du quinoa sur leurs plastrons, et Maureen n'était pas d'humeur à leur en tenir rigueur.

Assise dans l'herbe, devant sa tente d'emprunt, elle regarda le soleil se coucher. Saskia, en face, lui fit signe et finit par venir s'asseoir avec elle, sur quoi Maureen lui décerna un sourire éperdu de béatitude en lui tapotant le genou. La rosée commençant à poindre, elles en vinrent à parler. Saskia raconta à Maureen son enfance dans le comté de Kerry – « Pas vraiment différent d'ici, quoi qu'on puisse croire » – et Maureen l'écouta avec une patience polie tandis que des cousins volaient au ras des herbes devant elles et qu'au loin des moteurs passaient sur les routes.

« C'était tellement déstructuré, tellement *n'importe quoi*, mon enfance, dit Saskia. Pas de règles, pas de pression, du coup je me suis révoltée de toutes sortes de façons plus conservatrices les unes que les autres. Tout ce à quoi mes parents croyaient, je le condamnais. Quand on sait qu'ils croyaient à la liberté de l'individu, ça donne une idée de la sale gamine coincée que j'ai pu être. J'ai travaillé comme une folle à l'école et je suis allée à la fac pour les emmerder, pas pour me faire plaisir. Une fois diplômée et toujours pucelle, je me suis trouvée dans une impasse parce que le cursus de droit que j'avais suivi ne m'intéressait absolument pas. Alors qu'est-ce que j'ai fait ? Je me suis enfuie et j'ai rejoint une secte.

— Une secte ? »

Il se lisait autre chose, à présent, sur le visage de Saskia, entre les taches de rousseur tannées de soleil et les pattes-d'oie. Du dégoût. Qui l'illuminait comme aurait pu le faire un sourire. Maureen grimaça par solidarité tandis que la jeune femme poursuivait, la voix brisée : « Oh, à bien regarder la chrétienté, c'est de ça qu'il s'agit, non ? Désolée, Mo. J'espère que je ne te choque pas en disant ça, mais c'est ce que je pense vraiment.

— Ça ne me choque pas, dit doucement Maureen.

— J'ai été baptisée par une vraie avalanche de malades. Le genre de gens qui déteste absolument tout : les hommes sont les maîtres à qui il faut obéir, les femmes sont de dangereuses traînées, la sexualité doit être contrôlée jusqu'au trognon. J'ai vécu avec eux pendant deux ans, jusqu'au jour où je me suis rappelé que Jésus n'était pas censé être un connard répressif. Je me suis enfuie et j'ai échoué chez une autre bande de chrétiens, mais du genre souriants, débonnaires. Ils avaient du fric et de la place, alors je suis restée avec eux et j'ai essayé de vivre cette vie-là, d'être une disciple correcte. Cinq ans. Qui pourrait croire ça ?

— Et qu'est-ce qui s'est passé ?

— Désillusion subite. Une vie entière balayée en un clin d'œil. On est fragile, tu sais ? »

Elle regardait droit devant elle. Maureen fit de même. Elles se partageaient toutes les deux les lueurs lavées du soir. Tout au fond du champ, la mère ermite tenait l'un de ses enfants à bout de bras pour brosser les barbes de végétation collées à ses jambes et son dos.

« Il y avait une autre fille là-bas, les deux dernières années, poursuivit Saskia. Elle avait un problème d'alcool, s'était amenée au sein de la lumière complètement bourrée. Elle a eu une aventure avec un des hommes et s'est retrouvée enceinte. Et tout ce bel amour chrétien a alors fondu comme neige au soleil. La famille du gars a rappliqué en force et a insisté pour avoir la garde du bébé. La pauvre fille, elle en était démolie. Les chrétiens ont refusé de la soutenir. Ils ont dit à la famille du gars qu'ils avaient raison de prendre l'enfant en charge parce que la fille avait fait le tapin avant de se tourner vers Jésus. Ils ont guetté la première occasion de la coincer et, ah çà oui, ils l'ont saisie ! Elle s'est enfuie ; qui sait où elle peut être à cette heure ? À peu près une semaine plus tard, je me suis tirée aussi. »

*Le monde est petit*, songea Maureen, mais elle se tut.

« J'espère qu'elle va bien, dit Saskia.

— Et toi, tu vas bien ?

— Je suis en bon chemin.

— Moi je croyais avoir besoin d'un guide spirituel, dit Maureen. À une époque. J'ai mis du temps à m'en rendre compte mais finalement, j'ai compris… » Elle s'interrompit alors, laissa la pensée se distiller, telle une perle à la couleur éclatante lâchée dans un verre d'eau. « Qu'il n'y a rien là-haut. Pas de guide spirituel, pas de pénitent, pas de péché, pas de sacrements. Rien que des actes à carboniser.

— Carboniser ? Le mot est fort.

— Rien de mieux pour nettoyer qu'un feu », dit Maureen.

Ryan comprit que ç'allait être une catastrophe avant même qu'ils aient chargé la voiture. Planté dans le salon avec Joseph, il contempla les bagages avec affection et désespoir ; Karine, qui vérifiait ses tresses de festival dans la salle de bains de l'étage, avait entassé les possessions de sa vie au milieu de la pièce. Deux sacs de vêtements. Un matelas gonflable. Trois oreillers. Un miroir. Une trousse de toilette dans laquelle on pouvait loger une demi-douzaine de petits accessoires. Une paire de bottes en caoutchouc roses bordées de fausse fourrure, ses bottillons Ugg et deux paires de chaussures plates. Une couette.

« Putain une couette, Cusack.

— Je sais.

— Il va falloir que tu lui causes.

— Je sais. »

Elle n'avait tout d'abord pas eu envie d'y aller, si bien que la perspective de devoir la réprimander avant même de quitter la maison lui semblait le truc à ne pas faire. Karine adorait la musique, mais Ryan aurait préféré un mobilier d'appoint plus adapté au grand air. Joseph avait réclamé un faire-valoir pour l'Electric Picnic. Ryan était plus que ravi de rendre service, mais Karine se serait fait hacher sur place plutôt que de le laisser partir pour un week-end de beuverie sans chaperon. Elle ne lui faisait pas confiance. Et il était content qu'elle l'accompagne parce que, merde, il ne lui faisait pas confiance non plus.

Elle avait tenté de le convaincre d'opter pour une des installations de la partie luxe du camping – un immense tipi qui se louait à mille livres les trois jours, avec singe-majordome privatif, supposa-t-il –, mais il lui expliqua que ce n'était pas juste de faire deux poids deux mesures au sein de leur groupe. Ils camperaient sur le terrain principal avec Joseph et ses potes. Elle bouda. Il lui dit qu'elle n'était pas obligée de venir. Le sujet leur avait valu une engueulade dantesque qui dura une semaine entière.

« Putain une couette », répéta Joseph.

Karine descendit l'escalier en fouillant dans son sac et sursauta en les voyant.

« Qu'est-ce qui se passe ? » demanda-t-elle d'un ton enjoué, mais son regard était dur comme de l'acier. Il était 8 heures et demie du matin, et elle crevait d'envie d'entamer le deuxième round.

« On va avoir l'air de revenir d'un casse, dit Joseph.

— Comment ça ?

— Sérieux, Karine. Il y a moins de trucs dans le catalogue Argos.

— Qu'est-ce que vous proposez que je laisse ? » demanda-t-elle en croisant les bras.

Ryan haussa les sourcils en regardant Joseph, qui releva le défi et se renfrogna à son tour.

« Explique-lui, dit-il.

— Explique-lui quoi, mec ?

— Explique-lui que ça fait trop de matos. »

Ryan se rassit sur le canapé et se passa les mains sur le crâne. Joseph prit les clés de la voiture sur la table basse, traîna un peu dans le salon et sortit en clappant de la langue. Les ongles de Karine, vernis de noir et ornés d'arcs-en-ciel fluo pour l'occasion, tambourinaient sur le haut de ses bras.

« Il doit y avoir des trucs dont tu n'as pas besoin, dit Ryan.

— Qu'est-ce. Que. Tu. Proposes, énonça-t-elle, que je laisse ?

— Je n'en sais rien. La plupart des chaussures ? Une tonne de maquillage ? On va dans un festival, Karine, pas à la recherche du docteur Livingstone de mes deux !

— Tu te comportes déjà comme un salaud avec moi, fut la réponse qu'il obtint.

— Je ne me comporte pas déjà comme un salaud avec toi.

— Si, dit-elle. Tu n'as jamais eu envie que je vienne.

— Ne sois pas bête.

— C'est pourtant vrai. Ça fait des semaines que tu essaies de me décourager. Tu préférerais y aller tout seul, hein ? Comme ça tu pourrais baiser toutes les pouffes que tu veux. »

La remarque était mordante et il la méritait ; Elena de Salerne avait été le point de départ d'une très mauvaise habitude. Il regarda Karine qui le dévisagea en retour, le visage empourpré, et peut-être juste parce que c'était tôt le matin d'un week-end potentiellement génial, ou parce qu'il avait un peu la gueule de bois, il n'avait pas envie de se disputer avec elle, n'en voyait pas la nécessité nichée dans ce monceau de trucs superflus.

Elle perçut le changement en lui et ravala la crise.

« Je n'ai pas envie d'être mal, Ryan, c'est tout.

— Mais tu ne seras pas mal, Karine.

— Si ! J'ai horreur de patauger dans la boue et horreur de ne pas pouvoir prendre de douche et… et tu sais bien quel genre de filles il aura autour de lui. Joseph. Tu connais ses copines. Il va y avoir toutes les habituelles pouffes rock en collants déchirés et ça, c'est pas du tout moi et… » Elle soupira. « Elles vont toutes me détester.

— C'est impossible de te détester, Karine.

— Elles vont me prendre pour une chieuse et moi j'ai juste envie d'être jolie pour toi. »

Il se leva, enjamba deux oreillers et la trousse de maquillage, et la prit dans ses bras.

« Tu n'as pas besoin d'être quoi que ce soit pour moi », dit-il, mais elle repoussa ses baisers, fléchit les épaules et répondit :

« Oh si, Ryan. Je ne suis pas assez bien.

— Oh bon sang, ne dis pas ça, je t'en prie. S'il te plaît.

— C'est pourtant vrai, non ?

— Tu n'es pour rien là-dedans. Rien du tout. Je suis un connard qui ne connaît pas sa chance.

— Tu dis ça uniquement parce que tu veux que je laisse la moitié de mes affaires ici, c'est ça ?

— Non. » Il resserra son étreinte. « Emporte tout le merdier. Emporte toute ta chambre dans une remorque si ça te fait plaisir. »

Elle frotta sa joue comme un chat contre le torse de Ryan et répondit : « Dis ça à Joseph. »

Elena. Sacha Carey, qui était copine avec l'ancienne petite amie de Joseph. Rachel O'Riordan, qui travaillait au bar du Room, une boîte de nuit en ville. Christina va-t'en-savoir-son-nom, à la fameuse fête de Ballincollig, qui taillait des pipes soporifiques. Triona Neville, qui recrutait des musiciens pour les studios Union et qui avait au moins vingt-trois ans mais qu'est-ce que ça peut foutre. Kasia… ouais bon, il ne savait pas non plus son nom, mais c'était chez Bobo, et ça datait seulement de la semaine dernière. Ça y est, il en avait fini ? Il ne savait pas. Il l'espérait.

La trahison était un remède lamentable, il n'était pas du tout taillé pour. Ça avait commencé avec une belle touriste, une déesse entrée dans son univers pour lui rendre justice ; et ça aurait dû s'arrêter là. Bien que très belle, Elena n'était pas ce qu'il voulait. Ce qu'il voulait, c'était remonter le temps et ne pas se faire choper avec la coke de Dan Kane pour que Karine n'en vienne jamais à le tromper. Et même s'il ne pouvait remonter que jusqu'à la soirée où il tomba sur Niall Vaughan au Relic, se contenter de se tirer de là quand Karine le lui demandait. Ce qu'il voulait, Ryan Cusack, c'était Karine d'Arcy tout entière : son corps, son âme, son esprit.

Tout ça lui étant refusé, il testa la vengeance, mais plus il insistait, plus amère était sa punition. La facilité qu'il avait à se créer des occasions était un piège doré. Sa vie était devenue un parcours du combattant, de fêtes en dragues, de parkings en loges VIP. Il avait pris plus de coke ces dix-huit derniers mois qu'il n'avait envie de s'en souvenir, et voilà à quoi ça se résumait désormais : cocaïne, fric, cachetons, gonzesses.

Et, ah putain, quel prestige ! Ce n'était pas le prestige qui lui donnait des insomnies et la bouche sèche, qui suscitait les grosses affaires et les grandes représailles. Qu'était-il devenu à force d'errer dans les bas-fonds de la pègre ? Juste un enculé de menteur de plus dans une ville truffée d'enculés de menteurs. Ça avait commencé quand il avait quinze ans et il avait eu l'idiotie de croire qu'il pourrait contenir le processus. L'inéluctabilité de sa transformation le choquait terriblement. Lui faisait horreur. Il avait horreur des filles qui venaient à lui dans les fêtes, et de son incapacité à dire non à un beau sourire et un joli minois. Tout ça lui faisait horreur, il se faisait lui-même horreur, Dan lui faisait horreur, Karine lui faisait horreur ; tout n'était qu'horreur, toujours plus d'horreur, une cacophonie, un blizzard, ligne après ligne après ligne.

Le premier soir fut un rêve, au sens propre. Une fois les tentes plantées et les cartons de bière éventrés, ils s'envoyèrent quelques ecstas et allèrent se masser derrière les grands barnums qui abritaient les groupes vedettes, dansant et picolant, braillant et hochant du menton au gré de conversations sublimes et embrumées.

Le lendemain avait été planifié à outrance et en souffrit. Ryan tenait à voir certains groupes et aussi à apaiser sa petite amie. Ils sillonnèrent le site du festival de long en large, l'humeur en chute libre. Par deux fois, une dispute retentissante éclata, et ils se foutaient bien de ce qu'en pensaient les gens alentour. Joseph prit Ryan à part et lui dit qu'il fallait qu'ils arrêtent leurs conneries tous les deux, mais si Ryan trouvait ce conseil sincère et avisé, ce n'était pas pour autant parole d'Évangile, et il ne put le mettre en application. À l'issue de la deuxième dispute, Karine annonça que, eh merde, elle rentrait chez elle, et eut le temps de couvrir la moitié de la distance qui menait à l'entrée principale du site avant que Ryan cède et file la rattraper. Mais de toute façon, qu'est-ce qu'il y pouvait ? Ils étaient tels qu'ils seraient toujours, désormais : déchirés et au désespoir, amoureux mais à bout de nerfs.

Karine partit se coucher juste après minuit mais lui n'avait pas du tout sommeil, grâce au double ecsta qu'il avait pris en douce à peine une heure plus tôt. Il y eut un conciliabule à l'entrée de la tente de Joseph. Joseph était raide défoncé – « Putain Cusack, j'arriverais pas à me lever même en m'accrochant à ta jambe » – mais Ryan ne pensait qu'à aller se changer les idées et, finalement, il partit traîner du côté de la rave qui se déroulait dans les bois, en compagnie d'Izzy, une amie de Joseph qui jouait de la guitare dans un groupe punk du nom de Scruffy the Janitor et donnait des cours de danse contemporaine les jeudis. Elle avait les yeux noircis à mort au crayon, mais ne portait jamais de rouge à lèvres. Joseph était désespérément amoureux d'elle, et ne faisait que le prouver en s'efforçant maladroitement d'afficher le contraire.

Pas moyen de danser. Ryan ne pouvait s'en prendre qu'à lui-même car les cachetons qu'il avait avalés étaient les meilleurs qu'il ait eus de l'année, si bien qu'avant même d'arriver au Picnic il savait qu'il serait explosé. Il s'assit donc dans l'herbe, à l'écart des danseurs, les bras noués autour des tibias et, de temps à autre, la tête sur les genoux.

Izzy fit un saut jusqu'à lui. « Tu t'éclates pas.

— D'habitude, si. Mais là, putain je suis *rrraide*.

— Tu t'es pas éclaté de la journée. Ni toi ni Carly.

— Karine.

— C'est ça », dit-elle. Elle ramena sa chevelure par-dessus son épaule et entreprit de la tresser. Autour d'eux, les troncs des arbres flamboyaient, illuminés par les néons verts et roses, et les basses martelaient.

« Qu'est-ce que vous foutez ensemble si vous pouvez pas vous sacquer ? » cria Scruffy.

Ryan sentait des élancements lui monter dans les bras. Il s'étira, posa les mains à plat sur le sol, derrière lui, laissa pendre sa tête en arrière. Izzy s'assit à côté de lui.

« Ça fait combien de temps que vous sortez ensemble ?

— Des années et des années. Depuis le jour de mes quinze ans.

— Ah d'accord. Alors c'est une sale habitude, et c'est dur de s'en débarrasser.

— Non, non.

— Attends, brailla Izzy. C'est carrément clair. Tu la places très haut sur un piédestal… – elle tendit le bras au-dessus de sa tête et balada les doigts le long des frondaisons qui se déployaient au sommet – et elle mérite pas ça. Je dis ça en toute amitié, note bien. C'est la merde d'être le dieu ou la déesse de quelqu'un. Et même, tu sais, ça pose des problèmes et ça se manifeste par tout un tas de petits trucs merdiques. Joseph m'a raconté l'histoire, en fait. D'abord elle t'a fait une crasse, du coup maintenant tu peux plus t'empêcher de lui en faire à ton tour. Et pourtant, tu continues de la porter comme si c'était ta croix. C'est tragique, putain. Enfin bon, c'est à la fois triste *et* pitoyable.

— Elle, non.

— Quoi, elle non ?

— Elle m'a pas fait de crasse la première. C'est moi qui lui en ai fait une. » Sans laisser à Izzy le temps d'absorber sa remarque, il se tourna vers elle et poursuivit : « Joe le sait pas, et elle non plus.

— Merde alors », dit Izzy.

Les basses refluant vers une accalmie, le volume sonore des voix autour d'eux remonta puissamment. Un concert de sifflets et d'acclamations se fit entendre. Izzy se rapprocha.

« Tu leur en parles surtout pas, ni à l'un ni à l'autre, dit-il.

— C'est clair.

— Ça m'achèverait.

— Croix de bois, croix de fer et tout. »

Il déballa sa confession. Les ecstas déferlaient en lui. Il se voyait assis par terre, à côté de cette fille qui hochait la tête, les yeux ronds comme des soucoupes et la mâchoire s'agitant d'un côté ou de l'autre. Quand il arriva à la fin de son récit, rien. Pas de poids en moins. Il se sentait toujours le même connard.

« Tu sais quoi ? brailla Izzy. Tu t'es monté toute cette histoire d'amour en guise de punition exemplaire pour un truc débile que tu as fait quand tu avais quinze ans, et maintenant tu as les boules parce que Carly… Karine… – elle leva les yeux au ciel en direction des lumières – a pas joué le jeu.

— Non. Je l'aime. C'est tout.

— Alors pourquoi tu la trompes sans arrêt ?

— Parce que. J'en sais rien. » Une épiphanie. Bon sang, il se souvenait du mot. « Parce que je peux.

— Eh, mec. C'est vraiment une réponse pourrie, ça.

— Non, je veux dire que… Parce que la première fois, je voulais pas. Du moins j'en avais pas l'intention, et que maintenant, au moins… Rien à foutre. Tu vois.

— Tu voulais pas, genre, tu penses que la vieille peau qui t'a fait ça avait tout le pouvoir ou quoi ?

— Je me rappelle même pas. C'est juste que… Ouais. Sans doute. J'en sais rien. Je sais même pas pourquoi j'ai fait ça et ça me tue.

— Tu t'es jamais dit que tu étais trop dur avec toi-même ? On a tous fait des conneries quand on était gamins. Moi c'était piquer dans les magasins. Je me suis fait gauler qu'une fois mais j'ai encore la méga honte. Et puis bon, les mecs de quinze ans, c'est… tout en bite, quoi. Alors en fait, c'était peut-être juste hormonal. Coup de folie d'ado. Faudrait peut-être que tu *assumes*. Affronte le truc, assume, et oublie.

— Comment est-ce que je peux assumer ça ? J'avais rien demandé. D'où les quelques gonzesses que j'ai baisées dernièrement. Si je dois être pendu pour ça, autant que ça soit pour des conneries que j'ai voulu faire. Chaque baise améliore la moyenne. »

Une fille qui passait entre eux deux lui marcha sur les doigts. Il les examina pendant qu'elle se baissait à son niveau, lui passait le bras autour des épaules et lui braillait des excuses à l'oreille. Ryan lui pardonna d'un sourire. La fille l'embrassa sur la joue.

« C'est carrément niqué ton histoire ! brailla Izzy une fois que la maladroite eut filé. Là, tout de suite, je t'adore mec, mais tu as des problèmes. Moi je pense que tu devrais aller voir quelqu'un. »

Ryan contempla ses doigts boueux.

« Sauf que tu le feras pas, hein ? poursuivit Izzy. Parce que ton putain d'orgueil masculin supporterait pas ou je sais pas quoi. Eh ben tu sais ce que moi je pense que tu devrais faire ? Je pense que tu devrais aller causer à la vieille peau. Lui demander les détails salaces. C'est une partie de ton passé que tu arrives même pas à te rappeler, et ça t'a transformé en vrai malade du lâche-rien.

— Je peux pas non plus faire ça, dit Ryan. Elle s'est tirée il y a quelques mois. Elle est partie en laissant des tonnes de dettes, elle a fermé les portes à clé et elle s'est cassée. Même sa fille se demande où elle est passée. »

« C'est de la folie ! souffla Saskia. Mo, je suis complètement de ton côté en termes de philosophie, totalement, à cent pour cent, tu es dans le vrai et je devrais le savoir, depuis le temps que je recherche la vérité. Mais ça ? C'est moralement inacceptable. *Criminel*. Je ne peux pas contribuer à ça. Je ne peux pas *blablabla blablabla.* »

Plantée devant le pignon de l'église, Maureen tournait le dos à la campagne aveugle et vallonnée. Elle venait de casser un vitrail, en partie pour entamer les hostilités mais aussi pour vérifier s'il y avait une alarme. Il n'y en avait pas. L'endroit était sans doute trop modeste. C'était ça le truc, avec les paroisses de campagne : on s'attaquait à un édifice d'importance secondaire, mais d'une valeur sentimentale énorme.

« Mo, écoute… » raisonna Saskia, qui n'était pas une élève aussi douée que son ex-compagne de secte. « Tu as un compte à régler avec l'Église catholique ; je comprends ça. Moi aussi, je suis irlandaise, tu sais. On nourrit tous de la rancune. Mais ça, c'est un acte criminel ! Tu vas passer le restant de tes jours en prison !

— Mais quel âge crois-tu que j'aie, bon sang ?

— Je ne peux pas contribuer à ça. Les flics vont remonter jusqu'à la communauté. Pense aux autres. Tout le monde s'efforce de régler des problèmes personnels. Mettre la pagaille, ça va les atteindre personnellement.

— Ah çà, on n'est quand même pas une famille !

— Alors tu ne peux pas revenir parmi nous. Ce genre de mauvais coup est complètement contraire à la façon dont on essaie de vivre !

— Mauvais coup, mon cul oui ! s'écria Maureen. La façon dont vous essayez de vivre… arrête de me faire rire je vais cracher un poumon ! Des branquignols, des zonards, des bons à rien qui se planquent dans des champs au fin fond du trou du cul de l'Irlande, oh ! surtout ne sortez pas la tête de vos tranchées, la trouille, la trouille.

— D'accord ! D'accord ! On n'est pas assez actifs, c'est tout. Mais en quoi est-ce qu'un truc pareil va faire avancer les choses, bon sang ? Tu te figures que c'est de l'anarchie ? Ce n'est pas ça, l'anarchie !

— C'est ce qu'on décide d'en faire. » Maureen pivota sur ses talons, tournant le dos à la pierre, et prit le ciel nocturne à pleins bras. « Et tu devrais suivre le mouvement, parce qu'ils ne peuvent pas m'avoir, tu sais. J'ai purgé ma peine. Tout ce qui vient depuis, c'est du bonus, j'en fais ce qui me plaît. Profites-en si tu veux faire tes preuves.

— Quoi, en te suivant ? Mo, c'est de la folie parce que *toi* tu es folle. J'ai connu des prêtres qui tenaient bien mieux la route que toi.

— Parfait, dit Maureen. Alors va-t'en. Et remercie Scoubidou de ma part.

— Oh, bon sang. Tu n'as vraiment aucun respect.

— Tire-toi, Saskia. Et pour l'amour du ciel, apprends à tenir sur tes deux jambes à toi ! D'une communauté à l'autre… trouve-toi un boulot, bon dieu ! »

Bon, les dés étaient jetés. Maureen avait compté sur la présence d'une alliée, et Saskia la Fêlée lui avait semblé une sacrée bonne candidate, faute de serfs patentés. Elle semblait certes partie pour aller baver, mais il fallait sans doute s'y attendre de la part d'une ci-devant renégate qui repiquait à la rédemption. Elle n'avait même pas attendu assez longtemps pour entendre la voix de la raison, bon sang : la fumée allait empester l'air ambiant mais tout le monde se sentirait plus propre ensuite. Ça avait marché avec la Blanchisserie, ça avait marché avec le bordel de Jimmy, ça marcherait avec l'Église catholique.

Tandis que Saskia s'éloignait d'un pas digne, Maureen se haussa sur la pointe des pieds et scruta l'intérieur entre les morceaux de verre. Pas grand-chose à voir d'autre que des ombres vernies, mais ça brûle bien le vernis.

Après trois jours de cannettes de Carling, boulettes de shit perdues dans la nature, confessions dans les bois et chips fromage-curry, Ryan était dans un brouillard qui frisait l'incohérence, mais comme Joseph travaillait le lundi soir, il lui avait promis de le ramener chez lui dès la fin des derniers concerts. Ils remballèrent leur matériel le dimanche après-midi, puis Ryan et Joseph transportèrent le tout jusqu'au parking, à vingt minutes de là, en deux voyages, pendant que Karine allait picoler dans le vallon avec une bande de copains de fac. Ils se retrouvèrent tous ensuite, Joseph emballa une des copines de fac, Karine piqua une mini-crise parce qu'elle avait oublié ses lingettes faciales dans un autre sac, et Ryan s'envoya le dernier ecsta de la provision planquée dans son slip, s'allongea dans l'herbe et tenta, courageusement mais sans succès, de laisser tout ça s'envoler et crever comme une bulle dans l'air automnal poisseux.

Ils regagnèrent le site deux heures plus tard pour aller entendre le dernier des groupes têtes d'affiche. Joseph tenait à voir un certain guitariste expérimental, et embarqua avec lui la copine de fac de Karine. Ryan et Karine se dirigèrent vers la scène principale. Derrière, ils se trouvèrent un petit coin herbeux à l'écart du passage et s'installèrent, Karine se plaçant devant lui de façon à savourer des étreintes mélancoliques sans avoir à lui parler. Ryan passa les bras autour d'elle et l'attira contre son torse. Puis il enfouit le nez dans l'épaule nue de Karine et ferma les yeux tandis que les résidus de son dernier cacheton se déposaient au creux de son estomac.

Qu'ils aient réussi à gâcher les douces soirées de cette fin d'automne en se charognant, c'était une chose que Ryan ne s'expliquait pas. On aurait dit qu'ils se disputaient depuis toujours. Des trucs qu'il avait dits, des trucs qu'elle avait dits, blessures sur blessures qui rouvraient les plaies. Il se rappela un détail sur Niall Vaughan, puis un autre sur Elena de Salerne dont Karine avait décelé l'odeur sur lui après qu'il eut déposé à ses pieds des indices bredouillants, comme un chat rapportant des dépouilles à sa maîtresse. Il se rappela sa conversation avec Izzy.

« Excuse-moi », dit-il.

Karine tourna la tête. « T'excuser de quoi ?

— De tout. »

Juste en face de lui, une mère au visage peinturluré, avec des ailes de fée dans le dos, tenait à bout de bras un tout-petit gigotant dont elle brossait le dos et les jambes pour en chasser d'invisibles saletés.

Karine attendit qu'il relève la tête de son épaule et se laissa embrasser. À quatre cents mètres de là, une silhouette perdue sur une scène gigantesque suscita une approbation tonitruante. Karine but une gorgée de sa boisson. « C'est triste si j'ai juste envie de rentrer à la maison à l'heure qu'il est ? » demanda-t-elle. Il l'embrassa à nouveau et lui dit que non, bien sûr que non ce n'était pas triste, que ç'avait été un week-end de fous, que lui aussi avait hâte de prendre une douche et de retrouver son lit.

Ils quittèrent le parking à 2 heures du matin, avec la nouvelle conquête de Joseph à bord. Ryan fuma une clope en retraversant Stradbally, une autre en rejoignant l’autoroute. À l’arrière, les filles somnolaient. Joseph, encore déchiré, bavassait à propos du guitariste expérimental, de l’inspiration qu’il remportait chez lui après l’avoir vu, de toute l’expérience. « On revient l’an prochain c’est *sûr* », dit-il. Dans le rétroviseur, Ryan regarda Karine plisser le nez, puis sa mâchoire tomber. Derrière elle, le pare-brise était assailli de brume et pendant quelques secondes, il eut l’impression que quelque chose les poursuivait. Sa chance qui le rattrapait, sans doute ? L’instant le submergea puis se dissipa avant qu’il ait pu s’en saisir. La seule chose qui le poursuivait devait être une gueule de bois carabinée. Il secoua la tête.

Il s’arrêta à Urlingford le temps d’un café et d’une Marlboro et quitta à nouveau l’autoroute juste aux abords de Mitchelstown pour pisser un coup, et ce fut là, tout en pissant sur le talus depuis le bas-côté, qu’il remarqua les flammes.

Il regagna la voiture et demanda à Joseph : « Tu as vu ça ? »

Ils escaladèrent le talus et scrutèrent l’obscurité. C’était un incendie, aucun doute là-dessus. À huit ou dix kilomètres de là.

« Quelqu’un a déjà dû prévenir, dit Joseph. Je vais quand même appeler les pompiers, histoire d’être sûr. » Il composa le 999, un doigt dans l’oreille, et donna de vagues indications à la personne qui lui répondit tandis que des voitures les dépassaient, filant d’un pan de noirceur au suivant.

« Tu crois qu’on trouverait l’endroit ? » lança Ryan.

Il se demanda pourquoi, tout en quittant l’autoroute pour s’engager dans les petites routes secondaires sinueuses, mais quelle raison pouvait-il invoquer, en dehors du fait qu'il était curieux et n'avait bizarrement pas très envie de rentrer chez lui, malgré la fatigue et le reste ? Aucune des deux filles ne bougea, sur la banquette arrière. Joseph se tut et fronça les sourcils, aussi captivé par le mystère que son cousin, à présent, mais investi d'une joyeuse intrépidité d'ivrogne plutôt que de la concentration farouche de Ryan. Pas d'Internet pour y dénicher cartes et plans, du reste vers quoi se dirigeaient-ils ? Ils continuaient d'apercevoir les flammes, puis les perdaient derrière des bosquets, s'en éloignaient au gré des virages de la route aussi convulsée qu'un nœud de serpents. L'affichage du tableau de bord approchant les 4 heures, ils échangèrent un regard et décidèrent tacitement de laisser tomber.

Ryan s'arrêta et descendit de voiture. Une barrière menait à l'intérieur d'un vaste pré tout en longueur bordé d'une rangée d'arbres, puis à une colline basse au-delà de laquelle ils distinguaient la lueur orange du brasier auquel ils venaient de renoncer et ils sentirent l'odeur âcre de la fumée.

« En filant maintenant, plaisanta Joseph, tout droit par-dessus cette colline, là, en bons connards intrépides qu'on est, on la trouverait en moins de deux, la baraque. Mais qui est-ce qui veillerait sur les femmes ?

— J'espère que c'est pas une maison, dit Ryan.

— Nan. » Joseph lui posa une main sur l'épaule. « Sans doute une grange ou un truc du genre.

— Putain, le silence qu'y a, ici !

— Moi ça me rendrait dingue de vivre dans un coin comme ça. Isolation sensorielle. Pas étonnant que les pécores voient tout le temps des fantômes.

— Ah ouais ?

— Ouais. Des ombres, sur le bord des routes, celles de gens morts qui traînent là depuis l'Insurrection de Pâques 1916. Le diable qui se cure les dents aux carrefours. Des conneries bizarres. On a plus de passé qu'on en a les moyens. »

Joseph se détourna pour regagner la voiture mais Ryan resta là, à observer l'incendie. Son cousin revint, lui posa à nouveau la main sur l'épaule, lui donna un petit coup de tête dans le dos et demanda : « Qu'est-ce qui t'arrive, Cuse ?

— Je redescends, c'est tout.

— Je me demande. Je t'avais dit que tu aurais pas dû l'emmener, mec. Elle et toi, vous avez besoin d'un peu d'espace pour respirer.

— C'est pas ça.

— Ah bon ? Parce que ça crève les yeux que vous êtes en train de passer à travers, tous les deux.

— De partir en fumée, tu veux dire.

— Peut-être, dit Joseph. Peut-être.

— Et il pousse rien dans les cendres.

— Tu vas casser ? »

Davantage de lueurs, à présent, et de fumée. Où que soit l'incendie, quelqu'un était en train de s'y attaquer.

« Non, dit Ryan. Je peux pas. »

Troublé par les fantômes et les aveux, il regagna la voiture.

# 23

Georgie aimait composer des lettres à David qu'elle ne rédigerait jamais.

*Cher cul-bénit de fils David à sa maman Coughlan,*

*Comment va ma fille ? Rien ne t'oblige à répondre, alors au lieu de pincer les lèvres comme une bigote, ouvre la bouche et respire. Je suis en route pour venir la chercher. Je suis presque arrivée. J'ai maintenant plus d'argent que tu n'es capable de l'imaginer. Comment je me le suis procuré ? Oh, mais par des moyens abominables. J'ai été la plus dépravée d'entre les dépravées, et tu sais comme nous sommes, David, nous les femmes, aussi dépravées qu'on peut l'être. Mais tout ça, c'est ta faute. Tu m'as traitée comme une pute, alors quel mal y a-t-il à pratiquer des tarifs haut de gamme pour que d'autres en fassent autant ? Eux au moins, ils ne me condamneront pas après m'avoir sautée. N'importe quel bande-mou de la ville vaut mieux que toi et ta bite en berne. J'espère que ta petite amie chrétienne s'étouffera avec.*

*Savoure bien ton interminable alternance de tournois de poker et de branlettes, faux-cul à barbe.*
*Ta copine, Georgie.*

Elle n'avait pas la moitié de la fortune dont elle se vantait, mais de toute façon il ne risquait pas de le découvrir puisqu'elle ne se décidait pas à les lui écrire, ces lettres. Elle espérait que la puissance de son amertume suffirait à la lui faire parvenir sous la forme d'un vent coupant, ou d'une douleur lancinante qui l'empêcherait de dormir la nuit. Rien à foutre des lettres. Rien à foutre de David. Elle ne lui devait rien. Lui, il lui devait tout un monde.

Cette notion de dette, on la lui avait collée sur le dos, alors elle apprit à ouvrir les mains et laisser ce poids l'entraîner vers le bas. J.P. l'avait remise au turbin après la débâcle avec sa mère ; selon lui, elle lui devait un service. Elle fit six mois de pénitence dans une maison où elle était la seule Irlandaise, et se dit qu'on l'avait sans doute amenée là en remplacement d'une pauvre malheureuse qui avait pris la fuite ou s'était fait dessouder. Quand des filles plus fraîches vinrent grossir les rangs, il la laissa repartir. « Ne t'avise pas non plus d'aller raconter des histoires à dormir debout, dit-il. Parce que dans ce monde, ma grande, tu es une sous-merde, et personne ne te croira. »

Sous-merde ou pas, c'était enfin elle qui commandait, et son parcours du combattant était le suivant : elle se levait, se faisait du thé, repensait à l'argent qu'elle avait gagné et perdu, puis à l'argent qu'elle allait regagner, travaillait un peu, quand elle en était capable.

Pour récupérer Harmony, il lui fallait de l'argent. Pour gagner de l'argent, elle devait continuer à faire la seule chose pour laquelle elle était douée. Pour continuer à faire la seule chose pour laquelle elle était douée, il lui fallait du médicament. Frais de subsistance, prélevés sur son magot. Elle utilisa les contacts du bordel, même après qu'on l'eut laissée partir ; la voie de la moindre résistance conviendrait parfaitement maintenant qu'elle avait une destination. Dans ses rêves, elle racontait à David qu'elle se torchait le cul avec des billets de cinquante euros, mais le monde réel la saignait. Elle se défonçait beaucoup trop, mais il fallait qu'elle ait la tête à l'envers pour bosser, sans quoi le boulot ne se ferait pas. Elle essaya d'autres moyens, mais rien ne marchait aussi bien. La stratégie n'était pas dénuée de raison, si déplaisante qu'en soit la logique.

C'était le soir que les ennuis commençaient. Elle ne dormait pas. Elle ne se sentait pas en danger dans cet état, simplement agitée, coincée dans un petit centre de réinsertion cosmique, un peu mal foutue, en train d'attendre qu'on appelle son numéro et que le processus lui soit réexpliqué. Vingt-six ans, c'était exactement pareil que vingt et un. Pas du tout la même chose que vingt-trois. Georgie percevait la dichotomie et ça la perturbait. Comment pouvait-on être deux personnes différentes en l'espace de cinq ans ? Comment pouvait-on subir une telle métamorphose – de pute à sainte – puis repeinturlurer la souillon par-dessus la cicatrice à peine quelques courtes années plus tard ?

Elle perdit tout intérêt pour les romans noirs. Trop bavards, or elle n'avait pas de temps à perdre avec les grandes tirades fabriquées. Elle préférait maintenant veiller pour lire de véritables comptes rendus criminels sur Internet, écœurée, désorientée, dérivant d'un lien à l'autre jusqu'à ce que le jour se lève et qu'il soit temps d'y retourner. Elle consultait parfois le site des Personnes disparues parce que le portrait de Robbie s'y trouvait toujours, qui la fixait du regard sur une photo fournie par quelqu'un d'autre qu'elle. Sans doute sa mère, s'il en avait une. Un jour, elle irait la voir. Lui conseiller d'éteindre les feux domestiques.

« On aurait pu croire que tu préviendrais *quelqu'un*, tança Robbie. Après t'avoir entendue dire à l'autre vieille que je comptais pour toi, et tout.

— Oh, mais tu comptais, répliqua Georgie. C'est ta faute, si je suis dans une merde pareille. Tu m'as donné de mauvaises habitudes. De mauvaises habitudes de la part d'un mauvais homme.

— Ouais, c'est ça Georgie, attaque le bonhomme au lieu de t'en prendre à toi-même.

— Putain, les hommes c'est bien tous les mêmes ! Peut-être qu'en fait tu ne *comptais pas*, Robbie O'Donovan. Des comme toi, il y en a des milliers dehors. »

Jamais elle ne perdit de vue son but, même quand ses stratégies se réduisirent à un ramassis d'idées creuses, vestiges de projets de fuite oubliés.

Les remarques de Maureen avaient beau lui tourner dans la tête, elle gardait le scapulaire noué autour du poignet.

Un samedi soir d'avril, Georgie leva un client qui la déposa à l'autre bout du centre-ville. Elle regagna lentement son emplacement habituel, choquée – le type avait eu l'air correct jusqu'à la fin, mais alors son dégoût était devenu tangible. Elle s'engouffra dans un débit d'alcool en train de fermer et acheta une mini-bouteille de vodka, en but un tiers dans les toilettes d'un McDonald's et poursuivit son chemin. L'alcool se rua dans ses veines et circonscrit la peur, la réchauffant puis l'accroissant.

Ce n'était pas l'alcool qui allait régler ça, mais Dieu ne fermait jamais une porte sans ouvrir une fenêtre.

Pendant un moment, elle fut incapable de situer qui était ce mec. Des tas de visages familiers croisaient son chemin, bien sûr. Nuit et jour, elle en repérait qui s'étaient payé ses services, et l'espace d'un instant elle le prit pour un de ceux-là ; les michetons pouvaient tout aussi bien être grands, bruns et beaux, que suants et bas du cul. Il marchait dans la rue avec deux autres mecs âgés comme lui d'une petite vingtaine d'années environ, des gars turbulents, enjoués. Ryan. Ça faisait tellement longtemps qu'elle ne l'avait pas vu. C'était un adulte, à présent, tout en jambes et en pommettes. Elle l'appela. Un de ses compagnons lui donna un petit coup de coude et d'un signe lui désigna Georgie, derrière eux. Et il attendit, Dieu soit loué, pendant qu'elle accourait.

« Ryan. Ça fait un bail.

— Putain de dieu, Georgie ! »

Elle rougit. Elle avait perdu du poids, elle le savait. Ou c'était peut-être la tenue qu'elle portait : une minirobe et des talons noirs, mais de ce côté-là il n'y avait aucune différence entre elle et les filles qui bavardaient à tue-tête en allant danser ce soir, à part l'intention. Et encore.

« Ça fait plaisir de te voir », lança-t-elle.

Il faisait froid pour un mois d'avril. Le givre commençait à tout recouvrir pendant que la ville était de sortie, clarifiait l'air, soulignait l'éclairage orange des lampadaires publics, la lueur qui filtrait des pubs, les enseignes au néon à l'entrée des boîtes de nuit. Il portait un gros blouson, un jean foncé et des chaussures de skateboard blanches à semelle épaisse, et malgré tout il avait fourré les mains dans ses poches et dansait d'un pied sur l'autre.

« J'aimerais pouvoir en dire autant, dit-il. Mais qu'est-ce qui t'est arrivé, nom de dieu ? »

Inutile de prétendre qu'elle avait simplement redécouvert ses jambes après quelques années de férule chrétienne. Elle secoua la tête.

« Vraiment ? plaisanta-t-elle faiblement. J'ai pris un coup de vieux à ce point ?

— Est-ce que tu manges seulement ?

— Tu ne manques pas de culot ! Bien sûr que je mange.

— C'était quand la dernière fois ? L'été dernier ? Putain, merde quoi. »

La remarque la piqua. *Et si j'avais eu un problème digestif ?* se dit-elle. *Ou un cancer ? Si j'avais perdu un parent et que je me consumais de chagrin ?* Elle choisit d'ignorer la remarque brutale du garçon. « Qu'est-ce que tu deviens ? demanda-t-elle. La dernière fois que je t'ai vu, c'était… »

Chez son père. Quand elle était enceinte de Harmony et à la recherche de Robbie, le cerveau gorgé d'hormones qui la rendaient folle et courageuse. Là-haut dans ce logement social minuscule, à peine une feuille de papier à cigarette entre eux et Tara Duane, et le père de Ryan qui clamait son ignorance et dénonçait la fragilité de la piste à grand renfort de déclarations qu'elle ne comprit que des mois plus tard ; furieux qu'elle ait dérangé ses enfants, et menacé son statut. Elle tenta de chasser tout ça de ses pensées, mais Ryan embraya sur le sujet et l'interrompit : « Tu as retrouvé ton mec ?

— Non, dit Georgie. Il est mort. »

Elle aurait pu espérer de la commisération en d'autres circonstances. Au lieu de quoi, elle obtint exactement ce à quoi elle s'attendait : il tressaillit et changea de sujet.

« Et tu as eu ton gosse, alors.

— Ouais, fit Georgie. Une petite fille. Harmony. C'est joli, hein ? »

Il acquiesça et son regard s'éloigna au-delà de l'épaule de Georgie, vers la rue.

Constatant le malaise du garçon, Georgie concéda : « Je ne t'ai pas arrêté juste pour dire bonjour.

— Ah non ?

— Non. Tu deales toujours ? demanda-t-elle aux chaussures de skate.

— Tu fais toujours le tapin ?

— Pourquoi ça ? » lança-t-elle sèchement, surprise par la violence de la réplique. « Tu envisages un échange de bons procédés ?

— Très drôle », dit-il. Ses épaules s'affaissèrent, et cet abandon avait un petit air de compromis, mais Georgie n'en avait pas terminé, poussée par le feu de la vodka et le souvenir de leur dernière rencontre. « Qu'est-ce que ça peut te faire ? dit-elle. Tu comptes me sauver ? »

Il ne répondit pas, ne bougea pas.

«*Les connards qui jugent*, rappela-t-elle. C'est bien ce que tu disais?

— Qu'est-ce que tu veux, Georgie?

— Il me faut quelque chose, dit-elle. Je voulais juste savoir s'il t'arrive toujours de vendre.

— Pas dans la rue, putain, ça non.»

Elle chercha la pique dans cette réponse, mais ne put déterminer s'il avait eu l'intention d'être blessant. «Ça veut dire quoi?

— Ça veut dire que j'ai évolué, ma grande. Je ne me balade plus avec du shit sur moi.

— Tu ne deales plus?»

Il marqua une pause. «C'est comme je viens de dire, ma grande. Je ne me balade plus avec du shit sur moi.

— Ah.» La possibilité de satisfaction immédiate s'évanouit dans la perspective d'une nouvelle nuit de coups de fil urgents et d'ongles rongés. «Je suis pas mal en manque, en fait.»

Un groupe de filles les contourna. Ryan recula contre le mur et Georgie s'avança pour le rejoindre; il leva la main.

«En manque, dit-il. Tu as replongé dans ce merdier.

— C'est juste une façon de parler, bon sang. Bon alors, je suis pas en manque. C'est samedi et je me fais juste un peu chier. D'accord?»

D'un geste succinct, il désigna les rues animées. «C'est ça l'ennui du samedi, Georgie? Tu te détruis. Tu n'es pas en train de me demander de l'aide pour ta soirée de week-end.

— Non, je ne me détruis pas!

— Putain mais merde, regarde-toi dans une glace !

— Qu'est-ce que ça peut te faire ? De toute façon, tu ne me connais pas du tout, hein ? »

Il reconnut ses propres mots. « Je ne te connais ni d'Ève ni d'Adam », dit-il, la tête contre le mur, le regard à nouveau loin au-delà de l'épaule de Georgie, comme un videur, pensa-t-elle, ou un flic. « Ça ne veut pas dire que je me garde ma dope juste pour t'emmerder.

— Un dealer qui a une conscience, dit-elle. C'est fort ! Ça ne te posait pas de problème de m'en vendre quand j'étais censée être en désintox.

— Dans le genre cadavre, tu étais moins convaincante à l'époque.

— Connard qui juge », dit-elle, reculant de quelques pas tout en guettant un signe de concession. Ne voyant rien venir, elle se détourna. « Tu as changé, dit-elle par-dessus son épaule. Qu'est-ce qui t'est arrivé ? Qu'est-ce qui est arrivé à ce gamin si bien ?

— Tu l'as tué avec tes vices, aboya-t-il. Reprends-toi, Georgie, merde ! »

Elle s'éloigna entre des bandes de fêtards et des couples en balade, les bras croisés sur sa poitrine pour se protéger du froid. Il fut bien vite revenu à sa hauteur. Il lui prit le bras, elle poussa un petit cri, et la scène devait avoir un sale air, à coup sûr, car il se penchait sur elle, lui enserrant le bras dans un poing, l'autre orienté de telle sorte qu'il avait l'air prêt à la frapper, et elle savait que même un samedi soir en pleine rue rien ne l'en empêcherait, personne n'a envie de s'interposer, ne jamais chercher la merde en s'interposant…

« Où est ta gosse ? » demanda-t-il.

Les lèvres de Georgie s'abaissèrent alors il lança d'un ton sec : « Où est ta gosse, Georgie ? », et sans oser répliquer sur le même ton, elle s'écria : « Je ne l'ai pas, elle ne vit pas avec moi, d'accord ?

— Qui est-ce qui l'a ?

— Son père. C'est bon ? »

Il lui lâcha le bras et resta figé, ouvrant et fermant la bouche. À la faveur de cette réaction inattendue, elle implora : « Écoute, Ryan, j'en peux plus, si tu peux juste me filer un numéro de téléphone…

— Je te l'ai dit, je suis plus là-dedans.

— Enfin bon, même une de tes connaissances ou quoi, même quelqu'un d'un autre réseau, je m'en fiche.

— Je peux pas t'aider », dit-il. Puis, d'une voix plus douce :

« Bon sang, Georgie, tu t'étais sortie de la merde.

— Comment ça, en traînant avec la secte la plus pourrave de Cork ?

— Ouais, et maintenant ? On se croirait dans un épisode de *Walking Dead*, Georgie !

— Attends, je sais que j'ai un peu minci mais…

— C'est pas ça. Tu as une mine de crevarde.

— Et celui qui me dit ça, c'est le mec qui gagne sa vie en transformant les autres en crevards ! »

La repartie n'avait rien de percutant, mais elle sembla faire de l'effet. Il en rabattit un peu. « Ce n'est pas pareil », dit-il. Sur quoi elle répliqua : « Ce que je fais, tu n'aurais pas envie de le faire à jeun.

— Ce que tu fais, je n'aurais pas envie de le faire, point.

— Hein que tu as de la chance d'être né mec ? Toi, tout ce que tu as à faire, c'est vendre de la drogue. »

Il contempla le trottoir en secouant la tête.

« C'est pourtant pas que j'en aie envie, dit Georgie.

— Tu te souviens… » dit-il lentement, puis il lui reprit le bras et l'escorta jusqu'au bord du trottoir, contre les murs de pierre froids du centre de leur ville. « Tu te souviens de la fois où je suis venu te voir dans cette espèce de chapelle bizarre ? »

Le local de prière. « Ouais.

— Tu te souviens que tu m'avais dit de ne jamais faire appel à une prostituée ? »

Elle s'en souvenait.

« Alors que si moi je te demande d'arrêter d'acheter de la coke, ça ne marchera pas.

— C'est gentil », dit-elle. La voix lui manqua.

« Si je te disais que les mecs comme moi finissent en taule à cause de la dope que tu achètes, ça t'arrêterait ? »

Aucune gravité ne se lisait sur ses traits. Il semblait peiné, impatient, plein de rancune, le tout exprimé en un tic curieusement beau.

Elle bafouilla. « Tu ne sais rien de ma vie…

— Et la mienne, tu n'en as rien à foutre », dit-il en la lâchant. Elle se frotta le bras, instinctivement. Et en une fraction de seconde, juste avant qu'il s'en aille sans un mot, elle comprit en partie ce qu'il essayait de dire. Et aussi que ç'aurait pu être bien d'avoir quelqu'un comme lui, quelqu'un de l'extérieur, en plus, quelqu'un qui pigeait, qui aurait pu être à ses côtés et l'engueuler quand elle déraillait.

En rentrant chez elle, deux passes plus tard, elle se connecta et écrasa le signet menant à la page de Robbie sur le site des Personnes disparues, mais se surprit à y retourner pour le voir plus tard ce soir-là, à deux reprises, trois fois en tout tandis que la pendule égrenait les heures dans sa chambre meublée et qu'elle scrutait le tréfonds du regard glacé de Robbie dans l'espoir d'y déceler quelque chose qu'ils aient pu partager jadis, mais elle n'y trouva que du ressentiment, surgi d'elle-même, qui lui remontait à la gorge.

## 24

« Tu te fous de ma gueule ? » Jimmy s'étranglait, un jour du mois d'avril le plus froid que la ville ait connu depuis des décennies.

Maureen était comme folle. Pas seulement « comme », songea-t-il. Elle *était folle*. Pour l'heure, dans la cuisine de son nouvel appartement de Larne Court, elle livrait une interprétation assez réussie de la bête fauve en furie, crachant, écumant, tournant et virant.

« Non », dit-elle.

Devant eux, sur la table en pin vernis, s'étalait un exemplaire de l'*Echo*. Un gros titre annonçait à la une : « RÉPARATIONS ACHEVÉES DANS UNE ÉGLISE DU NORTH CORK », sous lequel on pouvait lire : « *Pas d'arrestations dans l'affaire de l'incendie cauchemardesque.* »

« Bon, alors si tu ne te fous pas de ma gueule, c'est quoi ? »

Elle cessa de tourner et virer, fronça le nez comme si elle avait perçu un relent de moisi, et dit : « C'était une déclaration.

— Quel genre de déclaration ? “Je suis à court de médocs” ? “Je trouve que mon fils n’en a pas encore assez chié” ? “Je souffre de mégalomanie démoniaque” ?

— C’est ça l’ennui avec ta génération, dit-elle. Vous êtes politiquement amorphes.

— Ah oui ? Et quelle cause à la con sert ce genre de délire, Maureen ? Tu incendies une église de campagne ! Et putain à Mitchelstown, en plus ! »

Elle frappa la table du plat de la main. « C’est un bûcher, tu ne vois pas ? Pour brûler *cette* Irlande-là. Brûler *leurs* conneries. Brûler le joug qu’ils nous ont mis autour du cou.

— Putain de misère, mais qu’est-ce que tu racontes ? Quoi, c’était une représentation de notre horizon que tu voulais faire, c’est ça ? Et tu t’attendais à ce que les pécores, là-haut, comprennent ça ? Bon sang, Maureen, tu as seulement idée de ce qu’ils auraient pu faire ? Tu as du bol qu’ils ne soient pas allés dénicher un petit gothique de quatorze ans pour le clouer sur une croix, bon dieu de merde !

— Bon, mais ils ne l’ont pas fait, hein ? dit-elle. Ils n’ont rien fait. À quoi bon, d’ailleurs ? Ils m’ont déjà pris tellement qu’il ne reste plus rien de moi. Je peux faire ce qui me plaît et aller où ça me plaît, tout ce que j’obtiens c’est qu’on ferme les yeux sur mes faits et gestes. C’est ridicule.

— Tu as envie de te faire gauler, Maureen ? Tu as envie d’aller passer quelques années là-haut, à Limerick ?

— Je ne peux pas me faire gauler, dit-elle. Églises, bordels, Robbie O’Donovan, pas l’ombre d’un début de semblant de faille dans tout ça.

— Sainte Marie mère de Dieu ! – il s'agrippa au dossier de la chaise la plus proche et se prit le front dans la main – Maureen. Écoute-toi parler. Tu n'as plus neuf ans. Tu sais comment ça se combine, ces merdes-là. Rien ne passe jamais inaperçu. Tu te crois peut-être tirée d'affaire pour ceci ou cela, mais les gens ont raqué, et sacrément raqué, à cause de tes conneries.

— Ton assurance a augmenté ses tarifs, j'imagine.

— Tu te figures que tu peux incendier des bâtiments et trucider des pauvres bougres en toute impunité ? Ah, putain de sort. Tu ne vois peut-être pas les traces, mais ça ne veut pas dire que tu n'as pas merdé ! »

Il n'y avait plus grand-chose qu'il puisse ajouter. Elle ne voulait rien entendre. Il n'aurait pas su dire si un de ses arguments l'avait touchée, mais au travers de la folie de sa mère, il voyait se fissurer et s'effondrer sa ville, et dans les longues années de sa propre complicité il lisait sa faiblesse, en tant qu'homme et que monstre.

Elle s'imaginait pouvoir faire ce qui lui plaisait, maintenant. Ça, il le percevait clairement. Quand elle avait incendié le bordel, il s'était dit qu'elle avait fait entendre son opinion, aussi, après avoir exprimé sa rage, avait-il décidé qu'il pouvait se permettre de lui passer cette ultime folie. Il avait bêtement supposé que ça s'arrêterait là. Mais le gros titre prouvait qu'il ne pouvait pas compter sur elle pour raccrocher les gants. Si un nom tombé des lèvres de Tony Cusack pouvait prendre feu, de quoi Maureen était-elle capable à l'égard d'une pute bien vivante et d'une pipelette ravagée comme Tara Duane ?

Jimmy avait observé la ville assez longtemps pour savoir qu'elle se ferait justice elle-même, tôt ou tard, et que le silence qui avait suivi la mort de Robbie O'Donovan n'était qu'une longue, profonde inspiration.

Il arracha à Maureen la promesse qu'elle n'irait pas mijoter des embrouilles sitôt la porte refermée derrière lui, et se dépêcha d'aller consolider ce qu'il pouvait avant qu'elle se mette en tête de le massacrer.

Quelques mois plus tôt, il s'était trouvé confronté à une énigme.

Il n'avait pas eu à sortir le bateau pendant un certain temps, mais à la fin de l'été il était allé passer une journée au chantier naval, où il avait retroussé ses manches pour se lancer dans un peu d'entretien thérapeutique.

Il y avait un vieux qui vivait à trois ou quatre kilomètres du bout du quai : Mike Costello, un vieux célibataire au visage plissé par les vents côtiers et la désapprobation que lui inspirait l'impitoyable progression de la « foutue » technologie japonaise. Il avait son propre bateau, bien que Jimmy le voie rarement s'en servir. Généralement, il consacrait son temps à l'habitude un brin exaspérante qu'il avait de s'installer sur le quai avec son colley d'Écosse pour fumer des Players et dispenser des conseils sur la mer et le ciel que personne ne lui demandait. Ce jour-là, alors que le soleil transformait en nappes éblouissantes les flaques du quai, il aborda Jimmy avec sa solennité coutumière et lui demanda quels étaient ses projets concernant l'embarcation.

« Je vais la mettre en cale sèche cet hiver, dit Jimmy. Elle a pas mal dérouillé l'an passé.

— Et comment, dit Mike. À force de sortir par tous les temps. Je me demande ce que tu fabriquais en janvier, mais tu as eu de la chance de revenir entier.

— Quand ça ?

— En janvier. Au pire du gros temps. C'est bien la seule fois que je t'ai vu, et de bonne heure, mais une fois suffit, non ? Oh, bien sûr, tu fais ça par plaisir et tu sais pas ce que tu risques ; t'es qu'un gars de la ville, pas vrai ? Mets-la donc en cale sèche cet hiver, et va pas faire une veuve de ta dame. »

Jimmy prit d'abord la chose comme il était tenté de le faire : il supposa que Mike se trompait. Souffrait d'hallucinations, même. Qu'il ressassait de vieilles idées sous le coup de l'ennui et de la malveillance qui naît parfois de l'ennui. Mais il ne put chasser l'image, du reste Jimmy ne serait pas où il était ni celui qu'il était s'il n'avait pas l'esprit ouvert aux possibles dangers masqués. Il mena finement quelques recherches au sein de son personnel, mais personne n'avait sorti le bateau. Il inspecta le canot en quête d'indices de tripatouillages, et conclut que personne ne lui piquait de carburant ou n'allait déconner en haute mer.

Il ne soupçonna pas tout de suite Tony Cusack, car bien que soupçonneux, Jimmy n'était pas complètement délirant. Mais un petit doute lui vint un jour, alors qu'il se rendait en voiture dans le quartier de ce minable pour une tout autre affaire. La cabane de Tara Duane, qui jouxtait celle de Cusack, était barricadée de planches. Jimmy questionna ses gars : *Duane a mis les bouts ?* Il lui revint qu'elle était partie et que personne n'avait la moindre idée de l'endroit où elle se trouvait, que ce soit les flics, les sans-logis ou les pauvres filles privées de mère qui expiaient leurs péchés sous ses ordres.

*T'as oublié d'être con*, se dit-il tout en tirant au clair l'énigme. Tony Cusack savait où était entreposé le bateau et où on lui avait promis une sépulture au fond de la mer. Tony Cusack avait une dent contre Tara Duane. Mais Tara était une fouteuse de merde sans rien dans le crâne, et Cusack un crétin pleurnichard. Un des gars de Jimmy avait plutôt dû faire un brin de contrebande, et lui mentir.

Mais bon, quand même.

Quand même.

Jimmy fit ses comptes.

Un bon meurtre bien propre, c'était tout un art, et ça se répercutait sur le tarif. Il pouvait suivre la méthode classique et faire appel à un professionnel, mais même en se prévalant des services qu'on lui devait, il y aurait un surcoût, or il rechignait à dépenser des sommes à cinq chiffres pour clore ce qui était avant tout une querelle domestique. Cinq ans, nom de dieu, qu'il essayait de venir à bout de ce foutoir.

*Tu deviens vieux*, lui lança railleusement la ville. *Vieux, gros, flasque et mou du bulbe.*

La disparition de Duane lui laissait sur les bras deux joueurs superflus.

*Pas mou du bulbe, loin de là*, rétorqua-t-il sèchement.

La disparition de Duane l'amenait à se demander s'il pouvait mettre de l'ordre dans ses objectifs.

*Un à dégager, on garde l'autre.*

Dans ce contexte, il réexamina l'énigme de son bateau emprunté et suivit son intuition.

Il monta en voiture aux lotissements, sur la colline, et actionna la poignée de chez Cusack. La porte s'ouvrit. Il entra.

Cusack était assis à la table de sa cuisine, une enveloppe blanche déchirée à la main et une facture quelconque dans l'autre. Jimmy n'avait pas été discret en s'introduisant dans la maison. Mais c'était comme ça chez les gens qui n'avaient rien à se faire voler et cinq ou six gosses par maisonnée. L'intimité n'était ni assurée, ni espérée.

Tony leva la tête et Jimmy le regarda changer de mine.

« Salut, Anthony. »

Il s'avança jusqu'à la table et y appuya les poings. Cusack le regardait, bouche bée. L'idée qu'il puisse croire leurs relations terminées effleura à nouveau Jimmy, mais il n'en tira pas l'amusement qu'il aurait savouré en d'autres circonstances. Cusack avait l'air… putain, vieux quoi.

« J'ai besoin de toi pour un service », dit Jimmy.

Cusack posa la facture sur la table et se couvrit le visage de la main gauche. Jimmy regarda par-dessus sa tête. La fenêtre de la cuisine était tachée de pluie et couverte de traces des petits doigts qui avaient dessiné dans la condensation, des petites paumes qui avaient ensuite effacé. Sur le rebord, traînait le bric-à-brac de la vie du pauvre bougre : petite monnaie, chargeurs de téléphone, cartes d'anniversaire tachées par la vitre mouillée.

« Tu te souviens de la pute », dit Jimmy.

Cusack ne répondit pas, baissa les yeux vers la table puis regarda Jimmy quand un silence répondit au sien. Jimmy considéra ce regard comme une confirmation.

« Elle n'a pas arrêté de poser des questions. Il est temps d'en finir avec ces conneries. Je ne veux plus entendre parler d'elle.

— Plus parler d'elle », répéta Cusack. Il retira la main de devant sa bouche et demanda : « Comment ça, des questions ?

— Qu'est-ce que tu crois, Cusack ? Allons, ce bon vieux cerveau n'est pas complètement en bouillie, hein ? Elle pose des questions, bordel. Elle fait du bruit.

— Ça fait des années.

— Assez d'années pour que ta progéniture ait fini sa croissance ? Non. »

Cusack revint à la question. « Et tu as besoin de moi pour quoi ?

— Pour la faire disparaître. »

Jimmy s'éloigna de la table et se mit à faire les cent pas. Arrivé à l'évier, il fouina parmi les fourchettes en train de sécher dans un égouttoir en plastique gris. Devant les tiroirs, il fourragea dans des torchons et des emplois du temps scolaires. « Il faut que tu me déblaies ce nouveau merdier, dit-il d'un ton égal. Que tu me donnes un dernier coup de main. C'est quand même pas difficile, hein Cusack ? Dans ton intérêt ! Dans l'intérêt de tes gosses ! Il faut que tu élimines la pute pour qu'on puisse enfin tirer un trait là-dessus.

— Je suis sûr que tu as des gars plus qualifiés que moi pour ce genre de truc, dit Cusack, d'un ton qui jurait avec son propos.

— Comment veux-tu, Cusack ? Comment est-ce que je pourrais avoir des gars plus qualifiés ? C'est notre problème à nous, et je n'ai aucune envie de l'aggraver. Je ne propose le coup à personne d'autre. De quoi j'ai l'air, hein ? Putain de merde.

— Et ça, ça ne l'aggrave pas ?

— Non. Ça tire un trait dessus. Je viens de te le dire. »

Cusack réussit à se lever. « Jimmy, dit-il. Jimmy, sur quoi son ancien ami cessa de gratter dans le marc de café et haussa les sourcils. Qu'est-ce que tu essaies de me faire ? » poursuivit Cusack. Son ton était l'illustration même de la conviction perdue. « Jimmy… Je t'ai rendu service. C'est tout ce que je sais faire. Obéir aux consignes. Et je m'y perds quand même. Tu l'as constaté toi-même. Ce n'est pas un truc dont je suis capable. Réfléchis à ce que tu me demandes.

— Capable ? » releva Jimmy. Il se mit à rire. « Oh, Tony. Comment on dit, déjà : "C'est en forgeant qu'on devient forgeron" ? »

Cusack secoua la tête. « Inutile d'insister. Je ne peux pas faire ça.

— Tu as pourtant liquidé Duane, hein ? » Tony se rassit. Enfouit la tête entre ses mains. Jimmy attendit.

« Je ne sais pas où est Duane, dit Tony.

— Ça, je veux bien le croire. Ça fait un bon moment que tu l'as noyée.

— Je ne suis pour rien dans sa disparition.

— Mais si », dit Jimmy.

Il revint se poster près de la table et empoigna l'épaule de Cusack.

« C'est pas une grosse perte, dit-il doucement. Et puis les gens font ce qu'ils ont à faire, non ? Elle avait un côté vampire, cette gonzesse. Pas très douée pour le cacher. Et en plus, elle avait baisé ton gamin, non ?

— D'où tu sors cette idée à la con ?

— Allez, je t'en prie. C'est le petit oiseau qui me l'a dit. C'est pour ça que tu lui as descendu sa vitre. Pour ça que tu lui en voulais. On dézingue une vitre, on dézingue une emmerdeuse… c'est une pente glissante. »

Il fallut quinze bonnes secondes à Cusack pour réagir.

« Si tu pensais que j'ai été pour quoi que ce soit dans sa disparition, tu me raconterais pas des conneries pareilles.

— Quoi, parce que tu te figures que j'aurais peur de toi ? Bon sang, tu n'es quand même pas naïf à ce point ! »

Il lâcha l'épaule de Cusack et reprit appui sur la table. Ce qui allait se dire n'avait plus d'importance, à présent. Le mec avait l'air d'un gamin dans le fauteuil d'un dentiste. Jimmy secoua la tête. Une étincelle, ce serait compliqué, mais eu égard au passé qu'ils avaient partagé il avait envie que Cusack lui donne un signe. Ne serait-ce qu'une veine qui bat. Un clignement ou un plissement des paupières. Mais pas cette supplication larmoyante.

« Je ne te reproche rien, dit-il. Mon gamin aura treize ans cet été. Si quelqu'un s'en prenait à lui, il trouverait à qui parler. Tu étais dans ton droit, Cusack. »

Il se pencha plus près.

« Mais merde, c'était mon bateau !

— Donc tu es en train de dire que je suis en dette vis-à-vis de toi ?

— Donc tu reconnais que c'était toi ? » Jimmy se redressa. « Je ne suis pas en train de dire que tu es en dette vis-à-vis de moi, Cusack, pas du tout. C'est ton merdier autant que le mien. Un de nous deux doit régler ça. Et ça ne peut pas être moi. Toi, tu n'es personne. C'est pour ça que ça sera toi. Tu t'en es sorti indemne la dernière fois, non ?

— Je ne sais pas où Duane est partie, dit Tony.

— Ouais, tu l'as déjà dit. » Jimmy se dirigea vers la porte. « Disons que tu as jusqu'à vendredi pour trouver la fille et lui régler son compte. Et si tu as besoin de sortir en mer, je te laisse faire cette fois encore. Passe-moi un coup de fil quand ça sera fait et je te jure sur la tête du Tout-Puissant qu'on en aura fini avec cette histoire.

— Qu'est-ce qui me le garantit ?

— Quoi ? Tu ne me crois pas ? »

Cusack se leva. Il prit appui sur la table, mais son courage l'abandonna et il baissa les yeux. « Qu'est-ce qui me dit que tu ne me colleras pas ça sur le dos ? C'est bien pour ça que tu m'as embringué dans cette histoire de Robbie O'Donovan, non ? C'est à ça que servent les abrutis dans mon genre. »

Jimmy sourit et claqua joyeusement des mains. « On tire ses petites conclusions, hein ? Et à quelle constatation ridicule on aboutit ?

— Quel bénéfice tu pourrais tirer de tout ça, dit Tony, à part le fait d'avoir quelqu'un à qui faire porter le chapeau ? »

Jimmy marqua un temps d'arrêt pour soupeser l'affront.

« Ça se pourrait, dit-il. Et alors ? »

Cusack leva la tête.

« Comme ça, Jimmy, tranquillement ?

— Tranquillement.

— Je t'ai bien rendu service, mec.

— Mais putain, qu'est-ce que tu veux, Cusack ? Une médaille ? Si on vivait dans un monde qui prend en compte les bonnes actions, j'aurais joué le jeu, mais on n'est pas dans ce genre de monde, et ce n'est pas ce genre de merdier.

— C'est toi qui m'as embarqué là-dedans.

— C'est vrai.

— Et qu'est-ce qui me dit que je vais seulement pouvoir en sortir ?

— C'est moi qui te le dis, bordel ! On tourne en rond, Cusack. »

Il vint se planter face à son ancien ami et eut l'amère satisfaction – il en fut stupéfait, c'était une chose qu'il avait considérée comme acquise depuis bien trop longtemps – de le voir tressaillir et se recroqueviller. L'estomac noué, il agrippa à nouveau l'épaule de Tony. Moitié d'homme, réduit à ça.

« Ne va pas t'imaginer que je sois complètement pourri, Cusack. On a un passé. Je le respecte. Tu fais ce que je demande et on est quittes. Tu ne le fais pas, et… bon. Tu sais que tu vas le faire, hein, parce que tu n'as pas le choix. Père de famille nombreuse, assassin tocard. »

La porte d'entrée claqua.

Jimmy se retourna, la main toujours sur l'épaule de Tony, et dans la cuisine entra alors, il l'avait deviné, le petit prince.

« Qu'est-ce qui se passe ? »

Jimmy pinça l'épaule de Tony et lança : « Putain de dieu ! Ils grandissent à une vitesse ! »

Le gamin était le portrait craché de son vieux. Un peu plus grand et sans bedaine, entre autres améliorations qu'il devait aux gènes de sa mère ; un beau mec, se dit Jimmy, pas le petit con de base. Il ne portait pas non plus l'uniforme du petit con, mais un blouson chic et un jean noir au lieu de l'habituelle association survêtement-bagouzes. « Ryan, dit Jimmy. C'est bien ça, non ? L'héritier de l'empire Cusack. Alors, comment ça va aujourd'hui ?

— Je peux peut-être vous aider ?

— Ce n'est pas un ton très amical.

— Alors laissez-moi rectifier le tir. Qu'est-ce que vous voulez ? »

Jimmy lâcha un sifflement.

« Pas tant le fils de son vieux qu'on pourrait le croire, hein ! lança-t-il à Tony. Il a du jus, le gamin, mais on finira bien par entendre ce que la ville en dira. » Puis, s'adressant à Ryan : « Je veux en effet quelque chose, mais je l'ai obtenu. Ne tracasse pas ta jolie petite tête pour ça. »

Il lâcha Tony.

« Vendredi, dit-il. Je t'en reparle ensuite. »

Le fils s'écarta quand il passa pour regagner l'entrée encombrée, franchir la porte malpropre, puis s'engager dans l'allée envahie de séneçon et de pissenlits et rejoindre la rue, dehors, et ses trottoirs étoilés de chewing-gums et de fientes d'oiseaux.

Jimmy s'interrogea, tout en cheminant, sur les revers qui amenaient un homme à devenir un assassin. Il ne se considérait pas lui-même comme un membre de cette famille-là ; non, le meurtre avait quelque chose de plus malsain que le jugement pragmatique qu'on pouvait porter dessus – cette dernière activité étant la seule à laquelle il s'adonnait. Tony Cusack était un drôle de zèbre, toujours à se traîner d'un réconfort merdique à l'autre. Le côté obscur qu'il y avait en lui était si bien enfoui qu'il ne savait sans doute pas lui-même qu'il était là, à disposition, quand son statut d'homme, de père et de dieu domestique était menacé. Mais peut-être que si. Et peut-être que le bateau était un outil qui avait servi à exécuter une besogne de plus dans un programme de longue haleine. On ne sait jamais, hein ?

Il déverrouilla sa portière et au moment où ses doigts se refermaient sur la poignée, une voix s'éleva sur quoi il se retourna.

« Hé ! »

C'était le gamin. Assassin ou pas, Tony Cusack n'était pas courageux au point de brailler son désaccord.

Ryan Cusack s'avança vers lui à grands pas et s'arrêta juste un peu trop près pour qu'il y ait la place de jouer des poings.

« C'était quoi le problème ? » dit-il.

Jimmy s'esclaffa. « Je te demande pardon ?

— Vous. Et mon père. Chez lui. À l'instant. C'est quoi ce bordel ? »

Jimmy réduisit encore l'intervalle entre eux deux.

« C'est pas ton affaire, petite tête. »

Il y avait une bonne différence de taille. *Un direct à l'estomac, ça réglera l'affaire au besoin*, se dit Jimmy.

« Vous allez voir que ça va le devenir, répliqua le garçon.

— Arrête un peu, railla Jimmy. Je sais ce que tu cherches et j'apprécie, vraiment. Sortir vos petites griffes toutes neuves, vous savez faire que ça, vous, les petits branleurs. Mais viens pas me la jouer à moi, parce que je vais te planter. Et ton père après toi. »

Il avait l'intention de se retourner. Il n'en fit rien. Il y avait, d'un coup d'un seul, trop à voir pour se retourner.

Derrière l'épaule de Ryan, se déployaient un ciel bas plombé, la masse vert sombre de la végétation en friche et, entre les deux, les rouges, gris et marron des constructions alignées. Le garçon était aussi brun que son père, mais sans la complexion rougeaude des collines de la région et du grand air rouillé. C'était un enfant d'ailleurs qui s'était approprié le paysage environnant, et l'endroit avait grandi autour de lui. Un rictus retroussa la lèvre de Jimmy.

« Si vous entrez chez moi et que vous menacez mon père, vous me donnez une occasion de vous remettre à votre place. »

Jimmy le poussa ; Ryan resta solidement campé.

« Si tu savais à qui tu parles, dit Jimmy, tu t'en mordrais les doigts jusqu'aux couilles. Petit.

— Je sais très bien à qui je parle. Phelan. »

Jimmy montra les dents.

« Voyez comme il est teigneux, le petit branleur ! Ça doit être le côté napolitain qui parle, vu que ça c'est clairement pas ton père.

— Marrant, hein ?

— À se taper le cul par terre. La seule chose qu'il me restait à connaître de toi, c'est ta façon de parler aux gens à qui tu dois le respect. Ryan Cusack, petit merdeux de dealer à temps partiel. Renvoyé de l'école, déjà de la taule à ton actif, un avenir radieux et clair comme du jus de chique.

— Pile poil, mec. Et c'est quoi votre problème avec mon père ?

— Hoho ! Il lâche pas le morceau. Pourquoi tu lui poses pas la question à lui ?

— Parce que je vous la pose à vous.

— Le problème, Ryan, c'est que ça pourrait ne pas te plaire si je te le disais. »

Jimmy recula, s'adossa à la Volvo et croisa les bras. Le garçon serra les poings. Cinquante mètres derrière, Tony Cusack restait figé sur le pas de sa porte. Jimmy le désigna d'un hochement de menton.

« Il a peur pour toi, Ryan, mais encore plus pour lui-même. Regarde-le.

— Il a peut-être pas du tout peur pour moi.

— Oh, si ! Il pense sans arrêt à toi. Oh, tu n'imagines pas ! Mais il ne viendra pas jusqu'ici, parce que là tu t'es fourré dans un putain de méchant merdier. Il ne t'a pas prévenu, quand tu t'es précipité sur mes talons ? »

Ryan lâcha un reniflement méprisant. « S'il y a un problème, c'est moi qui le règle.

— Quoi, tu te figures qu'avoir connu la maison de correction, ça t'autorise à te mesurer à moi?

— Ce qui m'y autorise, c'est que vous veniez faire chier mon père dans sa cuisine. Si vous voulez quelque chose, c'est à moi qu'il faut en parler. Mon père ne vous sera d'aucune utilité. Et vous le savez, bon dieu.

— Écoutez un peu ça! C'est toi qui décides de porter le chapeau, gamin?

— Ça se pourrait.»

Jimmy hocha à nouveau la tête en direction de la maison.

«Qu'est-ce qu'il t'a dit?

— Rien.

— Et tu n'as pas l'impression que s'il ne dit rien, c'est parce qu'il ne veut pas que tu mettes ton grain de sel là-dedans, Ryan?

— J'en doute.

— Ça arrive souvent qu'il te demande de laver son linge sale?

— Quand c'est nécessaire.»

Sur le pas de la porte, Tony Cusack se passa la main sur le front.

Jimmy constata tout haut: «Après tout ce que ce mec a fait, c'est son gosse qu'il jette en pâture aux loups.

— Alors, fit Ryan. C'était quoi l'histoire?»

Jimmy soupesa rapidement les conséquences possibles. Devant lui, le jeune vengeur attendait, un pli mauvais aux lèvres. À aucun moment, Tony Cusack n'avait semblé prêt à franchir le seuil pour venir chercher son gamin.

«D'accord», dit Jimmy.

Sous le vernis de la logique et de la stratégie, il bouillait. La colère lui coupait la respiration et lui accélérait le pouls, à un point déraisonnable. Il n'avait aucune envie de mettre un nom sur le phénomène, mais il y reconnaissait les processus qui avaient foutu la merde dans son univers depuis qu'il avait ramené Maureen de Londres. Il y en avait d'autres, des gamins comme Ryan Cusack, de la moitié de l'âge de Jimmy, pour qui la réputation était une chose qu'il fallait arracher à quelqu'un d'autre.

« On a un problème en commun, ton père et moi. Moi je veux m'en débarrasser. Ce problème s'appelle Georgie Fitzsimons. Il ne devrait pas être trop difficile à trouver vu qu'il circule en ville comme un faux penny. Si tu me le retires de la circulation, je serai quitte avec ton connard de père. Si tu le laisses faire un pas de plus, je transformerai tes frères et sœurs en orphelins et toi je te pendrai haut et court au-dessus de la Lee. C'est clair, oui ou merde ? »

Il sourit.

« Je parie que tu regrettes de m'avoir posé la question, hein ?

— C'est tout ? demanda le garçon.

— C'est dans les fanfaronnades que tu trahis ton âge, gamin. Tu as jusqu'à vendredi. »

Il monta en voiture sans encombre et quitta le lotissement. Mission accomplie, supposa-t-il.

Les nuits devenaient plus courtes, et une fois l'orage passé ils verraient le ciel, tous autant qu'ils étaient, et sentiraient l'immensité au-dessus de la ville : l'air, le vent, l'univers. Il fallait juste d'abord endurer avril. Les murs de la ville de Jimmy se rapprochaient des flancs de sa voiture à mesure qu'il roulait. Les lampadaires se penchaient au-dessus de lui.

Tout rentrerait dans l'ordre, tôt ou tard. Il fallait juste qu'il s'y prépare.

# 25

Tony était devant l'évier de la cuisine, une main sur la paillasse, l'autre le long du corps, poing serré, livide jusqu'au bout des doigts mais debout.

Autrefois, son père était un géant, mais il s'était ratatiné à mesure que Ryan s'allongeait, jusqu'à paraître frêle, et sa stature n'appartenait plus qu'au passé. Toutes ses rages, distillées par le temps jusqu'à n'être plus que des colères de rien. Les accès de bonne humeur que Ryan appelait autrefois de ses prières, ravalés au rang de démonstrations désespérées d'affection convenue. Et cette putain de force physique qu'il avait, hein ? Il était où, le cogneur, à présent ? Ryan était de taille à le défier. À plus que le défier. À le tuer. Même à mains nues. À l'empoigner par la tignasse et à lui cogner la tête contre le mur, lui écraser la tronche sur la paillasse de l'évier, le courser dans l'escalier, dégrafer sa ceinture et le fouetter, ce vieil enfoiré.

Au lieu de quoi il s'avança vers la table et ramassa la facture d'électricité.

« Ouaille », fit-il.

Il décompta le montant nécessaire, ajouta un billet de cinquante par-dessus et posa le tout sur la table. Il avait aussi apporté trois ou quatre grammes d'herbe, de la bonne petite ganja, qu'il envisageait donc de garder dans sa poche pour tomber dedans avec le plus vif plaisir en arrivant chez lui. Il laissa le sachet à côté de la facture.

« C'est mieux pour toi », dit-il.

Il tourna la tête pour regarder son père. Tony déglutit, les yeux baissés.

« Rocky…

— Et tu me dis que je fais des erreurs idiotes, p'pa.

— Tu ne comprends pas.

— Non. » Pendant un instant, sa posture refléta celle de son père, puis il s'ébroua, releva la tête et dit : « Explique-moi. »

Tony s'avança jusqu'à la table. Il s'assit, tira maladroitement un paquet de cigarettes de la poche de son jean et en vida une de son tabac. Ryan posa son papier à rouler sur la table. Tony prépara un joint. Ses mains tremblaient.

« Qu'est-ce qu'il t'a dit ? » marmonna-t-il après avoir tiré une première bouffée.

Ryan s'assit. « Rien de compréhensible. »

Tony exhala la fumée et appuya le front contre son poignet, se grattant le cuir chevelu du bout des doigts.

« Il veut que cette fille soit liquidée, dit Ryan en aboyant un rire. Tel quel, putain de merde.

— C'est tout ce qu'il y a à en dire, conclut Tony.

— Ah, putain non, p'pa, c'est pas tout ! Ça c'est juste la base du truc. La fille qui est venue ici demander après son mec est un problème que vous avez en commun, toi et Jimmy Phelan. Et il se figure va savoir pourquoi que tu es capable de régler des merdes de ce calibre, p'pa, alors que tu l'es pas. Comment tu pourrais l'être ? Putain mais qu'est-ce qu'il s'imagine ? »

Tony leva la tête. « J'en serais pas capable, dit-il. Tu le sais bien. Seulement tu vois, toi tu le sais mais pas lui. Ou s'il le sait, il s'en fout. Mais tu as raison, Rocky… je pourrais pas être comme ça et je le suis pas. » Il avait les larmes aux yeux.

« Comment ça se fait que Georgie soit un problème pour toi et Jimmy Phelan ?

— J'ai jamais été pour rien dans cette histoire. On m'y a embarqué. Le mec de cette jeune gonzesse… il a été tué.

— Putain merde. » Ryan s'affala contre le dossier de sa chaise. Georgie le lui avait dit, samedi. *Tu as retrouvé ton mec ? Non.*

*Il est mort.*

Des lambeaux de toiles d'araignée ondoyaient doucement dans l'ombre, au-dessus de sa tête.

« Elle, je l'ai croisée en ville, samedi dernier, dit-il. Je l'avais pas revue depuis le jour où elle était venue ici, p'pa. Elle avait une tronche de crevarde, carrément. On aurait dit un squelette en robe. Elle a dit que son gusse était mort. J'imagine que c'est pour ça que Jimmy Phelan cherche à la faire liquider.

— C'est une copine à toi…

— Non. Je t'ai déjà dit que non, putain. C'est une fille à qui je vendais de la dope. » Il désigna le sachet posé devant son père. « Comme ça, tu vois ? Oh, putain de merde ! »

Il poussa la chaise en arrière, alla jusqu'au plan de travail et abattit le poing entre la plaque électrique et les mugs sales.

Il fallait que ce soit dit.

« C'est toi qui l'as tué, p'pa ?

— Non », dit Tony.

Il contemplait fixement la table. « Phelan a croisé mon chemin un jour, il y a cinq ans. Il a dit qu'il avait besoin d'un service. J'avais aucune idée de ce qu'il voulait jusqu'à ce que je me retrouve planté devant : le type, mort, allongé par terre dans une des baraques de Phelan. Un pur accident, il a dit. Il fallait que je l'aide à nettoyer. Et je l'ai fait. On dit pas non à Jimmy Phelan, et une fois sur place… je pouvais plus dire non. C'est Jimmy, ça. Il te pousse de la falaise et pendant que tu tombes il te crie : *Pas question de revenir en arrière, mec !* Je savais pas que la fille chercherait son mec et je savais pas qu'elle débarquerait ici. Je sais pas comment ça se fait qu'elle ait pas appris à fermer sa gueule. Mais bon, peu importe ce qui l'a poussée à aller foutre Jimmy en rogne, maintenant c'est fait. Et comme je suis le seul à savoir pour le mec, il dit qu'il faut… que je me charge de la fille.

— Comment ça se fait que tu connaisses cet enfoiré de Jimmy Phelan ?

— Ça remonte à des années. Avant ta naissance. J'avais même pas ton âge. On est allés à Londres ensemble, lui et moi.

— Ah, c'est pour ça qu'il savait à propos de maman.

— Qu'est-ce qu'il a dit à propos de ta mère ?

— Oh, rien, bon sang. »

Le téléphone de Ryan émit un bourdonnement. Il le sortit de sa poche et consulta l'écran. C'était un texto de Karine. Ça devait être l'heure de sa pause déjeuner, là-bas dans le monde réel. Il retourna le téléphone dans sa paume et le serra fort.

« Et qu'est-ce qu'elle savait de tout ça, Tara Duane ? »

Tony prit une brève inspiration, lâchant un son à mi-chemin entre le hoquet et le chevrotement.

« Qu'est-ce que tu veux dire, gamin ? demanda-t-il.

— C'est elle qui a envoyé Georgie ici, non ? En lui disant que toi, tu saurais où était passé son mec.

— Un coup du sort, je suppose. Elle s'est rappelé sur le tard que je connaissais ce pauvre gars.

— Alors tu le connaissais bel et bien. »

Tony ferma les yeux. « Ouais.

— Comment ça ?

— Du pub. C'est tout. Mais je pouvais pas dire ça à Duane, pas après ce qui s'était passé.

— Et elle a mis le doigt pile dessus, c'est ça ?

— Qu'est-ce qui pouvait l'en empêcher ? On sait ça, toi et moi, non ? Le monde l'a pondue pour chercher la merde. Sinon pourquoi elle aurait… – il hésita – avec toi.

— Tu es encore en train de ruminer ça ? coupa sèchement Ryan.

— Tu avais quinze ans, Ryan.

— Ouais, bon. Les mecs de quinze ans c'est tout en bite, non ? »

Il posa son téléphone sur le plan de travail, mit les mains à plat de part et d'autre, puis se laissa tomber sur les coudes et enfouit la tête entre ses mains.

« J'avais pas le choix, insista faiblement son père, derrière lui.

— Il y a toujours le choix, dit Ryan.

— Si ça te fait plaisir de croire ça. » Ryan se redressa.

« Bon », dit-il.

Les mains nouées sur la tête, il alla se poster devant la fenêtre et laissa son regard errer du fil à linge au mur du fond du jardin puis à la pelouse.

« Écoute, Rocky…

— Ouvre surtout pas ta gueule maintenant ! »

Il l'avait vu à sa mine, c'était écrit dessus en gros : de toute façon, Georgie était foutue. Les joues caves, les yeux comme des trous dans une feuille de papier, vouée à crever d'overdose dans un caniveau, ou à se faire étrangler par le mauvais client, et Ryan Cusack n'y pouvait rien. Sa gosse qui lui avait déjà été retirée. Dégringolade du salut à la rue. En suspens.

« Ah, putain », souffla-t-il.

Tony essaya de nouveau.

« Ryan, je…

— Je vais régler ça », dit Ryan. Il retourna au plan de travail pour y prendre son téléphone. Tony secoua la tête. Un pli lui déforma la bouche, transformant sa grimace en une mimique grotesque qui rappelait la mélancolie peinte d'un vieux clown.

« "Régler ça" comment, gamin ? Qu'est-ce que ça veut dire ?

— Ça veut dire que je vais régler ça, merde.

— On peut pas négocier avec Jimmy Phelan, Ryan.

— Je vais pas négocier avec lui.

— Oh, bon sang…

— Oh bon sang quoi, p'pa ? Quoi ? Il faut régler le problème, non ? »

Tony se leva.

« Ryan… je peux pas te laisser faire ça.

— Et c'est très bien vu que je compte pas te demander la permission. »

Il gagna l'entrée et se retourna.

« Me reparle plus de ça », dit-il.

Il regarda le visage blême de son père se fondre sur le bleu pâle des murs tachés de la cuisine et ne put déterminer si ce fut le ton enfin juste, les mots justes, peut-être la juste taille, la juste urgence ou trajectoire criminelle, mais quel que soit le nom de ce tour de magie, il avait transformé l'homme qu'était Tony Cusack en moins que rien.

Il prit sa décision mais la soupesa un moment, et il finit par rouler d'un bout à l'autre de la ville en fumant et en se demandant qui il était, bon dieu.

Il prit Karine à l'hôpital à l'heure de la sortie. Elle se jeta sur le siège passager avec l'enthousiasme de fin de service qu'elle ne voulait pas admettre et qu'il adorait.

« Salut, beau gosse ! »

Une épaisse nappe de brume pesait sur la ville. Karine frissonna. « Fait tellement noir, gémit-elle en montant le chauffage. On se croirait en décembre. » Du coin de l'œil, il la vit plisser les paupières et sourire. « Tu es ronchon, c'est ça ?

— Pas vraiment, dit-il.

— Ça va ?

— Bien sûr que ça va. » Ils arrivèrent à la sortie du parking ; Ryan se pencha au-dessus du volant et scruta la circulation.

« C'était comment, le boulot ? demanda-t-il.

— Dingue. Genre, on est censés apprendre mais la seule chose qu'on nous explique, c'est comment ne pas exploser de stress. Je te jure, c'est la qualification numéro un des infirmières.

— Il faut bien que quelqu'un fasse le boulot », dit-il.

Elle s'ébroua sur son siège. « Ouais. Il faut bien que quelqu'un retape tout ce monde. »

Ce n'était pas une pique à l'égard de Ryan. Un non-initié aurait pu trouver abracadabrant que lui gagne sa vie en faisant ce qu'il faisait alors qu'elle était presque infirmière, mais ils savaient l'un et l'autre que, bon, autant être réaliste. Il faut bien que quelqu'un fasse le boulot et la formule s'appliquait dans les deux cas. Ryan se réjouissait de ce pragmatisme partagé, mais quand il avait la gueule de bois, il craignait que Karine ne le manifeste que par esprit de contradiction vis-à-vis de ses parents, qui le détestaient, ou par principes citadins.

Il la déposa devant chez elle, dans la rue de ses parents. Elle se pencha vers lui pour l'embrasser longuement.

« Tu viens me chercher plus tard ? murmura-t-elle.

— Oui.

— Ne tarde pas trop. »

Avant qu'elle s'éloigne, il lui prit le visage au creux de la main.

« Dis-moi que tu m'aimes, dit-il.

— Pfff. Je t'aime.

— Non, mais, vraiment ?

— Mince alors, ma parole, ça suffit pas ? » Elle sourit, puis son sourire s'effaça et elle pencha la tête. « Tu as fait quelque chose ?

— Non.

— Tu es comme quand tu as fait quelque chose.

— Je n'ai rien fait.

— Parce que moi j'en ai marre de te pardonner, Ryan.

— Je sais. »

Elle se laissa embrasser à nouveau. « Je suis juste un peu crevé, dit-il. Je suis monté chez mon père aujourd'hui. Tu sais comment ça se passe. Il me retourne les tripes.

— J'aurais dû m'en douter.

— J'ai un petit truc à faire. Je repasserai te chercher plus tard. On ira chez moi. Se mater un film à la con, écouter de la musique ou quelque chose du genre. Je sais pas trop. Se faire un thé et des Pim's.

— Ça marche, dit-elle, aussi douce que la pluie.

— Et tu me parleras de ton boulot, dit-il. Tu me raconteras des projets, des histoires. »

Il traversa la rivière pour la cinquième fois de la journée et tourna sur le quai. Les feux des carrefours frémissaient au travers de la brume, sur le pare-brise.

Elle était là. Il se rangea à sa hauteur et abaissa la vitre. *Putain, si on me voit faire*, pensa-t-il, *comment je pourrai expliquer ça un jour ?*

« Monte, Georgie. »

Elle le regarda comme une ado traquée, se coula vers la portière côté passager, et se laissa tomber sur le siège.

« Qu'est-ce qu'y a ? » demanda-t-elle.

La brume lui avait hérissé les cheveux en une volumineuse tignasse qui accentuait la maigreur du visage. Elle tira sur les manches de sa veste pour se couvrir les poings. Sa jupe était courte et ses jambes nues. Ryan n'avait la GTI que depuis un mois, il était encore d'une maniaquerie obsessionnelle à l'égard de tout ce qui pouvait salir les sièges. Il perçut ce que sa répulsion à l'égard de la peau nue de Georgie avait d'irrationnel. Voire d'essentiel, s'il voulait jouer sur les mots. Il se remit en route et roula en direction du Mall. « Alors, on s'encanaille ? », grommela Georgie.

Au poignet droit elle portait un bout de tissu marron, entortillé et noué, qui se prenait sans arrêt dans le tissu de sa veste quand elle tirait sur sa manche.

« T'as rien trouvé de mieux ? répondit Ryan. Marmonner une vanne pour me mettre les boules ? Putain, merde Georgie. Elle est où ta combativité ?

— Je suis censée me battre avec toi ?

— Tu te dis que je suis un hypocrite, hein ? Que j'ai du culot de te faire monter dans ma bagnole après ce qui s'est passé samedi. Tu te dis que ça se résume juste à savoir si j'ai envie de baiser ou pas. » Il lâcha un reniflement amer. « Et toi tu montes, de toute façon, et tu me laisserais faire, hein ? Après tout ce qui s'est passé.

— Voyez donc ce qui est arrivé à ce gamin si bien, dit-elle. C'est devenu un homme.

— Et tu le laisserais te baiser, hein.

— C'est un boulot, Ryan. Y a rien de personnel là-dedans.

— Non, dit-il. C'est pas vrai. »

Il devait ensuite appeler son père pour obtenir le numéro de Jimmy Phelan, et ne pouvait le faire que par texto ; il ne voulait pas parler à Tony. Il ne voulait parler à personne mais le fit pourtant avec Phelan. Brève présentation, brève confirmation. Mais Phelan ne s'estima pas satisfait.

« Viens me retrouver », dit-il.

Ryan s'exécuta donc, le rejoignit dans la cave d'un pub de Barrack Street à la façade tellement pourrie qu'elle discréditait la rue dont elle faisait partie. Ils n'y étaient pas seuls, d'ailleurs Ryan doutait qu'un homme comme Jimmy Phelan ait l'habitude de se retrouver seul. Quelques gars jouaient aux cartes dans le fond de la cave, parmi lesquels Tim Dougan, dont la légende avait longtemps servi d'avertissement en même temps que d'inspiration à Ryan. Phelan eut beau le contraindre à parler debout près de la porte, le regard au sol, Ryan savait que les types qui se trouvaient là étaient tout ouïe. Ils leur jetaient de brefs regards de temps à autre, tout en reniflant, l'air mauvais, ou en lâchant de petits clappements de langue.

L'endroit était éclairé par deux ampoules nues fixées bas. Dans un but fonctionnel aussi bien que pour créer l'atmosphère, du reste Ryan était aussi impressionné qu'on voulait qu'il le soit.

« Tu avais deux jours, dit Phelan.

— Un truc pareil, je ne pouvais pas le remettre à plus tard, dit Ryan.

— Ah non ? Beaucoup l'auraient fait. Bien que je ne recommande pas, pour ma part. »

Les propos de Phelan, énoncés à mi-voix, d'un ton uni et froid, s'immiscèrent en lui comme une montée d'acide. Il s'empourpra, sentit la sueur perler sur son front et le trac lui nouer l'estomac. Deux des joueurs de cartes se retournèrent pour regarder. Ryan détourna les yeux. Une douleur pointue se manifesta soudain de part et d'autre de ses narines. Il se pinça l'arête du nez.

« Je suis censé te croire sur parole quand tu me dis que tu as fait ce que je demandais ? dit Phelan.

— Grosso modo.

— Et si je te demande une preuve.

— Mais merde, qu'est-ce que vous voulez, une photo ? Vous vous figurez que je ne vous ai pas pris au sérieux ? Alors que la tête de mon père est en jeu ? »

Phelan esquissa un mince sourire. « Il ne t'est jamais arrivé de te dire qu'il ne te méritait pas ?

— On a terminé, là ? » dit Ryan.

Phelan détourna le regard. « Il y a longtemps que j'ai mené mes investigations, bien sûr. Comment se passe l'apprentissage ? Comment est-ce que Dan Kane te traite ?

— Je suis censé répondre à ça ?

— J'ai entendu dire qu'il t'adorait », poursuivit Phelan.

Le téléphone de Ryan se mit à vibrer dans la poche de son jean. Sans doute Karine. Il était en retard. Très en retard. C'était l'heure d'aller se coucher. Le choix entre la niche et la cave. Il soupira, sans bruit. Pour avoir pratiqué pendant des années maintenant, il savait que son visage était aussi dur que les murs de pierre qui l'entouraient, et presque aussi impassible que l'homme en face de qui il se trouvait. Mais derrière cette façade, il était effondré, ne pensait plus qu'à se tirer de là, mourait d'envie de regagner la niche à plat ventre et d'attendre que sa maîtresse lui pardonne une fois de plus. Il ne pensait pas que sa nervosité puisse filtrer. Non. Non, il savait que ça ne se pouvait pas. Et c'était presque pire.

« Je n'ai pas besoin de te préciser que ce qui s'est passé entre toi, moi, et le crétin ravagé qui a baisé ta mère ne regarde personne d'autre que nous trois, dit Phelan. Dan Kane ne doit pas avoir vent de ça.

— Ce n'est pas le moment le plus glorieux de ma carrière, dit Ryan.

— Ah, mais c'est que tu es un gars bien. Dan Kane le sait. Moi je le sais. Disons que j'en ai fini avec Tony Cusack. Mais pas avec toi. Pas avant un bon bout de temps.

— Et pourtant si », dit Ryan.

Phelan sourit et lui posa les mains sur les épaules. « Ce n'est pas toi qui décides de ça, gamin », dit-il.

Sous le ciel bleu pastel d'un dimanche matin tout neuf, Ryan fumait, posté sur un balcon qui n'était pas le sien. Derrière les portes coulissantes, Joseph et deux autres mecs étaient assis autour d'une table, occupés à boire des bières et s'envoyer des rails de poudre. Karine était partie faire un somme dans une des chambres. Ryan avait besoin de respirer l'air frais à pleins poumons, et aussi de se couper du vacarme des conversations. Il avait la tête farcie de coke et les pensées aussi froides, claires et lisses que le ciel tout neuf, au-dessus de lui.

Ce n'était pas sa faute. Il savait que ce n'était pas sa faute. C'était plus que ça.

Son « boulot » à lui – rien de personnel là-dedans – consistait à acheter de grandes quantités de substances, les couper puis les revendre avec une marge à des gens qui « dealaient », selon la terminologie de Georgie. Par ailleurs, la façon dont il témoignait sa loyauté à Dan Kane primait sur celle dont il réalisait ses bénéfices : il lui arrivait d'intervenir en qualité de représentant de son boss quand il le jugeait nécessaire. Lors de négociations avec des types situés plus bas dans la filière. De représailles contre ces mêmes types si les négociations n'aboutissaient pas. Il s'y était meurtri les poings. Il s'était fait une raison. C'était le rôle qui lui revenait dans l'histoire. C'était à ça qu'il se résumait : de la chair, des tripes et des os.

« Le sale type, c'est moi », dit-il.

La ville ne lui prêta aucune attention. Il contempla les toits, ces coquilles de tôle ondulée abritant des milliers de vies ayant chacune leur rôle à jouer, imbriquées comme des engrenages, permettant aux rouages de continuer à fonctionner. Docteurs, dockers, danseurs et dealers.

Il avait mis vingt ans à en arriver là. Il n'y avait sans doute jamais eu d'alternative.

Dans sa poche arrière, son téléphone sonna. Il bascula son poids sur l'autre jambe et tira l'appareil de sa poche. Il changeait la carte SIM plusieurs fois par mois. Il décidait au moins à qui il revendait. S'il avait besoin de larguer certains clients, il se contentait de ne pas leur donner son nouveau numéro. Ils disparaissaient alors de sa vie sans protester. Ces choses-là ne se discutaient pas. Ryan Cusack avait cette liberté-là.

Il répondit : « Ouais ? »

La voix de Donnelly : « C'est bon.

— Ah, super.

— Ouais, aucune galère. Je te vois plus tard. Qu'est-ce qu'on envisage ? »

Ryan plissa les yeux et tira une nouvelle bouffée. Ses pensées galopaient. Il rétorqua sèchement : « Six mille.

— No problemo. »

Ryan raccrocha. Il ouvrit le moteur de recherche, captura un plan et le transmit par mail. Plus tard, il retrouverait Donnelly à l'adresse en question, une fois qu'il aurait fait un petit somme avec l'aide d'un cachet. Il ne redescendrait pas d'un bon moment. Ça faisait deux jours pleins qu'il était raide défoncé.

## HÉRÉDITÉ

*« Tu n'es qu'un sale connard ! »*

*Elle est assise sur mon lit, en culotte, et moi je suis debout au pied, le jean pas encore reboutonné, et la chambre empeste la sueur et le musc, l'odeur de ce qu'on vient de faire… Comment est-ce qu'on arrive à se disputer dans un parfum aussi entêtant ? C'est comme ça que ça finit ? On est devenus à ce point allergiques que l'odeur de nos corps respectifs déclenche les coups et nous rend fous furieux ?*

*« Ouais, c'est ça Karine, je suis un sale connard, je suis un gros enculé de connard. »*

*On est sortis depuis midi, on a bu deux verres de vin au déjeuner et quelques pintes ensuite. On est rentrés pour faire un somme avant de ressortir dans la soirée, quand on s'est réveillés c'était tout murmures et gloussements, elle qui se retournait et se frottait contre moi en me demandant de lui faire l'amour, et tout d'un coup voilà qu'on se lance dans la Troisième Guerre mondiale bordel de merde !*

*C'est Halloween, un bon prétexte pour qu'elle sorte déguisée en coccinelle, avec un costume qui se résume à une minirobe à pois, des bas noirs à mi-cuisses et une paire d'ailes à paillettes. Tout ce que la ville compte de femmes va se balader avec les jambes, le ventre et les cuisses à l'air, et je suis censé n'en regarder aucune parce qu'elle sait que je suis un incurable tordu de queutard. Elle, elle peut se balader dans une robe ras-la-touffe qui supplie qu'on lui pelote les fesses, mais moi je dois me crever les yeux plutôt que de croiser accidentellement le regard d'une de ses congénères. Voilà le genre de conneries que Karine est capable de sortir sans même avoir à réfléchir : une hypocrisie hargneuse déguisée en appréhension, qu'elle me jette à la figure pour peu que j'ose la contester. Je suis à deux doigts de me casser d'ici pour aller fourrer mon nez dans une montagne de coke et ma bite dans la première gonzesse qui voudra bien me sourire.*

*Ma chemise est par terre, de son côté, mais je ne veux pas passer devant elle en me penchant pour la ramasser.*

*« Tu n'as pas à me dire ce que je dois faire ou pas, Ryan. Tu es un menteur et un queutard, alors ne la ramène pas.*

*— Je n'ai pas touché une autre fille depuis une éternité, putain de merde !*

*— Tiens donc. Une éternité ! Et toutes celles que tu as touchées avant, elles ne comptent pas, c'était avant que l'éternité commence.*

*— Elles ne comptent pas plus que Niall Vaughan. »*

*Elle s'approche à grands pas et me martèle le torse du bout de l'index.*

*« Ressors-nous Niall Vaughan, elle dit. Vas-y, fouille plus profond. Parce que de ton côté, c'est : "Oh, mais quand moi je te trompe ça ne compte pas, mais quand toi tu me trompes, c'est parce que tu étais amoureuse", alors si tu compares Niall Vaughan – qui, à t'écouter, me foutait carrément en chaleur – avec ta brochette de pouffes, ça veut dire que tu étais amoureux de toutes ces gonzesses, non ? »*

*Elle me casse les oreilles.*

*En plus de la vilaine petite gueule de bois qui commence à prendre le relais maintenant que les vapeurs d'alcool de midi s'estompent.*

*« Tu délires complètement ! je lui dis.*

*— Et toi, mec ? Tu ne délires pas complètement ? »*

*Je ne sais pas comment on en est arrivés là. On se retrouve un moment, et aussitôt après elle m'accuse d'infidélité émotionnelle, et bon, d'accord, j'ai baisé d'autres filles, et je n'en suis pas fier, mais je n'en ai aimé aucune, ça sûrement pas. Ce n'est même pas imaginable pour moi d'aimer quelqu'un d'autre. C'est une incapacité que j'ai, je le sais. Je le sens. Ça me met la tête à l'envers, ça me noue la langue, ça m'entrave.*

*« Tu es obligée de me démolir sans arrêt avec ces conneries, Karine ? Tu sais très bien que tu es la seule qui ait jamais compté pour moi et quelle importance, d'ailleurs, vu que je ne pouvais carrément pas te faire confiance ?*

*— Oh, bon sang, elle fait. Quel ramassis de conneries.*

*— Comment ça, un ramassis de conneries ? Tu as baisé avec Niall Vaughan pendant que j'étais…*

*— En prison ! Tu n'as aucune idée de ce que j'ai vécu pendant ce temps-là ! Tu n'étais pas là alors que j'avais besoin de toi. Tu devais éviter de te faire coffrer et je n'ai pas pu te faire confiance, et tu continues sur ta lancée hein ? Ouais, les grands projets à la con à propos d'Australie, où toi et moi on se casserait de ce trou pour aller faire quelque chose de nos vies, alors que tu sais très bien que ça n'arrivera jamais vu ton casier judiciaire. On est coincés ici, et par ta faute.*

*— Ah ouais, tiens, je suis ta prison, c'est ça ?*

*— Ça y ressemble, Ryan. Tu me trompes, tu me mens, et moi je suis assez bête pour te laisser... et le coup de grâce c'est que tu n'as pas l'intention d'arrêter. Je n'ai jamais eu autant d'importance à tes yeux que Dan Kane. La prochaine fois que tu tomberas, tu prendras dix ans et je serai où, moi ?*

*— Il est pas question que je tombe, putain !*

*— Qu'est-ce que tu en sais ? Tu as été assez bête pour tomber une première fois.*

*— Bon d'accord, je suis un queutard, un menteur, une cage ambulante et je suis un gros con bas de plafond. Tu as autre chose à me dire ?*

*— Oh, elle lâche, je pourrais trouver encore plein de trucs.*

*— Alors sors-les, merde ! »*

*Je vois le poison qui monte, qui la remplit, une vague de haine qui s'élève de son ventre jusqu'à ses mâchoires. « Tu n'as aucune idée de ce que tu m'as obligée à vivre quand tu t'es fait choper avec la coke de Dan Kane, elle dit. Et pour ça, je vais t'en faire baver.*

*— Ce connard de Niall Vaughan ne t'a pas suffi, comme vengeance ? Sur une connerie de parking ? Comme une pute ? »*

*Elle m'assène un coup de poing au torse alors je la pousse, je la force à reculer jusqu'au mur et je me dresse devant elle. Elle se débat, met des coups de pied, me chope le tibia avec son pied nu et c'est ça qui déclenche tout, ça ne fait même pas mal, mais ça n'en a pas besoin vu que c'est un pur réflexe : je lève le poing.*

*Je lève le poing sur elle.*

*Et là elle hurle : « Ah bon sang ! Ah bon sang, tu allais me frapper ! Sale porc, tu allais me frapper ! » et je ne peux pas m'en empêcher, je détends le bras et j'écrase le poing sur le mur à côté de sa tête, je cogne encore et encore, et l'autre main serrée sur sa gorge ricoche au rythme des coups et là, ses genoux cèdent sous elle.*

*Je la lâche, elle s'affale par terre, et moi je recule en titubant et je me vautre sur le cul.*

*« Ah, bon sang, elle dit.*

*— Je t'ai pas touchée », je dis, mais le truc qui m'animait s'est vidé ; je ne peux plus que murmurer.*

*« Je savais que ça arriverait un jour, elle sanglote. Je le voyais venir depuis des mois. »*

*Ça cogne dans ma poitrine. « Excuse-moi, je dis. Je suis vraiment désolé. Je ne voulais pas te faire peur, Karine. Je t'aime, merde ; jamais je ne te ferais de mal.*

*— Ah non ? » Elle a les yeux rouges, les cheveux en bataille d'avoir transpiré et fait l'amour et maintenant ça, oh mon dieu, d'où est-ce que c'est sorti ? « Et ça, alors, c'était quoi ? »*

## 26

C'était le pire moment pour venir aux urgences : un samedi, soirée de beuverie, à l'heure où toute la jeunesse de la ville se noyait debout. L'arrivée d'un jour férié aggravait le phénomène, si bien que, comme prévu, l'endroit était bondé. Jeunes filles au teint pâle, parées de leurs atours de week-end, attendant sans un mot, un genou enflé ; ivrognes engueulant des infirmières aux visages marqués des stigmates de leur sacerdoce… petits vieux, petites vieilles, mères à la mine grave soutenant des adolescents sur le point de fondre en larmes, chariots, tasses de café, téléviseurs que personne n'entendait… Jimmy découvrait tout cela avec la stupéfaction d'un enfant qui vient de soulever un caillou et voit grouiller les cloportes.

Il avait bien autre chose à faire, mais – cette illumination lui vint sous les néons blancs de la salle d'attente – Maureen n'avait personne d'autre pour l'accompagner. Cette compréhension du devoir filial le frappait tard dans la vie. Ses frères de substitution ayant été bien plus vieux que lui, il ne s'était jamais senti tenu de leur obéir, s'occuper d'eux ou les soutenir. C'était une nouveauté, or quel bénéfice espérait-il de la nouveauté à ce stade de sa vie ? Maintenant, il ne devait plus être question que d'adversaires et de traîtres.

Maureen attendait sur la chaise en plastique d'à côté, renfrognée à cause des néons et de la douleur que lui infligeait son poignet. Elle était montée sur le plan de travail de son appartement, cet après-midi, pour nettoyer les étagères du placard, et était tombée. Deux tasses de thé et quelques heures à grommeler ne l'ayant pas guérie, elle avait appelé le médecin qui l'envoya passer une radio aux urgences. L'envie ne semblait pas lui être venue d'appeler Jimmy. Elle le fit pourtant. Et donc ils attendaient ensemble.

Il essaya, sans trop savoir d'où lui venait cette impulsion : « Tu veux un thé ? demanda-t-il. Tu veux un journal ? » Entre deux moments passés à contempler les victimes du week-end et à fantasmer sur une fellation de l'infirmière bien roulée, là-bas, il apporta à sa mère ce qu'il lui fallait.

« Je comprendrai jamais comment ça se peut que le service des urgences de ce trou paumé soit plus lent que ceux de Londres », râla Maureen. Elle avait renoncé à son journal, dont les pages étaient trop difficiles à tourner d'une seule main. Elle attendait donc, jambes croisées, cramponnée à son gobelet en carton, en contemplant d'un œil mauvais le mur d'en face. Un homme venait de s'asseoir juste en dessous du point qu'elle fixait, et se tordait convulsivement.

« C'est pareil dans tous les services d'urgences le samedi soir, glissa Jimmy.

— Gouvernement de merde», répondit-elle. Jimmy sourit.

«Tu veux sortir fumer une cigarette, ou quelque chose? proposa-t-il.

— Et si on m'appelle? Que j'entends pas et qu'ils me refoutent à la fin de la queue?

— J'irai te chercher dehors, tu penses bien.

— Oh, arrête un peu d'être aux petits soins.»

À quoi il ne put s'empêcher de rire. «Aux petits soins? Moi? Si tu te figures que ça, c'est être aux petits soins, tu es complètement à côté de la plaque.

— Tu as l'air d'une vieille poule», dit-elle.

Là, sous cet éclairage cru, il était exposé, en porte-à-faux. Alors que sinon, un samedi soir, il aurait sans doute passé la soirée en maître des lieux dans son bar clandestin, le *síbín* qu'il dirigeait dans Barrack Street. Là, un manteau d'ombre l'aurait maintenu dans son statut habituel.

«C'est bizarre, dit-il à Maureen.

— Qu'est-ce qui est bizarre?

— Cet endroit, et que moi je m'y trouve. Ce n'est pas mon décor habituel.

— Quoi, tu t'imagines que tu es là pour faire ta vedette? C'est le décor habituel de personne, ici.

— Ce n'est pas ce que je voulais dire», répliqua-t-il, et tout en balayant du regard la salle une nouvelle fois, il aperçut des brancardiers épuisés, des recoins élimés, un reportage sur les inondations du comté que diffusait la télé fixée au mur. Ce qui lui était inhabituel, c'était la normalité. Ce lieu se trouvait hors de sa trajectoire habituelle mais abritait pourtant tous les organismes vivants qui flanchaient, saignaient, se brisaient et que, seul, leur pays pouvait remettre sur pied. Il eut soudain une vision de son double en train de circuler dans la salle, serrant des mains, recevant les salutations des gens, pareil à une de ces stars du rock que sont les présidents américains, venue honorer les bouffeurs de patates de sa présence raffinée.

Sa compagne insista, agacée : « Alors qu'est-ce que tu voulais dire ? »

Une infirmière appela de l'embouchure du couloir : « Maureen Phelan ?

— Ils te feraient bien honte ! » grommela Maureen. Elle se leva, et Jimmy avec elle. « Tu viens aussi ? » demanda-t-elle, surprise, sur quoi il répondit : « Pourquoi est-ce que je ne viendrais pas, Maureen ? C'est pour ça que je suis là, non ? »

Ils attendirent ensuite devant la salle de radio. La réponse de Jimmy tracassait manifestement Maureen, car elle finit par lâcher : « Je suis sans doute pas la mère que tu espérais. »

Il haussa les épaules. « Et moi je ne suis sans doute pas le fils que tu espérais », dit-il, mais seulement parce qu'il se sentait obligé. Qu'il ne soit pas le fils que quiconque pouvait espérer n'avait rien d'une découverte. Mais elle avait raison. Peut-être qu'on a la mère qu'on mérite.

Il s'examina les mains et poursuivit en scrutant ses jambes. À sa place ou pas, il était bel et bien là, et ne s'y serait pas trouvé si Maureen n'avait pas commis une imprudence de jeunesse. Il lui jeta un bref regard et se demanda comment il était seulement possible de provenir de son corps et d'être devenu en grandissant… ce qu'il était. La sensation n'était pas agréable. Le simple fait qu'il soit en vie avait ruiné sa vie à elle.

Mais bon, on l'avait taxé d'antéchrist plus d'une fois.

Maureen eut droit à sa radio du poignet après quoi on la renvoya à la salle d'attente. Leurs chaises étant prises, ils déambulèrent pour en trouver deux autres.

Tony était assis à l'ombre d'un gigantesque médecin, pareil à un alpiniste épuisé qui a encore une demi-montagne à gravir. Le médecin était jeune, calme et inattentif. Il avait le compte rendu à la main mais, tout en parlant, n'arrêtait pas de consulter d'autres notes de-ci, de-là, l'écran de son ordinateur ou quelque diagnostic qu'il lui fallait encore établir. Tony avait la tête qui tournait. Il se cramponna.

« Alors vous allez le garder ? demanda-t-il.

— Oh, que oui, dit le médecin. En observation, d'abord. On lui a fait un lavage d'estomac mais, vous savez, on a quand même affaire à une intoxication alcoolique plus intoxication à la cocaïne… (Il lorgna le compte rendu. Tony tressaillit.) Les premières analyses laissent penser qu'il n'a pas ingéré autant de paracétamol qu'on le craignait, mais le risque d'hépatotoxicité subsiste. On fera d'autres analyses d'ici deux ou trois heures. Quand il aura repris connaissance, j'aimerais que quelqu'un du service psychiatrique s'entretienne avec lui.

— Du service psychiatrique ?

— Oui, monsieur… euh, Cusack ?

— Cusack, confirma misérablement Tony.

— Les intoxications multiples sont généralement accidentelles mais vous-même et sa… euh, sa colocataire nous avez spécifié qu'en l'occurrence, c'était intentionnel. Mieux vaut prévenir que guérir, non ? Nous ne tenons pas à le revoir ici.

— Non.

— Nous allons donc le ramener dans le service d'ici peu et vous pourrez le voir à ce moment-là, d'accord ? J'enverrai un brancardier vous prévenir. »

Le médecin se leva et, comme il se tournait pour ouvrir la porte, Tony lui prit la main et la serra. *Bon sang*, pensa-t-il, *je suis comme ces abrutis qui applaudissent quand l'avion atterrit.*

« Merci, dit-il. Je sais que ces jeunes doivent vous mettre la rage. Je sais que vous avez autre chose à faire. »

Le médecin plissa le front et sourit : « On est là pour ça. Ne vous inquiétez pas. » Il laissa Tony lui agripper la main encore un instant. « Il va se remettre », dit-il.

Tony regagna la salle d'attente. Kelly, Joseph et Karine étaient là où il les avait laissés. Joseph avait passé un bras autour des épaules de Karine recroquevillée sur elle-même. Une dispute avait eu lieu un peu plus tôt, apparemment. Elle avait quitté Ryan pour rejoindre ses amies en ville. Il l'avait suivie et ça avait dégénéré en une monstrueuse prise de bec sur Grand Parade, « … mais je n'aurais jamais imaginé qu'il puisse faire un truc pareil, ajouta-t-elle en pleurant. Jamais je ne me serais disputée avec lui si j'avais su… Oh, bon sang, tout ça c'est ma faute. »

Elle avait avoué toute une série d'incidents et d'engueulades au fil des heures qu'ils passèrent dans la salle d'attente. Ces six derniers mois l'avaient épuisée. Par trois fois, elle avait dit à Ryan qu'elle n'en pouvait plus, mais aucun de ces avertissements n'avait déclenché plus qu'une courte pause ; ils se séparaient une semaine mais ne tenaient pas plus longtemps, et passé la deuxième fois leurs amis ne s'en étonnèrent plus. Entre-temps, il y avait eu des fêtes. « Il fait le DJ de plus en plus souvent », dit-elle, et comme si elle s'adressait à quelqu'un d'autre qu'au père de son petit ami, elle bafouilla : « Et vous savez ce que ça veut dire. Contrairement à nous, la coke ne pardonne pas. »

Elle avait cessé de pleurer. Tony se tenait debout devant elle. Elle leva la tête vers lui, le nez rougi et les yeux cernés comme un panda. C'était pourtant une belle fille, et il se dit qu'il fallait que Ryan soit complètement déglingué pour la faire souffrir sans arrêt.

Il reprit les propos du médecin. « Il va se remettre », dit-il. Mais personne ne le crut.

« Comment est-ce qu'il pourrait se remettre, piaula Karine, alors que je ne sais même plus qui il est ? »

Joseph lui serra le bras. « Hé, fit-il. C'est maintenant que ça va commencer à aller mieux, d'accord ? Tu verras. »

Tony sortit fumer une cigarette. Il abrita la flamme du briquet au creux de sa main, mais le vent la souffla quand même. Il se tourna face au mur et retenta sa chance. Une ambulance se rangea sur le dégagement, à sa gauche, et les ambulanciers en sortirent quelqu'un sur une civière. Ils échangeaient des plaisanteries. Une nuit parmi tant d'autres, pour eux. Une putain de victime parmi tant d'autres.

Jimmy Phelan s'avança à côté de lui et dit : « Nom d'un chien, à croire que toute la ville de Cork s'est donné rendez-vous aux urgences ce soir. »

La cigarette de Tony s'embrasa. Il n'avait guère envie de s'enfuir en courant.

« Qu'est-ce que tu veux ? » demanda-t-il.

Phelan se renfrogna. « C'est une façon de saluer un vieil ami ? » lança-t-il.

Des mois s'étaient écoulés. J.P. avait tenu parole. Par le passé, des mois s'étaient écoulés aussi entre deux visites, mais cette fois ce n'était pas pareil, et Tony le sentait à la distance que maintenait son fils. La fille avait disparu et l'association de Tony avec Jimmy Phelan était redevenue de l'histoire ancienne, mais le prix en était perceptible partout autour de lui, ce soir, dans les visages blêmes et les larmes de Karine.

« Peut-être pas, dit-il, mais ça fait un moment qu'on ne s'est pas côtoyés, hein Jimmy ? »

Et pourtant, cet enfoiré avait réduit Tony à l'état de loque.

« Sans doute », concéda Jimmy. Il alluma sa propre cigarette et haussa les sourcils. *Continue*, semblait-il signifier. Tony s'exécuta.

« Tu n'avais pas à mêler mon gamin à ça », dit-il. La fumée de cigarette lui fit aussi mal que sa toute première inspiration ; il se sentait nauséeux, la tête lui tournait. « Quoi qu'il ait pu te dire. Ce n'est qu'un gosse.

— C'est lui qui s'est mêlé à ça, Tony, dit J.P.

— Tu voudrais me faire croire qu'il savait ce qu'il faisait ? Il a vingt ans, Jimmy. »

Jimmy tira une bouffée et secoua la tête. « C'est des vieilles merdes qui datent que tu nous ramènes là, Cusack, dit-il sur le ton de la mise en garde.

— Et alors ? répliqua Tony. Nous aussi on date. Non ?

— C'est-à-dire ?

— C'est-à-dire qu'on a été potes, à un moment donné. Que tu as été le premier à me payer un coup à boire quand j'ai su que j'allais être père. »

Tony finit sa cigarette et resta planté là, le mégot entre les doigts. Devant eux, le parking accueillait un étrange ballet lumineux à mesure que les véhicules entraient et sortaient au ralenti, tournaient, cherchaient une place dans l'obscurité surpeuplée. Situations critiques d'un bout à l'autre du comté. Celle de Tony n'en était-elle qu'une parmi d'autres ?

« Qui t'a dit que j'étais du genre sentimental ? demanda doucement Jimmy.

— Je sais. C'était une erreur de ma part de croire qu'il y avait encore un homme derrière toutes ces conneries. »

Phelan se retourna. Il plaqua Tony contre le mur.

« Personne ne me parle comme ça à moi, Cusack.

— Je le sais, putain, cracha Tony. Je suis mieux placé que beaucoup pour le savoir ! N'oublie pas ça, mec, d'accord ? Je sais de quoi tu es capable. Je l'ai vu, et putain je l'ai senti. Tu m'as pris mon fils. Il n'y a plus rien que tu puisses prendre.

— Je suis sûr que je trouverais quelque chose.

— Laisse-moi t'éviter de chercher : non, tu ne trouverais rien. Si tu comptes me tuer, vas-y, nom de dieu. J'en ai ma claque. Tout me lâche.

— Pourquoi est-ce que je voudrais te tuer, Cusack ? Tu n'es pas dangereux. »

*Je ne l'étais pas, avant*, se dit mentalement Tony.

« Tu as fini ? » demanda J.P.

Tony soupira.

« Notre ami Robbie… reprit J.P. Ce que je craignais, Cusack, c'était pas que toi tu parles. »

Les portes automatiques s'ouvrirent sur leur droite et un couple sortit. L'homme et la femme se plantèrent de l'autre côté de l'ouverture et allumèrent leurs cigarettes. J.P. les regarda, jaugea leurs intentions et se remit à parler, si bas que Tony dut tendre l'oreille pour l'entendre par-dessus le vent d'automne, la rumeur du parking et la vie, la respiration, la mort qui se jouaient dans le bâtiment derrière eux.

« Considère que si je t'informe, c'est uniquement parce qu'on date, Cusack, qu'on date carrément. Si l'histoire de notre ami Robbie s'était ébruitée, qu'est-ce qui se serait passé à ton avis ? C'est une vieille femme. Elle n'arrête pas de se fourrer dans les ennuis et mon boulot à moi consiste à l'en sortir. On fait ce qu'on a à faire pour la famille. Encaisse donc ça et oublie les vieilles merdes qui datent.

— Tu as bousillé ma famille en sauvant la tienne.

— Non, dit J.P. Regarde dans quel état tu es, Tony. Ce n'est pas moi qui t'y ai mis, et tu le sais. Tu peux bien rester là dans le noir, à seriner tout ce que tu veux sur ta famille, ton gosse, ton innocence mal simulée, mais ici il n'y a que toi et moi, et je lis en toi comme dans un livre. Tu peux bien pleurnicher sur les mesures qu'il a fallu prendre, mais ton gamin, lui, connaissait ça par cœur.

— Ça, tu n'en sais rien, dit Tony.

— Oh, si. Ouvre les yeux, Cusack. Ton gars était bien armé pour faire face. Il en vaut déjà deux comme toi. »

« Bonne nouvelle, annonça le médecin. Ce n'est qu'une entorse. Vous aurez récupéré avant même d'avoir le temps de vous en rendre compte, Maureen.

— Ah, super, fit-elle en reniflant. Il a quand même fallu que j'y passe la soirée. »

Le médecin balaya la pique d'un geste. « Ç'aurait pu être pire », dit-il en scrutant la salle d'attente par-dessus ses lunettes. Il lui tendit une ordonnance. « Des antalgiques, dit-il. Trois par jour, pendant les repas. Ménagez-vous.

— Vous êtes bien tous les mêmes », grommela Maureen, plantée à côté de leurs chaises pendant que Jimmy ramassait le journal et leurs manteaux. « De quoi tu te plains ? dit-il. Tu vas rentrer chez toi et te mettre au lit, maintenant. Si ç'avait été cassé, ils auraient dû plâtrer et tu en aurais eu pour quatre heures de plus.

— Je suis peut-être pas hospitalisée, à l'heure qu'il est ?

— Mais qu'est-ce que tu croyais, à jouer les équilibristes comme ça ?

— C'est bien la dernière fois que j'essaie de nettoyer quoi que ce soit, dit-elle. Tu me trouveras une femme de ménage. »

Ils se dirigèrent vers les portes. À l'autre bout de la salle, Maureen aperçut une tignasse brune connue, et s'arrêta.

« Tout le monde est ici, ce soir, dit-elle.

— C'est exactement ce que je me disais», commenta Jimmy. Tony leva la tête et les regarda. Maureen leva sa main valide, mais il ne répondit pas.

*Qu'est-ce qu'il a?* se demanda-t-elle.

Jimmy lui toucha le bras et lui indiqua la sortie d'un haussement d'épaules.

L'univers de Jimmy n'était pas un sujet que Maureen avait grande envie de partager, mais face à Tony Cusack elle se sentait impliquée dans les méfaits de son fils. «Il est là pour quoi?» demanda-t-elle à Jimmy, pour n'obtenir qu'un nouveau haussement d'épaules.

«Quoi? fit-elle. Tu ne lui as pas demandé?

— Pourquoi est-ce que je lui demanderais?

— C'est triste d'être comme ça, dit-elle pensivement.

— On ne mélange pas les affaires et les loisirs, dit Jimmy. C'est aussi simple que ça.»

Maureen fronça les sourcils. «Je vais lui demander, moi, dit-elle.

— Tu ne fais pas ça, Maureen.»

Elle lâcha un reniflement méprisant. «Tu comptes m'en empêcher? Cet homme a beaucoup fait pour nous, Jimmy.

— Et je suis sûr qu'il a hâte de l'oublier.» Il la prit par le bras. «Je comprends ce que tu dis, Maureen. Parole d'honneur, je le comprends. Mais ce n'est pas parce qu'on a un lien avec quelqu'un qu'on est obligé de faire un double nœud.»

L'image vint à bout des résistances de Maureen. Elle laissa Jimmy l'entraîner jusqu'au parking.

Il lui ouvrit la portière passager. Elle s'installa et souffla un bon coup ; l'habitacle sentait typiquement son fils, l'adulte qu'il était, et un long chemin avait été parcouru depuis le doux parfum de son crâne de bébé jusqu'à l'odeur de tabac, eau de Cologne, métal et cuir qu'elle associait désormais à sa personnalité.

Il se radoucit. « Tony Cusack était un type bien, reconnut-il en s'installant à côté d'elle. Un peu couillon quand il était gamin ; on a grandi ensemble. Il est tombé dans la bibine à l'adolescence et il n'en est jamais ressorti. Exactement le genre de type à qui faire appel pour le sale boulot que tu m'avais collé sur les bras, Maureen. À court de quelques biftons, méfiance innée envers les flics, trop à perdre pour envisager de bavasser.

— Ça veut dire quoi, “trop à perdre” ?

— Des gosses, dit-il. Plein. Il a rencontré une Italienne à Londres, l'a ramenée au pays et ils ont eu six petits. Là-dessus elle le quitte et meurt. Une connerie d'accident de bagnole. L'aîné a vingt ans, maintenant. Un jeune gars avec déjà un casier judiciaire chargé. Ryan. Tony était un pur supporter de Manchester United. » Il s'esclaffa. « Ses gosses sont sans doute moins machos, remarque. C'est à lui que j'ai acheté le piano d'Ellie. Il avait une maisonnée de petits musiciens. Pas étonnant qu'il ne sache pas quoi en faire.

— Tu menaces les gosses de cet homme ?

— Non. Une insinuation suffit. On demande combien il en a. Pas besoin d'en dire plus.

— C'est une façon très moche de tenir quelqu'un, gronda Maureen.

— C'est un monde très moche, dit Jimmy. Qu'est-ce que je pouvais faire d'autre ? Tu as fait un carnage avec ta sainte Caillasse. Il fallait bien que quelqu'un nettoie. Si tu n'as pas envie d'entendre ce genre de vérités, ne t'amuse pas à les provoquer. » Elle resta muette. La ville filait autour d'eux et Jimmy naviguait comme un capitaine avisé sur une mer endormie.

Tony renvoya Kelly à la maison avec Joseph, mais Karine refusa de quitter l'hôpital, même une fois que le médecin eut affirmé que Ryan n'était pas en danger. Seule sa mère, qui débarqua à 4 heures du matin, les yeux bouffis, réussit à l'arracher à sa veille et encore, au prix de bien des efforts.

« Vous ne comprenez pas, sanglotait Karine. C'est ma faute.

— Ce n'est pas ta faute », dit Tony, mais Jackie d'Arcy le foudroya du regard, comme si sa remarque risquait de compromettre le retour à la raison de sa fille. Il savait ce que se disait la mère. Elle était infirmière, elle aussi. *Un mec violent qui fait son cinéma avec une boîte de médicaments*. Elle avait peut-être raison, mais ce n'était ni l'heure ni l'endroit.

« Je vous contrarie, peut-être ? » aboya Tony, sur quoi la mère sursauta. « Elle pleure mais lui, il est inconscient, alors il va peut-être falloir y aller mollo sur les grands airs, d'accord ?

— Il n'est pas question de grands airs, protesta Mrs d'Arcy d'un air faussement offensé.

— C'est bon, m'man, dit Karine. On est tous un peu fatigués et stressés, voilà tout. »

Jackie la cajola tout le long du couloir et jusqu'à la voiture, ce qui laissait Tony seul dans une foule de plus en plus clairsemée, et toujours sans fils vaillant à cette heure.

Une fois Ryan ramené dans le service, Tony fut autorisé à aller le voir. Il laissa passer un petit moment avant d'aller prendre place dans le fauteuil, à côté du lit.

Ryan semblait aller bien. Tony se serait senti beaucoup mieux si une infirmière avait passé la tête au détour du rideau pour dire : « Il cuve, ça va passer », ou : « Il aura une bonne migraine demain matin », mais ce genre de désinvolture réconfortante n'était pas de mise en l'occurrence. Apparemment, Ryan avait tout compliqué. L'alcool était une chose, la cocaïne une autre, et le paracétamol une troisième. Le traitement posait un problème qu'il fallait résoudre. Après quoi, quand ce serait chose faite, ils siffleraient et un psychiatre déboulerait des cimes avec un dossier médical et un gros tampon rouge avec lequel marquer Tony Cusack et le proclamer pire connard de la ville de Cork.

« Pourquoi tu as fait ça, Rocky ? » murmura Tony. Il posa la tête sur le matelas.

« Qu'est-ce que je vais faire de toi ? »

Le front toujours sur le lit, il chercha la main de son fils. Ryan avait la peau chaude. Tony passa le pouce sur ses phalanges et, dans son sommeil, Ryan poussa un soupir.

« Mais tu ne vas pas me faire le coup de mourir. »

Ils avaient le temps et la place de parler. La bouche enfouie dans les draps de l'hôpital de peur que quelqu'un l'entende, Tony avoua à son fils endormi : « Je ne voulais pas, dit-il. Je ne voulais rien de tout ça. Tu sais, ils m'ont dit, à la Maison de la Solidarité, qu'on s'en prend toujours à ceux qu'on aime le plus. Si seulement tu m'avais parlé un peu plus souvent… » Il s'interrompit. Des membres du personnel médical passèrent devant le box. Des questions chevrotantes répondaient aux diagnostics murmurés.

« Je sais que c'est ma faute, reprit-il. Je sais que j'ai merdé. Je sais que tu es intervenu et je sais que j'aurais dû t'en empêcher. Alors si c'est ce que tu as voulu faire comprendre, tu y es arrivé. Tu m'as fait peur. Mais sans parler de moi, tu as fait peur à Karine. Elle ne sait plus qui tu es. Tu entends ça, gamin ? Tu m'écoutes ? »

Il se redressa et regarda son fils. Cils noirs posés sur cernes noirs. La tronche de son vieux.

« Avec tous les défauts de ta maman, ça ouais. Ça ne te suffit pas de ressentir les choses, gamin. Non, toi tu veux les ressentir, mais dix fois plus fort. »

Le temps avait gommé les bonnes joues, aplati les boucles, aiguisé la mâchoire, mais il discernait toujours le bébé dans le visage de son fils.

« Ta maman ne t'aurait jamais laissé faire une chose pareille. »

Tony était fatigué. Une bouteille d'eau, deux Prontalgine et son lit ne lui auraient pas fait de mal.

« Je n'aurais pas dû te laisser faire, non plus. Ce n'était pas correct. Mais merde, Ryan. Rien n'était correct, là-dedans. Cette ville est pourrie, bordel, elle s'effondre autour de nous. »

La flaque noirâtre autour de la tête de Robbie O'Donovan s'élargit sur le sol du box. Le carrelage qu'il avait remplacé pour Maureen Phelan formait des motifs dans son champ visuel. Le grondement du moteur du bateau qui pulsait sous son siège l'étouffait.

« Je l'ai tuée, Ryan. Oh, mon dieu. Je l'ai tuée. » Les larmes coulaient mais son fils n'en voyait rien.

« Il faut que tu comprennes, dit Tony. Quel que soit le châtiment qui se présentera, je l'accepterai du moment que tu sais… que j'ai fait ça pour toi. Exactement pour la même raison que toi tu as fait ce que tu as fait : on fait ce qu'on a à faire pour la famille. Alors pourquoi je regrette, hein ? Pourquoi je regrette, puisque j'ai fait ça pour toi ? »

# ÉLÉGIE

*Il y a un piano dans le hall. Je le repère quand on entre et ensuite il prend de plus en plus de place jusqu'au moment où je ne pense plus qu'à ça. En temps normal, je ne suis pas captivé par les pianos quand on sort. Je ne passe pas la moitié de mes soirées mondaines à fantasmer sur de gros objets inanimés qui ont eu de l'importance pour moi à une époque de ma vie. Mais ça fait trois semaines que je suis en vrac. J'ai été malade, fatigué, dans le coaltar, mort. Du coup cette connerie de piano taquine des parties de moi-même que je gardais bien enfouies jusqu'à ce qu'un coup de folie passager m'ait arraché la peau et laissé en sang sur le carreau.* Tu ne saurais plus me faire sonner, maintenant, *il me dit.* Tes doigts sont gourds, ton esprit vide, tu es sourd, aveugle, muet. Tu n'es plus rien.

*C'est le vingt et unième anniversaire de Karine.*

*Son père et sa mère ont organisé une grosse nouba. Hôtel, bar annexe, DJ, petits canapés, cocktails, tous les gens qu'elle a pu rencontrer depuis sa naissance, putain de merde, le fameux gâteau recouvert d'un tas de fleurs en chocolat blanc que, ma parole, si quelqu'un le prend sur la tronche il meurt. Elle a demandé à tout le monde de s'habiller soit en noir, soit en blanc, comme ça il n'y a qu'elle qui porte de la couleur. Elle papillonne dans sa robe turquoise, elle s'assure que tout le monde va bien et s'amuse, que chacun connaît bien tous ceux qu'il est censé connaître. Et moi qu'est-ce que je fais ? Je suis scotché à la rambarde de la terrasse, dehors, en train de fumer face à la rivière, mort pour tout sauf ce piano dans le hall et son hymne funèbre à tout ce que je ne suis pas.*

*Je n'ai pas envie d'être ici. Aujourd'hui, c'est le premier jour où je quitte la maison depuis qu'on m'a laissé sortir de l'hôpital, il y a trois semaines. Il a fallu que Karine se mette à pleurer pour que je bouge et même à ce moment-là, j'ai regardé ses larmes avec... je sais pas trop. Je n'ai pas envie de la faire pleurer. J'en ai par-dessus la tête de la faire pleurer. Mais c'est comme si je n'avais pas vraiment la volonté d'arrêter. Je l'entends, j'ai envie de lui tendre la main, de la prendre dans mes bras et lui dire que je suis désolé, que je vais me sortir de là, mais je n'y arrive pas, parce que je suis à des milliers de kilomètres d'ici, perdu dans l'obscurité, et je n'arrive pas à la rejoindre.*

*Pourtant, j'arrive à respirer. À me déplacer. J'arrive à manger, dormir et regarder la télé. Par moments, je n'en crois pas mes yeux. Au bout de trois cuillerées d'un bol de Weetabix, je me demande tout à coup :* Dis voir, mec, comment tu t'es débrouillé ? Comment tu as fait pour en arriver là ?

*Et combien de fois j'ai baisé Karine depuis cette fameuse nuit ? Deux fois. En trois semaines, putain. Et seulement parce qu'elle affirmait que me faire bander, ça allait me guérir. Elle s'est déshabillée pour moi, elle m'a sucé, elle m'a dit tout bas que je pouvais lui faire tout ce que je voulais... et une fois que je me suis lancé, c'était bien. Mais sitôt fini, j'étais de nouveau dans le trente-sixième dessous. Genre:* Oh, c'était super, mais ce n'est pas pour les types comme moi. Je ne le mérite pas. *Ou pire :* Je n'en ai pas envie.

*C'est peut-être la culpabilité pour Georgie. Une forme de culpabilité qui consume à petit feu. Peut-être que, depuis le début, l'adrénaline est censée mettre six mois à me saigner.*

*C'est peut-être juste que j'ai pris tellement de coke que ça a épuisé mes sentiments. Une vie entière d'émotions cramée en deux ans.*

*C'est peut-être juste que je suis tellement occupé à me repasser le jour où j'ai failli frapper ma petite amie que je ne peux plus rien ressentir d'autre, comme si on m'avait roulé dans un vieux bout de moquette et jeté à la mer.*

*Mais bon, sûrement que la seule chose qu'elle a à faire pour me guérir, c'est me pardonner ? D'ailleurs elle l'a fait. Elle l'a fait parce qu'elle croit que j'ai tenté de me suicider le jour de Halloween, avec une boîte de cachets et une bouteille de Jameson, comme un vieux schnock.*

*Non. Si j'avais voulu me suicider, je me serais juste tiré une balle. Joseph vient me rejoindre sur la terrasse.*

*« C'est la foire à la chatte, là-dedans », il lâche.*

*Je suis peut-être un cadavre mais ça fait une heure que je le vois baratiner une des infirmières. Son coup régulier c'est Louise, la meilleure amie de Karine. Il va y avoir un drame dans pas longtemps.*

*Tout ce que j'arrive à dire c'est : « Ouais.*

*— Ça va, toi ?*

*— Ouais.*

*— Ça a pas l'air, mec.*

*— Si, c'est bon », je lui dis, mais il reste là à me couver alors une fois que j'ai fini ma clope, je rentre avec lui, et à l'intérieur c'est le délire, carrément le délire. Je vais au bar et je commande une bière.*

*Karine est de retour à côté de moi. « Je croyais que tu ne buvais pas ? »*

*Je ne devrais pas. Je lui ai dit que j'allais arrêter un moment et voir si ça m'aide à ne plus me comporter comme le roi des trous du cul devant toute la ville. Je n'ai pas particulièrement envie de boire, en fait, mais toute l'assemblée a les yeux rivés sur moi. Toute la putain d'assemblée.*

*« C'est juste un verre, je lui dis.*

*— Ouais, je sais, mais... » Elle regarde fixement le col de ma veste de costard alors que je sais qu'il n'y a rien qui cloche de ce côté-là. « Tu ne devrais peut-être pas, tu sais. Tu devrais peut-être te laisser une chance de... je sais pas, moi, de te retrouver. »*

*Ouais, peut-être. Et pendant ce temps-là les vautours planent et les yeux de papa et maman d'Arcy se muent en têtes d'épingles brûlantes de haine et toute la salle murmure:* Pauvre Ryan, pauvre pauvre Ryan, vous ne saviez pas qu'il a essayé de se suicider ? Au paramerdamol, comme un débutant. Mais vous le connaissez, non ? Vous savez que sa mère s'est mise au fossé un soir qu'elle roulait bourrée ? Suicide automobile. Imaginez un peu. Pauvre Ryan. Regardez-le qui ne boit rien, il ne peut plus boire quoi, on ne peut pas lui faire confiance dans ce domaine, pas plus qu'on ne pouvait faire confiance à son père et sa mère.

*« Tout est rentré dans l'ordre, je dis à Karine. Aucune différence entre le péquin de base et moi.*

*— D'accord, dit Karine. Mais tu fais gaffe, hein. »*

*Je trempe les lèvres dans ma bière et je m'éloigne. Gaffe, pardi. Je sais ce qu'elle veut dire. Ne perds pas ton sang-froid et ne perds pas espoir. Pour ça, aucun risque. L'espoir est perdu envolé et son petit ami est vide.*

*Arrivé à la porte, je me retourne. La piste de danse est bondée. Joseph roule des pelles à l'infirmière. Quelqu'un frotte le dos de Louise. Gary d'Arcy me regarde par-dessus sa pinte. Karine tourbillonne dans sa robe turquoise et ses sujets évoluent autour d'elle comme un corps de ballet, comme des flocons de neige dans le ciel, comme des petits pétards merdiques autour d'une étoile filante. Et moi je ne la mérite pas. Ça n'arrive pas à me rendre triste, parce que je me suis démoli, mais je le sens tellement c'est aigu et juste.*

*Je pose la bière sur le rebord de la vitre, derrière moi, puis je quitte la salle et je regagne le hall pour m'approcher de cette saloperie de piano à la con qui me nargue :* Tu n'y es pas arrivé, mec, la musique s'est arrêtée, *et quand je passe devant, ma gorge se serre, la dernière bribe de hargne me quitte,* Cusack, branquignol, pauvre merde, ta petite amie a vingt et un ans et toi tu t'en vas, elle ne te le pardonnera jamais, *je vais jusqu'à la porte et je sors dans le froid de l'hiver.* Pitoyable, putain, pitoyable, pourquoi est-ce que tu t'es emmerdé à essayer de te supprimer, tu ne sais pas que tu es mort depuis des années et des années, quand tu as cessé d'entendre la musique et que tu t'es mis à écouter la ville…

*Je suis presque à la maison quand elle m'appelle.*

*« Où tu es parti, Ryan ? » Elle est inquiète.*

*« Il fallait que je m'en aille, Karine. Je n'aurais pas dû venir du tout. Je n'y arrive pas.*

*— Mais j'ai besoin que tu sois ici. Ne me fais pas ça ce soir, Ryan. Je t'en prie ! »*

*Je pourrais être de retour dans une demi-heure, à ses côtés, la soutenir quand elle aura du vent dans les voiles, lui donner le premier et le dernier de ses vingt et un baisers. Je pourrais être là pour elle, mais je n'y serai pas. Je ne peux pas. C'est fini. Ma ville s'étire dans le noir et je ne peux pas plus revenir en arrière qu'aller de l'avant.*

## CE QU'A FAIT RYAN

C'est un trou à rats, forcément, vu que ce n'est pas cher et que Georgie ne travaille ni assez longtemps ni assez dur pour s'offrir quoi que ce soit d'autre. Depuis son premier proprio, jamais, au cours de son illustre carrière de baiseuse baisée, elle n'a fait venir quelqu'un chez elle, mais elle a déjà bien réfléchi et accepté que Ryan, ce n'est pas pareil. D'ailleurs, il a laissé entendre qu'il y aurait de la cocaïne et une petite fête, et si dingue que tout ça puisse paraître – et c'est vraiment dingue parce qu'elle l'a connu tout jeune –, elle se dit qu'il fera en sorte qu'elle passe du bon temps. Bon, elle aurait mieux fait de ne pas essayer de réveiller sa morale en lui faisant honte. Elle se dit que quelques bonnes petites lignes amortiront le choc de la réalité qui triomphe, une fois de plus.

Ryan regarde autour de lui et la remarque, cette réalité : rideaux à fleurs hideux, table basse maculée de ronds gris et de brûlures noires, murs beiges sur lesquels les ombres sont devenues permanentes à force de négligence. Il y a là un canapé bas vert olive avec des accoudoirs en bois ; il s'assied et, du plat de la main, balaie les miettes et les cendres du dessus de la table.

« Je ne peux pas dire que j'attendais de la visite, dit Georgie.

— Ce n'est pas grave.

— Tu sais, Ryan, personne n'entre jamais ici.

— Alors j'ai de la chance. »

Il sort un sachet de sa poche et commence à préparer des rails.

« Tu veux boire quelque chose ? elle dit.

— Non.

— Moi, oui. »

Il est en train de finir de hacher la poudre quand elle revient avec, à la main, un verre de vodka, gin ou autre.

« Bon allez, inutile de tourner autour du pot, elle dit. Qu'est-ce que tu veux ? »

Il contemple fixement les rails. Quelque chose pulse dans sa tête, résonne fort. Il a l'impression que la maîtrise qu'il exerce sur son propre corps est sur le point de le lâcher, et qu'il va dégueuler, pleurer, craquer, s'évanouir ou va savoir quelle connerie ; il craint ça, dans un premier temps. Et il peut craindre des conséquences par la suite.

« Je ne sais pas ce que je veux, dit-il.

— En général, on sait. » Elle trempe les lèvres dans son verre.

« Tu t'es disputé avec ta petite amie ou quelque chose du genre ? C'est pour ça que tu es ici ? Sans ta perruque de juge ?

— Arrête, dit-il.

— C'est juste que… *quelque chose* a changé. »

Et elle va tout simplement l'accepter, non ? Quelque chose a changé mais elle ne lui refusera pas sa complicité. Il est en colère, maintenant, en plus de tout le reste. Ça le dépasse que Georgie ait eu le culot de s'amener sur le pas de la porte de son père pour dégoiser ses questions, mais pas le courage de retourner chez elle.

« Je suis sûr que tu as une liste des tarifs, il dit. Dis-moi voir. »

« J'ai toujours le droit de trouver ça bizarre ? elle lance.

— Je croyais t'avoir entendue dire que c'était juste un boulot ?

— C'est vrai. Mais bon. On a un passé, toi et moi. »

Elle regrette d'avoir dit ça dès que les mots ont franchi ses lèvres. Il s'arrache à la contemplation des barres qu'il a dessinées sur sa table, et la regarde, la lèvre supérieure frémissante à la commissure tandis qu'il réprime un ricanement. *Il va devenir un des leurs*, elle pense. L'espace d'un instant, elle envisage de lui dire qu'elle a changé d'avis, qu'il va devoir s'en aller. Elle a envie de préserver ce qu'elle croit qu'il lui a montré samedi dernier. Puis elle décide que ça vaut le coup d'essayer tout en sachant, même alors, qu'elle se trompe, tout au fond, une certitude enfouie avec le reste de sa perspicacité.

Elle finit sa vodka.

« Bon d'accord, elle dit. Alors quand je vais quelque part avec un mec, c'est cinquante pour une heure. Et ça comprend, disons, pipe et position au choix. Mais pas sodomie.

— Ça, c'est en plus ? »

Elle laisse son regard retourner aux lignes de poudre. « Ouais, j'imagine.

— Putain », il fait.

Il est furieux, et elle s'étonne que son humeur ait tourné si vite.

« Si tu as l'intention d'être con, elle dit, ça va être horrible pour toi comme pour moi. Tu comprends ? Enfin bon, c'est toi qui demandes, alors ne viens pas juger.

— Sniffe ta ligne, il dit. Avant que les yeux te sortent de la tête. »

Elle s'agenouille devant la table. « C'est juste pour dire, elle fait. Moi aussi, tu me déçois, Ryan. »

Elle ferme les yeux et tout en inspirant, elle entend le léger cliquetis d'un objet posé à côté d'elle, sur la table.

Assise sur ses talons, elle regarde le flingue du coin de l'œil tandis que Ryan se renverse contre le dossier du canapé et lâche des petits grognements incrédules et navrés.

Il s'écoule un moment avant qu'il accepte qu'elle n'a rien à dire, alors il le dit à sa place.

« Je ne suis pas venu pour te baiser, Georgie. »

Il se penche en avant.

« C'est quand même bien toi qui m'as dit un jour que jamais je ne devrais me payer une prostituée ? Si tu penses vraiment que tes propos n'ont aucune portée, ça explique sans doute que tu n'aies pas pu t'empêcher de poser des questions à Jimmy Phelan.

— Je ne travaille plus pour Jimmy Phelan, elle murmure.

— Il veut ta mort », dit Ryan.

Elle se tord les mains et le regarde avec des yeux pareils à des gouffres.

« Comment ça, Ryan, il veut ma mort ? J'ai fait tout ce qu'il m'a demandé de faire. Je n'ai jamais rien dit. Je n'ai posé aucune question depuis des années.

— Je ne sais pas, Georgie.

— J.P. m'a raconté toute l'histoire. Je l'ai acceptée. J'ai laissé tomber. Vraiment ! J'ai fait ce qu'il m'a dit… Ça fait des années, Ryan. »

Ryan secoue la tête.

« Et pourquoi toi ? demande Georgie.

— C'est juste un boulot. »

Elle garde le silence un long moment. De son côté, il n'a plus envie de l'interroger. Il la regarde trembler et il la déteste d'être dans cet état. Il regarde le flingue posé sur la table devant elle et se déteste d'avoir cette arme. Et par-dessus tout, il déteste ce qu'il est sur le point de faire tout en sachant qu'il n'y a aucune alternative.

Il baisse la tête et soupire.

Georgie nage dans l'horreur.

Assise sur ses talons, par terre dans son meublé, elle pleure et laisse venir de temps à autre les idées les plus loufoques. (*Reniflement. Sanglot.) Ça y est, ça s'arrête là. (Hoquet. Toux.) Regarde-moi ça comme cette moquette est crade. Si j'avais un aspirateur ! J'aurais dû en acheter un. Un peu tard pour se dire ça mais ah, si j'avais un aspirateur ! Passer l'aspirateur, c'était ma tâche ménagère préférée à l'époque où j'avais un père et une mère et pas juste des vieux bouts de tissu pour retenir mes souvenirs. (Reniflement.) Je vais mourir.*

Elle grelotte de froid après avoir sué de trouille. Elle ferme étroitement les bras sur sa poitrine.

Elle sait que ça ne servira à rien et elle en est malade, mais elle essaie quand même : « Pourtant, toi et moi, Ryan… On est amis ? Non ? »

Il prend le flingue.

« Qu'est-ce qui te dit que j'ai des amis ?

— Je t'ai vu avec eux, samedi. Vous marchiez tous dans la rue, vous sortiez ou je sais pas quoi. Tu as des amis parce que tu es un mec normal. Tu n'es pas… ça. »

Il se lève. Elle ne bouge pas. Elle pleure dans son propre giron.

Lui contourne la table et va à la fenêtre.

« La normalité, c'est ça », il lance sèchement. Si fort qu'elle sursaute. Elle bat des paupières et il redevient net dans son champ de vision ; il la regarde, fixement, le front plissé et les lèvres tremblantes. « Les gens font ce qu'ils ont à faire. Mais pas moi. Putain de merde, pas moi ! »

Il ne braque pas le flingue. Il le garde serré contre sa cuisse droite. De la main gauche, il se masque les yeux.

Ryan a échoué et il sait qu'il ne s'en tirera pas comme ça, même dans le cas présent où, putain de misère de dieu, ça serait encore rattrapable, s'il avait les couilles.

Elle sanglote de trouille et lui s'en repaît, fait les cent pas pour absorber autant d'oxygène qu'il le peut, là, dans ce décor miteux.

Il l'a poussée dans la chambre et la voilà avec un sac et son passeport à la main. Il a réservé un vol. Le prochain à décoller de Cork part pour Londres Stansted. Ça fera.

« Ryan, elle bredouille. Je ne peux pas. Ma fille est ici. Tout ça, c'est pour arriver à la récupérer. Que tu me dises que je ne pourrai pas la revoir, c'est de la folie furieuse…

— C'est que je te laisse vivre, qui est de la folie furieuse ! »

Il a raison. Il est en train de faire don de sa propre vie à Georgie au lieu de lui prendre la sienne, qui n'a aucune valeur. Il livre son père au bon vouloir de Georgie. Sa rage fulminante l'empêche de pleurer. Il en a pourtant vraiment envie.

« Je suis mère, dit Georgie. Que va devenir ma fille ?

— Ce qu'elle va devenir ! » Il braque sur elle son téléphone serré au creux de la main comme une arme inutile de plus. « Elle est mieux là où elle est, non ? Tu n'as rien d'une mère, Georgie. Une mère ne va pas se faire baiser pour pouvoir acheter de la coke !

— Ce n'est pas juste, Ryan ; comment veux-tu que je m'en sorte autrement ? Il n'y a pas de boulot, ici, pas moyen pour moi d'aller à l'université… Sois un peu réaliste ! C'est tout ce que je suis capable de faire pour le moment. Je vais me reprendre !

— Tu n'as aucune intention de te reprendre ! Ne viens pas me sortir ça à moi, Georgie. J'ai été privé de mère quand j'étais gamin, je sais ce que c'est et je ne souhaiterais ça à personne, alors ne va pas t'imaginer une seconde que je m'apitoie sur ton sort et celui de ta gosse ; elle est mieux sans toi et je ne dis pas ça à la légère.

— Et si je rentrais chez moi ? Que je retournais chez mon père et ma mère ? C'est au beau milieu de nulle part,

Ryan. Plus personne ne me reverra jamais. Je ne viendrai plus jamais en ville, je le jure !

— C'est seulement maintenant que tu penses à rentrer chez toi, Georgie ? Tu ne pouvais pas y retourner avant de foutre ma vie en l'air ? Dégage. Tu t'en vas. Tu es déjà partie. »

Georgie s'effondre.

« Tu ne me sauves pas, Ryan. Tu me tues.

— J'y compte bien, il dit. Et si tu t'avises de revenir ici un jour, Georgie, *n'importe quand*, putain, *n'importe quand*, tu verras que j'aurai beaucoup moins de scrupules à te mettre une balle dans la tête. Et pareil à ta fille. Et à ton père et ta mère à Millstreet. Tu m'entends ? »

Elle a la main devant la bouche et les larmes roulent dessus, coulent sur ses doigts et ruissellent sur le tissu marron noué autour de son poignet.

« Je le ferai, il dit. Ma seule faiblesse, c'est en mûrissant un peu que je la surmonterai. Tu as de la chance d'avoir eu affaire à moi à un moment où j'étais trop con pour appuyer sur la détente. Tu as de la chance que ce soit à moi que Jimmy Phelan ait confié ce boulot.

— Non, je n'ai pas de chance, elle s'écrie. Ce n'est pas juste…

— Je sais que ce n'est pas juste, Georgie. Mais c'est comme ça que ça se passe dans cette ville de merde. C'est à peine si je sais de quoi il retourne dans ce merdier, mais quelqu'un va morfler. Et il va falloir que ça soit toi. »

Ryan doit ensuite appeler son père pour obtenir le numéro de Jimmy Phelan, et ne peut le faire que par texto ; il se rend compte, une fois dans son ancien lotissement, garé à dix mètres de son ancienne maison, qu'il ne veut pas parler à Tony.

Quand la réponse arrive, il remet la main sur la clé de contact et se fige.

Il se demande pourquoi il n'a pas remarqué ça plus tôt – sans doute parce qu'il ne vient pas assez souvent pour que le ponctuel devienne la norme –, mais il y a de la lumière chez Tara Duane, alors que ça fait une éternité qu'elle n'est plus là. Elle est partie au Noël d'il y a deux ans. Quelqu'un a dit qu'elle fréquentait un Indien alors qu'elle s'est probablement enfuie pour devenir hindouiste. Tara était du genre volage, et elle avait déjà fait des conneries du même style, du coup sa fille Linda elle-même ne peut pas mettre cette hypothèse au rancard.

L'espace d'un instant, il se dit : *Elle est revenue.*

Au bout d'un moment, la réalité refait surface. La voiture garée dans l'allée n'est pas celle de Tara. Il n'y a ni rideaux ni stores à la fenêtre du salon, et il voit des gens qu'il ne connaît pas passer devant la vitre. Il comprend que quelqu'un est en train d'emménager.

Des mois se sont écoulés depuis qu'Izzy, l'amie de Joseph, lui a recommandé de chercher des réponses auprès de Tara.

Il a mené cette conversation dans sa tête une bonne dizaine de fois mais ce n'est pas pareil. À vrai dire, il n'a pas trompé Karine depuis cet échange au néon, dans ces bois peuplés de vie, il ne lui a donc pas échappé qu'Izzy avait raison. Il s'est efforcé d'assumer, de toutes ses forces, de ramener sa faute au rang d'erreur sans gravité commise par un homme neuf rendu passagèrement fou par les perspectives qui s'ouvraient à lui.

Il se dit à lui-même, assis dans sa voiture tout près de la maison de son père, alors que des actes bien pires entachent désormais son nom, que ce qui s'est passé chez Tara Duane cinq ans plus tôt n'a pas d'importance, pas dans ce vaste et sombre putain de tableau d'ensemble.

Il s'imagine pourtant la scène, maintenant, vu qu'elle ne reviendra jamais.

Dans son salon, elle lui tend un mug de thé et s'assied avec son sourire vide pendant qu'il lui dit : *Hé, je t'ai baisée. Pour de bon. J'en avais envie. Voilà ce qui s'est passé, d'accord ?*

Ça le tue. Il sait que ça ne devrait pas, mais ça lui fait l'effet d'un coup de poing dans le ventre de se rendre compte qu'elle est partie en emportant avec elle la chance qu'il avait de pouvoir comprendre ce qui s'était passé.

*Je veux juste qu'elle confirme*, se dit-il ; et ses lèvres articulent à mesure. *Qu'elle me dise que je l'ai voulu, que j'en avais envie, accordez-moi ça, mon dieu, je vous en prie, accordez-moi ça.*

Il démarre. Il faut encore qu'il aille mentir à Jimmy Phelan.

Georgie reprend pied. Sans trop savoir comment. Ça vient tout seul.

Elle aussi, elle vient toute seule maintenant. D'un bout de la rue à l'autre. Elle existe.

Londres est un endroit gigantesque, elle se perd souvent, et même en considérant la ville comme un assemblage de villes collées les unes aux autres, ça n'aide pas. Elle a de la chance, elle est tombée presque tout de suite sur un couple d'Irlandais qui a proposé de l'aider à trouver l'endroit où elle doit aller. Elle n'a pas de destination, bien sûr. Elle fond en larmes en leur expliquant qu'elle a dû quitter Cork à cause d'un petit ami violent. Elle raconte au couple irlandais qu'elle a des amis à Londres mais qu'elle ne les a pas vus depuis des années et prétend que leur adresse n'est plus la bonne, ah, mais qu'est-ce qu'elle doit faire ? Ils lui trouvent une pension de famille. Elle se dit que ça va s'arrêter là mais le lendemain, la femme du couple passe la voir. Elle lui donne le nom d'un ami à Islington qui a un appartement en rez-de-chaussée à louer. L'endroit, en fait, ne casse pas trois pattes à un canard mais personne ne s'en soucie, et encore moins Georgie. Son désespoir dégage un puissant fumet et, bien que par la suite elle ne revoie plus ses bienfaiteurs irlandais, ce seul coup de chance lui suffit.

Elle trouve un intermédiaire. Ce n'est pas difficile ; son appartement en rez-de-chaussée est environné de junkies ramollos et de célibataires bizarres, et ils savent où se joue l'action. Elle rencontre une Russe au regard lumineux dans un café de Holloway Road. La femme lui dit qu'elle est plus âgée que ce qui se demande habituellement, à moins qu'elle fasse des trucs spéciaux. Plus rentable, elle dit. Georgie secoue la tête. Faire la pute, c'est pas son truc, bordel. La femme lui donne le numéro d'un autre intermédiaire, qui fournit des filles bien moins chères.

Elle a trouvé un lieu où exister, hors de la réalité, en tant que grain de sable dans l'univers de quelqu'un d'autre.

Elle envisage de se venger, mais il est trop tôt, et elle ne sait pas trop de qui. Échafauder des plans à propos de

Jimmy Phelan lui paraît aussi futile qu'une marche vers le Paradis pour demander la démission de Dieu.

Elle pense à Ryan, envisage de l'amener à voir un jour ce qu'il lui a fait.

*Un jour*, elle pense, *si Dieu le veut.*

Il se pourrait qu'elle meure d'ici là. Elle n'a pas encore pris sa décision.

En attendant, elle renvoie le scapulaire par la poste à qui peut bien être resté sur Bachelor's Quay. Elle adresse l'enveloppe à Robbie O'Donovan.

## CE QU'A FAIT TARA

Le jeune Ryan est dehors, sur le muret. Tara l'aperçoit par la fenêtre de sa cuisine. Il est onze heures moins le quart, ce dimanche soir. Il ne devrait vraiment pas se trouver là à une heure pareille. Elle se dit qu'il a dû se faire mettre à la porte une fois de plus. Elle décide d'aller lui témoigner sa compassion. Rien à craindre ; Melinda n'est pas là. Son père l'a emmenée à Dublin pour quelques jours, histoire de visiter. Tara aimerait bien se sentir seule sans elle, mais elle savoure la tranquillité et le silence. Melinda exige beaucoup de sa mère.

Les garçons exigent beaucoup aussi. D'habitude, comme tous ses congénères, Ryan est drôle et insolent, mais ce soir il ne fait pas plus de bruit qu'une souris. Il a un vilain coquard autour de l'œil gauche. « Oh, mon chéri », dit Tara. Elle s'assied à côté de lui sur le muret et se serre contre lui ; il grelotte. Aucun individu sensé ne resterait comme ça dans le froid à moins d'avoir une bonne raison. L'humidité imprègne jusqu'au souffle de la nuit. Ryan a des problèmes avec son père. Tara le sait parce qu'elle entend les esclandres du malotru. L'intimité n'existe pas dans cette rue. Tant mieux, d'ailleurs. S'il y en avait, ce pauvre gosse devrait souffrir seul.

« Entre, lui dit-elle d'un ton enjôleur. On va se faire un bon thé. »

Il commence par résister parce qu'il ne veut pas la déranger. Elle lui assure qu'elle veut s'occuper de lui. Elle pose une main amicale sur le genou du garçon et voyant qu'il ne regimbe pas elle remonte doucement et lui serre la cuisse. « Tu n'as pas à subir ça tout seul », elle dit.

Ce serait n'importe quel autre jeune garçon du quartier, elle ne se montrerait pas aussi insistante étant donné que beaucoup ne sont que des brutes en devenir. Ils la suivent dans la rue en criant des obscénités. Font des remarques à voix haute dans le bus. Ryan n'est pas comme ça. Il a mûri très vite, unique effet positif de la cruauté de son père. Il s'est ménagé à la force du poignet une certaine indépendance en dealant un peu auprès de ses amis. Ce n'est pas bien, mais Tara apprécie parfois de fumer avec lui. Il est plus grand et plus carré de jour en jour. Il a presque seize ans.

Elle le fait entrer chez elle et met la bouilloire à chauffer.

« Tu sais quoi ? elle dit. Je vais mettre une goutte de whisky dans ton thé. C'est du bon ; je l'ai eu à Noël et je le garde pour une occasion particulière. Du vieux. Tu as déjà bu du vieux whisky ? »

Le garçon dit que ça va, ce n'est pas la peine.

« Ne dis pas de bêtises, gronde Tara. Ça te réchauffera ! »

Le whisky qu'elle a n'est pas vieux du tout mais elle se dit que ce serait bien qu'il en avale une bonne lampée et elle n'a pas envie qu'il se plaigne du goût qu'a le thé. Elle prépare un thé bien noir. Il fait très froid dehors.

« Viens dans le salon, dit-elle. On va discuter. Et tu sais quoi ? On n'est pas obligés de parler de ton père si tu n'en as pas envie. On peut juste regarder la télé et discuter des programmes. Tu aimes *True Blood* ? J'en ai stocké quelques épisodes sur SkyBox. » En arrivant dans le salon, Ryan sort timidement un sachet d'herbe et demande à Tara si elle en veut. Il sait que l'échange de bons procédés est une chose qui se fait. Elle sourit. Le laisse rouler un joint, s'assied en tailleur à côté de lui sur le canapé, et fume avec lui.

« Roules-en un autre, elle lui dit une fois qu'ils ont fini. Moi je vais nous refaire un thé. »

Elle ne verse pas de whisky dans le sien, elle n'en a pas besoin. Installé sur le canapé, Ryan ne regarde qu'à moitié Bill et Sookie et manipule son téléphone. Il est tendu comme une corde de guitare ; elle se dit que si elle le touchait à l'heure qu'il est, il sonnerait. À cet âge, ils sont parfois à vif.

« Qu'est-ce que tu vas faire après ? elle demande.

— Rentrer chez moi, j'imagine. » Il parle très bas ; il ne veut sans doute pas que son père sache qu'il est chez la voisine. Il n'a peut-être pas la permission. Son père sait peut-être quels dégâts un jeune garçon peut causer, surtout quand la voisine en question est une femme seule. *Ryan sait qu'il joue avec le feu*, elle pense.

« Ne t'inquiète pas, elle dit pour l'apaiser. Tu peux dormir ici, sur le canapé. Je te descendrai un oreiller et une couverture. »

En revenant dans le salon, elle prend deux cannettes dans le réfrigérateur.

« Tiens, elle dit. Je t'ai déjà servi mon meilleur whisky, alors autant continuer. »

Il boit comme on lui dit de le faire.

Toujours aussi taciturne. Elle essaie de l'amener à parler mais il ressasse ses pensées. Elle se rassied à côté de lui sur le canapé et lui dit que si quoi que ce soit lui pèse sur la conscience, elle est là pour l'écouter. Il dit que ça va, puis, la langue un peu plus déliée à présent, il la remercie de lui fournir un endroit où attendre que son père se calme. « Se calme ? » relève Tara, les yeux ronds. Ryan hausse les épaules. « Oh, mon petit chéri », dit Tara. Elle lui prend le bras. Il ne sait pas comment réagir. Se fige. Elle lui pose une main sur la nuque et l'attire sur sa poitrine. « Ça va aller, elle dit. Ça va aller. »

Il s'écarte et lui dit qu'il faut qu'il aille aux toilettes. Pendant qu'il est parti, elle file à la cuisine et lui rapporte une nouvelle cannette. En revenant, il n'a plus l'air très partant. « Je ne devrais pas, il fait.

— Oh, mon chéri, elle réplique. Si la vie te donne des citrons, fais-en du gin tonic. La soirée d'aujourd'hui pourrait difficilement être pire ? »

Là-dessus, il est complètement fait en finissant sa cannette, alors elle rit et lui en apporte une autre. Il devient plus bavard mais il commence à avoir l'élocution pâteuse. Elle se demande s'il n'avait pas déjà fumé quelques joints ce soir. Mais à la fin de cette cannette-là, elle arrive à l'étreindre beaucoup plus facilement. « Pauvre petit », elle dit en lui embrassant le dessus du crâne. Elle sent son souffle sur sa poitrine.

Une de plus et il est rétamé. Il s'allonge sur le canapé et elle continue de lui parler, de lui dire qu'il vaut bien mieux que ce que croit son père et que le monde est plein de vrais amis pour peu qu'on apprenne seulement à ouvrir sa porte. À mi-chemin d'une de ses histoires préférées, elle s'aperçoit qu'il dort. Elle se penche sur lui. « Ryan ? » elle murmure. Il ne bouge pas. Elle s'assied au bout du canapé, pose la tête du garçon sur ses genoux et lui caresse les cheveux tout en regardant la fin de l'épisode.

Il se met à ronfler.

Tara lui prend son téléphone et l'inspecte. Elle vérifie si son numéro figure dans le répertoire. Il est enregistré au nom de T.D. Il craint peut-être que son père le voie mais c'est trop impersonnel, alors elle le modifie en « Tara X ». Elle ouvre l'application Facebook et envisage de rédiger une mise à jour de statut marrante mais se dit que ça ne se fait pas. Elle passe en revue les photos. Presque toutes de lui avec sa petite chérie. Tara lève les yeux au ciel.

Il y a une vidéo dans la galerie. La première image est figée sur des couleurs floues dans les tons chair. Elle démarre la vidéo en étouffant le son sous sa main.

C'est la petite amie. Au début, Tara ne la reconnaît pas parce qu'elle est en train de sucer une bite et que la prise de vue ne montre que ses lèvres et ses paupières baissées, mais quand la petite pétasse lève les yeux, Tara comprend. La fille est nue. La caméra glisse par moments le long de son corps. Tara suppose que c'est Ryan qui filme.

« Eh ben », elle dit tout bas.

La vidéo s'arrête quand il jouit. Tara la regarde encore une ou deux fois.

Elle se dégage précautionneusement et repose la tête de Ryan sur le canapé.

« Tu es encore plus coquin que je croyais », elle lui dit. Il ne bouge pas.

Elle s'accroupit à côté du canapé et le regarde. Il porte un pantalon de survêtement en coton gris et un polo rayé jaune citron et gris. Il a un clou au lobe d'une oreille et – elle abaisse doucement son col – une de ces espèces de lien de cuir en guise de collier. Comme il ne bouge pas quand elle touche son col, elle descend lentement les doigts sur son torse.

« Soûl comme tu l'es, je ferais mieux de te veiller, elle lui dit. Des fois que tu vomisses, et là qu'est-ce qu'on deviendrait ? » Elle retourne à son cou.

« Soûl comme tu l'es, elle dit. Il y a une chanson qui parle de ça. »

Cette fois, elle s'aventure un petit peu à l'intérieur du pantalon de survêtement, l'abaisse juste pour voir. Slip noir. « Classe », elle lui dit. Elle lui caresse le ventre, sous le polo. Elle effleure la fine suture plus sombre qui court en dessous de son nombril et glisse le doigt dans son slip. Sa bite se soulève.

« Est-ce que tu dors seulement ? » elle demande d'un ton taquin.

Elle lui caresse les parties au travers du survêtement en demandant : « Ryan ? Ryan ? », mais il ne répond pas.

Elle continue jusqu'à ce que sa bite ait assez durci pour qu'elle puisse refermer la main autour.

Elle se décide. L'enfourche, tout doucement, et se penche en avant jusqu'à poser la tête sur son torse, puis écoute battre son cœur. « Ryan ? » elle essaie à nouveau. Sa bite est toujours dressée contre elle. « Tu es peut-être endormi mais ton corps est bien réveillé, elle lui dit. Tu ne trouves pas ça bizarre ? »

Aucune réaction. Elle promène le doigt sur la lèvre inférieure du garçon.

« Une fille m'a dit récemment, elle confie, que je devais prendre ce qui passait. J'ai trouvé ça assez moche sur le coup, mais maintenant je me demande si elle n'était pas instruite au point d'avoir déjà entendu l'expression *carpe diem*. Et *visiblement…* » Elle rit. « Visiblement, toi tu t'en fiches. »

Elle se relève. Retire sa culotte, s'agenouille devant le canapé, lui baisse pantalon et slip à mi-cuisses et se frotte contre lui un instant, sans quitter des yeux son visage. Puis elle ouvre la bouche, prend la bite entre ses lèvres et lèche et suce jusqu'à ce qu'elle soit prête à l'enfourcher de nouveau. Elle est trempée, c'est ridiculement facile. La bite toujours en main, elle se glisse par-dessus son corps et commence à aller et venir jusqu'à ce qu'il se mette à battre des paupières et à grogner, alors elle se blottit à nouveau contre son torse, sans cesser de limer, presque au but, et lui murmure: « Chch, mon tout petit, rendors-toi », et il obéit, comme c'est facile, comme son esprit sait qu'il doit rester en dehors de tout ça et laisser son corps s'amuser, putain que c'est facile…

Mais voilà qu'il lui empoigne les bras puis, brutale dégringolade, elle se retrouve par terre, s'érafle le coude sur la moquette, y porte la main et ses yeux s'emplissent de larmes de frayeur.

« Ryan, tu m'as fait mal ! »

Il est recroquevillé au bout du canapé, le souffle haché, comme s'il venait de faire un cauchemar atroce.

« Ce n'est pas très gentil. » Elle le réprimande en se relevant et en rajustant sa robe.

Il se lève. Elle est trop blessée pour lui proposer du soutien pendant qu'il renfile son pantalon de survêtement en titubant et en lui jetant des petits coups d'œil, comme un oisillon.

Elle croise les bras. « Qu'est-ce qui ne va pas ? »

Mais bien sûr, c'est à peine s'il peut articuler, cet idiot. « Non, il dit. Mais c'est pas… J'ai une petite amie.

— Eh bien, alors tu ferais mieux de ne pas lui en parler ! » Il est très, très soûl, car voilà qu'il se met à pleurer.

« Oh, bon sang », fait Tara. Elle prend soin d'avoir l'air sérieux, car derrière sa ridicule scène larmoyante, elle perçoit un trouble qui lui serre la gorge.

« Tu n'as pas le droit de lui dire », articule Ryan.

Tara s'avance vers lui, mais il bat en retraite, se cogne contre le montant de la porte du salon et doit empoigner la rampe de l'escalier pour retrouver l'équilibre. « Pourquoi est-ce que je lui dirais ? » répond Tara, prudemment, risquant un sourire, trouvant une prise. « Elle ne comprendrait pas. C'est bon, je suis d'accord avec ce que tu me demandes. Ça restera notre secret, je te le promets. »

Elle le regarde se débattre avec la poignée de la porte d'entrée.

Le lendemain, elle se fait du souci. Elle aime beaucoup Ryan. C'est un gentil garçon. Elle n'a pas envie de se brouiller avec lui. Mais elle ne peut pas se fier à l'idée qu'il s'est faite des événements de la veille ; il avait trop bu, et il était visiblement défoncé avant même de seulement entrer chez elle. Non, il va falloir qu'elle limite un peu les dégâts. Elle ne peut pas prendre le risque qu'il aille répandre ses doutes embrumés, pas avec le passé qu'elle a. Les gens jugent trop rapidement, de nos jours.

En début de soirée, elle aperçoit son père dans l'allée du jardin, se blinde en prévision de l'affrontement et sort en courant pour l'attraper.

Tony Cusack la déteste. Ça, elle s'en fiche ; il est pitoyable, c'est le genre de type dont le pub d'élection vit des allocations familiales. « Quoi ? » il fait. Tara n'est pas du tout impressionnée par ce ton. Les tire-au-flanc qui n'ont rien dans le ventre ne lui font pas peur.

« Juste un mot rapide, elle dit. Ryan était chez moi hier soir. Je crois qu'il n'était pas complètement sobre.

— Qu'est-ce qu'il foutait chez toi ?

— Il dit qu'il était venu voir Melinda mais… Écoute, Tony. Je n'ai vraiment pas envie de lui attirer des ennuis mais il s'est comporté d'une façon bizarre. Il a clairement montré qu'il faisait… disons, une fixation sur moi. Il a l'air de penser qu'il y a quelque chose entre lui et moi.

— Tiens donc ! Et où est-ce qu'il serait allé choper une idée pareille ? »

Elle se hérisse. « Ce n'est sûrement pas moi qui l'encourage !

— Tu es en train de me dire que mon gamin de quinze ans, qui ne peut pas passer plus de dix minutes sans envoyer un putain de texto à sa petite amie, s'est tout à coup amouraché de *toi* ? Putain mais qu'est-ce que tu racontes ? »

Elle grimace. Il a prononcé « amourachié ».

« Tu es inutilement agressif, elle dit. Je cherche seulement à aider. Je suis parfaitement consciente qu'il a perdu sa mère et que donc ça n'a rien d'étonnant qu'il soit attiré par les filles plus âgées. Il m'a montré une vidéo, sur son téléphone. Je crois qu'il faudrait que tu la voies (elle sourit), juste histoire de t'informer de ce qu'il fabrique. »

# 27

La charpente sur laquelle on se construit une vie est chose fragile, et dans une ville entière d'âmes liées les unes aux autres, une seule poutre qui casse peut mettre à mal les pics et ombres de la ligne d'horizon.

Robbie O'Donovan mourut d'être allé chercher du sentiment à rapporter à une fille qu'il refusait de sauver et, en trépassant, bousilla des structures qu'il n'avait jamais vues. Petites maisons. Petits sanctuaires. Petites vies. La ville fonctionne au niveau macro, mais qu'est-ce d'autre que les souffles, pulsations, déglutitions, sudations, souffrances et extases de cent mille petites vies ?

Ce n'est pas la ville de Cork qui va remarquer les derniers pas chancelants d'un petit homme perdu. Toutes ces vies, toutes ces poutres, entrecroisées au sein de la plus grandiose des structures… la ville ne verra pas casser les brindilles, ne sentira pas les premières étincelles.

Réduisons donc l'échelle. Approchons. Regardons mieux.

Une bagarre de chats dans la cour réveilla Maureen à 4 heures du matin. Faute de pouvoir se rendormir, elle voyagea dans le temps.

Elle avait bien conscience de vivre dans le passé mais, conclut-elle, c'est parce qu'on l'y avait laissée. Des décisions prises à sa place quarante ans plus tôt l'avaient ancrée dans un moment voué à se répéter inlassablement. Ici, Una Phelan, avec sa tronche de lèche-cul. Là, son mari, mouton déguisé en loup. Et là le clergé, assemblé devant le pavillon de la maternité comme une nuée de corbeaux, s'agrippant à toutes les prises, qu'elles leur soient offertes ou pas. L'Irlande, les nuages dehors. *Honte à toi, Irlande*, songea Maureen, quatre décennies plus tard. *Crois-tu que tu veillerais seulement sur les tiens ?*

Elle se leva et alla à la fenêtre. Les chats avaient disparu. Dans l'appartement situé juste en face du sien, un sapin de Noël clignotait entre d'épais rideaux. *Mauvaise idée*, se dit-elle machinalement. *Ça pourrait mettre le feu.*

Sa propre vengeance couvait sous un tas de cendres détrempé à Mitchelstown, et à quoi bon, tout bien pesé ? Sans coupable, la Garda ne tenait pas de mobile et sans la tribune de la culpabilité, Maureen n'avait pas de public auquel la clamer. Les journaux avaient dit que les flics cherchaient une femme pour les aider dans leurs recherches, cette chabraque de Saskia avait donc dû baver. Ils n'avaient pas trouvé la femme en question car elle n'avait jamais existé. Pendant ce temps-là, les gens accusaient les jeunes excités et ne suspectaient aucune motivation politique.

Elle écrivit à l'*Independent* une lettre insinuant que la personne qui avait mis le feu à l'église de Mitchelstown avait peut-être fait là une déclaration, et que sans doute l'Irlande devait-elle s'attendre à davantage de remue-ménage du même genre si elle ne voulait pas tirer les enseignements de son passé. L'*Indo* ne l'avait pas publiée. De quelle Irlande Maureen avait-elle hérité là, si l'*Indo* ne publiait même plus les imprécations loufoques ?

Elle mit la bouilloire à chauffer.

À Holles Street, quatre décennies plus tôt, une sage-femme lui posait sur le ventre un petit tas gigotant.

Et ce fut tout ce à quoi elle eut droit.

Robbie O'Donovan ne lui manquait pas et bien que, sur le moment, elle ait eu la certitude que les flammes l'avaient emporté, voilà qu'elle se demandait maintenant, tout en pressant un sachet de thé au cœur de la nuit hivernale, s'il n'avait pas tout simplement été temps pour lui de dégager. N'était-il pas responsable de son propre trépas ? Il était entré en catimini chez elle par une fenêtre entrouverte et avait rôdé dans la maison pour y rechercher des vestiges, puis avait été expédié dans la tombe par le genre de femme que personne ne croyait encore capable d'une chose pareille.

Elle était assise à sa table de cuisine. Autour d'elle, les détritus s'entassaient. Elle n'avait fait ni ménage ni rangement au cours des six semaines écoulées depuis son entorse. Ça, c'était le boulot de Jimmy, or il n'avait pas été capable de trouver une solution acceptable. Elle se disait que l'intérêt qu'il portait à sa mère s'était émoussé maintenant qu'elle ne lui causait plus d'ennuis. La fille, Georgie, avait disparu de la surface de la terre, les lèvres scellées et l'esprit enfin affûté par la généreuse sagesse de Maureen. Le type, Tony, avait été menacé pour qu'il la ferme. Robbie était parti en fumée. Maureen s'était retrouvée de trop et Jimmy avait d'autres soucis, vu sa branche professionnelle.

Son entorse au poignet l'avait ralentie, alors elle avait cessé de chercher la rédemption, ou ce que les faux-culs vendaient emballé dans leurs cantiques et hosties. C'était fini pour elle de s'amuser aux dépens de ces escrocs, que ce soit en riant de leurs convictions ou en incendiant leurs temples. Elle n'avait plus l'énergie de faire chier maintenant qu'elle savait jusqu'où son fils était allé en son nom, et dans son dos.

Elle partit se balader.

Il était presque 5 heures quand elle sortit de chez elle, la ville était un bûcher trop humide pour prendre feu. Elle flâna en direction de la Lee dont la langue bifide expliquait sans doute que l'endroit ne veuille pas brûler.

*Qu'est-ce qui peut bien maintenir en vie cette bon sang de ville ?* se demanda-t-elle.

Ce n'était pas Jimmy ; il se démenait bien assez pour la ravager, non ?

Il n'y avait plus moyen de l'arrêter, même si elle trouvait comment formuler sa demande, expliquer qu'il avait fait sa part mais que la vengeance de sa mère s'était vidée de sa substance, dernièrement, alors qu'il pouvait maintenant arrêter, se reposer… Que, bon, quelqu'un le remplacerait bien. Quelque autre crapule dénaturée par le vice qui convulsait les rues de cette ville de pirates. La chute de Jimmy donnerait naissance à un successeur, puis un autre, et encore un autre, et Maureen serait la mère de toute cette lignée.

Trop tard pour Jimmy. C'était la raison pour laquelle elle voyageait dans le temps. Si elle avait pu le choper à ce fameux Noël où il lui avait payé un cognac, alors qu'il avait vingt ans et qu'elle-même ne représentait plus une menace, à en croire ses idiots de parents avec leur piété infondée, qui sait ce qu'elle aurait pu faire ?

Elle longea la Lee en direction de l'ancien bordel. Les reflets des lampadaires publics ondoyaient à la surface comme des lanternes naufragées, rouge et or sur fond noir, magnifiques.

Sur la passerelle métallique, en face du bâtiment de brique éviscéré, une silhouette se détachait du parapet, immobile, contemplant le vide.

*Robbie O'Donovan ?* se demanda aussitôt Maureen, car la silhouette était grande et mince, manifestement masculine, et plus encore parce qu'elle était à ce point figée et silencieuse qu'elle ne semblait pas de ce monde. Maureen parvint à aller jusque sur la passerelle sans troubler celui qui se tenait là.

La ressemblance était incroyable. L'espace d'un instant, elle crut être remontée dans le temps et avoir atterri à côté d'un autre fils, celui de John et Noreen, ce garçon dont la fragilité s'était pliée à la turpitude de son propre fils. Mais l'illusion se dissipa : ce n'était pas Tony. Celui-ci était plus grand et plus mince, pas conformé de la même façon, mais les cheveux noirs, les mâchoires, le menton, la bouche, tout le reste du gaillard, étaient identiques. Elle lâcha un sifflement étouffé. Encore un qui n'était pas le fils de sa mère.

Maintenant qu'elle était un peu plus près, elle se rendit compte qu'il n'était pas si silencieux que ça. Il chantonnait tout bas, un air dont il ne semblait pas connaître les paroles. Perdu dans sa concentration, et dans les feux follets colorés qui dansaient à la surface de l'eau noire, tout en bas. Pas de lumière dans son chant. Elle comprit avec un coup au cœur qu'il s'apprêtait à sauter, aussi lança-t-elle d'un ton sec :

« Tu te crois en train de faire quoi, là ? »

Il tourna alors la tête, et le souffle manqua à Maureen quand elle le vit perdre l'équilibre, mais il tomba du bon côté, à quelques mètres d'elle à peine, et se cogna la tête sur le béton.

Elle s'avança au-dessus de lui. Leurs regards se croisèrent. Il avait les yeux pareils à de grandes flaques aussi noires que la rivière, au-dessous.

Il se redressa sur son séant, s'adossa au parapet. Elle soupira et répéta : « Tu te crois en train de faire quoi, là ? »

Il se releva, le dos contre le parapet, et quand il fut à nouveau sur ses pieds, il fouilla dans ses poches et en tira un briquet et une cigarette qu'au bout de trois essais il réussit à allumer en aspirant de profondes bouffées.

« Alors ? fit sèchement Maureen.

— Alors quoi ?

— Alors, tu te crois en train de faire quoi, là ?

— Rien.

— Ah, d'accord. Super époque, où on croise de jeunes gars en train de reluquer la Lee au petit matin. Mais qui ne font *rien*. Qu'est-ce qu'elle en dirait, ta mère ? »

La jeune Italienne, prématurément disparue. Maureen se demanda comment cette jeune femme aurait pu être heureuse dans une ville pareille, entourée d'esprits étriqués et de soupçonneux, avec leur foi, avec leurs déchus.

Le fils de cette jeune Italienne se tenait là, une main sur la nuque. Jouant des mâchoires. Maureen supposa qu'il s'était fait mal lors de sa chute malencontreuse mais quelques secondes s'écoulèrent sans qu'il dise rien, alors elle regarda plus attentivement, scruta la nuit, scruta le lignage inscrit sur son visage, et se demanda s'il n'était pas à moitié déchenillé et si son numéro d'équilibriste n'était pas le fruit d'une bravade chimique plutôt que du désespoir qu'elle croyait discerner dans son attitude. Sans connaître en détail les ressorts de la défonce, elle était capable d'identifier chacun des stades de l'ébriété du fait de sa nationalité ; or le garçon était défoncé, pas bourré. Ça se voyait à la taille de ses yeux, qu'elle avait prise pour un trait de physionomie.

« Comment tu t'appelles ? » demanda-t-elle.

Il s'exécuta : « Ryan », dit-il après avoir mâchonné dans le vide sous l'effet de ce qu'elle pensa être de la frayeur assortie d'une légère commotion, et comme elle attendait qu'il développe, il ajouta : « Cusack. »

*Mais bien sûr*, eut-elle envie de dire. *C'est presque écrit dessus, non ?*

« Et qu'est-ce que tu fabriques, Ryan Cusack ? »

Silence, à nouveau. Il gonfla les joues et laissa son regard filer par-delà l'épaule de Maureen. Elle pencha la tête.

Elle crut l'entendre dire à mi-voix : « Grand-mère, comme vous avez de grandes dents… »

Elle se renfrogna.

« Allez, viens », dit-elle en faisant demi-tour puis en repartant vers le centre-ville, à l'opposé du bâtiment fatidique délabré, le long de la rivière indolente, et par deux fois elle se retourna mais il la suivait, elle savait qu'il le ferait, comme son père le ferait aussi, pour peu que l'ordre en soit donné avec l'autorité voulue, et elle se dit que c'était ainsi que les choses devaient se passer. Les parents forgeaient le moule et les petits se coulaient dedans. Entre l'opéra et la galerie d'art, elle trouva un plot de pierre en guise de banc où attendre que le garçon se rapproche, et quand il fut assez près pour qu'elle discerne la peur et le désarroi, elle lui fit signe de venir s'asseoir et lui demanda :

« Qu'est-ce que tu as pris, hein ? »

Il se pencha en avant et posa la tête sur ses bras croisés. « J'en sais rien, dit-il.

— T'en sais rien ? Et qu'est-ce que tu crois qu'elle en dirait, ta mère ? Faire de l'œil à la rivière après avoir avalé va savoir quoi. C'est pour être sûr de te noyer plus facilement ? Et ton pauvre père, Ryan Cusack.

— Lui, il va se faire foutre. » Il se frotta le front sur l'avant-bras et releva la tête.

« Tu as l'air fatigué, dit Maureen.

— Je le suis.

— Comment est-ce que tu pourrais être fatigué ? Un beau gars comme toi. Qui peut avoir, quoi, vingt ans ?

— Ouais, dit-il. Vingt et un en mars.

— Ça te fait si peur que ça d'avoir vingt et un ans ?

— Je voulais peut-être juste me baigner ?

— Conneries, ça. » Elle se rapprocha. « Pourquoi est-ce que tu as peur d'avoir vingt et un ans ?

— J'ai pas peur », dit-il en contemplant la place, alors Maureen lui laissa le temps de trouver ses mots. Au bout d'un moment, il reprit : « Enfin si. Je sais pas. J'en sais rien.

— Ah, ces jeunes », gronda gentiment Maureen. Son regard se porta de l'autre côté de la rivière. Des lumières blanches et jaunes commençaient à s'allumer dans les quartiers nord de la ville, et Maureen se demanda combien de ces lumières signalaient une jeune vie pas encore condamnée ou dévoyée. Combien d'entre elles pourraient se muer en un nouveau Jimmy ?

Elle regarda à nouveau le fils de Tony et fronça les sourcils.

« Je trouve ça triste, dit-elle. Quand on a un enfant, c'est le bout du monde tout à coup. Qu'est-ce que ton père a bien pu faire pour que tu veuilles lui retirer ça ?

— Pourquoi il serait question de lui ? grommela Ryan.

— C'est lui qui t'a fait, non ?

— Vous le connaissez pas. Il en a rien à foutre.

— Bien sûr que si. » Si Tony n'en avait rien eu à foutre, Jimmy ne l'aurait pas pris dans ses rets aussi facilement.

« Non », insista Ryan. Il se pencha en arrière et regarda le ciel.

« Si vous le connaissiez, vous le sauriez. C'est un connard et je tiens de lui.

— Ah. Tu souffres d'un truc que tu as hérité, c'est ça ? Un truc qui te donne envie de te jeter dans la Lee à quelques jours de Noël ? »

Quelques décennies plus tôt, à Noël, un Jimmy Phelan de vingt ans tendait un cognac à sa mère et elle le prenait, refermant un instant sa main sur la sienne en souriant.

« Et si je te guérissais ? » proposa-t-elle. Mais Ryan ne répondit pas. Elle se glissa plus près de lui et tendit la main. Il regarda la paume offerte, battit des paupières et fronça les sourcils. Un voile moite lui couvrait le visage, malgré le froid. Elle agita la main. Il se redressa, tendit la sienne et elle s'en empara.

« Tes mains ne sont pas celles d'un ouvrier », dit-elle.

Elle retourna la main de Ryan dans les siennes et promena le doigt du bout de l'index du garçon jusqu'à son poignet.

« Qu'est-ce que tu fais, Ryan ? Tu es à l'université ? » Il secoua la tête.

« Alors quoi ?

— Un peu de ceci et cela, dit-il.

— Un peu de ceci et cela ? Pas clair, le gaillard, hein ? »

Il reposa la tête sur son bras libre.

« Petite tête », dit Maureen.

Il la regarda, le nez et la bouche nichés au creux du coude.

« Facile à voir, ce que tu es, dit-elle.

— Si facile que ça ?

— Oh, que oui. Pourtant tu en as des yeux compliqués ! Très sombres. Mais bon, ta mère n'était pas irlandaise. »

Il ferma les yeux et elle se demanda un instant si ce n'était pas pour se préserver, mais il les rouvrit alors, et elle le regarda faire le point pour pouvoir ensuite demander : « Comment vous savez ça ?

— Je sais des choses », répondit-elle avec assurance ; plus que les curés, plus que les crétins érudits de la communauté déglinguée, là-bas chez Ruby Dea. « Tu es un fin musicien, déclara-t-elle. Mais tu ne joues pas, c'est ça ? »

Il s'assit bien droit et la regarda fixement, et sa main s'alourdit dans celle de Maureen.

« Merde alors, fit-il. Comment vous savez ça ?

— Parce que je lis en toi, dit-elle. Parce que tu crèves les yeux comme une église en flammes. Tu crois que je ne vois pas ce qui cloche chez toi ? C'est facile de voir pour quoi tu es doué ou pas doué, et on peut bien me dire ce qu'on veut, moi je sais que tu n'es pas doué pour jouer les petits gangsters.

— Putain, vous m'avez traité de quoi, là ?

— De petit gangster. C'est pas ce que tu es, peut-être ? Tu ne crois pas que la façon dont tu gagnes ta vie est pour beaucoup dans ton envie de te noyer ? »

Elle avait mis dans le mille. Il voulut lui retirer sa main mais elle tint bon, et il n'avait ni l'estomac ni la hargne voulus pour l'entraîner à sa suite. Il cessa de tirer et elle reprit : « Cette rivière se fiche de savoir ce que tu es ou qui tu es, mais elle t'emportera, gamin, si tu la mets au défi de le faire. Tu ne sais pas ça ? »

Il ne put répondre.

« Je suis bien placée pour le savoir. Cette ville m'a détruite, confia-t-elle. Mais le truc bizarre, c'est que pendant qu'elle me détruisait, moi je la détruisais aussi, et je n'ai compris ça qu'une fois qu'il était trop tard pour y mettre fin. Ce que j'ai fait à cette ville, avec Dominic Looney, c'est incommensurable et je le vois sur les visages de gens que je n'aurais jamais dû rencontrer. Et pourtant… je peux peut-être me rattraper, au moins auprès d'un homme. La ville ne me voit pas, mais j'ai peut-être de trop hautes ambitions. »

Elle passa de nouveau le pouce sur la paume de Ryan en le dévisageant, visage de son père, yeux de son père, et un avenir bien à lui à consumer.

« Ne laisse pas la rivière t'emporter, dit-elle. Promets-le-moi ! »

Elle le prit dans ses bras et sentit bondir le pouls du garçon en posant la paume des mains sur sa nuque.

« Promets-le-moi, j'ai dit ! »

Elle le laissa se redresser et lui prit le visage au creux des mains.

« Vous ne comprenez pas, dit-il. Je suis un sale type. Pire que ce que vous pourriez imaginer, putain de merde. » Un vertige tourmenté lui étouffait la voix ; elle passa les pouces sur les pommettes du garçon, exultante. « J'ai déjà tout gâché. J'avais quelque chose de beau et je l'ai massacré, détruit, perdu. Qu'est-ce que je suis sans elle ? Je suis en train de devenir comme lui.

— Pas si j'arrive à l'empêcher. »

Elle inclina la tête en direction de la ville et sourit.

« Bien sûr que cette ville peut mettre quelqu'un en pièces, dit-elle. Mais ce pays en a fini de me punir, alors je peux faire ce que je veux maintenant, donc je décide de te guérir, et bon sang, ce n'est pas ce tas de pierres qui m'en empêchera. Ne t'occupe pas de cette rivière, Ryan Cusack. Tout ce qu'il y a de mauvais, on le brûlera ; c'est comme ça que ça se passe. Si tu veux faire suivre les connards, on pourra s'arranger. »

Au-delà de leurs deux personnes tournaient le monde et le pays avec sa ville endormie. Maureen en avait le vertige. Robbie O'Donovan avait été une erreur que Cork n'avait même pas remarquée, mais celui-là, celui-là allait compenser, une vie pour une autre, et bon sang elle allait faire en sorte que la ville le sache.

« Je vais te remettre sur pied, dit-elle. Pardi, je t'ai pas déjà sauvé la vie ? »

## *Remerciements*

Mes sincères remerciements à Mark Richards pour les conseils, le fignolage et sa patience à l'égard des blagues pourries. Ainsi qu'à Caro Westmore, Becky Walsh, Rosie Gailer et toute l'équipe de la maison John Murray.

Et aussi au lion Ivan Mulcahy, à Sallyanne Sweeney et Stephanie Cohen pour toute l'aide qu'ils m'ont apportée, et à l'infatigablement merveilleuse Sinéad Gleeson.

Aux âmes courageuses qui m'ont lue, guidée, soutenue, sans jamais se rendre compte de ce que ça signifiait pour moi: John Green, Richard Fish, Arlene Hunt, Liam Daly, Damien Mulley, Julian Gough, Conor O'Neill, Haydn Shaughnessy et Sinéad Keogh.

À Kevin Barry, pour m'avoir bousculée quand j'en avais besoin, et à Sami Zahringer pour l'immense générosité qu'elle m'a dispensée.

À ma grouillante, intimidante, splendide famille, et aux amis qui continuent de me supporter, en particulier Ellen Brohan, Louise Lynskey, Kevin Lehane et son intellect exceptionnel, et à ma complice Caroline Naughton.

Et tout spécialement à Róisin qui a un écrivain en guise de mère et n'a pas l'air de s'en plaindre, et à John, parce que sans John il n'y aurait rien.

*Table des matières*

*Cet ouvrage a été achevé d'imprimer par*
*Maury Imprimeur, à Malesherbes,*
*en février 2020 pour*
*le compte des Éditions de la Table Ronde,*
*26, rue de Condé, Paris, 6ᵉ*

Dépôt légal : mars 2020.
N° d'édition : 338125.
ISBN 978-2-7103-8943-9.
ISSN 1160-3100.
N° d'impression : 243894.

*Imprimé en France.*